NIKELEN WITTER

VIAJANTES DO ABISMO

AVEC EDITORA

Editor: Artur Vecchi
Projeto Gráfico e Diagramação: Vitor Coelho
Ilustração de capa e 4ª capa: Camila Fernandes
Revisão: Gabriela Coiradas

Dados Internacionais de catalogação na Publicação (CIP)
(Câmara Brasileira do Livro, SP, Brasil)

W 829

Witter, Nikelen
Viajantes do abismo / Nikelen Witter. – Porto Alegre : Avec, 2019.

ISBN 978-85-5447-044-9

1. Ficção brasileira
I. Título

CDD 869.93

Índice para catálogo sistemático:
1.Ficção : Literatura brasileira 869.93

Ficha catalográfica elaborada por Ana Lucia Merege – 467/CRB7

1ª edição, 2019
Impresso no Brasil/ Printed in Brazil

Caixa Postal 7501
CEP 90430-970 – Porto Alegre – RS
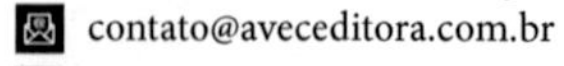
contato@aveceditora.com.br
www.aveceditora.com.br
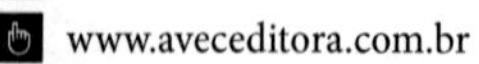
@aveceditora

Para meus Luminosos,
o melhor, mais lindo e apoiador grupo de amigues
que uma potterhead pode ter.

The Tiger, Willian Blake
Tradução de Enéias Tavares
Adaptação artística de Jéssica Lang

Prólogo

guerra estourou no fim de um inverno excepcionalmente quente. As notícias, mais rápidas que os combates, chegaram no início de uma tarde morna de setembro. As crianças foram arrastadas para dentro das casas, a maioria das janelas foi fechada e um silêncio irreal baixou sobre Alva Drão. Era como se a cidade acreditasse que, fechada e quieta, o torvelinho passaria ao largo dela e todos sairiam ilesos.

Antes que a noite chegasse, as autoridades já haviam imposto um toque de recolher à população amedrontada. Não houve contestações. Todos sabiam que, sendo o principal entroncamento ferroviário do Sul da Tríplice República, os governistas fariam de tudo para garantir que Alva Drão não caísse nas mãos dos revoltosos. E o medo seria sua principal arma.

Contudo, este foi somente o primeiro movimento no tabuleiro.

Nos três dias que se seguiram, o crescente número de desalojados que se acumulava nas ruas foi recolhido pela governança municipal. Saíram das calçadas, onde ficavam mendigando por comida ou trocados, e foram transferidos para um terreno rigorosamente vigiado nas cercanias da cidade. A rádio falava de proteção aos cidadãos desamparados. Mas não era o que a população acreditava. Aos sussurros, era possível perceber o pânico rondando o ar, como a poeira quente vinda dos desertos.

Na madrugada de domingo, os saques começaram.

Elissa acordou com tiros e gritaria nas ruas. Ela se enroscou em um xale amarelo e desceu as escadas correndo. Ouviu a mãe em seu encalço e, logo atrás, as respirações assustadas de sua irmã Miranda e do cunhado. O cheiro de pólvora entrava pelas frestas e já se misturava ao odor conhecido de químicos e herbais da botica dos Faina Till. Toda a frente da casa era ocupada por um salão que abrigava o negócio da família, mas o lugar não estava às escuras como esperado. Uma luz estranha vinha do lado de fora, e logo o barulho alto e o aroma de madeira queimada estavam por toda a parte, assim como a fumaça.

Mesmo assustada, Elissa só resistiu ao impulso temerário de olhar pela janela quando Miranda implorou que ela não colocasse novamente a família em risco. Teodora apareceu vinda dos fundos da casa, trazendo nos braços as armas que foram do pai e entregou uma para a irmã mais velha e outra para o cunhado. Elissa pediu mentalmente que as modificações feitas nas armas compensassem o fato de que nenhum deles sabia usá-las.

Uma voz masculina passou correndo pela calçada em frente:

— Atearam fogo na Governança! Atearam fogo na Governança Municipal!

Teodora avançou e abriu a ponta de uma janela.

— Parece que começou uma batalha campal na praça.

Elissa correu para o segundo andar da casa, a fim de ter uma visão mais ampla da janela do seu quarto. Voltou em menos de um minuto.

— O centro da cidade está em chamas. Não pude ver muita coisa, mas estão matando gente e o fogo está se espalhando por outras casas.

— Qual lado está matando? — perguntou o cunhado.

— É uma matança! — reagiu Teodora. — Importa o lado?

— O que faremos, Elissa? — perguntou a mãe.

A pergunta caiu na filha mais velha com peso. Eram dela as decisões das quais dependia o futuro da família. Enquanto isso, do lado de fora, a cidade parecia desmoronar ao som de gritos e explosões. Elissa repassou mentalmente todos os conhecidos e amigos, mas sabia que nada poderia fazer por eles. Nem teriam tempo de lamentar ou chorar, tinham de sair da cidade, mesmo sem saber para onde iriam.

Ao seu comando, todos trocaram as roupas de dormir por outras que aguentassem uma viagem. Miranda e Úrsula, a mãe, reuniram comida e algumas coisas que poderiam ser mais fáceis de transportar. As duas também buscaram Simoa, a caçula, e o filho Vinício, que estavam ainda no andar de cima, apavorados. Ino, seu cunhado, juntou dinheiro, algumas peças de ouro e medicamentos que pudessem ser vendidos ou trocados no caminho. Teodora correu para o laboratório, a fim de levar consigo o indispensável.

Já se preparavam para sair quando alguém começou a esmurrar a porta. Elissa controlou com um gesto o pequeno surto de pânico da família, depois correu até a porta da frente.

— Quem bate? — perguntou.

— Procuro a senhora Elissa — respondeu a voz alta e urgente de uma mulher, sobrepondo-se ao barulho das ruas.

Ino questionou para a porta ainda fechada:

— Quem a procura?

— Caldre Antônio me enviou.

Elissa não precisava de outra informação para abrir. Mas Ino a segurou.

— Como vamos saber se é verdade?

— Se quisesse matá-los, não estava batendo! — berrou a mulher impaciente.

Abriram um fiapo de porta e deslizou por ali uma desconhecida, que se apressou a fechar o vão entre a sala e a rua. Era uma mulher impressionante. Negra, alta, com cabelos imponentes, vestindo calças, botas e totalmente armada.

— Você é Elissa — apontou a mulher sem engano entre as cinco mulheres que a encaravam. — Essa é a sua família, certo? Meu pai está com um dirigível nos arredores, vamos tirar vocês daqui antes que a cidade queime inteira.

— Você é a filha de Caldre Antônio — constatou Elissa um tanto surpresa.

— Meu nome é Atília — confirmou a mulher. — Vou levá-los até ele. Peguem o que puderem, mas nada de bugigangas, o dirigível não leva muito peso.

O jeito prático dela não dava espaço para se dizer qualquer coisa.

— Espere. Por que acha que vamos confiar que você é quem diz ser? — questionou Ino.

Atília os mediu de cima a baixo antes de responder.

— Sua cidade está em chamas e Harin Solano fugiu da cadeia — Úrsula soltou um gritinho que abafou com a mão. — Querem realmente ficar por aqui?

Elissa sentiu que perdia a força nas pernas e Teodora a segurou em pé pelo cotovelo. A tal de Atília pareceu chocada pelo grupo ignorar a notícia.

— Vocês não sabiam? Foi hoje de manhã. E, claro, todo mundo acredita que ele está voltando para cá, para se vingar da tal que o botou na prisão.

O desamparo no rosto de Elissa fez a mulher suspirar com pena. Ela colocou a mão dentro de um dos bolsos do colete e retirou um pequeno objeto. Elissa reconheceu o selo de metal que fechava a caixa de botica que ela tinha usado para cuidar das pessoas no Povoado das Árvores.

— Estava visitando meu pai quando soubemos, ele quis vir o mais rápido que pôde. Disse que tem uma dívida com você.

Elissa pegou o selo e se forçou a imprimir energia na própria voz para movimentar a família.

— Certo! Iremos com você. Há uma saída pelos fundos. Cada um pegue uma arma e o que puder carregar. Eu vou...

— Trocar de roupa — disse Atília examinando o vestido comprido.

— Como?

Atília cruzou os braços e respondeu como se fosse óbvio.

— Moça, sua família vai para Amaranta com o meu pai, onde o povo dos Mestres do Destino cuidará deles. Você virá comigo para o Sul, a não ser, é claro, que queira esperar por Solano e pela vontade dele de meter a sua cabeça numa estaca.

pri mei ra Parte

1

Quando o caos tomou conta de tudo o que conhecia, Elissa Faina Till passou a acreditar que o prenúncio do desastre estivera encerrado em um minúsculo grão de areia. Aquele mesmo que ela havia retirado das dobras da saia de seu vestido de casamento numa terça-feira, quando o experimentou pela primeira e única vez.

A madrinha Cândida tinha se encarregado de fazer a roupa do grande dia, já que toda a família havia concordado que o noivo de Elissa era sorte demais para que ela usasse alguma coisa herdada. Sendo assim, o pai da noiva, Bartolomeu Faina — um vendedor de remédios da pequena Alva Drão, no interior da Tríplice República —, encomendou para dois caixeiros de confiança o que se pudesse comprar de melhor em tecidos e rendas para o enxoval. A maior parte viria das capitais, onde o comércio forte oferecia uma grande variedade à escolha. Mas o tecido do vestido precisava ser especial. Viria do outro lado do mar. *Seda pura, valendo duas vezes seu peso em ouro*, exagerava Bartolomeu, para a irritação de Elissa.

A moça se afundava em culpa ao ver os pais gastarem tanto para fazer um casamento à altura da família de Larius Drey. Embora todos imaginassem que as despesas da festa seriam divididas — assunto sequer discutido entre Elissa e seu noivo —, o enxoval dela teria de sair dos lucros nem sempre satisfatórios do negócio de seus pais. Sendo a mais velha de quatro irmãs, Elissa fora criada pela mãe, Úrsula Till, com uma visão econômica: tudo o que estivesse a mais na vida de uma delas, em algum momento, certamente, faltaria na vida de outra.

Simoa e Miranda, as mais jovens, não estavam preocupadas com esses cálculos. Tinham respectivamente doze e treze anos e seu entusiasmo com o casamento se relacionava com a palavra *festa* mais que com qualquer outra coisa. Já Teodora, que acabara de completar quinze, optara por aumentar o mal-estar da irmã mais velha o quanto pudesse. Parecia muito satisfeita em contabilizar os itens do enxoval de Elissa para cobrá-los dos pais em todas as ocasiões em que quisesse alguma coisa.

Naquele dia de verão, Alva Drão era ainda uma cidadezinha acanhada. Bem diferente do que seria nos anos seguintes, com a chegada do trem a vapor e a construção da grande estação de entroncamento de linhas do interior do continente. Por aquela época, ainda, tudo o que era essencial em termos de comércio se localizava no centro e o resto da cidade não ia muito além deste ponto. A botica dos pais de Elissa ficava próxima à praça principal e ocupava o salão da frente do sobrado de dois andares em que a família vivia.

— Elissa! — gritou a mãe da ponta da escada que levava ao segundo andar. — A madrinha está vindo com o vestido. Já tomou banho, menina? Deixei sabonetes novos no banheiro. Mas não põe perfume para não empestear a roupa antes de estar pronta!

Elissa respondia com um *não, mãe* ou *sim, mãe*, meio sem paciência. O alvoroço a incomodava mais que divertia. Úrsula havia repetido uma dezena de vezes que ela não devia ficar nervosa com a primeira prova do vestido, e Elissa não estava. De fato, se perguntava por que é que a mãe e as irmãs pareciam tão ansiosas com pedaços de tecido alinhavado.

Era justamente essa mentalidade prática que fizera com que Úrsula mandasse Elissa estudar no Educandário Científico para Meninas e Meninos, dirigido pelas Fraires Inventoras.

— O futuro — Elissa se lembrava de ouvir Úrsula insistindo com o marido para que pagassem os estudos da filha mais velha — será de quem souber antes o que vai acontecer amanhã. Não estou me referindo à adivinhação, homem!

Estou falando de inventar, de criar coisas novas. O vapor está aí e vai mudar tudo o que conhecemos, pode acreditar em mim. Em poucos anos, viveremos numa realidade completamente diferente. Não quero somente que nossas meninas sejam capazes de sobreviver às mudanças, quero que elas possam fazer essas mudanças.

— Úrsula, são apenas meninas — contemporizava Bartolomeu quase cansado da energia da mulher.

Era nesse momento que ela apertava os lábios contrariada e ele parava de argumentar. Úrsula acreditava que as meninas seriam capazes de fazer o que quisessem. Bartolomeu tinha certeza de que elas iriam querer apenas se casar apaixonadas e serem boas e felizes mães.

Pela metade da tarde, a madrinha Cândida finalmente chegou à casa de Elissa com o vestido embalado em metros de papel turquesa, dentro de uma caixa que quase encobria sua figura baixinha e franzina.

— Madrinha! — berraram Simoa e Miranda se arremessando porta afora em direção à carroça antiga, que ainda não fora motorizada como era a moda. — Deixa a gente ajudar! Deixa, deixa!

As duas já estavam quase aos tapas quando Úrsula interveio.

— Se essa caixa cair no chão, vocês ficarão mexendo bala de gengibre até o dia do casamento. — As duas pararam. Mexer os tachos de bala de gengibre era a mais odiada das tarefas da indústria doméstica que abastecia a botica. — O casamento de vocês, é claro — completou Úrsula em tom de quem não brincava com esse tipo de ameaça.

As meninas seguiram ordeiras para dentro da casa, guardando a caixa com todos os cuidados possíveis. O que Elissa e Teodora tinham de diferentes na aparência e no temperamento, as duas irmãs mais novas tinham de parecidas. Quase a mesma altura, os mesmos cabelos castanho-escuros, iguais aos de Úrsula, e os olhos arredondados sobre as maçãs altas do rosto. Teodora era a mais baixinha das irmãs, herdara o cabelo claro do pai, as sardas e o queixo forte. Já Elissa lembrava sua avó materna, com a testa alta, o nariz pequeno e a boca grande.

Alguns curiosos pararam na rua para olhar a movimentação e Elissa os viu da janela do quarto de sua mãe. Até mesmo algumas crianças suspenderam as brincadeiras, interessadas no movimento. Alguém chamou Elissa no momento em que uma menina negra, que ela nunca vira, tinha iniciado a lhe dar um sorriso.

As mulheres se amontoaram no quarto de Úrsula, que era maior e munido de um grande espelho. Simoa e Miranda se aboletaram em cima da cama de casal sem parar de falar, especular sobre as roupas que elas próprias usariam na festa e cantar uma música infantil sobre o tigre da areia que, pelo riso, significava alguma piada interna entre elas. Teodora se escorara no guarda-roupas de portas torneadas, mascando uma maçã e fingindo desinteresse pelos babados de tecido azul que finalmente saíram da caixa.

Cândida e Úrsula se colocaram a vestir, apertar, espetar e moldar a noiva dentro do vestido cheirando a jasmim e ferro de passar roupa.

Elissa vivia dois sentimentos. Estava ali e participava de tudo. Ao mesmo tempo, estava sentada em algum lugar distante, assistindo, como se olhasse a vida de outra pessoa. Dava palpites nas conversas sem ver qualquer interesse nelas. Dizia o que esperavam, já que o que pensava realmente, em geral, era rechaçado pela mãe ou por uma das irmãs e, naquele dia, até pela madrinha. Amava Larius e queria se casar com ele. No entanto, todo aquele movimento a incomodava. Seu pai dizia que era uma habilidade que lhe faltava: essa coisa de conviver e suportar os outros. Pelo menos Larius não se importara com isso até agora. Mas ela teria de mudar para ser sua esposa.

Os dois eram diferentes, mas se ajustavam como engrenagens. Haviam sido internos na mesma escola e estudado na mesma classe, disputando notas e se ridicularizando, até se descobrirem apaixonados. No dia da formatura, antes de Larius partir para Memória do Mar — a capital do centro do continente — a fim de cursar Leis e Administração Pública, ele e Elissa ficaram noivos com a concordância das famílias. Marcaram a data quando ele completasse o curso e pudesse, enfim, assumir na carreira política que lhe fora preparada pelos pais.

Enquanto a madrinha ajustava a cintura do vestido sobre o corpete apertado, Elissa procurava no espelho a mulher que todos acreditavam que ela poderia ser, a companheira de um líder político. Larius já possuía uma razoável base eleitoral — herdada do falecido pai — e todos os requisitos para conquistar não somente votos, mas verdadeiros seguidores. Era um jovem brilhante, atraente e de modos encantadores. Os cabelos negros se harmonizavam com a tez morena e os olhos em tom de chocolate. As pessoas da região acreditavam no talento dele e no que poderia trazer de benefícios para o Sul da Tríplice República.

Elissa se lembrou de sua primeira visita à casa da família de Larius. Os Drey possuíam uma grande propriedade rural, que se estendia entre o Povoado das Cachoeiras e Mirabília — a cerca de cem quilômetros de Alva Drão. Produziam trigo, milho e gado, até a descoberta das minas de carvão dentro de suas cercas. Atualmente, não plantavam nem criavam mais, porém, eram três vezes mais ricos.

Naquela ocasião, houve um jantar para apresentar Elissa aos parentes próximos e distantes que queriam conhecer a noiva. E ela fez o que pôde para impressioná-los. Vestido novo, cabelo arrumado com cuidado, respostas solícitas às perguntas e muitos sorrisos. Num dado momento, Larius disse ao seu ouvido:

— Continue assim, eles estão adorando você.

Seu sorriso aumentou por um instante. Depois veio uma sensação estranha. A mesma que ela ainda experimentaria tantas vezes em sua vida: a de ser uma impostora. Teodora lhe diria exatamente isso se estivesse ali, que estava enganando e mentindo para toda aquela gente. Ela não era daquele jeito. Não costumava deixar Larius explicar algo que ela sabia muito melhor que ele, apenas para não dar má impressão aos tios idosos. Não ficava em silêncio quando achava que alguém estava exprimindo uma opinião estúpida e ignorante. Balançou a cabeça para afastar a sensação. Isso não importava. Larius sabia como ela realmente era. Então, que mal havia em agradar pessoas que só veria mais uma ou duas vezes na vida?

Num dado momento, duas tias-avós a chamaram e Elissa atendeu educadamente. Sentou-se entre as duas viúvas, que afastaram as longas saias negras para acomodá-la no centro do sofá de *chenille*. O cheiro de pó de arroz e os olhares de escrutínio foram parte, sem dúvida, do momento mais sufocante da noite.

— Deixe-me olhá-la bem de perto — ordenou a mais magra e enrugada. Ela pegou Elissa pelo queixo e virou-a para luz dos lampiões a gás com um olhar crítico. — Sim, sim — comentou para si mesma, ignorando o sorriso congelado e sem jeito da noiva do sobrinho —, creio que poderá segurá-lo. É bonita apesar dos traços muito marcados. O que acha, Gerônima?

— Acho que não é só beleza que segura um homem, Alciona.

Elissa agradeceu mentalmente a intervenção que fez com que Alciona largasse o seu rosto com ar de despeito. Gerônima, porém, não lhe tinha um olhar mais gentil quando perguntou:

— Estudou com Larius, não foi, querida?

— Sim, senhora.

— E não seguirá seus estudos?

Elissa abriu a boca, mas Alciona falou antes.

— Para quê? Ela agora tem é de conversar bastante com a futura sogra para aprender como deve ser a esposa de um político.

— Pensei que a beleza seria o bastante — alfinetou Gerônima.

— Para segurá-lo — afirmou a outra. — Conseguir votos e seduzir correligionários é outra coisa. Quer meu conselho, Elissa? Continue sorrindo e sendo agradável. Isso, com certeza, ajudará no sucesso do seu marido.

Uma desatenção de Alciona com a bandeja de licores fez com que Gerônima lhe desse um puxão e colasse a boca em seu ouvido.

— Você é sempre quietinha assim, menina? Responda rápido!

— Não! É claro que não — disse Elissa no susto.

— Então, cuidado. Quando se interpreta um personagem para agradar os outros, é possível que você seja obrigada a fazê-lo pelo resto da vida.

Elissa a olhou confusa. A velha sorriu com condescendência nos olhos aquosos.

— Você acha que faz isso porque o ama, não é? É disso que estou falando, meu bem. Essa foi a minha vida. Um dia, ele pode se esquecer de como você realmente é e começar a amar a sua interpretação.

A tentativa de Elissa de contestar foi abortada pelo próprio Larius, surgido do nada com ares de salvador.

— Desculpem, tias — interrompeu galante. — Mas preciso urgentemente de Elissa. Ao meu lado.

— Claro, meu querido — concordou Alciona. — Leve-a e exiba sua bela noiva. Todos estão invejando vocês hoje à noite. Lindos, jovens, com um futuro brilhante pela frente.

Larius se inclinou para beijar a mão da tia e Elissa se impressionou ao perceber como o menino que conhecera já tomava ares de político. Ele pegou a mão da outra tia-avó.

— E você, tia Gerônima, também aprovou a minha escolha?

— Como não? Se há algo que essa família precisa é de mulheres com espírito forte. Mesmo as que não aparentam isso.

Ela deixou a frase no ar e Larius fugiu do constrangimento concordando e exaltando as qualidades intelectuais da noiva. Porém, não havia como Elissa se deixar enganar. Não era disso que a tia de Larius falava. A mulher certamente percebera o que o esforço de Elissa e os conselhos de sua família não conseguiram esconder de todo. O fato de que ela ainda precisava se adequar melhor a sua nova posição.

A posição de noiva. De acompanhante.

Um suspiro de Úrsula a trouxe de volta do devaneio.

— Ah, você está uma visão, minha filha.

A mãe havia dado um passo para trás como que anunciando que a parte inicial da prova já dava resultado aos olhos.

— Não exagere, Úrsula — resmungou a madrinha Cândida. — Não ainda — completou piscando para Elissa. — É só a primeira prova e... O que foi, querida?

— Nada — respondeu Elissa displicente —, só um grão de areia. — Ela o rolou nos dedos e o deixou cair para longe do vestido.

A costureira voltou a colocar sua atenção no caimento da saia.

— Como tem aparecido areia em tudo ultimamente — comentou.

— Verdade — concordou Úrsula, que havia desfeito a trança costumeira de Elissa e passara a moldar o cabelo da filha em possíveis penteados para o grande dia. — Parece que estamos sendo invadidos. Como naquela canção infantil, a do Tigre. — Simoa e Miranda começaram a cantar a letra fazendo falsete e levaram o caroço da maçã de Teodora na cabeça. Úrsula suspirou. — Devo ter tirado uma pá inteira de areia no cisco da casa na última semana.

— Estão construindo um monte de prédios novos na cidade e não chove decentemente há meses. O que vocês queriam? — comentou Teodora.

O assunto enveredou pelo crescimento que Alva Drão estava experimentando com o anúncio da chegada da ferrovia, mas só uma parte da mente de Elissa acompanhou. A outra olhava o espelho e a noiva que ia se formando nele. Tinha dezessete anos, então, de alguma forma, tinha a aparência de uma noiva. Não era alta, nem pequena demais, não era desengonçada, nem segura demais a ponto de não parecer delicada. Os cabelos e os olhos eram castanhos e formavam um conjunto interessante com as feições angulosas do seu rosto.

Será que Larius gostaria dela naquele vestido? Sorriu para o espelho. Era tão banal falarem dos vestidos de noiva com algum tipo de devoção — Elissa torceu o corpo para se olhar, o máximo que o espartilho permitiu —, mas, no fim, era só outro vestido. Um vaporoso. E ela queria que fosse especial, não apenas pelo dia de uso. Queria que fosse especial porque era para Larius. Seu meio sorriso virou careta quando o alfinete da madrinha Cândida escapou.

— Desculpe, querida.

Batidas na porta do quarto colocaram as mulheres em polvorosa e um lençol inteiro foi jogado por cima de Elissa.

— O que é? — Úrsula abriu a porta um mínimo.

— Chegou carta lá na botica — disse o sorridente garoto que fazia entregas, erguendo-se na ponta dos pés para ver por sobre a cabeça de Úrsula.

— Não podia esperar? — disse ela empurrando o menino para longe do vão que permitia olhar dentro do quarto.

— A carta é do *noivo* — justificou-se o menino.

Começou uma gritaria entre as garotas, enquanto Elissa tentava em vão se desvencilhar do lençol que a madrinha mantinha preso sobre ela. Úrsula tomou a carta e fechou a porta mandando o menino das entregas se esfumaçar dali. A madrinha finalmente permitiu que Elissa se livrasse do lençol, mas ela tremia de ansiedade. Larius só lhe enviava cartas pelo correio aéreo quando estas vinham acompanhadas de alguma coisa maior: um presente ou algum catálogo para que ela escolhesse coisas para a casa nova que teriam em Amaranta.

Quando finalmente conseguiu pôr as mãos na carta, o tamanho a decepcionou. Era um envelope comum. As irmãs mais novas continuavam a fazer alvoroço, Úrsula e a madrinha Cândida mandavam que se acalmassem, o espartilho de Elissa estava apertado e a impedia de respirar.

Abriu o envelope com cuidado e a folha branca, escrita à mão com a letra clara de Larius, parecia a única coisa concreta em meio ao universo de ruídos à sua volta. Contudo, ao lê-la, as primeiras palavras não fizeram sentido. Nem as seguintes. Ao chegar à terceira linha, o espartilho começou definitivamente a sufocá-la. Voltou ao início da carta, acreditando que tinha perdido algo, que lera errado, que pulara alguma palavra importante. Mas, ao retornar à terceira linha, estava tudo ali.

Continuou até o fim da carta. Então, por puro masoquismo e um resquício de esperança de que estava sofrendo de uma temporária incapacidade de compreensão, leu mais uma vez.

— Larius rompeu o compromisso — falou em voz baixa. A carta ainda estava diante dos seus olhos, mas ela já não via mais.

Provavelmente, só a madrinha Cândida — que voltara a ajustar a barra das saias do seu vestido — a ouviu. Porém, ela sacudiu a cabeça duvidando do que escutara.

— O que foi que disse, minha querida?

— Larius rompeu o compromisso — Elissa repetiu num tom mais alto.

2

O corpo de Elissa parecia ter perdido a capacidade de se movimentar.

— O que você está dizendo, menina? Que absurdo! — Úrsula saltou em meio ao silêncio que sucedeu à algazarra. Ela tirou a carta das mãos frouxas da filha e também precisou lê-la mais de uma vez.

Quando se convenceu, seu rosto estava cheio de pasmo.

— Minha filha — abraçou-a, consternada. O perfume doce e o corpo amplo da mãe pareceram capazes de esmagá-la.

Elissa percebeu que o aperto pretendia fazê-la chorar, no entanto, tudo que a mãe conseguiu foi fazer com que uma enorme quantidade de alfinetes a espetasse por todo o tronco. Não conseguiu corresponder ao abraço, tampouco chorar.

— Pode me ajudar a tirar esse vestido, madrinha? — Pediu num resquício de calma.

Úrsula e a madrinha Cândida trocaram um olhar de concordância e começaram a mexer nos alinhavos e alfinetes do vestido. Mas, por mais que se apressassem, a lentidão sufocava Elissa.

— Eu. Preciso. Respirar! Tirem esse vestido de mim! — começou a berrar.

Nesse momento, até as irmãs correram para ajudar. Até Teodora. Ela tentou se aproximar, mas o excesso de mãos e os gritos de Elissa a fizeram decidir avisar ao pai sobre o que estava acontecendo. Úrsula desabotoou as duas dezenas de botões que fechavam o corpete do vestido, enquanto a madrinha Cândida ia suspendendo cuidadosamente a saia, para tirá-la por cima da cabeça, como se, de alguma forma, aquele vestido fosse ser terminado.

Elissa tinha menos paciência. Sua vontade era de arrancar a própria pele e aquela roupa a estava atrapalhando. Suas mãos raivosas começaram a se interpor às outras e os pedidos de paciência de sua mãe não tinham por que serem ouvidos. Sua vontade era latir para ela, morder qualquer um que pretendesse acalmá-la. Precisava voltar a respirar e não conseguiria com o maldito vestido. Os pedaços de pano começaram a ser arrancados com as unhas, com os dentes, com o que fosse possível.

A madrinha Cândida se afastou horrorizada enquanto a via desmembrar o modelo para sair dele. Úrsula foi a última a desistir. Desabou sobre a cama, sabendo que não adiantava chamar pela razão. Elissa não chorava e tinha até mesmo parado de gritar. Seu esforço estava em acabar com cada pedaço costurado de tecido. Arrancara as mangas de renda, puxara os babados das saias até rasgá-los e arrebentara a parte que unia a saia à sua cintura. Por fim, atacara ferozmente a seda que formava o corpete e pegara uma tesoura para cortar o espartilho junto ao corpo.

Quando a peça caiu no chão, deixando-a só com os calções e a combinação, Elissa tentou puxar o ar para os pulmões. O resultado não foi suficiente. Rosnou um pedido de licença, que mais soava como um aviso, e saiu pela porta. Caminhou até o próprio quarto, entrou e se fechou com a chave. O lugar, por algum motivo, também se parecia com um vestido de noiva. Era apertado, ofuscava num azul frio e não a deixava respirar.

As lágrimas começaram a correr e a pressão em seu peito a colocava em ganas de gritar novamente. As botinhas de salto que usava para dar altura à prova do vestido passaram subitamente a incomodá-la, como se pesassem mais que seu corpo inteiro. Sentou na cama e as arrancou dos pés. Pensou que deveria se jogar sobre o colchão, cobrir a cabeça e chorar até dormir. Ficaria assim por muitas horas ou, quem sabe, dias; talvez, para sempre. O pensamento dramático, porém, não combinava com Elissa. Seu desejo era de respirar e não de dormir.

Num rompante, abriu as portas do guarda-roupa e tirou de lá umas calças velhas e botas de montaria. Jogou uma camisa branca por cima e prendeu o cabelo com a primeira fita que encontrou. Tinha certeza de que, se fosse obrigada a trançá-lo, cortá-lo-ia até a raiz. Enxugou as lágrimas e saiu do quarto sem parar de se movimentar, dando conscientemente pouca atenção ao que os outros iam pensar dela.

— Elissa! — A mãe chamou ao vê-la descer as escadas. — Filha, aonde vai desse jeito? Precisamos conversar.

— Depois — respondeu sem parar de andar.

Atravessou o corredor apertado e cheio de quadrinhos e retratos de família que conduzia à porta da frente. Do outro lado da parede de madeira, podia ouvir os barulhos que vinham do salão em que ficava a botica e até mesmo sentir o cheiro dos remédios que invadiam aquela parte da casa. Saiu em direção à praça fingindo não escutar que o pai havia chamado por ela, que Simoa gritava seu nome da janela, que uma vizinha perguntou o que estava acontecendo.

Sem que ninguém prestasse atenção, uma menina que andava por ali a seguiu. Era a mesma garotinha que, momentos antes, havia esboçado um pequeno sorriso para Elissa, quando ela olhava pela janela do quarto da mãe. Por ser pequena, a menina teve de correr um pouco para alcançar a moça, que já ia atravessando a praça. Elissa tinha passos firmes e rápidos. Não encarou e não cumprimentou ninguém no trajeto. As pessoas a olhavam com estranheza e abriam passagem para ela.

Sempre vou amá-la, Elissa. Eram as palavras da carta. *Porém, a vida que me espera não a fará feliz. Eu sinto isso, você não?*

Era como se um rastilho de pólvora a seguisse. De boca em boca, começado não se sabe por quem, a notícia ia acompanhando os passos de Elissa. Era possível captar os sentimentos que se elevavam das ruas como uma emanação malcheirosa: pena, inveja transformada em desdém, escárnio, consternação. Nada que surpreendesse. Os sentimentos de Elissa é que impressionavam a ela mesma. Todo o amor, toda a raiva haviam se transformado num buraco gigantesco em seu peito. Não existia mais nada.

Sei que empenhei minha palavra e minha honra com você e sua família. Sei que essa é uma dívida que jamais poderei pagar integralmente. Ainda assim, sua felicidade está, para mim, acima de qualquer coisa.

A moça desceu a ladeira que começava na rua ao lado do pequeno teatro. O caminho íngreme se afastava do centro e, perto dali, mergulhava numa mata apertada, que cercava uma estreita linha d'água. Um ar fresco e verde envolveu Elissa quando ela se contorceu para passar pelas árvores baixas e chegar ao riacho. Caminhou por alguns minutos, com as botas de montaria imersas na água, e escorregou umas duas vezes nas pedras redondas do leito do arroio. Então parou. Ali a mata se fechava num arco tapando o céu, havia pedras grandes onde Elissa sentou, deixando a umidade entrar por suas narinas. Então, voltou a chorar.

Você dirá que estou provando amar mais a política. Não é verdade. Esta é a minha vocação. Você sabe disso. Eu seria tão infeliz se a abandonasse quanto você, se me seguisse nela.

Estou fazendo isso por você.

— Oi!

Elissa ergueu a cabeça num susto e secou o rosto num reflexo. Era encarada com simpatia por uma menina gordinha, que não aparentava mais que uns 8 ou 9 anos. Tinha os olhos muito verdes, vivos, que se destacavam de uma forma estranha no rostinho negro e redondo. Os muitos anéis dos cabelos curtos mal se afastavam da cabeça e os pés descalços saíam de perninhas grossas sob um vestidinho de tecido ordinário.

— O-oi — cumprimentou meio tonta. — Eu te conheço?

A pequena sorriu, mas não pareceu achar necessário responder.

— Por que está chorando?

— Não é da sua conta — respondeu mal-humorada.

A garotinha se aproximou um passo, fazendo barulho na água. Tinha uma expressão solidária.

— Eu posso ajudar?

Elissa riu sem achar graça.

— Duvido, menina.

— Bem, eu posso te fazer companhia — ela sentou na pedra ao lado de Elissa. — E posso segurar a sua mão. Isso não ajuda? — disse colocando a mãozinha sobre os dedos de Elissa.

A moça ficou comovida.

— Você é muito gentil. Obrigada. — Olhou para os lados. — Está sozinha aqui? Cadê a sua mãe? Veio com alguém?

— Estou sozinha. Vim atrás de você.

A informação fez Elissa estranhar a garota ainda mais.

— Por quê?

— Parecia que precisava de cuidado.

Elissa avaliou a menina com mais atenção.

— Qual o seu nome? — perguntou pensando em como afastá-la dali sem magoá-la.

A garota ignorou-a e fez um carinho no seu cabelo, afastando uma mecha que caíra sobre a testa de Elissa.

— Você ia se casar?

— Como sabe disso? — inclinou o corpo para trás, tomando distância da criança.

— Todos na rua estavam comentando do vestido.

— Ah! — Elissa suspirou. Ficou quieta por algum tempo, raciocinando novamente como mandaria a garota embora, mas ficou curiosa. — Por que perguntou se eu "ia" me casar?

— Bem, o vestido entrou, depois o carteiro entregou uma carta, eu ouvi uma gritaria, aí você saiu, veio até aqui quase correndo, sentou e chorou. Achei, sei lá, que alguma coisa grave tinha acontecido. O noivo morreu?

Dessa vez, Elissa riu alto, quase alegre, e a menina pareceu se congratular com isso. Quando encarou novamente a menina, já não pensava mais em como mandá-la embora.

— Posso confiar em você? — Queria contar a história da carta a alguém, apenas para poder tirá-la de dentro de si.

— Não — respondeu a garota com sinceridade, usando as duas mãos para apertar as de Elissa agora. — Mas se tem medo que eu conte nossa conversa a alguém da cidade, não se preocupe. Ninguém fala comigo e eu não vou falar com eles. Pode confiar nisso.

Elissa ficava cada vez mais atônita com a conversa e as falas da menina.

— Você é uma garotinha bem estranha — disse colocando os pés sobre um monte de pequenas pedras roliças, tirando as botas, até então submersas, de dentro d'água.

— Você é uma garotona bem estranha — a menina a encarou com uma ruguinha na testa. — Queria que seu noivo tivesse morrido? Ele não morreu, morreu?

— Não. Ele está bem vivo. Na carta, ele disse que me ama, mas que nosso casamento acabaria me fazendo infeliz, por causa da carreira política dele. Resolveu terminar o compromisso para o *meu bem*. É tão bom quando "pensam na gente antes", não é mesmo?

— Hum — fez a garota, enquanto parecia procurar as palavras certas para dizer. Um raio de sol entrou fininho por entre as árvores e caiu sobre as mãos entrelaçadas das duas. — Isso tem jeito de mentira.

— Com certeza é uma mentira! — Elissa respirou fundo. — Exceto pela parte da carreira política. Isso é realmente o que movimenta tudo na cabeça dele.

Deu um chute nas pedrinhas sob os pés e gotas de água fria caíram sobre as duas.

— E a sua? O que movimenta a sua cabeça? — perguntou a menina com interesse.

A conversa ficava cada vez mais estranha. O jeito da menina a fazia quase esquecer de que se tratava de uma criança.

— Eu...

De novo um buraco. Não gostava especialmente de nada, não se achava especial por nada em particular. Pairava acima do cotidiano, criticando-o sempre que podia. No entanto, fora os planos que fizera com Larius nos últimos quatro anos, não havia quase nada em que se apegar. E foi nesse buraco que ela viu seu fracasso.

— Você o ama? — questionou a menina com um ar muito maduro. — Ou amava?

Elissa se recusou a considerar os tempos dos verbos.

— É claro. Íamos nos casar.

— Tem certeza? — a garota estreitou os olhinhos verdes. — Sobre o amor, não sobre o casamento.

Elissa não olhou a criança. Ficou quieta. E, embora devesse se perguntar por que estava tendo aquela conversa com uma menina estranha no meio do mato, tudo o que conseguia pensar era no enorme buraco, dentro dela, tomando volume. Afinal, o que a estava transtornando? O fim do amor, que Larius dizia ainda existir? Ou o fim do casamento?

— De repente, eu acho que não sei nada sobre isso.

— Eu acho que você sabe, só não identificou ainda — ela fez uma pequena pausa observando os olhos arregalados de Elissa, depois prosseguiu. — Não deu nome a todas as coisas que sente. Isso é bem comum quando se é jovem. Ainda assim, eu lhe diria para ter cuidado com o que vai usar para preencher essa cratera que se formou no seu peito. Raiva e rancor são bons para moverem as pernas, mas eu lamentaria se, no tempo que tem por aqui, você não pudesse conhecer um pouco mais do amor do que acha que conhece.

Elissa soltou a mão da menina e se ergueu da pedra tomando distância.

— Pelo visto exagerei — disse a pequena, dando de ombros. — Deveria ter ido mais devagar. Perdoe-me, mas agora o estrago já está feito.

— Quem é você? — Elissa arrepiou-se como um gato.

— Não compreenderia se eu explicasse. Estou de passagem, sabe? Não tinha a intenção de me aprofundar em nenhuma relação com as pessoas daqui. Nem mesmo imaginei que poderia me deparar com alguém como você, Elissa. Mas é o problema de eu ser tão impulsiva.

Elissa estremeceu com a forma que a menina pronunciou seu nome, pois ela não o havia dito antes.

— Você não é uma criança — os olhos de Elissa estavam arregalados de pavor. — O que é você?

— Tenho muitos nomes — disse a menina se levantando também. O tom de voz não tinha mais qualquer traço infantil. Nem a forma de olhar. Havia uma luz muito antiga no fundo daqueles olhos, encarando Elissa. A menina sorriu como se ouvisse seus pensamentos. — E, no entanto — argumentou —, esta é a forma que melhor define quem eu sou. Olhe, não quero interferir realmente, Elissa. Só queria ajudá-la de alguma maneira. Você me pareceu tão triste.

Ela deu um passo na direção da moça, que recuou negando com a cabeça.

— Bem — ela fez um gesto de desistência —, não é sempre que eu me deparo com um ser humano num momento como este, quando uma vida se quebra e dá origem à outra, completamente diferente e inesperada. Admito agora, pela sua expressão, que escolhi um jeito bem errado de oferecer meu auxílio. Prometo não voltar a procurá-la.

O pavor em Elissa chegou a um ponto que ela não conseguiu impedir suas pernas de saírem correndo dali. A menina a deixou partir e suspirou. Tinha certeza de que não voltaria à Alva Drão e que não interferiria no destino de Elissa. Prometeu isso a si mesma. Porém, ela não era muito confiável. Sabe como são as crianças: elas gostam de mudar de ideia.

3

A Tríplice República completou 100 anos no mês em que o pai de Elissa faleceu.

Os festejos do centenário duraram semanas e se confundiram, para a família, com o luto e o enterro do patriarca. A morte de Bartolomeu Faina deixava para Elissa a direção da botica e, pela fragilidade de Úrsula, a condução da família inteira.

Naqueles cinco anos, depois do rompimento do compromisso da primogênita com Larius Drey, a família Faina Till adquirira uma configuração diferente. Elissa se aproximara muito do pai nos meses que se seguiram. As especulações de Úrsula sobre os motivos e as possibilidades do rompimento ameaçavam levá-la à loucura e Bartolomeu lhe deu um ombro calado e seguro. Ela passou a trabalhar com ele na botica, interessando-se pelo negócio e aprendendo tanto quanto podia. Pareceu finalmente encontrar algo que lhe trazia satisfação em fazer.

No ano seguinte, começou a ler livros sobre curativos e aplicá-los. Fraire Valesko — sacerdote das Fraires Inventoras em Alva Drão — colocou-a em contato com a mediadora Amanita Valho, uma das mais reconhecidas curandeiras de Amaranta. Sob a influência de Amanita, Elissa se submeteu ao exame regional de Habilitação em Cuidados e passou a dar assistência a todos que necessitassem em Alva Drão. A única pessoa a questioná-la foi Teodora.

— Eu queria entender por que você decidiu fazer isso. Você sequer gosta de estar com as pessoas. Reclama que todo mundo a irrita, que as conversas são chatas, que prefere ficar sozinha. Por que está querendo curar o povo? É algum tipo de autopunição ou coisa assim? Quero dizer: você não ganha nada com isso, então imagino que seja um tipo de flagelo.

Em geral, alguém interferia para afastar Teodora e fazê-la parar de perguntar. Os pais de Elissa arriscavam respostas para ocupar o silêncio em que ela sempre ficava diante das indagações da irmã. Suas falas, porém, eram muito menos precisas e muito mais equivocadas que as perguntas de Teodora.

Não era uma autopunição como supunha a irmã. Elissa apenas criara em torno de si um novo assunto, um tipo de contato diferente com as pessoas, uma outra "Elissa". Não estava escondida gerando falatório, não ficara invisível para ser a eterna noiva rejeitada e ninguém mais vinha até ela falar sobre Larius ou perguntar dele. Elisa não queria ter de explicar que nada mais sentia por ele, que não estava interessada em ninguém. Que queria viver sua vida, descobrir-se, sem se comprometer.

Além do mais, curar os outros lhe fazia bem. Cada ferida cicatrizada era uma vitória boa, uma satisfação que a tirava da cama todos os dias. Era um projeto. Teodora tinha razão, as pessoas a irritavam. Mas como elas traziam dores para Elissa e não suas vidas, era possível manter uma distância e ter um inimigo palpável para lutar contra todos os dias: as doenças.

Elissa Faina Till se tornou uma das principais curandeiras de Alva Drão. Tinha o respeito até mesmo dos três mediadores que atuavam na cidade, os quais costumavam chamá-la para saberem o que havia de novo em termos de medicamentos e na descoberta de substâncias curadoras.

Na botica, as pessoas só vinham falar com ela quando queriam se queixar de algum mal físico e consultá-la. Nada das tediosas conversinhas sobre as mudanças atmosféricas ou sobre a vidinha que ia "assim, assim" para quase todo mundo, ou tentativas de casá-la com um filho ou sobrinho que chegava à cidade. Como curandeira, ela podia ser objetiva, tratar das feridas aparentes e indicar remédios. Os frascos tinham o peso de um conselho, podiam ser tomados em doses prescritas. Menos de um ano depois de obter seu diploma, Elissa havia montado um pequeno laboratório e passara a enriquecer as receitas da família com os avanços alquímicos.

Entretanto, se a vida de Elissa seguira um rumo diferente do que ela imaginara, os destinos de suas irmãs mais novas não foram nada surpreendentes.

Com o incremento dos rendimentos familiares, em parte graças ao trabalho de Elissa, Teodora pôde ir estudar Engenharia de Máquinas no Centro de Estudos Superiores de Amaranta. Isso melhorou bastante a convivência entre as duas irmãs mais velhas, pois Elissa passou a defender que era melhor investir em estudos do que casamentos. Quando Teodora voltou, as duas aumentaram o laboratório e passaram a fornecer medicamentos para toda a região.

Simoa e Miranda completaram os estudos básicos e se casaram com dois primos que haviam se mudado para a cidade. Os dois eram membros ativos do Partido Independentista — a oposição ao governo do partido Unionista na Tríplice República. O marido de Miranda, Ino Lira, viera para ser fiscal dos negócios da ferrovia.

Já o marido de Simoa — que chegara à cidade impressionando todas as moças, casadoiras ou não, e até as suas mães — viera para ocupar o lugar de juiz delegado na região. Vinício Trilar vinha de um clã de juristas, era estudado, bonito, cheio de maneiras galanteadoras a combinar com seu bigode refinado. Seu casamento com Simoa, embora tendo sido no mesmo dia que o de Miranda e Ino, foi alvo de todos os encantos e invejas que no passado teriam cercado o casamento de Elissa e Larius.

Por esses acasos de simpatia, Elissa e Vinício se tornaram grandes amigos. Costumavam conversar sobre a situação política da Tríplice República, Vinício tentando convencê-la de que a oposição tinha melhores argumentos para o futuro do país e que as corporações do vapor não podiam ter todas as exigências acatadas pelo governo. Ele se inflamava e ela era, dentre todos da família, a que tinha mais conhecimento para escutá-lo sem trocar de assunto.

— Você é um idealista — acusava bem-humorada. — Acho que deveria se lembrar de que vivemos uma época de nações expansionistas. Logo, todo o poder da Tríplice República para resistir a tentativas de invasões está nas grandes máquinas de ferro e nas indústrias a vapor. De preferência, cada vez maiores.

— Mas é justamente essa a questão — tornava ele. Os dois estavam sentados à mesa do almoço de domingo, que Úrsula costumava armar no pátio sob as ramadas de flores nos dias mais quentes. — O governo faz todos acreditarem que somos dependentes do vapor, que não temos alternativas. E se escora nisso para se manter.

— E qual é o problema? Temos energia para crescermos e para que outros países não nos incomodem.

— Elissa, Elissa, pense comigo no preço que iremos pagar.

— Que preço? — perguntou ela, tomando um gole do licor digestivo feito pelo pai, enquanto Vinício se inflamava.

— Acha normal que uma cidade como Sazna Tue tenha tanto poder? Eles colocaram o maior quartel militar do país justamente no meio de nossas maiores florestas. São os militares que controlam a quantidade de madeira que é cortada e quem será beneficiado por ela. Não me diga que acha isso correto? Nenhuma ingerência do resto da sociedade? Quando saberemos o que sai de lá? Quando não houver mais floresta alguma?

— Sazna Tue não é uma capital. E o poder está nas capitais. Em Amaranta, Memória do Mar e Ondarei. E ele é eleito, Vino. As pessoas votam em quem acreditam que terá competência para guiar o país.

— Mesmo? Responda-me, Elissa, quantas vezes você viu seu ex-noivo, nosso agora Ministro-Governador de Amaranta, falar do que deveria ser feito para o bem do país? — ele tomou o silêncio de Elissa como resposta e prosseguiu. — Agora me responda: quantas vezes o viu comentar sobre projetos que renderiam mais venda de carvão de suas próprias terras?

O ex-noivo não era assunto proibido, mas Elissa em geral parava de falar quando Vino tentava descobrir as ideias íntimas de Larius por meio dela. Não queria se meter nisso. Então, ficava quieta e o cunhado lhe pedia desculpas. Os dois enveredavam por assuntos amenos até a próxima vez em que ele trouxesse seu oposicionismo à baila.

Os tempos tranquilos se quebraram com a súbita doença de Bartolomeu que, rápida e inevitável, foi minando o homem forte e brincalhão que era. Nenhum dos remédios ou tratamentos conhecidos pôde impedir a sequência dolorosa de dias que culminou em sua morte. Úrsula, as filhas e os genros uniram sua dor e saudade às portas fechadas de suas casas e da botica.

Como Alva Drão já não era mais um amontoado de moradias esparsas, o pequeno drama familiar passou ao largo da vida cada vez mais agitada da cidade. A ferrovia havia inchado os arredores com trabalhadores vindos de longe, dado origem a uma avenida de hotéis e inscrito a região no mapa dos viajantes. Por conta disso, o cortejo fúnebre evitou as ruas principais para não se misturar com a turba que comemorava os 100 anos da Tríplice República.

— Meu velho amigo... — suspirou o Fraire Valesko junto a Úrsula, Elissa e Teodora — será que ele compreenderia isso?

O homem miúdo passou um lenço perolado sobre a testa para enxugar o suor. Sua tristeza genuína se traduzia nos olhos baços e na pele cansada, sua tez escura acinzentada pelas noites em que velara as últimas horas do amigo.

— Somos de outra época, Fraire — respondeu a viúva. — Velórios em casa, longos cortejos pelo centro da cidade, tudo isso remonta a um tempo em que todos se conheciam. Quem dará importância ao esquife de um velho boticário? Quem tirará o chapéu? Minhas próprias filhas já industrializam os remédios que meu marido e eu preparávamos um a um de acordo com cada pessoa.

Elissa e Teodora se mexeram desconfortáveis, sem saber o que responder à mãe.

— Ora, não façam essas caras. Essa é a vida. Devem seguir o fluxo e não ficar lamentando o passado.

— E nós, minha cara senhora Úrsula? — perguntou o Fraire Valesko colocando a mão dela na dobra do seu braço.

Úrsula se aprumou. Estava mais baixa que as filhas agora, mas conservava o queixo forte e um corpo firme, sem mostras de envelhecer, apesar de ter perdido muito peso nas últimas semanas. Os cabelos estavam perdendo o castanho original, mas se mantinham arrumados do amanhecer à hora de dormir. Era o jeito de Úrsula não se dobrar ao tempo.

— Devemos oferecer nossa experiência para que os outros entendam as mudanças, meu amigo. Mas eu realmente acho que Bartolomeu não entenderia isso. — Ela tentou algo como um sorriso triste, e voltou a chorar. — Acho — soluçou — que morremos quando já não conseguimos compreender o mundo que nos cerca.

— Se fosse isso, uns setenta por cento da humanidade cairiam duros agora, mãe. Ai, Elissa! — o cutucão nas costelas de Teodora a fez resmungar alguns minutos. Ela só parou depois do segundo cutucão, agora dado por Miranda, que vinha logo atrás no cortejo.

A família Faina Till tudo fez para que a morte de Bartolomeu se mantivesse no âmbito privado. Entretanto, os entusiastas republicanos se esqueceram de desviar as bombas festivas e os tiros para o alto, bem como gritar e cantar na região em que ficava o cemitério. No domingo seguinte, furioso, Fraire Valesko subiu ao púlpito e admoestou fortemente aqueles a quem chamou de desrespeitosos e não teve nenhuma prudência em nomear seu líder na frente de todos. Foi uma declaração de guerra ao poderoso Harin Solano.

O principal chefe republicano da região não era homem de aceitar desaforos. Geralmente, ele os fazia. Costumava adentrar os lugares como se fosse o dono, falar alto e, pelo prazer, preferia fazer ao "mandar fazer". Era um homem com quem ninguém gostaria de bater de frente, exceto, é claro, Vinício Trillar. Como juiz delegado (e independentista de partido), ele vinha há bastante tempo desejando que Solano cometesse um erro

O erro aconteceu duas semanas depois, numa noite do sábado. Fraire Valesko e seu companheiro, Fraire Fernão, foram abordados por dois homens quando saíam de sua casa munidos de um espaçocópio para registrar as estrelas. Sem qualquer altercação entre eles, os homens arrancaram o instrumento de suas mãos e o quebraram. Na primeira tentativa de reação, Fraire Valesko levou uma bordoada de cabo de relho à qual se seguiu o espancamento de socos, pedaços de madeira, chutes e até mesmo partes quebradas do espaçocópio. Fernão também apanhou, mas conseguiu correr implorando por ajuda e gritando que iriam matar o Fraire Valesko. As pessoas começaram a abrir as portas das casas e alguém deu um tiro para cima com uma pistola. Os dois homens fugiram e os vizinhos carregaram o Fraire Valesko desmaiado até a botica, demandando por Elissa.

Ela cuidou dele por várias horas e dos ferimentos menos graves de Fernão. Os dois foram instalados no quarto de Úrsula, por ser mais amplo, e a mãe se deslocou para o quarto que no passado pertencera às filhas mais novas. Elissa não estranhou em encontrar Vinício de plantão à porta quando ela deixou os dois feridos para descansarem. Ele estava escorado à parede forrada de tecido verde do corredor.

— Como está Fraire Valesko? — perguntou.

Elissa soltou um suspiro enquanto enxugava as mãos úmidas de álcool no avental.

— Vai sobreviver. Felizmente os ferimentos são superficiais.

— Quando acha que ele poderá conversar comigo? Não me olhe com essa cara, Elissa. Sou o delegado, preciso de informações, descrições. Preciso pegar quem fez isso!

— Está bem — consentiu ela —, ele está consciente, mas vai dormir logo. Não o force, está bem? Acho que Fernão ajudará mais.

Vinício lhe deu um meio sorriso e colocou a mão na maçaneta. Elissa o interrompeu, temerosa com o brilho que viu em seus olhos.

— Você está achando que foi a mando do Harin Solano?

— É claro que estou — disse quase feliz. — Só preciso de mais provas.

Elissa soltou um suspiro preocupado.

— Fraire Valesko não deveria tê-lo provocado em público.

— Agora as vítimas são culpadas? É isso o que está dizendo, cunhada?

— Vino, não distorça.

— Olhe, enquanto você cuidava dos dois, dei início às diligências em busca dos culpados. Já tenho pelo menos três testemunhas que disseram reconhecer os tais homens e que os viram rondando a casa do Solano.

Ela o compreendia, claro. Vinício podia enganar os outros com seus ternos caros e barba bem feita. Elissa, porém, sabia que, sob o chapéu e os modos, o cunhado era um justiceiro cujas armas eram a lei e a ação policial. Por isso, ela tinha medo.

— Vinício, por favor.

— Eu vou pegá-lo, Elissa. Dessa vez, eu vou pegá-lo!

O óbvio triunfo dava vontade de sacudi-lo.

— Você vai ser pai, homem! Lembre-se disso antes de se arriscar.

— Não estou me arriscando, cunhada querida — disse ele com ternura, segurando-a pelos ombros. — Estou fazendo meu trabalho. Ou você quer que seu sobrinho ou sobrinha cresça numa cidade em que Harin Solano manda e desmanda?

— Vino... — ainda tentou argumentar.

— Fique tranquila. É só o começo do fim.

Elissa ficou sozinha depois que ele entrou no quarto. Sinceramente, esperava que Solano não estivesse metido naquilo. Sabia o quanto Vinício e seus correligionários do Partido Independentista gostariam de expor os mandaletes do interior da Tríplice República e assim minar o governo Unionista. Por outro lado, tinha certeza de que alguém precisava parar Solano, ou logo algo realmente ruim aconteceria em Alva Drão. O que poderia fazer um homem daqueles sem oposição ou freio?

Entretanto, acima de tudo, Elissa queria que sua família ficasse fora daquilo. Ela caminhou para seu quarto a fim de trocar as roupas sujas de sangue, enquanto um outro pensamento a atormentava. Uma mistura de premonição e intuição. Algo que nada tinha a ver com preservar sua família. Que dizia respeito somente a ela e a fazia desejar não ser arrastada a se envolver com nada daquilo.

Naqueles anos de vida comezinha, em que optara por um tipo de solidão falante, de estar e não estar presente, de ser quem todos viam e de não ser, Elissa aprendera a perceber pequenas manchas, pequenos detalhes e ondulações na própria conduta. Era como observar os desertos que haviam começado a se espalhar por todo o interior da Tríplice República. Por cima, somente a areia dourada, mas muitos afirmavam que, por vezes, algo se mexia abaixo, nos subterrâneos. As histórias dos desertos causavam medo nas crianças. O que Elissa intuía estar sob os movimentos internos de sua alma lhe causava outro tipo de temor.

— Elissa! — Simoa bateu à porta e forçou a fechadura. — Elissa!

Ela abriu apressada terminando de abotoar a blusa branca com detalhes vermelhos que fazia conjunto com sua saia azul-marinho favorita.

— Alguém piorou?

— Prenderam os dois homens — informou a irmã. — O Vino pediu para você autorizar que Fraire Valesko e Fraire Fernão façam o reconhecimento.

Elissa pensou que o melhor era os dois descansarem e todo o resto ficar para o dia seguinte. Mas a irmã a olhava com uma tensão que deixava pouca margem para dúvidas.

— Eu tenho escolha? — questionou cansada.

— Acho que não — Simoa não parecia avoada como de costume. Ela tinha clara noção do vespeiro em que o marido estava colocando a mão. — O Vino está com sangue nos olhos, não vai descansar enquanto não estiver com os culpados atrás das grades.

— "O" culpado, você quer dizer.

— Ele está fazendo tudo dentro da lei, Elissa — defendeu a caçula passando a mão sobre a barriga de sete meses.

— Desde quando isso é o suficiente, Simoa?

Os homens foram reconhecidos e presos antes de a noite acabar. As testemunhas começaram a ser ouvidas no dia seguinte. Pela satisfação com que Vinício entrou na botica menos de uma semana depois, Elissa já podia prever o que viria a seguir. Ele foi saudado por alguns clientes, outros o cumprimentaram respeitosamente e se apressaram em sair. Antes de saber quem ganharia o jogo, uma boa quantidade de pessoas preferia não manifestar simpatia com nenhum dos lados. E, era óbvio, já havia lados bem visíveis a essa altura dos acontecimentos. Vinício se escorou no balcão à frente de Elissa com pose e sorriso de vencedor.

— Pergunte? — instigou ele.

— Simoa dormiu bem à noite? — desconversou Elissa, organizando frascos na prateleira. — Tem feito tanto calor. Ela deve estar um tanto inchada, não?

Vinício fechou a cara.

— Elissa, por favor.

— Quer saber se as telas antiareia que Teodora está inventando podem ser testadas no quarto do bebê? — retrucou Elissa no mesmo tom debochado e se escorando no balcão em frente a ele. — Eu acho que sim, mas é melhor perguntar para ela.

Vinício deixou de lado a pose sedutora e deu um soco no balcão.

— Eu o peguei! — anunciou num sussurro que era quase um grito.

Elissa perdeu também o ar de deboche.

— Por quanto tempo? — inquiriu séria.

— Eu vou prendê-lo, Elissa. Ele será processado e julgado.

— Por quanto tempo, Vino? — Ele ergueu um pouco o corpo para argumentar, mas ela o puxou pela manga do terno. — Não banque o inocente, meu amigo, você não é. Quanto tempo acha que tem até que se plantem evidências contrárias às que achou? Até que os jornais e as rádios de Amaranta caiam sobre você às marretadas? E estou falando só da sua reputação, por enquanto.

— E por quanto tempo viveremos com medo, Elissa? — Ele tomou as mãos dela como que suplicando entendimento para a sua cruzada. — Você não percebe ou não quer perceber que o Partido Unionista é tirano, que estamos imersos em desmandos? Por quanto tempo aceitaremos criaturas abjetas como Harin Solano distribuindo violências e ficando impunes? Se você soubesse das coisas que eu sei?

— Que coisas, Vino?

— Horrores que eu mantenho longe de nossas casas para que vocês não sofram.

Elissa lia os jornais da oposição e sabia do que ele falava. Tirou as mãos do meio das dele, endireitou o corpo, desenrugando a saia num gesto automático.

— Então temos as mesmas intenções, Vino. Quer manter os horrores longe de nossa família? Então, pare de caminhar em direção a eles.

O cunhado pareceu um pouco culpado. É claro que ele entendia o ponto de vista de Elissa. Baixou a cabeça, mas manteve o tom de voz teimoso.

— Estou cumprindo com o meu dever.

— Seu dever é conseguir uma vitória para o Partido Independentista?

O ataque fez ele recuperar a postura beligerante.

— E o seu, qual é? Se esconder? Eu estou do lado da lei, Elissa. Você quer que eu deixe de fazer o meu trabalho?

— Você mesmo acabou de dizer que a lei não nos pertence — lamentou ela.

Vinício, porém, lhe devolveu aquela confiança de menino que havia arrebatado Simoa quando os dois se conheceram.

— Vamos tomá-la de volta!

No dia seguinte, um artigo na *Gazeta da Manhã*, principal jornal oposicionista de Alva Drão, noticiava sobre o inquérito e apontava o indiciamento de Harin Solano como mandante do crime contra o Fraire Valesko. O jornalista Ivaneo Gusmano foi além da notícia e fez um editorial atacando frontalmente Solano. Pela hora do jantar, uma menina que trabalhava na casa do jornalista chegou à porta da botica, já fechada, gritando por Elissa.

— Meu patrão levou um tiro. Meu patrão levou um tiro! — ela berrava batendo na porta. — Dona Elissa! Dona Elissa!

— Acalme-se, criatura! — gritou Úrsula da janela do andar de cima.

Elissa veio correndo dos fundos da casa, onde ficava o laboratório, alertada pelos chamados da mãe, com Teodora em seu encalço. A irmã abriu as portas duplas da frente enquanto Elissa juntava seus apetrechos sob o balcão da botica. A moça do lado de fora continuava gritando e chorando.

— Vamos — disse Elissa saindo da casa e já se colocando a correr o quanto suas saias permitiam. A menina a seguiu aos tropeços dos pés pequenos sob o corpo gordinho. — O que aconteceu?

— Seu Solano entrou lá em casa — ela deu um soluço alto e negou com a cabeça como que afastando a imagem brutal da mente — e deu um tirou nele.

— O quê? — Elissa chegou a parar, chocada. —Você diz um capanga do Solano, certo?

— Não! Foi ele mesmo. Eu vi, dona Elissa.

Elissa teria vontade de chorar se tivesse tempo para isso. Voltou a correr, resmungando.

— Droga! Agora o caldo entorna de vez.

O tiro atingira o braço do jornalista, mas, pela narrativa de Gusmano e sua esposa, não era essa a intenção.

— Ele veio para me matar — repetia o homem tantas vezes quanto podia.

Vinício, que chegara à casa quase junto com Elissa, saiu antes que ela terminasse o curativo, indo para a delegacia buscar reforços. Dois soldados se recusaram a ir com ele efetuar a prisão, tomados de medo, e foram recolhidos à cadeia. A dupla corajosa que seguiu o juiz delegado encontrou Solano em casa, jantando, como se nada daquilo tivesse a ver com ele. Não resistiu à prisão. Não respondeu perguntas. E, para a fúria de Vinício, perguntou o que lhe seria servido de café da manhã na cadeia.

A cidade entrou numa espécie de transe. Os dias posteriores foram absolutamente caóticos. Não havia outro assunto em nenhum lugar. Onde dois estavam, ali se falava do feito de Solano e da coragem de Vinício em prendê-lo e enfrentar o partido do governo diretamente. Mesmo que todos concordassem que a lei amparava o ato do juiz delegado, o medo não deixava de se esboçar em reticências e caretas compungidas diante do ocorrido.

O bombardeio vindo de Amaranta não demorou. Um trem carregado de correligionários do Partido Unionista para dar apoio a Solano chegou à cidade quase junto com um dirigível que trouxe dois advogados especialmente contratados para a sua defesa. Os jornais e as rádios não paravam de transmitir notícias em que apontavam um golpe dos Independentistas para desestabilizar o comando do Ministro Governador Larius Drey.

O jornalista Ivaneo Gusmano foi acusado de montar uma farsa, sua esposa e criada desqualificadas como testemunhas, a primeira por conta de sua relação cúmplice com Gusmano, a segunda por estar sujeita ao casal. Vários artigos de importantes políticos do partido do governo viajaram por todo o território, lançando sombras sobre a reputação dos acusadores e do juiz delegado.

Um artigo do próprio Larius Drey teve especial repercussão. Sem atacar diretamente a atuação policial, e usando a conhecida eloquência de sua escrita, o Ministro Governador encheu o processo de dúvidas e, mesmo pedindo que a justiça fosse feita, ele perguntava: a quem deveria a justiça perseguir, se a farsa realmente fosse comprovada?

Apesar dos esforços de Vinício, após três semanas, um mandato de soltura foi emitido pelo juiz coordenador da região. Solano poderia ficar livre enquanto não houvesse um julgamento público com base em todas as provas reunidas. O homem saiu da cadeia nos ombros dos correligionários numa sexta-feira.

— Vai ficar o dia todo amuado? — perguntou Simoa ao marido durante o almoço do domingo no pátio dos fundos da casa de Úrsula.

— Deixe o homem sofrer um pouco, Simoa — debochou Ino. — Derrotas acontecem antes da vitória final, primo. Devia estar preparado para isso.

Vinício respirou fundo e pegou a mão da esposa, usando deliberadamente do encanto que ela tinha por ele.

— Estou deixando-a de lado, não é, minha bela?

— Está — respondeu Simoa, fazendo falsete de menina. — Está deixando nós dois de lado — completou passando a mão sobre a barriga.

— Vou compensá-los, meus amores — respondeu ele beijando-a na boca c depois na barriga. — Haverá retreta na praça ao fim da tarde, será que minha linda esposa e meu amado filho me dariam a imensa honra de sua companhia?

Simoa aceitou cheia de dengos. Vinício a mimava, como o resto da família a mimava, o que garantia à Elissa que sua irmã mais nova talvez nunca crescesse. Porém, assim como o resto do grupo, Elissa também não via mal nenhum naquilo. Os dois eram unidos e enamorados. Qual o problema dos dengos e mimos, se isso fazia sua irmã feliz?

Ao fim da tarde, a família toda se preparou para a retreta. Até mesmo Elissa, que preferia fugir dos locais cheios de gente, acabou cedendo à insistência da mãe e colocando um vestido novo para ir à praça. Ela costumava usar apenas roupas práticas e, como saía pouco, um vestido cheio de babados era uma mudança bem expressiva.

— Arre! — saudou a mãe. — Vestida assim quase consigo ver a menina delicada que eu criei. Ela está em algum lugar por aí?

— Não — respondeu Elissa com bom humor —, acho que ela abriu mão da delicadeza para ficar mais parecida com a mãe dela.

Úrsula lhe bateu com o leque no ombro e as duas se juntaram sorridentes a Teodora para caminharem até a praça. Um pôr do sol arroxeado pincelava o céu, brincando com os tons azuis e cinzentos de uma chuva que se anunciava para o dia seguinte. O calor dava uma trégua com a brisa do fim da tarde e a praça estava cheia. Sob o coreto, encimado por duas trepadeiras frondosas, a pequena banda municipal se apresentava apostando em sucessos populares. Quando a noite caiu e os lampiões da iluminação urbana foram acesos, alguns casais arriscaram passos de dança e os ambulantes intensificaram a venda de refrescos e petiscos.

Ninguém percebeu o primeiro estouro. O segundo, dado logo em seguida, foi acompanhado de um grito animal saído da garganta de uma mulher. Elissa largou a mãe e a irmã e saiu atropelando e se batendo contra a multidão. Antes de chegar à cena, ela podia intuir o que veria porque a voz lhe era familiar. Simoa estava desmaiada amparada por alguém, com Miranda ao seu lado. Ino berrava por ajuda e usava as duas mãos para conter o sangue que vertia, aos borbotões, do peito de Vinício.

chuva lavou durante toda noite o sangue sobre as lajotas da praça central. Havia um silêncio estranho se impondo sobre as pessoas, uma mistura de dor e choque que travava as mandíbulas. Evitavam falar para não urrar.

A porta da botica permaneceu aberta a noite inteira e uma boa quantidade de pessoas entrava e saía, mesmo sob o aguaceiro. Membros do Partido Independentista se revezavam montando guarda sob as ameias da casa. Compareceram armados.

Úrsula e Teodora colocaram panos pretos nas janelas apenas dois meses depois de tê-los usado durante o velório de Bartolomeu. Os balcões de madeira foram empurrados para junto das prateleiras de portas de vidro, as quais cobriam todas as paredes sem janelas. Foram trazidas cadeiras de toda a casa e muitas foram emprestadas pelos vizinhos. A mesa que ficava no pátio dos fundos, e era usada para os almoços sob o caramanchão florido, foi colocada no centro do salão para receber o caixão. À sua volta foram se acumulando corbelhas e coroas de flores que chegavam ininterruptamente, sem que se soubesse como as pessoas as tinham conseguido no meio da noite.

Miranda ficou no andar de cima com Simoa, que acordara do desmaio para a viuvez e uma série de contrações que colocaram a família em alerta. Dona Fiuzza, a parteira, chegou antes da meia-noite, para o alívio de Elissa, e se encarregou de ajudar Miranda a cuidar de Simoa.

Vinício morrera ainda na praça, talvez antes mesmo do segundo tiro. Elissa passou parte da noite ajudando a preparar o cadáver do cunhado. Ela e Aurélio Cristóbal, bom amigo de Vinício e um dos mediadores da cidade, se encarregaram de costurar o peito do juiz e, depois, lavá-lo e vesti-lo. Elissa queria que ele estivesse bonito como era em vida, que as moças ainda suspirassem, que sua irmã tivesse dele uma imagem mais poderosa que aquela manchada de vermelho.

— Posso terminar isso sozinho, Elissa — disse Aurélio ao vê-la chorar mais uma vez. Usou um tom paternal, mas não era muito mais velho que ela ou Vinício, apesar dos óculos e da postura encurvada.

Elissa negou com a cabeça e lavou as mãos para poder enxugar o rosto. Seu colega de ofício também já havia desabado algumas vezes.

— Precisamos terminar logo. Em dois vai mais rápido.

— Eu posso chamar outra pessoa. Você não precisa se violentar aqui.

— Não é violência — negou Elissa, embargando a voz ao olhar o rosto de Vinício. — É carinho. Por ele. Pela minha irmã.

Aurélio a abraçou e os dois esperaram a tristeza refluir um pouco, então, voltaram ao trabalho e evitaram conversar.

Mais tarde, Úrsula cruzou com ela na escada que levava ao segundo andar do sobrado.

— Ele já está lá na sala? — perguntou referindo-se ao corpo do genro. Elissa assentiu. — Deveria descansar um pouco agora, minha filha.

— Tem horas que a gente não tem condições para descansar, mãe. — Úrsula não combateu suas palavras, apenas pegou sua mão e apertou. — Como está a mana?

— Teodora insistiu que ela tomasse uma das misturas de vocês e ela dormiu. Não fará mal ao bebê, não é?

— Não sei, mãe. Mas acho que Simoa acordada, no estado em que estava, também não estava fazendo bem ao bebê. Teodora agiu certo.

Úrsula sacudiu a cabeça como quem apaga um pensamento. Elissa ajeitou o ombro da blusa da mãe, estava frouxo sobre o corpo que diminuía a olhos vistos. Úrsula também parecia ter envelhecido mais naquelas poucas horas. A mãe a abraçou e beijou sua testa.

— E eu achei que agradeceria o dia em que vocês duas concordassem com algo.

Deixando a mãe se dirigir para a sala, Elissa tomou um banho rápido e trocou o vestido de babados, inutilizado pelo sangue, por outro, preto, que já havia usado no funeral do pai. Estava inchada de chorar, mas lentamente entrava em uma calma seca, cheia de dor, e onde a raiva crescia.

Antes de descer para o velório, ela conferiu o estado de Simoa e conversou com a parteira. O bebê viria logo, era a opinião da mulher. Elissa assentiu. Deu um beijo em Simoa, abraçou Miranda por alguns instantes e saiu do quarto pedindo para ser chamada em qualquer alteração.

Depois, foi ao armário embutido que ficava no fim do corredor. Fechou a porta e, subindo em uma pequena escada, resgatou uma caixa da prateleira mais alta. O conteúdo dela estava envolto em um tecido, mas Elissa sabia como aquilo era normalmente guardado. Respirou fundo e, desprezando a caixa e o tecido, colocou o conteúdo no bolso interno da saia. Minutos depois, desceu as escadas para o térreo. Antes de entrar no salão da botica, foi até uma cristaleira em que ficavam as garrafas de digestivos e tomou dois goles grandes de conhaque. Não era seu costume e ela tossiu bastante, mas a ardência interna pareceu deixá-la menos anestesiada.

Até o fim da manhã, foi um velório com menos palavras que o de Bartolomeu. Naquela ocasião, todos queriam debater a doença, os últimos dias dolorosos, contar as histórias pitorescas do falecido. As narrativas sobre Vinício Trillar, porém, estavam entaladas nas gargantas e pesavam nas pessoas de tal forma que elas se moviam devagar, num arrastar que só a morte dos jovens causa. O assassino, um ex-presidiário sem eira nem beira, que decerto tinha suas querelas com o falecido juiz, já estava preso. De resto, só havia o sofrimento da família, dos amigos e dos admiradores.

Durante a manhã e um pedaço da tarde, parentes de Vinício, avisados por telefone e telégrafo, desembarcaram na estação ferroviária e se dirigiram ao salão já abarrotado da botica.

O burburinho de perguntas, no entanto, começou depois da hora do almoço. Alguém resolveu questionar sobre as possibilidades e logo borbulhavam as especulações. Afinal, quem poderia esquecer que o juiz delegado estava se batendo justamente contra o homem mais poderoso da região? Como não perceber que os choques entre independentistas e unionistas estavam cada vez mais acirrados? Aquele podia ter sido um ato para calar o partido do juiz? Ou, quem sabe, seria a bandeira para a revolução, pela qual muitos já clamavam? Elissa ouviu tudo, de todos os lados, mas sem comentar.

Uma hora antes de se fechar o caixão, Ino e Aurélio desceram Simoa em uma padiola improvisada para que ela pudesse se despedir. Ela acordara chamando pelo marido, mas a cena que todos viram não era de alguém que sequer entendesse sua morte, quanto mais a aceitasse. Simoa falou como se o marido estivesse deitado ali, adoentado, pronto para responder quando acordasse.

Depois que a jovem viúva saiu, começaram os preparativos para fechar o caixão. Um movimento estranho junto à porta chamou a atenção dos que estavam na sala. As pessoas abriram espaço e Harin Solano entrou. Usava um casaco preto e tinha o chapéu nas mãos, revelando o cabelo grisalho bem aparado e penteado. Era um homem grande, de aspecto maciço e intimidador. Ao vê-lo, Elissa largou imediatamente o braço da mãe e caminhou até ele com passadas firmes.

— Dona Elissa — começou o homem —, eu vim em missão de paz. Quero deixar claro que nada tive a ver com...

— Retire-se! — A ordem de Elissa se elevou acima da voz dele, mas não havia descontrole nenhum em seu tom.

A sala fez um silêncio imediato.

— Eu entendo, Dona Elissa, a senhora...

— Vou repetir: retire-se! — Ela erguia a cabeça para olhá-lo nos olhos, ainda assim, parecia mais alta que ele apenas pela postura. A mão, em riste, apontava a porta por onde o homem entrara.

Solano olhou para os outros presentes, estendendo os braços num pedido de intervenção destes.

— Os senhores são testemunhas de que eu...

Ele não teve tempo de terminar a frase. Elissa sacou o revólver do bolso interno da saia e colocou o cano na altura da boca do homem.

— Eu mandei sair da minha casa, Solano — repetiu com dureza.

Ele chegou a dar um passo para trás, num misto de susto e incredulidade.

— O que é isso, menina? — sorriu nervoso. — Sequer sabe usar uma arma.

— Dessa distância eu não preciso saber, é só atirar.

Ele perdeu o ar de riso e baixou a voz. Queria que só ela o ouvisse, o que era impossível diante do silêncio de todos os presentes.

— Está deixando as coisas mais perigosas, Dona Elissa — ameaçou.

— Harin Solano — o controle da voz de Elissa não se perdia com o fato de ela falar muito alto —, eu não quero conversar com você. Não quero ouvir a sua voz. Não quero ver a sua cara. Não quero usar minha saliva para responder a você. Vou cuidar de você quando chegar a hora. Agora é o momento de enterrar o meu cunhado e sua presença aqui é um desrespeito à minha família. Se continuar em minha casa contra a minha vontade, vou declará-lo um invasor — Elissa engatilhou a arma. — Vire-se e saia sem nem mais uma palavra.

Solano ainda olhou em volta esperando que alguém se aproximasse de Elissa. Qualquer um que a tratasse com a condescendência que uma mulher emocionalmente perturbada mereceria. No entanto, fosse por concordar com Elissa, por choque ou por medo de sua postura, nenhum dos presentes se aproximou. Solano modificou definitivamente sua expressão compungida, despindo a máscara; colocou o chapéu sobre a cabeça e saiu batendo as botas.

Elissa baixou a arma quando ele saiu pela porta, retornou o gatilho e a colocou num bolso interno do vestido. Depois, fez sinal para que se prosseguisse com o fechamento do caixão. Ela e Teodora se encarregaram das alças centrais, Ino, Aurélio e mais dois amigos da família das outras. Eles carregaram o esquife até o carro fúnebre parado à frente da casa.

Elissa se juntou à Úrsula e Teodora para seguirem à frente do cortejo quando o condutor do carro se aproximou.

— Por onde devo seguir, senhoras?

Úrsula chegou a abrir a boca, mas Elissa respondeu antes.

— Pela rua principal.

O homem arregalou os olhos.

— Tem certeza, Elissa? — perguntou a mãe olhando-a como se visse uma desconhecida diante de si.

— A cidade acabou de perder seu juiz delegado. Ele foi assassinado na frente de todos, na praça central, diante dos cidadãos que jurou proteger. Sim, minha mãe, eu tenho certeza: nós vamos pela rua principal. E quem não quiser ver, que se vire de costas.

O cortejo foi emocionado, e mesmo quem não tinha qualquer ligação com a família, amigos ou partidos, parou e prestou respeitos. O tom de desafio foi comentado em voz baixa, mas ninguém, em toda a cidade, teria coragem de questioná-lo. Quando Elissa, Teodora, Úrsula e Ino voltaram do cemitério a noite já caía. Nem bem chegaram à porta e Miranda correu para avisar: o bebê estava nascendo.

Nas horas seguintes, a casa inteira se voltou para o jovem Vinício Trillar, que nasceu pequeno e com pouco peso, mas chorando bastante para demonstrar sua vontade de estar no mundo. A parteira posicionou Miranda sentada atrás de Simoa, e ela foi a força que a irmã não conseguia ter. Elissa esteve ao lado da parteira e a mãe dava a mão à filha caçula. Teodora sumiu, e quando apareceu, pouco depois de o bebê nascer, vinha munida de um pequeno berço que seria acoplado à cama; junto com uma pequena e adaptada estufa a gás para manter os lençóis sempre aquecidos.

— Mais tarde — ordenou a parteira.

— Como assim mais tarde? — reclamou Teodora. — O menino não tem condições de se manter aquecido por ele mesmo.

— Para isso ele tem uma mãe — explicou a mulher com pouca paciência. — Deixem o bebê limpo — disse para Elissa e Úrsula —, mas não o vistam. E coloquem logo junto do corpo da Simoa, isso vai aumentar as chances dele, pobrezinho.

Teodora se irritou com a parteira, mas Elissa sabia que a mulher estava certa. A irmã só diminuiu a tromba quando a parteira disse que seu berço seria muito útil nos próximos dias, e que o pediria emprestado quando fizesse algum parto em que a mãe morresse. Miranda deu um puxão no cabelo de Teodora para apagar o sorriso inconveniente dado pela irmã. Quando a manhã chegou, mãe e filho passavam bem, mas qualquer um podia prever muitos dias difíceis pela frente.

Mesmo sem grandes apetites e há dois dias sem dormir, o que restava da família sentou em torno da mesa de madeira envernizada que ficava no centro da cozinha. A chuva se fora, mas o céu permanecia nublado, com brechas ocasionais para a passagem de uns raios de sol. Um vento fresco percorria as folhas das árvores e chegava ao chão causando arrepios que subiam pelos tornozelos. O cheiro das folhas úmidas e em decomposição parecia andar pelas ruas tomando o lugar das pessoas. Todos na família estavam imaginando por onde recomeçar a tocar a vida, exceto Elissa. Ela esperou que a mãe, as irmãs e o cunhado comessem um pouco antes de anunciar.

— Partirei para Amaranta no próximo trem.

Os outros se olharam antes de Úrsula perguntar novamente, no mesmo tom que fizera quando da saída do cortejo.

— Tem certeza, Elissa?

Ela sacudiu a cabeça olhando para a xícara em que bebericava um chá sem vontade alguma.

— Precisamos de algumas garantias, mãe. Vou cobrar de quem pode dá-las e nos deve isso. Vou falar com Larius Drey.

— Você sempre disse que ele não te devia nada — argumentou Teodora, sem muita convicção.

— Isso foi antes de gente dele matar gente nossa.

— Não estamos em partidos, Elissa — disse Úrsula, sem olhar para Ino. Afinal, o genro vivo, assim como o morto, eram membros ativos do Partido Independentista. — E você está acusando sem provas, filha.

— Provas, mãe? Quer provas? — Elissa sentiu o rosto queimar com a raiva que ela vinha acumulando. — O homem que atirou em Vinício já esteve preso mais de uma vez. Em duas ocasiões, ele foi acusado de bater em votantes do Partido Independentista; noutra, ele expulsou plantadores das terras em que Solano queria colocar gado; da última vez em que foi preso, ele foi acusado de matar um unionista que estava se opondo a Solano dentro do partido. Escapou porque tinha um álibi. Quem era o álibi? Harin Solano, claro. Quer mais provas, mãe?

O grupo à mesa não disfarçou o mal-estar das palavras dela.

— Como sabe de tudo isso? — perguntou Miranda, erguendo a cabeça do prato com um pedaço intocado de queijo.

— Eu ouvi bastante do que foi dito dentro desta casa no velório. Confirmei as informações com o Fraire Valesko e com o Ino.

O cunhado assentiu com a cabeça, mas até isso lhe parecia um esforço demasiado. Perdera o primo e o melhor amigo por coisas que ele acreditava tão firmemente quanto o falecido. Era como olhar a morte dentro dos olhos, Elissa percebia isso em cada movimento dele.

— Quer que eu a acompanhe a Amaranta, Elissa? — A pergunta de Ino era sincera, ainda assim, não isenta de dor e medo.

Elissa também foi sincera em negar.

— Não, Ino. Preciso de você aqui. A mãe e as meninas necessitam de alguém que possa articular a segurança, se necessário. Vou sozinha.

Úrsula bateu com a palma da mão na mesa.

— Credo, Elissa! — repreendeu. — Você fala como se fôssemos ser atacados.

Elissa não respondeu e Ino baixou a cabeça. Úrsula ficou tão incomodada com a postura dos dois que levantou da mesa e saiu.

— Ótimo, Elissa! Olha o estado em que ela ficou — reclamou Miranda.

— As coisas mudaram, Miranda — Teodora olhava fixamente para a irmã mais velha. — Elissa está certa. Estamos na boca do vulcão.

— Querida... — começou Ino, tentando juntar argumentos.

— Nem precisa, Ino — atropelou a mulher. — Se essas duas concordaram, já é o suficiente para eu me preocupar. Espero que tenhamos sorte em atravessar tudo isso. — Ela deu um suspiro. — Deixem a mãe comigo.

Levantou-se e saiu no encalço de Úrsula.

O trem partiu da estação de Alva Drão para Amaranta nas primeiras horas da madrugada. Elissa levou consigo apenas uma valise pequena, com poucos pertences. Comprou a passagem de ida e também a de volta, que pretendia marcar para o final do dia seguinte. Não desejava ficar muito tempo longe de sua família e não tinha dúvidas quanto ao que faria e como faria.

Acomodou-se na poltrona do corredor para não correr o risco de ter a companhia de outro viajante. Reclinou o banco e usou o máximo possível de espaço que seu corpo e sua saia lhe permitiam. A idade e os bolos de sua mãe haviam mudado o corpo dos seus dezessete anos, por isso tomara o cuidado de vestir seu conjunto de passeio mais alinhado. O tom sóbrio do lilás da saia e do casaquinho foram matizados pela pequena gravata preta amarrada sob a gola alta da camisa branca. As luvas pretas, a sombrinha e o chapéu escuros ajudavam a compor o luto externo. Queria que Larius a visse como uma mulher dona de si e não como a menina que ele largara.

Alguns passageiros que passavam por ela chegaram a parar a fim de lhe dar os pêsames, mas ninguém se deteve por muito tempo. A frieza de Elissa tinha mais efeito que seus gestos calculados para afastar os outros. Cerca de meia hora depois da partida, foi servida aos passageiros uma pequena ceia, a qual poderia ser escolhida entre as opções de sopa e pão, chá com torradas ou leite e biscoito para as crianças. Elissa recusou. Depois disso, as luzes dos vagões se apagaram e a viagem afundou nos roncos e na escuridão estrelada que cercava o trem.

Seria bem melhor se Elissa conseguisse dormir. Preferia ter uma imagem mais descansada para o confronto que imaginava para o dia seguinte. Não por vaidade, mas para não demonstrar fraqueza. Ela fechou os olhos por um segundo. Estava sozinha, então, podia admitir: era um tanto por vaidade sim e sentiu muita raiva de si mesma por conta disso.

Do lado de fora, as sombras que se projetavam pelos matos davam espaço aqui e ali para descampados. Pela metade da madrugada, os descampados aumentaram muito e Elissa conseguiu divisar as manchas de deserto arenoso brotando em círculos disformes como uma doença de pele. Nos últimos anos, as areias haviam aumentado muito. Elissa preferia não pensar nisso, mas acompanhava as cansativas falas de Teodora sobre o crescimento dos desertos.

O planeta inteiro vinha registrando o aumento de zonas secas e arenosas. Os científicos se dividiam. Alguns defendiam que era apenas uma reação à ação humana, especialmente aos desmatamentos e à busca de minas de carvão para alimentar o mundo do vapor; outros, que era o desgaste natural, um sintoma do envelhecimento do planeta. Havia, claro, preocupação com a futura falta de comida, mas também se inventaram novos dispositivos para enriquecer as terras arenosas e plantar nelas. Alguns diziam que o planeta sobreviveria, outros que era só uma "fase", que as coisas se reconstruiriam. E, claro, havia uma quantidade cada vez maior de pessoas afirmando que o mundo ia acabar, não havia mais retorno, era hora de se arrepender e lamentar.

— E você, o que pensa?

Elissa saltou no mesmo lugar e não deu um grito por detalhe. No banco, junto à janela, sem que ela soubesse como aquela criatura havia ido parar lá, estava a menina. Sem qualquer mudança, era aquela mesma menina que, cinco anos atrás, havia seguido seus passos no dia em que Larius Drey rompera o compromisso entre eles.

— Como?

A menina sorriu.

— Pensei que já tivesse entendido, Elissa. — Ela aproximou a cabeça e falou num sussurro divertido com os olhos muito arregalados. — Eu vou aonde eu quiser.

A mulher manteve por um tempo a mão sobre o peito, segurando o coração sobressaltado.

— Você não é gente, é?

— Claro que não, sua boba! — a menina riu da ideia.

Um arrepio subiu pela coluna de Elissa.

— Posso perguntar o que é você?

— Não — disse a menina pensativa —, ainda não.

A resposta fez suas mãos tremerem involuntariamente.

— E eu deveria ter medo de você, criança que não cresce?

— Pergunta interessante. Eu achei que você perguntaria se estava ou não sonhando.

— Eu tenho certeza de que não estou sonhando — afirmou Elissa. — Como também não estava sonhando quando a vi pela primeira vez.

O rostinho redondo da menina se iluminou num sorriso de dentes muito brancos.

— Essa é a "minha" Elissa. Ah, eu gosto imensamente de você, sabia? — Ela enlaçou o braço de Elissa como se pegasse um brinquedo. A sensação de que era preciso recuar de um toque estranho não veio. Elissa se deixou abraçar como se a menina fosse alguma coisa sua, uma parente, uma amiga, difícil de definir.

— Por quê? Por que gosta de mim?

A menina se afastou com uma expressão chateada.

— Não posso dizer. Eu estragaria tudo se dissesse.

— Que ótimo — ironizou Elissa. — Eu devo ficar no escuro, então.

— Ah, mas você vive dentro do tempo. Quando estamos no tempo, estamos sempre no escuro, entende?

— Não.

— A gente nunca sabe para onde o tempo vai — explicou a garota num tom de obviedade. — Andamos no escuro. Como cegos. Não vemos as pedras, os buracos ou quando o caminho acaba.

— Os cegos têm ajuda — respondeu Elissa no mesmo tom. — Um bastão, um cão-guia, um amigo, o instinto. — Ela se aproveitou que a menina lhe deu um risinho. — Qual deles é você?

— Acho que o cão — confirmou a menina com a cabeça. — No momento, um cão bem impressionado com seu cego. Por que não tem medo? Nem de mim, nem dessa conversa?

— Porque ela só pode estar acontecendo dentro da minha cabeça.

A menina colocou a mão no rosto de Elissa.

— Não, minha querida, não está. Mas, se isso a tranquiliza, pense assim. Agora me escute com atenção. — Sua voz ganhou um tom sério e nada infantil. — Sou seu cão, lembra? E eu farejo o que está por vir. Eu gostaria muito de lhe explicar como deve agir quando encontrá-lo, mas realmente não posso. Então, só vim aqui para dizer que confio imensamente em seu instinto, nas decisões que tomar. E, mais ainda, confio na criatura extraordinária que você é.

Elissa retirou as mãozinhas dela da volta do seu rosto.

— Não tenho nada de extraordinário.

— Não diga isso. Eu entendo muito mais dos cegos do tempo que você. Acredite, poucos têm seu dom para escolher os caminhos — ela deu um sorriso. — Ou os cães que irão ajudá-los.

— Olha, eu... — começou querendo que a criança se explicasse.

— Elissa — interrompeu a menina.

— Sim.

A resposta não saiu impaciente como Elissa queria, mas quase concordando com o que a outra lhe diria a seguir.

— Eu acho que você deveria dormir agora.

E Elissa não viu mais nada.

barulho das rodas do trem mudou assim que a locomotiva iniciou a travessia da Ponte Nova, a qual se estendia por cinco quilômetros sobre o rio Amarelo e sua várzea. Para os dois lados, em ambas as margens, desdobravam-se palafitas numa profusão urbana que parecia aumentar todos os dias.

Antes, as plantações de várzea ocupavam a maior parte do espaço ao longo do curso do rio, começando a uns cem quilômetros de Amaranta e indo dali até o mar. Agora, os plantadores estavam cada vez mais distantes da cidade. A terra já não dava mais comida desde uns vinte quilômetros antes da capital e não produzia quase nada depois dela. Em vez de plantações, eram fábricas movidas pelo vapor que se distendiam pelo território até o mar. Os plantadores pegavam então suas canoas longas e rebaixadas, algumas cobertas com toldos de couro, outras com beiradas achatadas que serviam para expor os produtos, e desciam desde os pontos mais distantes do rio para vender o que pudessem na capital do sul.

Amaranta manejava seus setecentos anos de idade exibindo uma personalidade urbana forte e pouco permeável a críticas. Crescera sobre inúmeras ilhas e ilhotas fluviais. Seus habitantes, em vez de caminhos, haviam preferido construir canais e navegar sobre eles com embarcações de todos os tamanhos, individuais ou coletivas. Tudo era feito nesse sistema, os traslados, o comércio, as visitas. À medida que se entrava na cidade, o tráfego de barcos ameaçava barrar qualquer pressa. Para deslocamentos mais rápidos, era preciso entrar numa das vias aceleradas, onde botes coletivos, ligados a uma linha de ferro que, por meio de roldanas, conduziam a outros pontos da cidade. Tais linhas ficavam de um dos lados dos canais principais, todo resto era inundado por comerciantes e navegantes que queriam comprar, chegar ao trabalho, ou simplesmente ir de um canal a outro.

Elissa acordou com o movimento do trem sobre a ponte e deu a si mesma um instante de satisfação. Nas poucas vezes em que estivera em Amaranta, decidira que gostava mais da capital de fora do que de dentro. A chamada Cidade Rosada era construída numa mistura de pedras de arenito avermelhado, mármores de tons violáceos e vidros ametistas que os ricos encomendavam aos artesãos da região da cordilheira, ao noroeste. Ao amanhecer e ao pôr do sol, rio e cidade formavam um conjunto que parecia em fogo, as cores ardendo e as chaminés grudando sua fumaça nas nuvens, estendendo seu tom de chamas ao longe, ofuscando a vista e maravilhando quem aguentava seu queimar nos olhos.

Elissa respirou fundo para descer do trem quando chegou na estação central. Pegou sua valise, caminhou firme e ergueu o queixo. Como as mãos tremiam um pouco, ela endureceu os ombros e apertou com firmeza a sombrinha e a alça da maleta. O coração aos pulos dentro do peito, porém, era mais difícil de controlar. Tomou um barco com condutor e pediu que a levasse ao Palácio do Ministério Governante.

— A essa hora vamos demorar um pouco para chegar, dona — advertiu o barqueiro.

— Não tem problema — garantiu ela passando o valor do transporte adiantado para as mãos dele.

— Veio de onde, dona? — perguntou o homem enquanto se afastava do cais da estação de trens.

Elissa abriu a sombrinha, puxou o véu telado do chapéu sobre os olhos e fingiu não ter ouvido a pergunta, ensaiando um olhar interessado na balburdia à sua volta. O barqueiro interpretou o sinal com clareza e se calou pelo resto do trajeto.

O tráfego intenso de barcos e botes àquela hora da manhã se revelou uma benção. Havia muito no que pensar antes de encontrar com Larius. Mesmo que tivesse repetido e ensaiado para si o que faria e o que falaria desde o dia anterior, a perspectiva de encontrar o ex-noivo a incomodava mais do que seria capaz de confessar.

Em algum canto de sua mente havia a promessa e a decisão de jamais voltar a ver aquele homem. Uma promessa de menina boba, ela reconheceu. Encontrar ou não Larius em nada alteraria a situação de ambos. Continuariam para sempre ex-noivos, ele casado com outra mulher, ela solteira. A nova situação era estarem em campos diferentes de uma batalha na qual Elissa precisava apresentar suas armas e torcer para que Larius ainda tivesse resquícios do homem que ela amara.

Por outro lado, o encontro da noite anterior ainda lhe pesava como um sonho esquisito, meio névoa, meio realidade. À luz do sol, Elissa já não tinha mais certeza e se convencia, minuto a minuto, de que só podia ter dormido e sonhado aquela conversa. Afinal, como uma criança, por mais estranha que fosse, permaneceria a mesma, sem alteração, durante cinco anos? Ela lhe disse que não era gente. Elissa negou com a cabeça, conversando consigo mesma. Era uma resposta sem cabimento, do tipo de resposta que aparece em sonhos.

Algo, porém, se repetia em sua mente, como um eco daquela conversa. "Confiar nos instintos quando encontrá-lo". Sem dúvida, a menina se referia a Larius, acreditava Elissa. Mas quais instintos? Odiá-lo? Desejá-lo novamente? Ouvir qualquer explicação que ele viesse a lhe dar? Implorar por uma resposta adequada ao que havia acontecido entre eles? Nada disso lhe parecia bom. E Elissa não identificava nenhum desses comportamentos como algo "instintivo" nela.

Decidiu que esqueceria as palavras loucas do "sonho" e seguiria o plano que havia traçado. Não que ela pudesse chamar seu plano ou sua conduta de "perfeitamente racionais". Pelo menos, não acreditava que alguém fosse perceber dessa forma. Afundou no banco e empurrou a insegurança para o fundo de si. Não iria voltar atrás, logo, se tremesse, estaria perdendo tempo.

A manhã já ia pela metade quando finalmente atracaram junto ao cais do Palácio do Ministério Governante. Elissa havia se certificado de que Larius estaria em seu gabinete naquele dia e tomara o cuidado de que sua imagem fosse a de uma grande dama. Daquele tipo de pessoa que nunca (ou quase nunca) é barrada em lugares oficiais.

Um jovem soldado de uniforme verde e vermelho, com um alto capacete de penacho, adiantou-se para ajudá-la a descer do barco e educadamente perguntar do que ela precisava por ali. Elissa ajeitou calmamente o casaquinho, pediu ao rapaz que apanhasse sua valise e informou que tinha uma audiência marcada com o Ministro Governador. Sem questionar, ele a guiou para dentro das imponentes portas de madeira e ferro e a acompanhou ao terceiro andar, no qual ficava o gabinete do Ministro Governador.

O mordomo do palácio saiu de sua mesa e caminhou até ela com ar de solicitude. Elissa agradecia a assistência do soldado quando ele a abordou.

— Às suas ordens, senhora.

Elissa o avaliou enquanto imaginava qual postura se adequaria melhor à situação. O homem era da altura dela, talvez um pouco menor. Possuía um topete basto demais para a idade, e que, provavelmente, era uma peruca cara. As mãos tinham dedos longos que lembravam aranhas brancas e seguravam uma prancheta. Optou por um tom levemente arrogante.

— O Ministro Governador tem uma audiência comigo.

— Seu nome, senhora? — Ele ignorou deliberadamente a forma como ela colocou a frase.

— Elissa Faina Till.

O nome não alterou a expressão do homem. Ele conferiu a prancheta.

— Perdão, senhora, mas seu nome não consta aqui. Tem certeza que sua audiência está marcada para hoje?

— Senhor? — Ela questionou ainda mais arrogante.

— Vito Mariante — havia um bocado de autoimportância na articulação do próprio nome, notou Elissa.

— Senhor Mariante — ela o lembrou com um meio sorriso —, não sou eu quem tem uma audiência com o Ministro Governador. É ele que tem comigo. Como nosso encontro está marcado há muito tempo, é certo que não consta em sua prancheta. Por favor, avise ao Senhor Ministro que eu concedi conversar com ele e que tenho poucas horas antes de tomar o trem de volta para casa.

O homem ficou atônito, sem saber para onde olhar ou o que responder. Devia estar imaginando que algo precisava ser feito para que loucos com aparência normal não pudessem simplesmente entrar no palácio. Ele olhou o jovem soldado que a trouxera com raiva. O rapazote se deixara enganar pela estampa da dama, com certeza. Que absurdo! Elissa lia o rosto do homem com crescente divertimento.

— Madame — impostou o mordomo —, eu creio que a senhora não está familiarizada com a importância do tempo do Ministro e...

— E o senhor por acaso acha que eu faço o quê com o "meu" tempo? Eu tenho um negócio para gerir e uma família para manter viva. Meu tempo é precioso e o senhor o está desperdiçando em vez de anunciar minha presença ao Ministro.

O homem cedeu a um tique nervoso de indignação, piscando um olho mais vezes que o outro.

— O Ministro está muito ocupado.

— Eu tenho certeza de que o Ministro não estará ocupado para mim.

— Madame — ele usou de novo o termo, com o mesmo tom desqualificador —, o Ministro acaba de despachar uma comissão inteira de Trágicos de Acemira. Tem ideia do que é isso? Terá reuniões pelo resto do dia para se decidir o que se levará a sério dos lamentos e previsões deles. A tarde está tomada de orçamentos com a nova secretaria de controle dos desertos. A senhora tem a minha garantia de que a agenda do Ministro é impenetrável no dia de hoje!

Elissa deu um meio sorriso educado.

— Façamos o seguinte: o senhor diz ao Ministro o meu nome e nós vemos como ele reagirá. Caso ele não possa me receber, eu vou adiantar meu compromisso da tarde e poderei partir mais cedo de volta a minha cidade. Tenho certeza de que o jornalista que marcou uma entrevista comigo para o Jornal da Independência não terá problemas em vir me encontrar um pouco antes do combinado. O senhor sabe como é, sendo cunhada do juiz delegado que foi assassinado em Alva Drão há dois dias, os jornais estão praticamente me perseguindo.

O tique aumentou, para a satisfação de Elissa. Porém, o mordomo do palácio era um homem inteligente e, ao citar o assassinato — que repercutira como uma bomba na capital — e o jornal da oposição, Elissa sabia que passaria de simples "louca" a "louca perigosa".

— Compreendo — disse o homem. — Farei o possível pelo seu caso, senhora.

Elissa gostou do leve medo na voz do homem.

— Eu apreciarei seu empenho, senhor Mariante. E acho que o Ministro também.

O homem girou os calcanhares e saiu em direção ao gabinete do Ministro Governador sem ao menos cumprir com as regras da boa educação e convidá-la para sentar. Elissa preferia acreditar que seu nome seria o suficiente para que Larius lhe abrisse a porta. Mas isso significava idealizar demais a ele e a si mesma. O assassinato de Vinício Trillar se impunha e Elissa não podia esquecer isso. A relação entre ela e Larius no passado só tinha importância no quanto pudesse garantir segurança a sua família. Nada além, disse para si.

A porta abriu e Larius saiu por ela. Mais velho, um pouco mais pesado, com um ridículo cavanhaque e olhos sequiosos em busca da visitante. Antes de ele chegar até ela e tomar suas duas mãos, beijando-as com um sorriso saudoso,

Elissa já sabia que o cargo e a política haviam prevalecido sobre qualquer memória. O passado ganhou uma pá a mais de terra quando ele a olhou.

— Minha cara Elissa, que bom revê-la. Quantos anos! Como está sua família? Eu soube de seu pai, meus pêsames, era um grande homem. E agora essa tragédia. Fiquei destruído. Venha, vamos ao meu gabinete conversar, é claro. Como eu deixaria de atendê-la? Vito, redirecione meus compromissos enquanto converso com a senhorita Till. Por favor, Elissa, por aqui. Aceita uma água, um chá, um café? — Ele não a deixou escolher ou negar. — Vito, providencie.

Continuou falando compungido enquanto a levava até sua sala e fechava a porta. O escritório era amplo, pintado de branco e decorado com móveis escuros e pesados. As paredes estavam adornadas com quadros de Ministros anteriores e paisagens rurais lembrando um passado remoto. Havia uma parede coberta com uma maciça estante de livros e Larius instalou Elissa numa confortável poltrona adamascada justamente de costas para ela. No instante seguinte, estava sentado com uma segura e ampla mesa de madeira entalhada entre os dois. Só então parou de falar e a analisou com calma.

— Ficou ainda mais bonita nestes anos, Elissa.

Ela não se comoveria nem se o comentário fosse verdadeiro.

— Sua gentileza quanto à minha aparência é desnecessária, Larius. Eu vim aqui foi por causa disso.

Sem relaxar na poltrona e mantendo as costas bem eretas, Elissa abriu a pequena valise e tirou de lá a carta, um tanto amassada, que recebera dele há cinco anos. Colocou-a sobre a mesa. Larius baixou os olhos, mas não tocou na carta.

— Entendo — disse unindo as duas mãos em frente ao queixo e apoiando os cotovelos na mesa. — Em que posso lhe ser útil, Elissa?

— Presumo que você se lembre com clareza das palavras que escreveu nessa carta — seu tom era acusador e Elissa respirou um pouco para torná-lo mais tranquilo. — Caso não se lembre, o que é perfeitamente compreensível, eu não me incomodo que a abra e a leia novamente.

— Com certeza eu me lembro — disse ele, com um pouco menos de máscara.

— Ótimo. — Ela manteve as duas mãos bem presas sobre o colo, apertando um pouco o tecido da saia. — Vim cobrar a dívida que você afirmou que teria para comigo a partir da quebra do nosso compromisso.

Ele assentiu com a cabeça, sem nenhum movimento perceptível no rosto. Elissa acreditava poder ver as engrenagens do seu cérebro avaliando o que exatamente ela vinha lhe exigir.

— E o que seria?

O tom quase comercial irritou Elissa. Respirou fundo antes de falar.

— Quero sua garantia pessoal de que Harin Solano será preso e indiciado como mandante do assassinato covarde de meu cunhado Vinício Trillar.

— Mas não há provas contra Solano — argumentou Larius. — Ou há? Eu não estou sabendo...

— Não haverá provas se o Partido Unionista impedir que elas sejam investigadas, Larius. — Ela resolveu tirar as luvas das mãos suadas e assim poder mexer um pouco a tensão que se acumulava nelas. — Não banque o ingênuo comigo, Larius. Como deve saber, tudo aponta para Solano. No entanto, todos têm medo dele. Você também tem medo dele, Larius? Ou seu partido pode prescindir de ter um assassino em suas fileiras?

— Está sendo muito dura, Elissa.

— Minha família está em perigo. Quer que eu venha aqui falar de amenidades e lhe contar sobre a vida no interior? Você afirmou, por escrito, que eu poderia cobrá-lo, já que, depois do que se passou entre nós, seria (como disse?) "meu eterno devedor". Não estou cobrando a ação de um político, Larius. Muito embora, como cidadã da Tríplice República, pagadora de impostos, eu pudesse cobrar esta ação antes que terminemos em uma terra sem lei. Afinal, tudo o que tenho visto nos últimos anos é o governo Unionista protegendo criaturas como Harin Solano e seus desmandos. Claro que ele garante votos, não é mesmo? Afinal, todos o temem. Como vê, eu bem poderia agir dentro do que seu governo prega e não do que ele faz. Todavia, preferi vir aqui e colocar a vida da minha família nas suas mãos, pois, mais que nas leis, eu gostaria de ainda poder confiar no homem honrado que conheci.

Quando ela finalmente fechou a boca, foi Larius quem precisou tomar fôlego.

— Tem ideia do que está pedindo, Elissa?

— Sim, eu tenho. Estou pedindo que salde uma dívida de honra que tem a ver apenas com a sua consciência. Você não ganhará nada com isso.

Larius se manteve sério. A frase dele foi quase para si e não para Elissa.

— E também nada a perder se não a ajudar.

A mulher se encostou no espaldar da cadeira.

— Eu espero que isso não seja preciso. Digo, que você perca alguma coisa por não me ajudar. Eu posso ser bem incômoda, Larius. Seria bom se não me obrigasse a isso.

Ele reagiu ao tom de ameaça empertigando-se.

— Parece disposta...

— A tudo? É da segurança da minha família que estamos falando. Tenho uma criança sem pai na minha casa, Larius. Uma irmã viúva quase sem vontade de continuar viva. Uma mãe quebrada por dores que ninguém deveria sentir tão perto uma da outra. Então, não questione minha disposição em conseguir o que eu quero.

Larius cruzou os braços.

— Não questiono. Eu a conheço quando quer alguma coisa — disse ele com intensidade. Encarou-a por um instante antes de voltar a falar. — Sempre me perguntei por que não veio atrás de mim. Por que nunca quis conversar ou saber das minhas razões para romper o nosso compromisso?

O peito de Elissa desconfortou-a num aperto.

— Suas razões estavam na carta — afirmou num fio de voz.

— Estavam? Elas a satisfizeram?

Havia um sussurro esperançoso na voz dele. Um apelo. Ele pareceu tomar uma súbita decisão. Ergueu-se de sua cadeira e veio se sentar ao lado da poltrona em que ela estava. Puxou uma de suas mãos e segurou com um ardor que se repetia em seus olhos.

— Elissa, eu tenho tanto...

— Larius, realmente eu acreditava que você me conhecia um pouco melhor — retirou a mão de entre as dele e se levantou. Pouca coisa a deixaria mais furiosa do que apelos sentimentais num momento como aquele. — Não temos nenhuma conversa pendente. Nosso passado está morto e quaisquer sentimentos entre nós estão enterrados com ele. Sua resposta à minha demanda é a única coisa que quero ouvir de você.

Ele manteve a cabeça baixa. Olhava as mãos em que antes estava a dela. Ficou em silêncio tanto tempo que o pequeno demônio impaciente dentro de Elissa teve ganas de pegá-lo pelos ombros e sacudi-lo. Até aquele instante, Elissa não tinha tido raiva de Larius. Tinha o odiado sim, por algum tempo. Sua lembrança, por muitos anos, havia sido capaz de inundá-la com uma tristeza medonha. Por ele, Elissa passara horas infindáveis buscando qual seria o problema "com ela". Tinha amaldiçoado sua origem mais modesta que a dele. Pensado uma centena inominável de besteiras. Olhava-o agora com raiva por lhe parecer fraco, ambicioso, amarrado a interesses políticos nojentos. Seu asco não diminuiu quando ele levantou e lhe estendeu a mão.

— Tem minha palavra.

Elissa apertou a mão dele em retorno, enviou os melhores desejos à sua família, o que ele repetiu para a dela. Manteve a frieza para conter sua vontade de se afastar dali o mais rápido possível. Era como se estivesse suja. E ficava mais a cada instante com ele e a cada novo minuto entre aquelas paredes. Despediu-se altiva do mordomo e seguiu para as portas da frente, dispensando ser acompanhada.

6

Elissa saiu pelas portas do palácio e atravessou a ponte que levava à praça ajardinada que ficava em frente. Poderia ter tomado um transporte ali mesmo e retornado à estação, porém um cansaço tão grande invadia suas pernas e sua alma, que ela achou que precisava sentar num lugar qualquer, sem tomar decisão nenhuma. Arrastou-se até o banco longo e azul que ficava em uma das laterais do jardim, escolhendo deliberadamente aquele no qual não precisasse ficar olhando para a imensa estátua de bronze que celebrava a Tríplice República. Ao sentar, sentiu-se velha.

Que estranha sensação essa de conseguir o que queria e não confiar que se saíra vitoriosa. Não voltaria para casa mais segura, não tinha qualquer certeza de que teriam justiça ou paz. No seu íntimo, acreditava que a garantia de Larius e nada tinham exatamente o mesmo valor. A realidade era tão somente sua contínua e reiterada impotência. Nesse momento, seu cunhado Ino provavelmente já figurava numa lista de futuros cadáveres, assim como ela própria. Como pretendia poder proteger sua mãe e suas irmãs? Era a segunda vez em sua vida que Elissa via o futuro sumir diante de si.

Quando finalmente pôde sentir as pernas mais fortes, embora ainda estivesse vazia de planos, Elissa se ergueu do banco. Colocando um pé diante do outro, resolveu que comeria algo leve para passar o enjoo persistente na boca do estômago e, depois, tomaria um bote de aluguel para a estação. Elissa pretendia pegar o trem da meia-tarde, mesmo que este tivesse um número de paradas muito maior que o da noite. Não tinha mais nada para fazer em Amaranta, logo, quanto antes partisse, melhor.

Caminhou até chegar a um Café que lhe pareceu aceitável e, sem vencer o enjoo, pediu somente um chá com torradas. O atendente solícito insistiu, porém, em trazer-lhe geleia de Zirca, pequena cidade perto das nascentes do rio Amarelo que, garantiam todos, produzia frutas com um sabor de felicidade que Elissa não sentiu.

No momento em que Elissa se preparava para fechar sua conta, no entanto, o caráter amistoso das ruas de Amaranta desapareceu. O sol se cobriu lançando sombras sobre os canais e os prédios rosados perderam o brilho. De início, olhando pelas janelas do Café, Elissa pensou que seria chuva rápida, ou mesmo uma tempestade de vento, comuns àquela época do ano. Então se ouviram os gritos e o som de correria pelas calçadas, barcos de todos os tamanhos estavam sendo atracados às pressas e as pessoas entrando por qualquer porta que estivesse aberta a fim de se protegerem.

— É areia! — berravam.

As pessoas se amontoavam pelo lado de dentro da vitrine impressionadas com o espetáculo da nuvem acre se aproximando aos borbotões. O vento se intensificava e a areia vinha varrendo com força e pó tudo pelo caminho. Os feirantes que haviam entrado no Café choravam pelos produtos que não puderam salvar. Algumas pessoas chegavam a relatar a força dos açoites de areia que tinham chegado a sentir em suas pernas e braços.

Quando a tempestade tomou completamente o canal diante do Café, todos ficaram em silêncio. Dois atendentes e a gerente do estabelecimento precisaram forçar o caminho entre os clientes para poderem chegar à porta e às janelas e blindá-las com panos úmidos para que o pó não os sufocasse dentro do salão. Os minutos se estenderam sob o mutismo impressionado, e então, com a mesma rapidez que tingira o horizonte, a tempestade de areia passou.

O sol voltou a aparecer, mas os canais não cintilaram e a cidade rosada, coberta de poeira, tinha a cor de uma pessoa doente. Nas calçadas, acumulavam-se uns cinco centímetros de areia solta, a qual foi preciso varrer para o rio a fim de que se pudesse andar sem afundar os pés ou escorregar. A tristeza de olhar para os barcos no canal era ainda maior: flores, frutas, verduras e comidas de todo tipo arruinadas. Os bancos dos barcos de aluguel tinham uma camada grossa e quente de sílica amarelada grudada à umidade que eles normalmente exibiam.

Passado o choque, Elissa se preocupou com Alva Drão, com sua família e com a possibilidade de os trens não funcionarem mais naquele dia. Foi com esforço que saiu do Café e começou a se deslocar até a estação. Não poucas vezes pensou em parar e ajudar as pessoas, perguntar se precisavam de alguma coisa. Depois, continha-se. O que poderia fazer uma mulher sozinha com uma sombrinha e uma valise? Todos os que via em situação precária logo teriam alguém ao seu lado, ela imaginava. As pessoas pareciam solidárias ou se deslocavam rapidamente tentando alcançar alguém importante que precisava de ajuda.

Entre os lamentos e o susto, o incômodo maior parecia vir das profetisas Andiranas, agora descidas das cadeiras e muros em que costumavam proclamar o futuro, para chorar o fim do mundo próximo abraçando os transeuntes num consolo prévio. Uma loucura instalada que não contribuía para mudar o sentido que Elissa havia imprimido em seu caminho. Se ficasse presa em Amaranta por qualquer motivo, então iria ajudar, porém forçava a si mesma a acreditar que em casa precisavam mais dela. Além disso, repetia, mal podia com o próprio cansaço.

A estação de trens não estava em menor caos que o restante da cidade. Passageiros querendo garantir o horário de viagem, brigas nos guichês, pessoas alteradas umas com as outras nas plataformas. A base telegráfica que ficava na estação e os telefones tão apinhados de gente que mal dava para ver sobre o que todas aquelas pessoas se amontoavam.

Mais ou menos uma hora depois de Elissa ter chegado, os autofalantes começaram a transmitir um comunicado.

— Prezados passageiros, a tempestade veio do sentido nordeste e foi empurrada por um anticiclone formado sobre o mar. As autoridades garantem que não há motivo para pânico. As rotas dos trens para o sul e para o oeste se encontram preservadas e, tão logo a areia seja removida dos trilhos, os trens recomeçarão a circular. Todos os passageiros serão embarcados na maior brevidade possível. Pedimos, aos senhores e às senhoras, calma e tranquilidade nos guichês para remarcar os bilhetes.

Depois de um tempo imenso, Elissa pôde procurar um telefone tendo nas mãos seu bilhete remarcado para o início da noite. Conseguiu se comunicar com Úrsula já quase na hora de embarcar, e estavam todos bem, felizmente. Depois, ela precisou correr até a plataforma para não perder o trem. Quando finalmente sentou, seu único desejo era dormir para que a viagem acabasse logo.

O movimento do trem deixando a estação lhe pareceu lento, pesado, num atrito arenoso e difícil. Dessa vez, sentou-se no banco da janela, pois sabia que não haveria como viajar sozinha. O trem estava cheio, sem bancos vazios por conta dos horários alterados e das pessoas amedrontadas que tinham resolvido sair da cidade. Elissa reclinou a cabeça para trás e registrou vagamente que um homem de meia idade ocupou o assento ao lado.

Lembrou-se de sua companhia na viagem anterior, a menininha negra de olhos verdes grandes e inquietos, ou o que quer que fosse aquela criatura. Provavelmente era um produto de sua imaginação. Contudo, se a encontrasse novamente, gostaria de perguntar sobre o que ela quisera dizer a respeito de seu encontro com Larius — tinha certeza de que era desse encontro que ela falava (ou será que não?) — e toda aquela história de seguir seus instintos. Elissa adoraria descobrir se a menina, que parecia saber de tanta coisa, achava que ela tinha se saído bem.

Deviam estar rodando há uns quarenta minutos, talvez mais, talvez menos, quando o trem começou a diminuir até parar de maneira abrupta. Elissa acordou um pouco tonta e desconfortável.

— O que aconteceu? — ouviu várias vozes perguntarem.

— O trem não costuma parar nesse horário — disse um homem mais velho.

Uma mulher abriu uma janela e foi seguida por outros passageiros.

— Está tudo escuro lá fora — disse ela. — Não há estação por aqui.

Finalmente, o condutor entrou no vagão.

— Há por aqui algum mediador, curandeira ou algo que o valha?

Do lado de fora, Elissa ouviu dois homens a cavalo que percorriam o comboio repetindo a mesma pergunta em altos brados. Ninguém respondia. O condutor continuou sua peregrinação de busca no outro vagão.

— Senhora, me permite abrir a janela? — perguntou o homem gordinho ao lado de Elissa. Ela abriu espaço e, quando ele conseguiu, gritou aos homens do lado de fora. — Por que precisam de curadores?

— A tempestade de areia — respondeu uma voz vinda de fora. — A ventania deixou muita gente ferida em nosso povoado.

Elissa afundou no banco incomodada. Com certeza haveria outro curador no trem. Era um comboio imenso. Não precisaria ser ela a se voluntariar e se envolver. Estava cansada. Mais cansada do que se acostumara estar por todos aqueles anos. Um cansaço pesado, que ia no peito. Um cansaço que ela arrastava. Cansaço de vida.

Pensou em Larius querendo ver nele a culpa, como sempre naqueles anos, mas algo se movimentou em suas entranhas. Larius? Por que ele teria esse poder, afinal? Tão distante. Tão ridiculamente desimportante dentro dela com aquele cavanhaque bobo e os salamaleques de político. Por quanto tempo ainda viveria cansada de si, resguardando-se na falsa culpa do homenzinho? O trem sacudiu e apitou, iniciando o esforço de recomeçar o caminho. Elissa saltou do banco como se fosse de mola.

— Sou curandeira — disse em voz bem alta.

Os passageiros se voltaram para ela, mas Elissa, em ato contínuo, colocou a cabeça para fora do trem, gritando para os homens a cavalo que já se afastavam.

— Sou curandeira! Posso ajudar? — Seu tom era de desespero, tentando alcançar os homens. Ela repetiu. — Senhores! Por favor, voltem! Sou curandeira! Há muitos feridos? Eu posso ajudar! Eu posso ajudar!

Os outros passageiros começaram a se movimentar e chamar o condutor pela campainha. O homem ao lado de Elissa a ajudou a juntar a maleta e a sombrinha, lhe dando espaço para sair. O conjunto de passeio escolhido para ver o Ministro-Governador, com suas saias pesadas, era incômodo para passar pelos corredores estreitos. Um suplício espartilhado que lhe impedia os movimentos. As pessoas, porém, engajaram-se em sua agitação. Começaram a gritar para chamar os cavaleiros, alertavam os outros vagões, a urgência de impedir a partida do trem foi se alastrando como uma onda.

Antes, ninguém havia se mobilizado para ajudar, ninguém tinha se mexido a não ser para especular sobre o número de feridos. Agora, algumas pessoas começaram a seguir Elissa e quando ela desceu do trem com a ajuda do condutor, mais três voluntários estavam com ela. Uma mulher mais velha que disse ser parteira, mas que também sabia consertar ossos e fazer curativos, mais dois homens que se identificaram como enfermeiros, um deles disse ter sentado praça no exército.

O condutor lhes afiançou que poderiam pegar o próximo trem ou o do dia seguinte, sem pagarem novas passagens e lhes entregou bilhetes para isso. Teriam apenas de ir até a próxima estação. Os agradecidos cavaleiros — que haviam retornado por conta dos chamados — garantiram que lhes ajudariam a chegar à estação.

Como havia apenas um cavalo extra, Elissa e a parteira foram ajudadas a montá-lo. Os dois enfermeiros subiram na garupa dos cavaleiros. Os seis fizeram a volta ao final do comboio e seguiram para o Norte na maior velocidade que conseguiram. Elissa se preocupava com o caminho, já que era ela a guiar o cavalo, mas não podia deixar de indagar a si mesma sobre a situação em que estava se metendo. Os recrutadores pareciam pessoas preocupadas, mas não era tempos em que se pudesse confiar nos outros. Nem nos conhecidos. O que se dirá nos desconhecidos?

A subida das montanhas os fez diminuir o passo dos cavalos e se pôde conversar sobre o que havia sucedido.

— Nosso povoado é nos arredores de Mirabília — disse o cavaleiro que se apresentou como Caldre Antônio. Era um homem negro, de olhar triste, quase machucado.

— A Cidade Azul? Ela também foi atingida pela tempestade de areia? — quis saber o que se dizia enfermeiro do exército, cujo nome mudava cada vez que ele se apresentava a novos conhecidos e agora era conhecido por Tirso.

— Não sabemos — foi a resposta do segundo cavaleiro, cujas roupas refinadas cobertas de poeira traíam os modos duros dos tintureiros ricos da região que cercava Mirabília. Nil Adermo nascera nas fronteiras da cordilheira e viera para o leste correndo atrás de mulheres livres durante a juventude desregrada. Num dia, uma delas engravidou, o fez assentar e, depois, morreu. Ficou com uma filha, mas logo vieram outras e outros das mulheres que ele tivera pela vida. Acordava e lá havia, por muitas manhãs, uma nova criança, que era sua, ele sabia, na porta de casa. Para sustentar os dezoito que lhe entregaram — e ensiná-los a trabalhar para não puxarem ao pai —, Nil Adermo abriu a tinturaria nas cercanias da Cidade Azul, epíteto de Mirabília, onde as grandes tecelagens do sul da Tríplice República se acumulavam.

— Qual o nome do seu povoado? — perguntou Elissa.

— Vivemos no Povoado das Árvores — disse Caldre —, se é que ainda poderemos ser chamados por esse nome.

— Foi assim tão terrível? — quis saber a parteira, cuja voz era dura e cheia de comando. A um chamado seu, qualquer um se perfilaria como um soldadinho de chumbo. Carmela Moreno olhava todas as pessoas como se ela as tivesse trazido ao mundo. O que, de todo modo, podia ser verdade. Era velha, forte como quem levantava pesos e já viajara muito. Tivera tantos bebês nas mãos que a conta só podia equivaler à população de metrópoles inteiras, talvez de regiões ou pedaços de continente.

Caldre explicou que o povoado ficava no centro das serranias, cercado por montanhas cobertas de árvores tintureiras de onde os habitantes extraíam folhas, galhos e madeiras fornecedoras de cores. As pessoas viviam no alto das árvores, deixando o chão para as plantas tintureiras. Naquele dia, no começo da tarde, o ar tomara jeito de viração. O vento forte adentrou o vale com violência e começou a arrancar galhos rotos. Pedaços de madeira quebraram, deixando descobertos o interior das casárvores. Algumas árvores foram derrubadas inteiras. Ainda não sabiam ao certo, mas acreditavam que crianças podiam ter sido arrebatadas naquele vendaval furioso.

— Não sabem? — indignou-se a parteira Carmela.

— Sequer encontramos os pais, que devem ter seguido atrás delas pelo vento — respondeu Nil Adermo. — E isso foi até que a areia chegou.

— Eu nunca vi o mar — disse Caldre —, mas eu sei o que eu vi hoje. Eu vi ondas de areia quebrando sobre os montes. Tão redondas que pareciam água. Juro pelas estrelas do céu, fomos invadidos por um mar de areia. Um mar.

— Quando passou — informou Adermo —, juntamos quem sobrou e dividimos. Uns se deram a ajudar e desencavar o que estava soterrado. Outros saíram em busca de ajuda. Viemos para o sul e algumas pessoas se dirigiram para o Norte, para Mirabília, sem saber qual era a situação de lá. Deixei dezesseis dos meus filhos procurando sobreviventes, mas não sei o que é feito de outros dois, que desapareceram na areia. Há de tudo. Gente cortada, quebrada, morta, morrendo. Até um homem, que não se sabe de onde veio, nos apareceu.

— Ele veio com a areia — disse Caldre, muito sério.

— Ninguém poderia vir com aquelas toneladas de areia — retorquiu Nil Adermo no tom repetitivo de quem já dissera a mesma frase muitas vezes.

— Mas este veio. Eu vi. Ele desceu as montanhas, cercado de areia. Tão estranho na chegada quanto o é agora, deitado e ferido, em minha casárvore. Não vou me esquecer disso. Mesmo que me digam que é impossível. Eu vi.

O segundo enfermeiro, que não era bem enfermeiro, mas neto de um, que lera todos os livros do avô e era tão jovem que mal tinha barba, pareceu se arrepender de ter vindo até ali. Perguntou se não queriam lhe emprestar um cavalo quando chegassem, para ele ir mais longe em busca de ajuda. Quem sabe uma cidade ao oeste, Tarboeira ou Feonora? A parteira o mandou se aquietar. Conhecia-o. Tinha o trazido ao mundo, fora colega de seu avô, e agora ele, que tinha o mesmo nome de seu falecido amigo, Judio Felicião, ia aprender a salvar umas vidas.

A subida da serrania ficou mais íngreme e tiveram de silenciar como se, com isso, fosse possível dar mais força aos cavalos. A primeira imagem do vale iluminado pela luz da lua tinha um brilho amarelado. Elissa pensou imediatamente numa panela, cheia até a metade. A noite encobria o horror e deixava quase bonita a paisagem, da qual somente as copas das casárvores emergiam dos troncos submersos em areia dourada. Lá embaixo, silêncio. A parteira apertou o ombro de Elissa enquanto ambas inspiravam aquele cheiro mestiço de dor e morte.

— O mundo está desmoronando — sussurrou Carmela.

— Então, não podemos ficar paradas apenas assistindo — retorquiu Elissa dando ordem com os calcanhares para que o cavalo começasse a descer.

Do instante em que chegaram até o amanhecer, nenhum deles parou. Fizeram tudo que foi possível para cuidar, ajudar, salvar. Carmela pegou Judio Felicião como seu ordenança e fez o garoto virar homem em menos de uma hora. Tirso foi sério, diligente, cheio de compaixão em consolar mães e pais. Muitos que o tivessem conhecido com outro nome, em outro lugar, não o reconheceriam, tão diferente o nome Tirso lhe fez naquela noite. No futuro, ele se referiria ao enfermeiro do Povoado das Árvores como um herói distante, nunca como a si mesmo.

Nil Adermo se juntou aos filhos. O corpo de um dos dois desaparecidos havia sido encontrado, era preciso chorar e prosseguir. Elissa ficou junto de Caldre, que a guiou por entre as copas e a secundou em cada atendimento. Ele lhe conseguira a caixa de botica do falecido curandeiro do lugar e, graças a ela, Elissa pôde se sentir menos inútil. No início da madrugada, mais ajuda chegou. Duas curandeiras de Mirabília — que fora menos atingida por não estar presa em um vale — e um curandeiro de Onça Negra — povoado vizinho que sequer vira a areia — se somaram no esforço de escavar e cuidar dos sobreviventes.

No dia seguinte, afirmavam os enviados, viriam carroças, carros e vagões para ajudar a retirar a areia. Um dirigível estava sendo abastecido com comida e remédios e viria ao amanhecer. A comida, no entanto, só chegaria quase dois dias depois.

Quando o primeiro raio de sol rasgou o alto da montanha leste, Caldre tocou o ombro de Elissa, que acabara de enfaixar a perna cortada de uma adolescente.

— Ele não é daqui, mas isso não é motivo para deixá-lo morrer.

— Quem? — perguntou Elissa, tonta de cansaço.

— O homem que veio com a areia.

— Você fala como se o considerasse culpado.

Caldre silenciou. Elissa balançou a cabeça.

— Não acredito que pessoas possam fazer essas coisas, Caldre. — A noite de trabalho já os fazia se tratarem pelos primeiros nomes.

— E por isso é que eu peço que cuide dele, Elissa.

Ela entendeu e assentiu.

— Certo, leve-me até o ferido.

Os dois seguiram com dificuldade pela areia solta. A necessidade de arrastar o vestido fazia Elissa xingá-lo baixinho e Caldre pegou a caixa de botica para que pudessem se deslocar mais rápido. Iam para a casárvore mais distante, vazia de outros feridos, pois ninguém entendia bem quem podia ser, nem *o que era* o estrangeiro. E Elissa só compreendeu tanto receio quando pôs os olhos no tal homem.

Estava deitado no assoalho da casa. Alguém, talvez o próprio Caldre, havia dobrado uma roupa qualquer sob sua cabeça. Não arquejava e Elissa se perguntou qual a natureza de seu ferimento e se já não estava morto. Uma respiração lenta veio em resposta e ela conseguiu ver que a umidade que se distinguia no casaco escuro era sangue. Os cabelos eram revoltos e misturavam fios castanhos, prateados e ruivos. O rosto, de olhos fechados, lhe pareceu bem mais jovem do que ela supunha, embora bastante bronzeado. Era longilíneo e forte, com braços e pernas muito compridos e usava roupas surradas em tons de marrom. De fato, parecia que ele todo era uma porção de terra ou areia.

Foi Caldre que apontou para Elissa o que a fez recuar um meio passo. Da manga esquerda do homem saía uma impressionante mão mecânica, feita de engrenagens e fios de aço. Um trabalho elegante, ela reconheceu por conta das "palestras" de Teodora sobre esse tipo de mecanismo, seus usos modernos e os desenhos que a irmã havia lhe mostrado. Contudo, ainda assim, o resultado era perturbador.

Ela retomou os passos até o ferido. Mas o movimento era mais rápido para quem olhasse de fora do que ela sentia por dentro. Algo naquele homem acionara impulsos que Elissa não acreditava mais possuir. Era como se o fato de olhar para ele, de percebê-lo, de respirar o mesmo ar, tivesse o poder de imantar sua pele inteira. Esquecida por tantos anos, a pele de Elissa era agora o órgão mais vivo e gritante de seu corpo todo. Um tipo de berro doente. Cheio de desejo. Um brado de que ainda estava viva. Um anseio profundo pelo corpo daquele homem. E ele sequer parecia estar ali.

Elissa dobrou os joelhos, sentando ao lado dele. Registrava cada movimento seu como se, desse jeito, pudesse controlar mais facilmente o que fazia. Uma parte de sua cabeça já a chamava de louca a essa altura.

— Você o deixou ficar aqui, sangrando a noite inteira? — acusou com um olhar rápido para Caldre.

— Ele não era o único a estar sangrando — defendeu-se o companheiro, parecendo diminuir alguns centímetros. — Além disso, foi com custo que o coloquei aqui. Tinha quem quisesse matá-lo. E ele só repetia que era sua hora de morrer. Não me culpe, Elissa. Eram muitas decisões para um só tomar.

Ela assentiu com a cabeça, contrariada e irritada. Entretanto, como não compreenderia Caldre e os outros, depois de tudo o que vira do lado de fora daquela casárvore? Abriu a caixa de botica que Caldre havia colocado ao seu lado, sendo conscientemente criteriosa na tentativa de disciplinar o vendaval que ia dentro de si, tirando tudo do lugar. Colocou sobre a tampa da caixa aberta o desinfetante, algumas bandagens, linha e agulha, uma pequena pinça para inspecionar o ferimento. Lamentou, como tantas vezes naquela noite, não ter consigo os medicamentos que costumava criar em seu laboratório: cicatrizantes, emolientes para tecidos, calmantes, anestésicos.

Ela se inclinou e moveu o casaco para longe da ferida que rasgava o peito do desconhecido. Depois, cuidadosamente, dedicou-se a afastar o tecido encharcado da camisa. O movimento foi barrado pela mão de ferro que segurou seu pulso, pelos olhos abertos e amarelados como os de um gato e pelas palavras sem emoção.

— Deixe como está.

A voz dele tinha um tom ao mesmo tempo metálico e rouco.

— Não se preocupe — ela disse do jeito apaziguador que costumava dedicar aos doentes —, vou diminuir sua dor.

Ele não a soltou.

— Eu mandei deixar como está.

Elissa ergueu sua outra mão e começou a tirar os dedos dele do contorno do seu pulso. O homem ficou intrigado com sua atitude e não resistiu.

— Vamos deixar algumas coisas claras, *senhor*. Sou uma curandeira e não pretendo deixá-lo morrer. Vou tratá-lo nem que, para isso, eu precise lhe dar um soco como anestesia.

Os olhos do homem a estudaram com atenção, sem parecer duvidar dela. Observou-a voltar a afastar seu casaco e a camisa para examinar o corte que já sangrara o suficiente para mostrar pontos de coagulação. Era um corte de grande profundidade e estava sujo de areia. Fora feito por um pedaço de zinco que o vento arrancara da proteção de chuva de uma casárvore, contara Caldre. Poderia ter cortado seu corpo magro ao meio ou quase isso, se tivesse pegado abaixo das costelas, pensou ela. De fato, era mesmo incrível que ele tivesse resistido ao sangramento durante toda noite. Ainda mais impressionante o fato de ele continuar consciente e capaz de interagir. As palavras do desconhecido, porém, haviam irritado Elissa.

— E antes que eu me esqueça — prosseguiu enquanto passava álcool nas mãos. — Eu não obedeço a ordens. De ninguém.

Elissa principiou a mexer no ferimento.

— Eu posso convencê-la — disse ele, enquanto fazia uma careta de dor e ficava perigosamente pálido.

— Verdade? — Elissa agora estava interessada em mantê-lo falando para garantir que ele continuasse consciente. Se entrasse em choque, com a quantidade de sangue que perdera, não tinha certeza de que conseguiria reanimá-lo. — Tente.

O homem analisou-a.

— O que faria se em suas mãos estivesse a vida de um assassino?

A pergunta lhe pareceu um tanto surreal naquele momento.

— O senhor é um assassino? — perguntou sem deter seus movimentos.

— O pior.

A fala não tinha emoção, embora pretendesse claramente causá-la. Elissa se limitou a derramar sem muita piedade um líquido antisséptico ao longo do ferimento. O homem gemeu alto.

— Eu conheço assassinos bem ruins — disse ela. — No momento estou em guerra contra um que matou meu cunhado enquanto ele passeava ao lado de minha irmã grávida. Digamos que meu parâmetro de comparação é bem alto.

— Eu matei este planeta inteiro — tornou ele.

Elissa lançou imediatamente um olhar para Caldre. Parece que não era somente o Povoado das Árvores que acreditava na fantasia de que o homem trouxera a areia.

— Não imagino como isso seja possível — disse em resposta, voltando novamente a atenção ao ferimento.

— Tem certeza? Com tudo o que viu hoje?

Elissa ajustou a linha na agulha de costura com cuidado. Depois usou um pequeno isqueiro sobre o metal para esterilizá-la. Então, curvou-se sobre o homem.

— Acho que o senhor merece ser encaminhado para algum tipo de tratamento em uma instituição apropriada. No entanto, vamos considerar que seja como diz. Nesse caso, sua vida é ainda mais preciosa.

— Por quê? — rosnou ele quando a agulha começou seu trabalho.

— Se morrer agora, deixará de presenciar toda a dor e horror que causou. E pode-se considerar isso parte da punição, não é mesmo?

— Não acredita em mim.

Elissa mal expressou um sorriso educado, ocupada em costurar os músculos e a pele rasgada sob o peito do homem. Já havia subordinado qualquer tipo de atração por ele à sua obrigação como curandeira. Além disso, estava praticamente convencida de que o pobre coitado era um lunático e não havia atração que pudesse resistir à pena que um infeliz qualquer lhe inspirava.

Quando acabou a costura, pediu a Caldre que a auxiliasse a mover o ferido para colocar bandagens. O tecido apropriado para curativos já havia acabado há um bom tempo. E, num dado momento, Elissa precisou retirar suas anáguas e rasgá-las para enfaixar os pacientes, e eram estes os pedaços de tecido que ainda tinha. Quando terminaram, ela voltou a limpar as mãos e recolher o que tinha usado. Tentou que o homem bebesse um pouco de água, mas ele se recusou. Ela e Caldre o acomodaram deitado novamente no chão.

— A quem devo agradecer a preservação da minha vida para meu maior castigo? — perguntou ele quando viu que ela estava prestes a sair dali. O tom era de quem realmente achava um castigo ficar vivo.

Algo na voz dele, dessa vez, causou-lhe um arrepio ruim. Definitivamente, Elissa não gostou do olhar que recebeu. Pelo visto, além de Solano, havia angariado mais um louco como inimigo. Numa fração de instante, pensou em mentir o próprio nome, em não responder, em ir até ele e pisar no ferimento para ver se o homem se dava conta de que deveria realmente lhe ser grato. Depois, o cansaço e falta de paciência falaram mais alto.

— Elissa — respondeu, fechando a caixa de botica. — Elissa Faina Till. E qual o seu nome, senhor? — devolveu a pergunta cujo interesse era a própria segurança.

— Eu sou Seth — anunciou com um aceno educado com a cabeça, como se estivessem em um salão de baile.

Elissa se virou para sair, mas o homem a interrompeu.

— Curandeira — chamou sem usar seu nome. — Já pensou que, para aquelas pessoas lá fora, talvez fosse mais piedoso deixá-las morrer agora, em vez de mais tarde?

Havia uma espécie de inevitabilidade impressa em seus olhos. Uma certeza fria, sem crueldade, sem deboche. Elissa não se desviou de encará-lo, tentava entender o que via com a benevolência que se dá aos alienados.

— Continua a não acreditar no que digo — constatou ele.

Elissa lhe deu um pequeno sorriso.

— Certamente que não.

— Seu planeta, curandeira, é vivo como são todos os que têm vida. E eu passei três décadas andando sobre esta terra, minando suas forças, impedindo-a de se reproduzir. Você e os outros humanos são somente seus parasitas. No fim, todo o planeta morrerá e vocês morrerão com ele.

Uma intuição infantil a fez confrontar a loucura do homem.

— O senhor afirma que este planeta se encontra doente?

— Se quer pensar assim.

— Bem, por que não pensar assim? Doentes podem ser curados.

— Nem todos.

— Tem razão, mas um curandeiro não desiste de seu doente enquanto ele está vivo.

Seth ergueu as sobrancelhas.

— Não estamos falando da morte de um indivíduo, curandeira.

— Eu sei — disse ela. — Contudo, se o senhor é louco o suficiente para acreditar que pode matar um planeta inteiro, eu creio ser doida o bastante para crer que posso curá-lo.

Encerrou a conversa saindo do recinto, seguida por Caldre. Depois de descerem os degraus presos no tronco, os dois começaram a caminhar em direção ao centro do povoado. O sol da manhã já iluminava o vale quase por inteiro. Longas sombras, porém, ainda se estendiam para além das copas das casárvores fazendo formas sobre a areia.

Elissa já estava a alguns metros de distância quando um arrepio a percorreu, fazendo com que se voltasse para trás. Ainda lutava contra a forte impressão que aquele homem lhe causara. Tanto a atração quanto a repulsa. No entanto, não foi Seth que ela teve certeza de ver na varanda da casárvore. Era uma silhueta menor. Tinha o tamanho e a forma de uma menina. De longe percebeu um sorriso iluminando o rostinho negro e rechonchudo. *A menina.* Elissa foi tomada de uma enorme aflição e quis voltar. No processo de alertar Caldre e se mover sobre a areia pesada, porém, a sombra sumiu.

Naquele momento, um dos filhos de Nil Adermo veio correndo na direção deles. Haviam achado o segundo irmão desaparecido, ele estava vivo, mas precisava de cuidados. Elissa acabou em movimento toda a manhã e um pedaço da tarde, sem descanso. Quando finalmente conseguiu voltar à casárvore de Caldre, repetindo a si mesma que precisava ver como estava o ferido, não ficou surpresa em não o encontrar mais.

7

Somente quando desceu do trem em Alva Drão foi que Elissa teve real consciência da forma como o tempo havia passado. Úrsula e Ino a aguardavam na estação. Ambos preocupados com as notícias da areia, da tempestade, da parada de Elissa no meio do caminho, dos mortos. Úrsula, porém, ainda tinha o rosto gasto pelo enterro do genro, pelo nascimento assustado do neto, pela filha que sequer olhava o próprio bebê enquanto chorava e pedia para morrer. Ino tinha as roupas visivelmente frouxas no corpo, as bochechas diminuídas, a coloração cinzenta de quem vinha dormindo muito menos do que precisava.

Três dias tinham se passado desde que Elissa viajara para Amaranta. Quase nada havia acontecido desde então com sua família, estacionada na dor de suas perdas. Ela, no entanto, sentia-se vivendo em outro século. Quando abraçou a mãe, ambas desmoronaram, chorando juntas por longos minutos, cada uma com as lágrimas dos tempos que viveram naquele espaço. Ino observou as duas, uma mão em cada ombro, e deixou suas lágrimas caírem também.

— Conte o que aconteceu, filha — pediu Úrsula quando se acalmaram.

— Primeiro você, mãe. Como está Simoa? E o pequeno Vinício?

— O bebê está bem — respondeu Ino, pois Úrsula voltara a soluçar. — Simoa está se recuperando. Fisicamente, digo.

Elissa balançou a cabeça compreendendo. Incitou os dois a andarem para fora da estação, pois já percebia os olhos dos passantes queimando sobre eles.

— Creio que teremos de lidar com isso por algum tempo. — Ela observou Úrsula levar um lenço aos olhos. — Temos de ter esperança de que ela vai melhorar, mãe.

— Há outra coisa de que precisa saber — anunciou Ino. — Solano foi preso. O juiz delegado substituto o acusou de ser mandante do assassinato de Vinício. Parece, cunhada, que você conseguiu realmente o apoio do Ministro Governador.

Elissa chegou a reter os passos. Observou em Úrsula um breve ar de satisfação à menção da notícia. Contudo, a sensação de que a justiça havia sido feita não lhe pareceu suficiente. Não acreditava que as coisas voltariam a ser como eram. Talvez se tivesse se comportado como a mulherzinha frágil a quem Solano interpelara no velório de sua vítima, poderia ter "comprado" alguns anos de paz. Mexera com coisas muito além de suas forças e isso lhe dava certeza de que não haveria paz. Não mais.

No entanto, os olhos envelhecidos de Úrsula e o pobre Ino em seu colete frouxo não lhe permitiram dizer a verdade.

— Sim, temos o apoio do Ministro Governador. Ele me prometeu que não vai desamparar nossa família e que saldará sua dívida de honra. Foi o que ele prometeu.

Ela tentou não dizer a última frase, mas não quis mentir demasiado. Depois, tentou imprimir confiança em suas palavras, mas teve certeza de que o resultado foi ruim, muito ruim.

Os três seguiram para a casa em um carro de aluguel. A preocupação com os ouvidos do condutor fez com que Elissa começasse a falar sobre a tempestade de areia. Certamente uma visão incompleta, com detalhes impessoais que reafirmavam o que os jornais e as rádios já haviam noticiado.

Ino a informou dos usos políticos que já estavam sendo feitos com a tragédia. A oposição cobrava ação do governo, acusava-o de falta de prevenção e de esconder informações sobre o avanço dos desertos. Os jornais ligados ao governo diziam que a oposição queria gerar pânico, que eram irresponsáveis e que a Tríplice República já conseguira domar os desertos, irrigando-os e plantando-os: não haveria fome.

Notícias vindas de outras partes do mundo ganhavam destaque e manchetes sensacionalistas. As florestas de Midnam estavam morrendo. Uma montanha inteira no fiorde de Salena, ao Norte do oceano de Kalagah, estava se esvaindo em areia e afundando no mar. Os lençóis de dunas ao sul do Grande Império de Noa-te-g ganhavam quilômetros de território ano a ano. A diminuição dos terrenos plantáveis era o indício certo de fome nos próximos anos.

Elissa usou o espaço da fala de Ino para calar sobre o que não queria contar. Úrsula notou, ela teve certeza. Sabia que a mãe lhe faria perguntas mais tarde e sabia que não iria respondê-las.

A casa dos Faina Till lhe pareceu mais cinzenta quando chegaram. Um amontoado de tijolos e não um lar. Elissa vira demasiadas tristezas naqueles dias, mas as que rondavam aquelas paredes lhe pertenciam mais que as outras. Tinha pouco a dizer às irmãs ou consolos a dar. Ao menos conseguiu, finalmente, pegar o sobrinho no colo e lhe falar baixinho as palavras carinhosas que as pessoas dizem aos bebês. No entanto, até mesmo para ele, Elissa não conseguiu fazer promessas. Como lhe diria que ele ficaria em segurança, que seria feliz? Como poderia mentir para alguém tão pequeno? Apenas prometeu que faria tudo ao seu alcance para que o destino dele fosse o melhor possível e confortou a si mesma como se segurasse uma nesga de esperança em seus braços.

Somente depois de responder todas as perguntas de Teodora e Miranda, e fugir das de Úrsula, quase expulsando a mãe desconfiada de seu quarto sob a alegação de muito cansaço, foi que Elissa voltou a pensar "nele", o que fez com o cuidado de quem ergue a ponta de uma cortina que se jogou sobre algo para encobri-lo. Ficou impressionada em como a voz daquele estranho parecia presente, como se ela ainda a pudesse escutar soando em seus ouvidos.

Seth ainda retornaria umas mil vezes aos seus pensamentos, colonizando-o com imagens que ela não conseguia controlar. Porém, naquela noite, foi outra questão que ficou rondando a sua mente. Desde o momento em que vira a menina negra, um minúsculo fragmento de ideia foi tomando uma forma imensa e absurda: e se Seth estivesse falando a verdade?

Vestiu um robe sobre a camisola e rumou até o quarto de Teodora. Ainda na infância, por conta das brigas, cada uma ganhara um quarto só para si, enquanto Simoa e Miranda dividiram o mesmo — assim como a intensa amizade — até se casarem. Elissa bateu à porta e Teodora não demorou a abrir. Ainda estava acordada, vestia um robe azul sobre o pijama, os óculos no rosto e um de seus livros de mecânica na mão direita.

— Preciso de você — disse Elissa. — Pode me ajudar a analisar isso no laboratório?

Ela colocou na mão da irmã um pequeno frasco. Cheio de areia.

*

As duas começaram a trabalhar no dia seguinte.

— Eu acho que você é louca, Elissa — definiu a irmã. — Por que acredita que encontraremos algo nesse material que os melhores científicos do mundo não encontram? Acha que no fundo de um quintal poderemos fazer melhor que eles?

— Talvez eles não saibam o que procurar — afirmou Elissa colocando as mãos nos bolsos do jaleco que usava para proteger a longa saia marrom e a blusa arrematada com rendas brancas.

— E nós sabemos? Uau! Eu adoraria saber o que é — debochou Teodora arregalando os olhos e sacudindo os cachos mal presos no coque cheio de frize. — Você gentilmente diria para mim, Elissinha?

Elissa a encarou, muito séria.

— Procuramos por uma doença.

— Você está brincando, não é? — perguntou a irmã tomando um gole de sua imensa xícara de chá. — Ou só quer torrar a minha paciência?

— Não. Eu não estou brincando, nem tentando torrar algo que você não tem, Teo. Estou apenas seguindo a minha intuição e confiando na sua genialidade.

Teodora abriu a boca e emudeceu em seguida.

— O que foi, Teodora? Você é um gênio, não é? Não venha me dizer que não a essa altura da nossa vida. Tenho acreditado que muitas das soluções dos nossos problemas estão na sua capacidade.

— Você é louca, Elissa! — acusou a irmã com sinceridade.

— Exato. E você a científica genial. Combinação brilhante.

Teodora deu alguns passos pelo laboratório como se estivesse perdida. Voltou a olhar no microscópio. Foi ao armário, pegou um reagente e fechou a porta de vidro encarando a irmã.

— Por que uma doença?

— Imagine a vida no planeta como codependente — disse Elissa.

— Isso é um fato, não imaginação — retorquiu Teodora.

— Então, se uma parte adoece...

— Como a terra.

— É uma parte significativa para que tudo pereça com ela, certo?

— É uma hipótese — disse Teodora. — Por que imagina que isso é fruto de algo específico e não de todas as coisas que temos feito nos últimos cem anos? Digo, enquanto civilização.

Elissa respirou fundo.

— Não pode simplesmente confiar em mim?

— Na verdade, a busca científica precisa de um pouco mais, irmãzinha.

— É uma intuição, Teodora — rosnou Elissa e, para sua surpresa, Teodora sorriu.

— Ah, isso sim. Intuição é uma coisa cientificamente relevante — completou num tom que a princípio Elissa não soube determinar. — Falo sério. Vou trabalhar na sua hipótese.

*

Nas semanas que se seguiram, Elissa se tornou o centro dos comentários de Alva Drão. Ela havia enfrentado Harin Solano e o Ministro Governador. Isso já seria o bastante. Contudo, sua ação no Povoado das Árvores lhe dera foros de heroína regional. Jornalistas quiseram entrevistá-la, cartas de agradecimento lhe foram enviadas, os conterrâneos vinham à botica apenas para vê-la e apertar a sua mão. Os independentistas a cortejavam para tê-la como conselheira ou até mesmo entre seus líderes. Talvez uma substituta à altura para Vinício Trillar. O parentesco só ajudaria.

Já o partido do governo não sabia o que esperar dela. Observavam os seus movimentos como quem se acautela de uma aranha possivelmente venenosa, a qual, por isso mesmo, não se tem coragem de matar.

Após tudo o que ocorrera, Alva Drão passou, obviamente, a ser vista pelo governo como um ponto sensível da Tríplice República. Assessores do Ministro Governador de Memória do Mar e de Ondarei, assim como os de Amaranta, começaram a visitar reiteradamente a cidade. Nos meses que se seguiram à morte de Vinício, eles acompanharam o inquérito, fizeram perguntas aos moradores e andaram pelas ruas com suas casacas longas e chapéus altos que os faziam parecer com grandes gafanhotos negros.

Dois deles chegaram até mesmo a visitar a botica Faina Till. Queriam prestar seus respeitos a Simoa, como forma de demonstrar que o Partido Unionista não compactuava com a morte do Juiz Delegado. Foi Úrsula quem os recebeu e garantiu que nenhuma vingança partiria de sua família, que todos ali confiavam na justiça e nas promessas do Ministro Governador de Amaranta. Um dos homens ajustou o monóculo, o outro coçou as suíças e ambos pareceram satisfeitos com as palavras da matriarca. Então, de forma quase displicente, perguntaram se este era também o pensamento de suas filhas.

— Não creio que os senhores tenham qualquer coisa a temer de um bando de mulheres assustadas do interior — retorquiu Úrsula.

— Com mil perdões, minha cara senhora, mas não nos é possível vê-la como uma mulher assustada — disse um dos homens.

— Tampouco a sua filha mais velha. Como é mesmo o nome dela? — perguntou o outro com indiferença estudada antes de um gole de café.

Úrsula o esperou tomar o gole de café e voltar a olhar para ela e só quando seu silêncio havia transformado as expressões corteses deles em ansiosas, ela respondeu.

— Se o senhor acha que tem algo a temer de minha filha mais velha — disse —, eu tenho certeza de que a essa altura já deve saber o nome dela.

Os homens terminaram mais que depressa suas xícaras de café, saudaram Úrsula, colocaram suas cartolas na cabeça e partiram. Úrsula não estranhou aquele comportamento; condizia com a forma como as pessoas vinham reagindo à sua filha.

Elissa não gostava da nova fama. Sentia-se vigiada e tinha certeza de que a vida, por mais que parecesse, não estava normal. Estava se tornando paranoica e via tudo como um novo perigo a ameaçar a sua família. Era como se Harin Solano a estivesse esperando toda vez que ela dobrava uma esquina.

Por outro lado, era assombrada com pesadelos de um mundo devastado e deserto. As tempestades de areia pareciam aumentar em todos os cantos do país. Redemoinhos de terra, engolindo pessoas e até povoados inteiros, também estavam ocorrendo em outros lugares do mundo. Elissa pegara a mania de ficar vasculhando jornais em busca de notícias e, principalmente, indícios. Não saberia dizer qual das duas catástrofes parecia mais iminente: o colapso da república ou colapso de um cotidiano que só fingia normalidade.

Ninguém falava claramente, mas estava óbvio para todos que a Tríplice República caminhava de forma inexorável para uma nova guerra civil. Unionistas e independentistas já não mais velavam suas disputas. As páginas dos jornais que serviam a um e outro partido vinham cada vez mais embebidas em sangue, cheias de denúncias e histórias tão escabrosas que pareciam competir para ver qual causava mais horror. Abusos de autoridade, estupros, assassinatos, traições, duelos.

O *Gazeta da Manhã*, jornal de Ivaneo Gusmano, foi um dos primeiros a sofrer retaliações por conta da segunda prisão de Harin Solano. E toda vez que o homem conseguia reconstruí-lo, vândalos o atacavam e reduziam a cacos em uma única noite.

Elissa fazia o que podia para poupar Úrsula de seus temores. Era um tipo de inversão, ela sabia. A mãe se tornara a criança da casa junto com o pequeno Vinício. No entanto, suas tentativas de partilhar suas angústias com as irmãs tiveram resultados diversos. Teodora, com quem ela crescera disputando, tornara-se sua companheira de aflições. Além da parceria no laboratório, volta e meia a irmã aparecia com alguma ideia para incrementarem — com dispositivos e artefatos fabricados na antiga oficina de Bartolomeu Faina — a segurança delas ou da casa. Miranda, pelo contrário, se empedernira numa visão de mundo defensiva que incomodava Elissa, quando não a deixava chocada.

— Não acha que está querendo demais? — perguntou Teodora certa tarde.

As duas estavam sentadas sob o caramanchão ressecado do pátio e observavam Miranda se afastar, muito cheia de si, em direção à casa. Elissa havia acabado de expor para as irmãs, mais uma vez, o futuro que ela via e temia.

— Chama querer demais eu pedir que ela aceite a realidade? — reclamou Elissa.

Teodora suspirou.

— Aceitar que ela não vai ter uma vidinha de esposinha, com casinha florida, filhinhos e maridinho que chega para o jantar? — perguntou a irmã piscando os olhos num ar falsamente sonhador. — Que tudo o que ela fizer vai reverter em consequências que são diferentes dos contos de fadas que ela e Simoa contaram para si mesmas a vida inteira? — Teodora estalou os dedos na frente do rosto da irmã. — Elissa, acorda! A Miranda acabou de obrigar o Ino a se desfiliar do partido. Se ela pudesse, construía um buraco bem grande e colocava todo mundo lá dentro. E a primeira coisa que ela enfiaria seria a própria cabeça.

— Buraco! — Elissa ficava negando com a cabeça, indignada. — Não há buraco possível ou fundo o bastante, Teo! Será que ela não vê que...

— Não! Ela não vê! Elissinha, você está querendo discutir racionalmente com quem não quer ser racional — cortou Teodora. — Para a Miranda, se a gente não fizer nada, nada irá acontecer. Se a guerra bater aí na porta ou Alva Drão virar um deserto, posso apostar que ela vai dizer que a culpa é sua. Que se não tivesse ido a Amaranta, nada teria acontecido. Que se o Vinício ficasse quieto, não teria morrido. Que os mansos é que vivem felizes.

O tom de tédio de Teodora não aplacou a raiva de Elissa. Ela cerrou os punhos e bateu na mesa com vontade de rosnar de frustração.

— Eu achei que você a conhecesse melhor — comentou Teodora.

— Eu não achei que ela fosse tão burra!

Teodora riu.

— Só porque ela não vê o mundo como você?

— Ela não vê o óbvio!

— Isso não é burrice, mana. É autodefesa. Quem quer ver as coisas como você está vendo?

Elissa encostou a testa na mesa e colocou as mãos sobre a cabeça. Depois se ergueu e encarou Teodora.

— Por que esse olhar? — retorquiu a irmã ajeitando os óculos sobre a ponte do nariz. — Sabe que nunca tive sonhos com cotidianos dourados. Não tenho problemas em ver o mundo da sua maneira.

— E com o que você sonhou? — perguntou Elissa, numa tristeza cansada.

— Descobrir algo sensacional e ser ovacionada pela comunidade de científicos. "Nossa", eles diriam, "ela fez tudo isso num laboratório caseiro".

Elissa suspirou e Teodora levantou da cadeira ajeitando a longa saia de sarja.

— Desculpe-me — principiou Elissa.

— Pelo quê? Ainda vou fazer a descoberta sensacional e você tem me ajudado nisso. Não tem nada que se desculpar. A merda é que a tal comunidade de científicos vai estar morta ou demolida antes de me ovacionar. Fazer o quê? A vida só é perfeita para os gatos.

8

Apesar de todas as dores, depois de sua viagem a Amaranta, Elissa viveu quatro anos de paz ou assim quis se lembrar daqueles tempos. Era uma contagem pessoal, por certo. Afinal, não é costume contar o quanto dura a paz. As pessoas só reconhecem os anos de guerra, pois os associam (assim preferem) ao extraordinário. As guerras seriam como erupções num tecido liso e tranquilo, seriam um "estar" enquanto a paz seria o "ser". No fim de sua vida, Elissa teria absoluta certeza de que todos estavam enganados nessa contagem. A paz é que era algo fortuito, extravagante, quase inalcançável. Afinal, que paz pode haver quando se sabe que uma grande tempestade se aproxima? De que paz se fala quando, de fato, tudo o que se faz é afiar as armas?

É possível que as lembranças de Elissa sobre essa época como um período de paz se devessem especialmente ao pequeno Vinício. O garoto crescia alheio a todas as coisas ruins que estavam à sua volta e era uma alegria simplesmente olhar para ele. Tinha a vivacidade da antiga Simoa e o charme do pai. Na apatia da mãe, ele aprendera a recorrer a Miranda, a quem dera o mesmo título. Ele tinha duas mães e dois pais, pois foi lógico e tranquilo que ele chamasse Ino dessa forma, mesmo sabendo que seu pai, de fato, era o retrato numa parede da sala de visitas.

Por outro lado, nesses quatro anos, a iminência da guerra e os desertos avançaram transformando o cotidiano. A falta de alimentos passou a ser comum assim como prateleiras vazias nos mercados e armazéns. Quando alguns produtos chegavam, nem todos tinham dinheiro para comprá-los. A família Till optou por transformar quase todo o pátio dos fundos do sobrado em horta, mas era um paliativo, Elissa sabia.

No resto do país, a tecnologia do vapor parecia inútil para manter vivo um mundo progressivamente seco. Ainda chovia, mas a água não tinha forças para fertilizar o solo, mal conseguindo torná-lo úmido. Teodora repetia que o último aguaceiro fora o da noite do velório do cunhado.

Quando andava por Alva Drão, Elissa via o crescente número de pessoas vivendo nas ruas, a maioria vinda das áreas rurais. Eram velhos, jovens e não poucas crianças. No inverno, ela e as irmãs, seguindo o exemplo de outras casas que tinham hortas, passaram a fazer uma sopa e distribuir na porta da botica. Alguns clientes reclamaram que aquilo fazia juntar muita gente sem eira nem beira perto do estabelecimento. Teodora trocou um sorriso com a irmã e sugeriu para os incomodados que procurassem a botica do Senhor Brilhante, lá ninguém estava ajudando quem precisava.

O governo da Tríplice República se viu obrigado a organizar frentes de trabalho para plantar os desertos e amenizar as tensões que essa gente se acumulando nas cidades podia gerar. Contudo, logo começaram circular boatos de que os operários eram, de fato, escravizados. E os boatos, ao contrário das chuvas, eram abundantes.

Miranda acreditava apenas nos que convinham a sua ideia de que tudo ia bem, se ninguém se metesse. Mesmo ajudando nos sopões, ela se recusava a ver aquelas pessoas como parte de um problema maior. Elissa e Teodora desistiram definitivamente dela no dia em que a irmã se deparou com um incidente, envolvendo roubo de comida, à luz do dia, em um dos mercados da cidade. Ao chegar em casa, Miranda estava indignada e não parava de reclamar da falta de segurança do estabelecimento. Até mesmo Úrsula e Ino acharam que ela estava fugindo demais da realidade.

Em breve, a marcha dos desertos e a marcha da guerra era uma coisa só. E não apenas na Tríplice República. No Império do Leste, por exemplo, uma revolução acabara de cortar a cabeça da Imperatriz Viúva, declarando a realeza culpada por tudo o que estava acontecendo. Elissa percebia essa mesma cegueira nos Independentistas. Todos pareciam mais preocupados em encontrar bodes expiatórios do que em olhar de frente para o problema.

Em 150 anos, as florestas haviam sido arrasadas, os rios assassinados, os mares entraram em colapso, o subsolo fora revolvido e perfurado para dele se arrancar tudo o que a indústria precisasse. Os científicos tinham clareza sobre o rol de culpados, mas não apresentavam soluções, então, as pessoas preferiam não acreditar neles. Foi o que um cliente antigo da botica, amigo de seu pai, disse a Elissa com todas as letras. Preferia ir até a Sé das Fraires e rezar, o que parecia ser a decisão de muitos.

Elissa nunca sentiu sua família como muito religiosa, mesmo com a amizade entre seus pais e Fraire Valesko. E é claro que, com tudo o que estava acontecendo, todos os crentes criaram também suas explicações. O governo se escudava nas duas religiões oficiais para invocar a benevolência sagrada, fosse em grandes celebrações feitas pelas Fraires Inventoras ou nas festividades da religião da Matriz Pátria, que reunia menos gente, mas servia para fortalecer o Estado. Mesmo sem conseguir manter a fé, Elissa costumava acompanhar sua mãe às pregações de Fraire Valesko. O velho amigo e sacerdote parecia, ao menos, se preocupar em consolar.

Porém, não era sempre assim com as centenas de crenças que grassavam pelo país. Profetisas de Andirana, Coletores de Almas Perdidas e os seguidores dos Mestres do Destino muitas vezes espalhavam mais temores do que consolavam. Os Trágicos de Acemira se tornaram os mais temíveis, já que suas antigas previsões sobre o fim do mundo pareciam se confirmar.

— Já os ouviu? — questionou Teodora enquanto elas observavam um grupo deles passando pelas portas da botica.

— Ah, por favor — desdenhou Elissa.

— Devia. Nem todo maluco é maluco de todo.

— Não os acho malucos. Respeito o que eles acreditam, só não preciso ouvir.

Elissa se reteve. Teodora continuava com os olhos no grupo para além das portas da botica. Tinha uma expressão pensativa enquanto enroscava no dedo um cacho desprendido do coque malfeito no alto da cabeça.

— Você os ouviu? — Elissa quis saber da irmã.

— Aham. Sabia que as lendas deles falam que o fim do mundo virá do deserto? Falam da floresta que vira areia, do mar que vira sal e de um Grande Tigre que vai espalhar a morte pela terra e cuja boca seria tão imensa que engoliria as estrelas.

Elissa cruzou os braços e se encostou no balcão.

— Linda imagem.

Teodora a encarou.

— Pois é. Mas fico pensando... — ela chegou bem perto da irmã para que ninguém as ouvisse. — Aquela coisa que veio do Povoado das Árvores se ouriça em qualquer contato que tenha com clorofila. — Teodora fez uma pausa deixando uns segundos para Elissa lembrar do experimento feito por elas. — E ela vence, Elissa. Você viu! No fim, só há areia, mais nada que lembre ou possa engendrar algum tipo de vida verde. — Teodora se afastou para receber um cliente, mas completou: — Acho que, no fim, você e os Trágicos estão falando da mesma coisa.

✻

Infelizmente, havia mais. A esperança da família Till de que o pequeno Vinício pudesse resgatar a mãe da depressão foi se esvaindo ao longo do tempo. Simoa perdera qualquer contato com a realidade. Falava pouco e, quando tinha algo a dizer, suas palavras pareciam vir de outra época, de alguma era perdida no meio da sua infância ou adolescência. Só comia quando a obrigavam e era preciso vigiá-la para que não provocasse vômito ao terminar a refeição. Por duas vezes, Elissa e Miranda a impediram de se matar.

— Seria mais caridoso se deixássemos — comentou Teodora numa noite em que ela e Elissa dividiam uma infusão de ervas na cozinha.

As duas haviam se tornado confidentes e o apoio uma da outra, embora sem alterar a maneira de ser de cada uma. Naquela tarde, haviam descoberto um buraco no reboco atrás da cama de Simoa. Ela o vinha perfurando com uma colher para comer a caliça, o que diminuíra seu apetite e transtornara sua digestão com vômitos e febres.

— Deixássemos o quê? — perguntou Elissa com a mente ainda atordoada.

— Simoa se matar.

Elissa abriu a boca indignada. Não tinha palavras para responder a tal sugestão.

— Ela está sofrendo, Elissa — disse Teodora.

A irmã mais velha largou a xícara sobre a mesa e movimentou as mãos numa sequência de argumentos mudos e indignados antes de conseguir falar.

— Isso lá é motivo para deixá-la se matar? — A voz saiu muito alta e ela corrigiu em seguida. — E a nossa mãe? E o Vini?

— E ela, Elissa? E a Simoa? — Teodora não se alterou com o arroubo de Elissa. Parecia que já havia pensado muito no assunto. Ela apertou a xícara entre as mãos, enquanto Elissa maneava a cabeça. — Mantê-la viva para acalentar nossa mãe ou pelo Vinício, do qual ela sequer se dá conta da existência? Você acha que isso é justo? Com ela?

Elissa não pareceu ouvi-la.

— Tem dias em que fico me perguntando aonde foi parar o seu bom senso, Teo.

— Meu bom senso, na maior parte do tempo, é mais prático que o seu — disse Teodora massageando a testa com as pontas dos dedos. — Nossa mãe se acaba a cada tentativa de Simoa e, nós duas sabemos, é muito difícil que ela pare de tentar morrer. Acha que o menino fica melhor vendo e ouvindo as histórias dos suicídios fracassados? Alimentar a loucura de Simoa não vai deixar o resto da família mais saudável.

Elissa se ergueu da mesa, jogou sua xícara na pia e caminhou até a irmã.

— Se nossa mãe te ouvir, eu nem sei o que sou capaz de fazer com você, Teo.

A irmã deu de ombros. Não enfrentaria Elissa por conta disso, mas também não mudaria de opinião.

— Que seja. Talvez eu ame mais a Simoa que vocês. — Elissa chegou a abrir a boca para responder, mas Teodora ergueu a mão dispensando os comentários. — Vou para o laboratório — disse saindo da cozinha.

*

Úrsula, algumas vezes, cozinhava e, nessas ocasiões, as noites eram melhores. Os sabores e os cheiros levavam Elissa de volta à infância e tudo parecia simples e seguro outra vez. Elissa observava Miranda insistir para Vinício e Simoa comerem, como se ambos tivessem a mesma idade. A mãe capturou sua mão sobre a mesa.

— Logo vai terminar, minha filha — a voz dela foi quase um sussurro.

— O que, mãe?

— Isso tudo. Não vai durar. Se o tolo do Ministro Governador tivesse você ao lado dele, as coisas seriam diferentes. — Elissa abriu a boca para negar. — Certo, certo, minha querida — interrompeu, Úrsula. — Eu sei o que você pensa, mas posso imaginar que as coisas seriam diferentes, não?

Elissa pegou a mão de Úrsula e beijou. Aquela não era uma realidade que ela sequer gostaria de imaginar. Não mais. Há muitos anos a ideia simplesmente a enojava, mas ela preferiu não romper o devaneio da mãe.

Um berro vindo do laboratório adentrou na cozinha. Depois vieram gritos chamando por Elissa. Úrsula colocou a mão sobre o coração.

— Arre! Teodora ainda vai me matar com uma dessas.

Elissa apenas sorriu para a mãe, mas não ficou para ouvir o resto da família reclamar de Teodora. Chegou ao laboratório em segundos e entrou fechando a porta atrás de si.

— Onde estava? — perguntou a irmã sem levantar a cabeça do seu livro de notas.

— Jantando — respondeu Elissa vestindo um guarda-pó para proteger o vestido salmão de flores miúdas.

— Certo — rosnou a outra. — Será bom segurar o jantar aí dentro.

Elissa não gostou do tom.

— O que encontrou?

A irmã finalmente se virou para olhá-la. Os cabelos, presos num coque, escapavam por todos os lados como se uma corrente elétrica tivesse passado por eles. Os óculos estavam tão obviamente sujos de dedos e outras marcas que era impressionante que ela ainda estivesse enxergando. A camisa arremangada mostrava os braços suados e ela retirou um lenço do colete comprido para secar a testa e o buço. Mas era o rosto alucinado que chamava atenção no seu corpo pequenino.

— Você estava certa — afirmou, fazendo Elissa prender a respiração. — Lembra-se do que me disse quando me entregou o frasco de areia que trouxe do Povoado das Árvores?

— Lembro. Eu disse que era uma doença.

— É. Uma. Doença!

Uma sensação forte tomou conta de Elissa e ela chegou a dar uma tapa no balcão do laboratório.

— Tem cura?

— Elissa! Eu mal acabei de confirmar uma hipótese — reclamou Teodora frustrada.

— Desculpe — resignou-se Elissa, murchando. — Tem certeza sobre a doença? Como ela age? O que é?

Teodora ficou tendo uns tiques de raiva por um momento e resmungando. Queria repartir o triunfo e Elissa nem ao menos lhe dera os parabéns, já vinha com outra coisa. Depois dizia que a considerava um gênio. Que nada, ela não passava de um instrumento, ninguém a respeitava e... Foi preciso que Elissa a tomasse pelos ombros e a fizesse retomar o foco, não sem antes elogiar sua dedicação e afirmar sua confiança nela.

— Certo — retomou contrariada. — É uma doença sim. Um tipo de substância mutante. Precisei de vários reagentes para ver sua forma precisa, pois ela assumia sempre as características do que eu lhe adicionava. Aliás, foi isso que não me fez desistir. Como é que havia essa constante? Quero dizer, sempre resquícios do reagente novo enquanto nada parecia restar do anterior. Demorei muito tempo para ver o que estava realmente ali. Lembra-se do novo microscópio que inventei? Precisei polir quatro lentes diferentes e ainda usar um reagente completamente novo, misturando coisas já testadas com outras que são de minha invenção.

Elissa mexeu as mãos num pedido para que a irmã deixasse de lado as explicações técnicas, afinal conhecia a maior parte dos procedimentos.

— Como ela age? — perguntou novamente.

— Pelo que apurei nos testes, ela impede o que está vivo no solo de se reproduzir. Mas receio que não seja tudo. — Ela tirou os óculos para limpar no lenço que tinha na mão.

— Isso não é o suficiente?

— Para matar o planeta? É sim. Num prazo bem longo, pois a ação da substância não é muito veloz.

Elissa refez sua pergunta inicial com mais tato.

— Bem, se é lenta, então há como fazer com que as coisas vivas voltem a se reproduzir, certo?

Teodora rosnou recolocando os óculos.

— Eu ainda não tenho uma cura, Elissa!

— Está bem, está bem — aceitou contrafeita.

— Vai querer saber sobre o outro elemento que descobri ou não? — perguntou Teodora colocando as mãos na cintura.

— O que mais você descobriu?

— Que essa coisa tem um comportamento estranho — disse a irmã, quase num sussurro.

— Que coisa? Que comportamento? A doença?

— Não, Elissa. A areia. — Elissa certamente não compreendia, e não compreenderia até ver, Teodora tinha certeza. — Vou lhe mostrar.

Ela levou a irmã até um pote de vidro onde a amostra fora guardada. Algo se mexia sob a areia. Teodora entregou-lhe uma pequena pinça.

— O que é? — perguntou Elissa pegando o instrumento.

— É o que se mexe sob a areia.

— Algo vivo?

Teodora balançou a cabeça.

— Algo que come coisas vivas e as devolve em forma de areia.

Elissa revolveu a areia do pote com a pinça e conseguiu observar a criatura anelada, da mesma cor da areia.

— Como?

— Se desenvolveu? Não sei. Era como se a areia tivesse essa forma de vida já aí dentro. Desenvolveu-se quando eu misturei com um pouquinho de terra da horta. Se alimenta dos húmus.

Elissa largou a pinça e se afastou.

— Essa coisa, imagino, vai acelerar o processo, certo?

— A "coisa" tem fome, Elissa. Irá comer tudo o que existe.

se gun da

Parte

9

Enquanto Elissa trocava as roupas, como Atília exigira, e a família terminava de se organizar para partir, a batalha que ocorria na praça escorreu pelas ruas centrais de Alva Drão e se aproximou do sobrado. Ino desceu correndo do andar superior carregando uma pequena mala marrom.

— Da janela parece que a maior parte do combate está indo na direção da estação férrea. — O que significava o sentido oposto ao sobrado da família Till, mas não houve tempo para que as mulheres respirassem aliviadas. — Elissa, as casas do Gusmano e da Fraire Valesko estão em chamas.

— Santa Entidade! — descontrolou-se Úrsula.

Era cerca de duas quadras do sobrado. Gusmano ainda era um opositor declarado do governo unionista e havia se tornado um amigo.

— Será que há algo que possamos fazer? — A pergunta preocupada de Elissa era feita mais para si mesma.

— Claro — respondeu Atília, fazendo uma careta para os sons de tiros e bombas subitamente próximos da casa. — Podemos sair daqui antes que façam o mesmo com a sua casa.

Elissa não gostou da resposta, nem do tom de Atília. Contudo, o barulho já estava perto o suficiente para que as portas balançassem, mesmo fechadas e trancadas. Sua família encolhia-se a cada estrondo e Úrsula ameaçava desabar em lágrimas.

— Vamos pela tal saída dos fundos que você mencionou — instou Atília.

Um estrondo a metros da porta da frente os empurrou para os fundos da casa num farfalhar de saias que abafou os murmúrios tensos. Elissa abriu a porta da cozinha e o grupo passou aos atropelos por ali, segurando caixas e malas.

O pátio, porém, não lhes ofereceu uma escuridão segura. Da rua, do outro lado da casa, se erguiam a claridade amarelada do fogo, os estouros e o estampido de tiros e bombas. Vinício passou rapidamente de um choramingar para berros.

— Melhor aquietá-lo — sussurrou Elissa a Miranda.

Porém, o nervosismo dos adultos não ajudava o menino a se acalmar. Seus gritos ficavam cada vez mais altos, acompanhados de chutes e resistência em ser tirado da casa. Simoa começou a ter uma reação parecida, também fazendo força para voltar.

— Não! Para, mãe! Aonde vocês estão indo? Quem disse que eu vou junto? Me larga, mãe!

A situação tornou a travessia da horta uma luta à sombra das árvores do quintal. Ino e Teodora seguravam todas as caixas e malas, enquanto Miranda e Úrsula lutavam com seus fardos humanos. Elissa levava uma caixa e uma arma e tentava usar o corpo e a voz para incentivar e acalmar Simoa. Com muito custo, passaram pelas construções que não se ligavam ao sobrado: a cozinha de fora, o laboratório e a oficina. Esta última era um galpão de madeira erguido junto ao muro dos fundos, a poucos passos do portão pequeno de dobradiças enferrujadas. Ino entregara alguns de seus pacotes para Úrsula a fim de auxiliar a puxar Simoa, enquanto Miranda se digladiava com a birra descontrolada do menino.

Teodora largou tudo o que carregava no chão e voltou para dentro de casa, o que quase fez Atília correr atrás dela.

— Aonde essa maluca pensa que...?

— Foi atrás de uma solução — disse Elissa se adiantando para abrir o portão que cortava o muro e levava à viela nos fundos da casa.

Atília resmungou algo, mas Teodora já voltava como se fosse de vento. Rápida, jogou uma pílula na boca de Vinício e tapou a boca e o nariz do menino para que ele engolisse. Miranda quis protestar, mas Teodora sequer lhe deu ouvidos, já colocava outra pílula na boca de Simoa e repetia o procedimento. O susto fez os dois pararem um pouco de se debater.

— São doses de calmante — ela explicou para Atília, que parecia ainda não ter entendido. — Equivale a uma porretada.

— É rápido — garantiu Elissa.

E foi. O menino começou a chorar baixinho e se aninhou no ombro de Miranda. Não o ouviram mais. Simoa parou de resistir.

Atília perscrutou a viela escura em que dava os fundos da casa. Não havia iluminação a gás por ali, nem calçamento. Era pouco mais que um beco de terra batida, por onde as casas da rua principal escoavam seus lixos num córrego que passava logo do outro lado.

Tiros na porta da frente.

O grupo se apressou para fora do portão e Elissa o fechou. Só ali se dera conta de que não trouxera as chaves. Xingou baixinho. De que adiantariam chaves? Dois cães de rua ladraram para avisar que estavam por ali e um gato passou correndo por eles.

— Podemos seguir por aqui até perto do Alto da Eira — informou Ino quando se reuniram no meio da rua e começaram a andar rápido. — Disse que seu pai está com o dirigível no Baixo Estio, certo?

Atília confirmou, enquanto sacava dois revólveres de repetição. Elissa quase corria e não olhara para trás após fechar o portão.

— Fiquem firmes, meninas — resfolegava Úrsula. — Essa guerra não irá longe.

Teodora pegou o braço de Elissa e atrasou os passos levemente, depois apontou com o queixo para trás. Dali era possível ver que havia luzes e movimento no segundo andar do sobrado. Tinham entrado na casa deles. Uma tocha sustentada por alguém estava no teto. Elissa lançou à irmã um olhar desamparado e as duas começaram quase que empurrar os outros para irem mais rápido, mais rápido. Vasculhariam a casa achando que estavam escondidos, depois viriam atrás deles.

— Alto!

A ordem veio de um canto escuro adiante deles. O homem que saiu da sombra empunhava uma arma de repetição, tinha o rosto cheio de fuligem e os olhos injetados.

— Cabo Eleno? — perguntou Úrsula. — É você, rapaz?

A mão dele tremeu.

— Voltem para casa! — mandou ele.

— Não podemos — começou Elissa, falando rápido e olhando para trás. — Est...

— Larguem as armas e voltem! Agora!

O homem gritou alucinado e avançou na direção deles com a arma engatilhada, fazendo mira. Todos recuaram, menos Atília. A mulher deu um passo à frente e, num movimento rápido, acertou os braços do homem com o pé e o desarmou. Acertou um soco na boca do estômago e aproveitou quando ele dobrou o corpo para acertar o rosto com o joelho. Ela o segurou com uma das mãos e chocou o cotovelo com vontade na parte de trás do pescoço. O som de osso quebrando arrepiou Elissa. O homem estatelou no chão ante os olhos chocados da família Till.

— Isso era necessário? Ele era nosso... — Úrsula contestou, mas Teodora pegou o braço da mãe para fazê-la ficar quieta.

— Muita conversa — disse Atília seguindo em frente a passos muito largos.

Ino pegou Simoa nos braços seguindo atrás dela. Miranda e Elissa voltaram a correr, enquanto Teodora usava as caixas em suas mãos para empurrar a mãe.

Chegaram ao Alto da Eira sem se deter, ultrapassaram-no esbaforidos e começaram a descer a íngreme encosta que levava ao Baixo Estio. Mal tinham alcançado as árvores que cobriam o declive e um grupo de cavaleiros apontou na rua que dividia a cidade do mato dando tiros para o alto. Miranda se jogou no chão com Vinício, cobrindo-o com o corpo e tapando seus ouvidos.

Atília não precisou fazer sinal para que o resto a seguisse, ela própria se manteve agachada com as armas apontadas na direção dos cavaleiros. Elissa fez o mesmo, afinal, por pior que fosse atirando, o revólver que carregava não era completamente inútil em suas mãos.

Os cavaleiros passaram e por sorte não os viram. Assim que o tropel sumiu na distância, voltaram a descer em direção ao pequeno descampado, junto a um dos inúmeros córregos que passavam pela região.

Ali estava estacionado um dirigível de pequeno porte, com uma cabine de vidro mínima, na qual havia espaço para proteger apenas umas quatro pessoas. A parte descoberta acomodaria o navegador ao leme e mais um ou dois. Elissa deduziu que se tratava de uma aeronave particular de segunda mão. Tudo nela parecia meio gasto e os êmbolos de cobre das laterais que compunham os propulsores de ar haviam obviamente sido reciclados de outros usos. Acima, pairava um balão de ar quente com gomos horizontais. Junto dele estavam dois cavalos marchadores de uma pelagem escura, difícil de distinguir à noite, mas que também já pareciam ter visto dias mais fartos.

— Está com a sensação de que pode morrer a qualquer momento? — sussurrou Teodora.

— Sim — disse Elissa no mesmo tom, observando sua mãe agradecer a Caldre, segurando o choro. — Isso se chama medo.

— Eu sei como se chama. Só não gosto de sentir.

Elissa passou o braço por cima dos ombros da irmã e apertou.

— Fique forte. Estou confiando em você.

A irmã negou com a cabeça.

— É o tipo de frase que ajuda muito — ironizou. — Farei o possível. Fique viva.

— Farei o possível.

Caldre se aproximou das duas. E Elissa ainda gastou alguns minutos conversando com ele e Teodora. A irmã lhe entregou as duas mochilas de couro e um cilindro, que se somavam à espada, revólveres e punhais que Elissa levava consigo. Para Caldre, as duas reforçaram que muita coisa dependia da continuidade dos trabalhos de Teodora. O homem garantiu que a auxiliaria no que fosse necessário e faria tudo ao seu alcance para que as duas pudessem manter contato na medida do possível.

Elissa começou a se desdobrar em agradecimentos, mas ele a interrompeu.

— Você precisa que os seus estejam seguros, Elissa, para poder viver o seu destino. Sabe das minhas crenças. E eu acredito que todas as histórias já foram contadas. Em algum lugar, elas já foram escritas e lidas mil vezes. Então, os Mestres do Destino sabem como cada um de nós irá terminar. — O homem colocou a mão em seus ombros. — Lute, se proteja, e não se preocupe com sua família. Nenhum de seus inimigos poderá chegar até eles para lhes fazer mal. É minha promessa.

Elissa aceitou as palavras dele. Tinha a impressão de que a realidade estava disforme, como um quadro, uma pintura que se contorce ao fogo e perde suas linhas, seus contornos. Estar no meio de tudo aquilo chegava às raias do inaceitável. Queria voltar para casa, entrar debaixo de sua cama, cobrir a cabeça com as duas mãos e dormir para sempre. Queria voltar a ter sua vida sem graça, em que nada acontecia e ela só ouvia queixas de dores nas juntas e mal-estares. Queria voltar no tempo.

— Vamos! — instou Atília, assim que ela acabou de se despedir e recomendar a todos, ouvindo mais uma preleção imensa de sua mãe sobre como ela deveria agir. — Temos de seguir em frente.

— Em frente? — questionou Elissa, entontecida.

— Sim. Para Alephas.

"Os campos gelados do Sul estão derretendo" foi a manchete de jornal que veio à mente de Elissa. Alephas era uma cidade fria e isolada no extremo sul da Tríplice República, ficava nos limites da cordilheira e era sustentada por mineiros. Era um dos lugares mais violentos de todo o continente.

As duas montaram nos cavalos e seguiram pela planície para sudoeste. O dirigível de Caldre se elevou no ar e rumou para nordeste.

Elissa olhou para trás e viu uma neblina descendo sobre Alva Drão como se pretendesse apagar a cidade inteira de uma única vez. Seus últimos pensamentos para o lugar não foram para a casa de sua infância — que a essa altura poderia estar em chamas —, nem para as amizades que nunca soubera cultivar direito, mas para as memórias com seu pai e com Vinício. Os dois tinham sido seus melhores amigos e, como tudo o que ficava ali, não voltariam mais.

Tentara manter os dois próximos na seleção de objetos que trouxera em sua fuga. Deixara todos os seus vestidos e saias, e se servira das roupas do cunhado e do pai falecidos para se vestir e levar como bagagem. Calças de montaria, camisas, coletes e casacos de Vinício. De seu pai trouxe o relógio de bolso, os coldres para os revólveres e os chapéus. Abandonara sem tristeza os espartilhos, substituindo-os por um tecido amarrado de forma a sustentar os seios, mas, ao mesmo tempo, poder respirar livremente.

— Como está a bunda? — A voz de Atília chegou até Elissa por sobre o som do vento e dos cavalos, muito tempo depois de elas terem saído de Alva Drão. Encarou a mulher sem entender a pergunta. — Eu imagino que a sua cabeça esteja uma droga, menina, mas no momento o que me preocupa é como vamos fazer para que a sua bunda não fique em carne viva por causa do cavalo. Há quanto tempo não monta?

— Muito — respondeu Elissa.

— Isso significa que teremos de fazer mais paradas para descansar e você se acostumar. Ainda assim, aviso: vai sentir dor.

— Estou acostumada com dor — respondeu Elissa secando o rosto com um pouco de vergonha.

— Dor por dentro é uma coisa, garota — disse a outra dando de ombros, como se as experiências dela valessem bem pouco agora. — A dor por fora deixa a gente com raiva.

— Eu já estou com raiva — rosnou Elissa. — E eu tenho nome. Não sou "menina" nem "garota".

Atília lhe deu um meio sorriso.

— Muito bem, *Elissa*. Pode me chamar de Tyla, certo? Mas não me peça para chamá-la de "dona", porque não faço o tipo escudeira.

— Eu não sou dona de nada — defendeu-se Elissa —, por que você me chamaria assim?

— Sei lá! — havia um tom de reclamação na fala dela. — Meu pai tem uma reverência esquisita quando fala de você.

— Seu pai é um homem bom — disse Elissa com sinceridade, e o rosto de Tyla se contorceu num deboche.

— É, *agora* ele se esforça.

As duas cavalgaram em silêncio até quase o amanhecer. Tyla usou as estradas enquanto foi noite, mas assim que o sol começou a despontar, ela fez com que os cavalos se embrenhassem pelos campos, pulando cercas e atravessando pequenos riachos ressecados. Elissa se preocupou com os donos daquelas terras, mas não perguntou por medo de que sua voz acabasse atraindo algo ao encontro delas. Estava confiando sua vida a uma mulher que nunca tinha visto antes de algumas horas atrás. E estava apavorada.

Pararam junto a um mato, onde puderam esconder os cavalos e havia um fio de água para que todos bebessem.

— Precisávamos de um bom café, mas vamos ter de nos contentar com água e um pouco de pão. Não quero acender fogo por aqui — sentenciou Tyla, sentando em um tronco e mexendo num farnel de tecido. Dali retirou uma caneca e um pão, que dividiu em dois.

— Quanto tempo levaremos até Alephas? — quis saber Elissa ficando em pé e esticando o corpo. A ideia de sentar lhe parecia horrivelmente incômoda.

— Normalmente seriam uns 25 dias a cavalo em boa marcha, mas as coisas andam difíceis por estes caminhos. Então, nosso objetivo é chegar lá, independente de quanto tempo a gente leve.

Elissa continuou mexendo o corpo. Era como se sua coluna tivesse se transformado em farpas de madeira.

— Pode definir o quão "difíceis" estão as "coisas"? — Elissa fez uma careta dolorida enquanto falava.

— Você não lê jornais? É tudo verdade o que tem lá, sabia? Se conseguirmos não ser mortas antes, teremos uma chance em Alephas.

Elissa olhou o pedaço de pão que Tyla gesticulou diante dos seus olhos enquanto falava. Recusou. Não tinha fome.

— Por que Alephas? — perguntou cruzando os braços numa tentativa de sustentar o corpo e suportar a dor nos quadris. — Tão perto da fronteira. Sempre me pareceu um local selvagem.

— Alephas é a minha cidade — disse Tyla num tom pragmático. — Quase todo mundo lá me deve alguma coisa, então, fica mais fácil proteger você.

— Deve?

Tyla sorriu de lado.

— O lugar é uma mixórdia sem lei. Um pouco de medo e de dinheiro fazem maravilhas.

Elissa soltou o ar pelas narinas. Queria sua vida de volta, choramingou para si mesma. E um corpo que não doesse.

— E você causa medo, obviamente. Tem dinheiro também?

Tyla lhe devolveu um olhar jocoso.

— Causei medo na sua mãe, não é mesmo? E tenho dinheiro sim. Mas também tem o sexo, é claro. — Ela riu da expressão de Elissa. — Você é uma boneca caída da prateleira, hein, menina? Sou dona do maior bordel de Alephas, Elissa.

Elissa assentiu, um tanto sem graça.

— Sua família sabe? — sentiu-se moralista e boba em perguntar.

— Só tenho o Caldre de família — disse Atília jogando o cabelo volumoso — e ele sabe. Fui para Alephas novinha ainda, depois que levei mais uma sova por ele não acreditar que um "amigo dele" tinha abusado de mim. Só voltei quando minha mãe morreu. Aí ele veio todo arrependido, dizendo que não tinha sido um bom pai, que eu tinha de voltar para casa.

O riso dela tinha um tom amargo.

— Vocês não se dão bem, então? — Elissa mudara a posição do corpo, dobrando os joelhos para alongar os doloridos músculos das pernas.

— Mais ou menos. Temos jeitos diferentes de ver a vida, mas acho que atualmente as coisas têm andado tranquilas entre a gente. — Tyla abriu a bolsa de couro que carregava no ombro e de lá tirou um maço de folhas verdes que esmigalhou no copo de latão. — Eu admito que fiquei bem assustada quando vi as notícias sobre o que aconteceu no Povoado das Árvores há quatro anos. Acho que foi aí que nos reaproximamos. — Ela encarou Elissa. — Você é muito apegada a sua família, não é?

— Não tenho mais nada.

— Nem vida própria? — Havia deboche e franqueza na pergunta.

— Nem vida própria — concordou Elissa.

Assumir isso não lhe doía e Tyla não lhe devolveu qualquer piedade por sua resignação. Pelo contrário.

— Então, parece que vai ter que inventar uma, Elissa. Agora me diga: sabe usar alguma dessas armas que trouxe no seu cavalo?

— Quando adolescente, meu pai me ensinou a usar o revólver, mas nunca usei fora das lições.

— Teremos de dar um jeito nisso, também. Cuidar da bunda e ensinar a atirar de verdade. Vai valer a pena, mas vai dar trabalho — completou divertida.

A decisão de Tyla foi a de que deveriam viajar o mínimo possível durante o dia. As noites eram frias, mas infinitamente mais seguras. Como a lua estaria na crescente e depois cheia, não precisavam se preocupar em ficarem imersas na total escuridão por umas duas semanas. Além disso, no campo, longe das cidades, o céu era vivo e brilhante o suficiente para que a viagem não fosse feita às cegas.

Tyla era uma mulher impressionantemente meticulosa. Elissa se vira bebendo cada explicação que ela dava para suas escolhas, fosse dos caminhos ou dos horários, tudo mesclado com uma atenta observação do ambiente. Ainda não confiava na filha de Caldre. Eram muito diferentes no jeito de pensar e Tyla, obviamente, não costumava se justificar para ninguém.

— O importante é que não sejamos vistas juntas e que não vejam você. Sua carinha é bem conhecida, sabia? Mesmo que todos tenham colocado os jornais de quatro anos atrás na caixa dos gatos, não quero correr risco de que te reconheçam.

As duas atravessavam naquele momento uma região de pequenas elevações.

— Não é a memória das pessoas que me preocupa — disse Elissa. — O problema é que toda essa região ao sul de Amaranta é quintal de Harin Solano. Durante anos, ele fez o que bem quis por aqui e contou com indiferença, quando não com beneplácito, do governo. O dinheiro e a influência da família dele certamente não morreram em quatro anos de prisão.

— E ele foi preso porque você pediu, não é? Foi a história que circulou sobre você e o Ministro Governador.

— Tive muito tempo para pensar nisso, Tyla. E acredite — Elissa fez o cavalo desviar de um buraco —, a prisão de Solano foi muito mais um movimento político do que uma ação repressora ou fruto do meu pedido, por mais que eu me arrependa dele. Larius Drey encenou muito bem para a imprensa e tudo mais que estava atendendo a um pedido de sua ex-noiva, pela qual ele tinha muito carinho e blá-blá-blá. Eu li a baboseira toda nos jornais também. Era tudo para beneficiar o partido. E os planos dele.

— Espere! Você está achando que agora que a guerra está em curso, a prisão de Solano se tornou obsoleta. Que simplesmente soltaram ele?

— Não lhe parece óbvio? — retrucou Elissa. — Com a Tríplice República imersa no caos, a fuga de Solano não será questionada, além disso, ele poderá retomar suas bases de poder no interior. Se os unionistas vencerem, ele ainda terminará como um grande herói nacional.

— Faz sentido — a outra replicou pensativa. — No entanto, sei lá, mesmo que seu ex-noivo esteja envolvido nisso, ele sabe que o cara virá atrás de você antes de qualquer coisa.

— Não valho tanto assim, Tyla. Larius está numa tal situação em que proteger a mim não tem muito sentido. Ele já não precisa de mim para manter uma fachada honrada para os jornais. Estamos em guerra. Ele certamente necessita muito mais dos exércitos que Solano pode amealhar e lançar como chacais sobre seus inimigos do que de mim. Sou uma peça dispensável no jogo.

Quando as duas precisavam de suprimentos, Tyla entrava nos povoados e vilas e deixava Elissa escondida em alguma mata próxima. O mais difícil foi a troca do dia pela noite, somando isso às dores por montar a cavalo, deitar no chão duro, comer o pouco que tinham e passar fome. Ao menos, o cavalo carregava cada dia menos peso. Lá pelo terceiro dia, Elissa chegou seriamente a considerar se entregar a Solano e acabar com tudo de uma vez.

As duas seguiam por caminhos que evitavam os desertos, mas, de fato, estavam somente desviando da areia. Eram dias frios e secos num mundo de campos mortos, sem plantações, quase sem animais. Ouviam poucos pássaros e não cruzaram com mais que uma corsa e duas emas, além de alguns roedores menores. Em quatro dias viram somente um pequeníssimo rebanho de vacas, tão próximas umas das outras que pareciam temer que, caso se distanciassem, se perderiam na imensidão.

À noite ainda havia insetos; uns poucos se batiam em seus rostos quando cavalgavam e era possível ouvi-los na primeira hora do amanhecer, quando as duas paravam para descansar. Tyla reforçava o tempo todo que o frio estava menor a cada ano e que, por isso, os gelos do sul estavam derretendo. Teriam banhados e lodo por alguns anos, então a areia chegaria ali também. Nos momentos em que Tyla se afastava, Elissa chorava por sua vida perdida e pelo futuro que não conseguia ver. Então, chorava apenas pelas dores quase insuportáveis em seu corpo.

Tyla a interpelou num fim de tarde.

— Posso fazer uma pergunta?

— Posso impedi-la? — tornou Elissa com azedume.

Estavam no alto de uma colina, onde ainda restava uma minúscula mataria e havia uma nascente. Tinham dormido em turnos ao longo do dia e agora estavam sentadas em uma grande pedra, as pernas pendendo para baixo enquanto olhavam uma estrada pouco convidativa que levava ao sudoeste da Tríplice República. Era a última elevação antes de afundarem nas planícies de arenito e calcário que conduziam a Alephas. Outras montanhas só seriam vistas quando chegassem à cidade de mineiros, instalada aos pés do Ridochiera, a cordilheira do Abismo.

— O que você quer, Elissa?

Não era uma pergunta superficial, não se referia a mais um pedaço de pão ou a uma porção de *chips* de berinjela. Tinha um tom imperativo e, naquele contexto, Elissa achou até mesmo as palavras ofensivas. Ela abriu a boca, mas Tyla não a deixou falar.

— Eu vou refazer a pergunta. Tenho a observado nos últimos dias, por isso gostaria que me respondesse se, alguma vez na vida, você fez algo porque quis e não por ter sido empurrada a isso.

Novamente a boca de Elissa abriu, mas a resposta que havia nela era uma mentira. Baixou a cabeça e Tyla ficou olhando-a, sem desviar até que ela respondesse.

— Uma vez. Quando fui ajudar no Povoado das Árvores.

— E foi bom? Esquece, a pergunta foi ruim. O que quero saber é: como se sentiu fazendo aquilo?

Responder "bem" não seria satisfatório, Elissa sabia. E também tinha certeza de que a pergunta de Tyla queria uma outra reposta. Ela relembrou de tudo o que acontecera e, especialmente, da viva lembrança do homem chamado Seth, do estranho encontro que haviam tido, de suas palavras e das consequências.

— Eu me senti poderosa — afirmou ajustando inconscientemente os ombros.

Tyla sorriu.

— Bem, se você conhece a sensação, então, talvez, seja a hora de escolher como quer seguir a sua vida daqui para frente. Eu sei, eu sei, eu prometi que faria tudo para escondê-la e protegê-la, mas pessoas com pena de si mesmas acabam me dando urticária. Olha — ela ergueu a mão impedindo Elissa de falar —, eu já trabalhei com um monte de gente assim. Então, só estou interessada em saber se é isso realmente o que você quer para a sua vida. Quero dizer: ficar se encolhendo e deixando que os outros decidam para onde você vai e o que vai fazer. Não precisa responder agora, não. Só quero saber que espécie de pessoa vou acoitar na minha casa.

Tyla levantou, bateu a areia das calças e disse que iria encilhar os cavalos para partirem assim que o sol começasse a encostar no horizonte. Elissa ficou imóvel olhando o espaço à sua frente por um longo tempo. O que podia uma formiga contra uma avalanche? Não tinha resposta. No entanto, algo nas entranhas de Elissa a fez se erguer e se pôr em movimento. Por sua própria vontade.

— Você disse que ia me ensinar a atirar de verdade — interpelou Tyla, que estava verificando as ferraduras dos cavalos.

A outra mulher parou o que estava fazendo e a analisou por alguns instantes.

— Vou, se quiser. Mas não aqui. Tiros nessa área chamariam atenção. Talvez só seja possível fazer isso em Alephas.

— Se chegarmos lá, você disse.

Tyla não parecia especialmente preocupada.

— Estamos indo muito bem até agora e eu pretendo que continue dessa maneira.

— Ainda assim — insistiu Elissa —, acho que poderia me ensinar alguma coisa.

A outra sorriu.

— Posso ensinar a usar a espada e o punhal que trouxe. E, claro, ainda temos suas mãos, seus braços, pernas e dentes para treinar.

Elissa riu do tom usado por Tyla.

— Ensine-me tudo o que puder.

— Feito.

A mulher lhe estendeu a mão e as duas trocaram um aperto.

— Onde aprendeu a lutar? — quis saber Elissa.

— Aqui e ali. Na minha profissão, você precisa saber se defender do que vier. E os projéteis costumam vir de todos os lados num lugar como Alephas.

Elissa balançou a cabeça perdendo os olhos alguns segundos na paisagem. Ainda lhe parecia surreal ver aquelas coisas como parte de sua vida. Ouviu Tyla bater uma mão na outra lhe chamando a atenção.

— Então?

— O quê?

— Vamos começar, ora.

O estômago de Elissa contraiu.

— Agora?

— Quando imagina, benzinho? Já perdemos um bocado de tempo. Se quer aprender a se defender, vamos trabalhar já.

— Perderemos horas de cavalgada.

— Minha pressa para chegar a Alephas tem a ver com defendê-la — disse pegando no cotovelo de Elissa e afastando-a dos cavalos. — Se conseguir fazer isso sozinha, vai me poupar um bocado de trabalho. Então, comecemos com o básico, como você daria um soco?

Elissa, ainda tonta com a rapidez das coisas, fechou os punhos e os ergueu.

— Coloque os polegares para dentro, relaxe os ombros. — Ela bateu com o pé na altura das panturrilhas de Elissa, obrigando-a a abrir mais as pernas enquanto dava uma volta em torno do seu corpo. — Esteja certa de ter uma boa base de apoio. Respire jogando o ar na barriga e expire soltando o braço para frente com força. Não erga o braço antes de socar, fique de olho no adversário, mas tente não demonstrar seu alvo. Nariz, queixo, estômago, e bolas se for um homem. Se socar com um braço em cima e o cara te barrar, esteja certa de ter o outro braço livre e mande ver nas joias da família, sacou?

Elissa assentiu, mas a velocidade da fala de Tyla a deixou um pouco tonta.

— Mantenha a cabeça um pouco baixa e o queixo pra dentro. Como você é mulher, vão atacar nos seus ouvidos, cabelo, seios, boca e perto dos olhos. Use seus punhos como barreira, certo? — Ela parou em frente à Elissa. — Vem!

— O quê?

— Vem me dar um soco, menina! Acha que vamos ficar só na teoria e praticar nos bandidos? Querida, os caras que estão vindo atrás de você querem torcer o seu pescoço. Então — os olhos de Tyla faiscaram —, é você ou eles. Tenha sempre isso em mente.

Quando finalmente montaram nos cavalos, Elissa tinha o corpo moído, mas de uma maneira diferente. Usara músculos até então esquecidos, mas estava cheia de energia e vontade. Muita vontade de demolir com o que viesse pela frente.

Se foi o novo aprendizado ou a nova disposição de Elissa que modificou o ritmo da viagem, ela não poderia saber. As duas cavalgavam por menos horas, o que alongava a viagem, mas, ao mesmo tempo, as horas eram mais cheias e se sucediam com agilidade. Os longos silêncios entre ela e Tyla acabaram. Conversavam durante quase todo o tempo em que estavam acordadas, partilhavam histórias e estratégias. Lentamente uma cumplicidade foi se desenvolvendo entre elas. As perguntas de Elissa acabavam recebendo de Tyla respostas com pontos de vista bem próprios.

— As armas de fogo são boas para ameaçar à distância e eficientes quando você as têm e pode resolver uma questão rapidamente. Nunca fique conversando com uma arma na mão.

— Por quê?

— Além de ser burrice? Pelo fato de que seu oponente vai tentar desarmá-la e usar a conversa mole como pretexto. Por isso, tenha sempre outra arma num lugar estratégico de sua roupa. Em alguns casos, se tiver a chance, pode desafiar o cara para um duelo de espada. Especialmente os riquinhos e metidos se acham muito machos com uma espada.

— Nesse caso, o que eu faço?

— Nunca, em hipótese nenhuma, perca um duelo.

Já cavalgavam há vinte dias e calculavam ter mais uns dez pela frente, mas nenhuma reclamava; a companhia estava se tornando amizade. Naquela noite, após Tyla treinar Elissa em como usar a força do adversário contra ele mesmo, as duas montaram e prosseguiram rumo ao Sul. Ainda debatiam um determinado movimento proposto por Tyla quando avistaram uma coluna de fumaça na altura do horizonte.

— Um incêndio, aqui? — Elissa se ergueu na sela, o corpo já estava acostumado ao cavalo e mais ágil também.

— Alguma fazenda deve ter sido atacada — conjeturou Tyla. — Essa é uma das poucas regiões produtivas dessa área, sempre foi protegida pelo governo para manter o abastecimento. Mas agora as coisas mudaram muito. Os unionistas têm acusado os fazendeiros de mandarem mantimentos para os independentistas que têm se acoitado próximo à fronteira do Abismo. Tenho ouvido histórias de invasões para procurar "subversivos", recrutar soldados e confiscar gado e o que houver nos silos.

— Quem comete as invasões?

Tyla deu um longo suspiro.

— Todo mundo. Se já estava difícil alimentar esse povo numa época de paz com o chão virando areia, imagina agora, em plena guerra civil. Não quero nem pensar em quando essa miséria criar hordas de famintos se arrastando como gafanhotos por todo o... Ei! Elissa! Onde você está indo?

— Vamos até lá, ora bolas! — Ela já começava a trotar.

Tyla avançou à frente de Elissa, pegou a rédea do cavalo dela e segurou firme, impedindo-a de continuar.

— Não vamos, não, moça! Não é da nossa conta. Temos os nossos próprios problemas para resolver.

— Tyla, pessoas podem estar precisando de ajuda — argumentou Elissa tentando arrancar a rédea do seu cavalo da mão da outra.

— Você já escolheu um lado, querida? Porque eu não. Então, não tem como a gente saber quem vai ajudar, certo? Além disso, estamos viajando escondidas, se lembra? Se identificarem você, não dou um dia para os assassinos de Solano, ou ele próprio, estarem juntinhos da nossa jugular.

Elissa deu um puxão e retomou a rédea do cavalo.

— Uma amiga me disse que quando eu o encontrasse, deveria seguir o meu instinto. — A certeza tomava Elissa como uma febre.

Tyla fez uma careta enquanto ficava barrando o cavalo de Elissa.

— Encontrasse o quê, criatura? O perigo, a morte? O Solano? — Tyla jogou o cavalo em frente ao dela mais uma vez, olhando-a como se a amiga tivesse enlouquecido.

— O que eu realmente quero, Tyla. O caminho que eu quero seguir. Ou, como você disse: fazer as coisas que me dão vontade e não o que sou empurrada para fazer. —Sua voz estava calma e ela desviou sua montaria com a mesma tranquilidade. — Não precisa vir comigo se não quiser.

Elissa esporeou o cavalo em direção à fumaça grande que parecia se espalhar sem se perder sob o céu estrelado. Tyla ficou alguns segundos parada. Depois, a seguiu, praguejando alto.

10

As duas apearam dos cavalos assim que uma casa grande de fazenda ficou à vista e os deixaram atrás de uma colina. As chamas vinham de um galpão próximo e se podia ver uns três milicianos e suas montarias por ali. Não precisaram muito para perceber que os homens estavam bêbados: eles riam alto e um deles entoava uma canção obscena. Tyla contou dez cavalos ao todo e nenhum carro a vapor, o que fazia sentido, pois o abastecimento naquela região estava ficando difícil. Por outro lado, logo também não haveria como abastecer os cavalos. Elissa se jogou no chão e começou a se arrastar em direção à casa, para o desespero de Tyla que, no entanto, a seguiu.

As casas daquela região eram chamadas *casas de terra*. O pouco material em madeira dera origem a construções arredondadas, feitas basicamente de terra amontoada, umedecida e depois queimada. A cor escura era mantida para absorver o calor naquele clima frio, por isso era difícil ver o estado da casa na distância em que estavam. Havia luz no interior, movimento e gritos.

Mais de perto, as duas identificaram um homem preso a um palanque de amarrar cavalos. Ele tinha a cabeça caída, os joelhos dobrados sob o próprio peso e era difícil saber se estava morto ou não. Um dos milicianos foi até ele e lhe deu uns chutes nas pernas e na barriga, mas o homem não reagiu. Elissa acreditou ver um corpo pequeno, atirado ao lado do homem, possivelmente uma criança. Tyla tentou segurar seu ombro, mas ela continuou se arrastando até mais perto. De dentro da casa, os berros ficaram mais nítidos; eram choros, lamentos, pedidos. A maioria femininos. Um miliciano saiu da casa arrastando os pés.

— Não voltam pra festa? — berrou para os outros. — As putas estão quentes — gargalhou —, mas acho que matamos a velha. Arriou no terceiro.

Elissa não conseguiu ouvir as respostas. Teve a impressão de que sua visão tinha ficado toldada, assim como os ouvidos, por um grito que ela não pôde dar. O homem que chegava chutou o corpo pequeno que estava por ali, e pareceu a elas ser de um menino. Elissa não conseguiu ouvir o que disseram novamente. Algo no galpão em chamas explodiu e eles soltaram vivas e lhes jogaram garrafas vazias de bebida. Tyla continuava a puxar Elissa pelas roupas até que, finalmente, ela deu a impressão de que ia lhe dar ouvidos.

— Vamos voltar — disse num sussurro e Tyla soltou um suspiro de alívio.

As duas retornaram para junto dos cavalos, ainda se arrastando no chão. Só mudaram a postura, ficando em pé, quando chegaram ao outro lado da pequena colina e não poderiam mais ser vistas.

— De que lado você acha que estão? — perguntou Elissa resfolegando.

— Muito armados — respondeu Tyla, pesando as palavras. Seu tom pretendia dissuadir Elissa do que quer que ela estivesse maquinando. — Imagino que sejam gente do governo. Os independentistas só fariam um ataque assim para pegar armas, e ainda estão tentando angariar simpatias, não seriam tão selvagens.

— Sabe alguma coisa sobre as pessoas dessa fazenda?

— Não — respondeu Tyla. — É bem longe da minha área. Elissa, é horrível o que está acontecendo lá, mas não temos o que fazer. Eles estão em número muito maior e têm mais armas. Seríamos mortas e não serviríamos de nada àquela pobre família. O melhor é...

— Virar as costas? — Elissa encarou a outra com as duas mãos na cintura. — Seguir em frente? Fazer de conta que isso não nos afeta? Temos concepções bem diferentes sobre o que é melhor, Atília.

— O melhor é ficar viva, mulher! — explodiu Tyla. — Você nunca precisou lutar por isso, não é? Nunca teve um macho se forçando no meio das suas pernas e ameaçando te matar se você não ficasse quieta, se não chorasse baixinho a dor de estar sendo arrebentada por dentro. Eu sinto muito, mas essa vida que você vê aqui — apontou para si mesma —, eu tive de lutar muito duro para manter, e não vou arriscá-la porque é heroico ser suicida!

Elissa demorou alguns segundos digerindo aquelas palavras. Não tinha argumentos para rebater Tyla. Provavelmente, ela estava certa. O que era Elissa se não uma bonequinha caída da prateleira, como a outra debochava? Essa era a verdade: sempre estivera na prateleira, protegida, tranquila. Seu maior inimigo até agora tinha sido o pó se acumulando sobre ela.

— Eu sinto muito, Tyla — disse por fim.

— Não sinta. Monte e vamos embora daqui — ela se virou e pegou a rédea de seu cavalo.

— Eu sinto muito que nossos caminhos se separem tão cedo — completou Elissa. — Eu tenho gostado de estar com você.

Tyla congelou no movimento de colocar o pé no estribo.

— Você é louca?

— Eu tenho ouvido tanto isso que acho que estou me convencendo. O fato, Tyla, é que não posso fazer nada para que vá comigo, mas não vou deixar aquela gente à mercê de monstros.

Elissa baixou a cabeça pensando no que sabia, no que vira no laboratório, no que intuía e deu uma versão curta disso para a amiga.

— Sabe, Tyla? Não há nada melhor depois de tudo isso. Não há causa alguma para lutar, não haverá fim para essa guerra. O que virá será somente pior e pior. Pode acreditar em mim. Tudo o que você vê, tudo o que conhece, vai desmoronar. Os acontecimentos no Povoado das Árvores foram só uma amostra. É aquilo que está por vir. Não faça essa cara, Tyla. As pessoas estão vendo que isso é o futuro, apenas não admitem. Pois bem, de tudo, o que resta é a consciência do que fazemos pelas pessoas, só isso. Então, farei o possível pelas que estão naquela fazenda e pela minha própria consciência.

Tyla não deu atenção aos argumentos de Elissa, tinha um olhar de desespero.

— Não há chance alguma de ajudar, Elissa! São dez contra um. No mínimo cinco para cada uma de nós. Isso se eu for com você, o que está fora de questão. Como espera vencer?

— Sendo inteligente.

— Ser inteligente é ir embora — reclamou a outra, sacudindo-a pelos ombros.

Elissa retirou as mãos da amiga de si.

— Tyla, pense comigo. Eles estão bêbados, e vão ficar mais. Temos a surpresa e o caos do nosso lado. Claro que tudo pode dar errado, mas há uma chance sim. Mais ainda se você vier comigo. Quantos anos de pesadelos terá imaginando o que as pessoas dentro daquela casa estão passando?

Tyla soltou um longo suspiro.

— Eu te odeio — disse capitulando. O último argumento obviamente a deixara sem resposta. — De que caos você está falando, mulher?

Elissa lhe piscou um olho e foi até as mochilas de couro redondas que tinham lhe sido dadas por Teodora. Tirou delas duas esferas esquisitas, pouco maior que um punho grande fechado, cheias de pequenos canos de ferro, parecendo porcos-espinhos. Como sustentação, cada esfera possuía três pequenas rodinhas. Ela as colocou no chão, pegou mais uma placa pequena com botões e uma antena. Depois, muniu-se de um cilindro de metal com uma manivela, o qual tinha uma alça de couro, com que Elissa cingiu o peito.

— Pegue os revólveres e sua espingarda — disse para Tyla.

— Você ainda não sabe atirar — retrucou a outra.

— Não vou atirar, você vai. Eu vou só causar estrago.

Tyla rosnou baixinho e foi pegar as armas. Como já carregava duas pistolas, colocou mais uma no coldre e amarrou o cinto nos quadris. Pegou a pistola pequena de Elissa e escondeu por dentro da camisa larga. Num cinto às costas, ela amarrou o rifle. Preferiu deixar as mãos livres e contou mentalmente as facas que carregava em ambas as botas.

— Você é um arsenal — brincou Elissa.

— Alephas faz isso com as pessoas. O que são essas coisas? — apontou para os objetos que Elissa ajeitava cuidadosamente.

— A parte da inteligência. As esferas estão carregadas com 100 projéteis pequenos, de curto alcance, mas eficientes. Ao menos na teoria. Esta placa — disse mostrando para Tyla — consegue controlar o movimento das esferas por meio de ondas de rádio e também dispará-las. À noite, nenhum daqueles imbecis as verá se aproximando. Na verdade, nem saberão o que os atingiu.

— Certo — a palavra contradizia o rosto de Tyla. — Não seria melhor se explodissem?

— Não quero ferir ninguém da casa, mas eu poderia fazê-las explodirem.

— E como pretende que os homens fiquem próximos uns dos outros o suficiente para poder atingi-los sem atingir as pessoas da casa?

Elissa quase sorriu.

— Com o caos.

— Que caos, criatura?

— Este aqui — respondeu Elissa tocando o cilindro com a manivela pendurado em seu corpo. — Infelizmente, só posso mostrá-lo na hora que formos usá-lo.

— Esse cilindro cria o caos? É isso?

— Medo? Caos? Vamos ver se um engendra o outro — disse Elissa. — Se não funcionar, terei mais um motivo para ficar viva: cobrar da minha irmã mais nova.

— Dá ao menos para me dizer o que isso faz?

Elissa se abaixou para regular uma das duas esferas.

— Conhece a lenda do Tigre da Areia? — perguntou.

— Quem não conhece? Toda criança foi ameaçada com o Tigre da Areia. Uma tolice. Atualmente, tem gente inclusive achando que era uma profecia dos antigos. O que isso tem a ver?

Elissa deu um pequeno sorriso antes de se erguer e recitar.

Você viu o Tigre?
Que Tigre?
O Tigre da Areia que a noite semeia.

Ao amanhecer ele dorme.
Ao meio-dia traz a areia.
Ao entardecer caminha sobre as sombras.

E quando a noite chegar até o chão?
Aí ele há de vir
Devorar seu coração.

— Isso é uma canção de criança. Acha que vão sentir medo de tigres? Aqui? Tão longe das áreas deles? Se ainda estivéssemos mais próximas do Abismo — resmungou Tyla.

— Aguarde — disse Elissa com uma certeza alucinada nos olhos.

— Você. É. Louca!

Elissa confirmou com a cabeça e mexeu nos botões da pequena placa. As esferas vibraram e começaram a se movimentar sobre as rodinhas como pequenos animais de estimação que antecipavam os passos da dona. Assim que ultrapassaram a colina, as duas voltaram a rastejar pelo chão a fim de não chamar atenção. Elissa apontou um muro de pedras que havia adiante e as duas se arrastaram na direção dele e se esconderam por lá.

Elissa fez com que as esferas continuassem entrando no pátio em direção aos milicianos. Tentava manter a tola música infantil do Tigre em sua cabeça, apenas para não ouvir o que vinha da casa. Uma voz de mulher implorava que parassem de bater nela, pedindo em nome de coisas sagradas e profanas. Pedindo a morte. A raiva voltou forte e em ebulição. Elissa olhou para Tyla, que tinha os olhos fechados. Ela também estava ouvindo. Uma lágrima grande rolou em sua bochecha morena e quando suas pálpebras voltaram a abrir, Tyla parecia possuída de dor.

— Eu quero sangue — rosnou.

Elissa balançou a cabeça e entregou a ela a pequena placa com botões, depois, pegou o cilindro e girou a manivela. O que aconteceu a seguir fez Tyla saltar no mesmo lugar. Um rugido monstruoso invadiu a planície. Não parecia com nada que se pudesse precisar, vinha de todos os lugares, alto, forte, real a ponto de gelar o sangue nas veias. Tyla chegou a procurar o felino com os olhos antes de se dar conta das feições de Elissa analisando avidamente a reação dos milicianos.

Os homens próximos à fogueira pararam de se mexer e se ergueram de suas posições num salto. Elissa rodou a manivela mais uma vez. O rugido pareceu mais próximo. Havia algo de fantasmagórico e, ao mesmo tempo, terrivelmente encarnado ali. Os milicianos sacaram as armas, trôpegos, a visão turva da bebida, sentindo a presença real de uma fera à espreita na escuridão. O rugido veio mais uma vez e um dos homens berrou alto.

— O que é isso?

— Cala a boca, imbecil! — ordenou outro apontando a arma em todas as direções.

— Cara, tem...

— Quieto! — comandou um terceiro também empunhando as armas que carregava.

O quarto homem respirava forte e olhava para todos os lados com uma faca na mão. Dois outros homens vieram de dentro da casa, compondo as roupas.

— O que está acontecendo? — quis saber deles.

— Cala a boca! — disse um dos homens ao lado da fogueira.

— É só um gato do mato — tranquilizou outro.

— Eu nunca ouvi um gato do mato rugir assim — disse uma outra voz.

— Fala baixo ou vou quebrar teus dentes! — A voz desse ganhava traços de pavor.

Um homem grande saiu da casa.

— Achei que as mulheres estavam lá dentro. Por que estão aí juntos gritando como um bando de maricas?

— O senhor não ouviu? — inquiriu o miliciano que sugerira a hipótese do gato do mato.

— O quê?

Em resposta, o rugido voltou a rasgar a noite e parecia vir de trás do silo em chamas. Elissa tinha uma expressão satisfeita. Afinal, como prometera Teodora, o som rebateria antes ser ouvido, driblando sua origem real. Foi imediato, lá estavam os milicianos em círculo, de costas uns para os outros, sacando suas armas contra o nada. Elissa puxou a placa com botões das mãos de Tyla e colocou a esfera para andar. Rapidamente, a esfera estava no centro do círculo dos milicianos. Então, os tiros começaram. Acertaram dois dos homens. Os demais se viraram atirando e começaram a alvejar uns aos outros.

Elissa e Tyla colocaram as cabeças ao chão, mas o dedo de Elissa continuou pressionando o botão e os tiros e berros dos homens se sucediam.

— Eu vou começar a matar os reféns — A voz era imperativa e cruel.

Elissa soltou o botão imediatamente. As duas se escudaram na escuridão e na fumaça da pólvora para compreender a cena. Só três milicianos estavam em pé e haviam fugido em direção à casa. Os outros sete estavam no chão. O homem que gritava tinha consigo uma menina que ele segurava com o braço pelo pescoço, quase a estrangulando.

As duas congelaram onde estavam por um instante. Então, Tyla apontou a espingarda que estava em sua mão diretamente para os homens na varanda casa. Elissa fez que não.

— Têm muita fumaça. Você pode errar — sussurrou.

— Apareçam, desgraçados! — berrou o homem. — Não tem bicho nenhum, não é? Só um bando de maricas que atira pelas costas. Sejam homens!

Tyla estava a ponto de explodir.

— É, você é muito homem mesmo. — Ela deu um tiro e acertou a barriga do miliciano que estava ao lado, mesmo que mirasse a cabeça do desafiador. Elissa queria bater nela, mas não pôde, porque na sequência se ouviu outro tiro. As duas olharam e horrorizadas viram a menina ao chão. A cabeça dela era uma massa de onde brotava um líquido escuro.

— Traz a próxima — berrou o homem para o miliciano que ainda estava em pé. O que tinha levado um tiro estava caído no chão, chorando de dor.

Não haveria próxima. Tyla engatilhou a arma mais uma vez e Elissa voltou a mexer com sua esfera, ambas atirando em direção ao homem sem parar. Ele resistiu aos dois primeiros impactos, no braço e na perna, então caiu de joelhos e um dos tiros atravessou seu pescoço e outro a cabeça. Foi preciso algum controle para que as duas parassem, ainda tremendo de raiva. Elissa desengatou um cone de dentro do rolo de metal e falou através dele para o terceiro homem, que havia se escondido dentro da casa quando os tiros começaram.

— Saia daí com as mãos na cabeça! Se mais um refém for ferido, vocês dois estarão mortos antes do amanhecer! — Sua voz saiu metálica, nem feminina, nem masculina, mas com uma firmeza indiscutível.

O miliciano lentamente arrastou os pés para fora da casa. Tinha as mãos na cabeça e o corpo arqueado. O outro homem baleado estava encolhido no chão. Elissa olhou para Tyla, um pouco em dúvida, mas a outra pensou rápido. Colocou a espingarda engatilhada em suas mãos.

— Fique à vista deles e mantenha a mira — sussurrou e, depois, pulou o muro com um dos revólveres em punho.

Elissa se ergueu mirando os dois homens no avarandado em frente à porta, enquanto Tyla caminhava até onde estavam os corpos, verificando se estavam mesmo mortos. Inclinou-se sobre o corpo do menino e conferiu o homem amarrado ao palanque. Usou uma faca para cortar as cordas que o prendiam, o ajeitou sobre o chão e levou a corda consigo. Por fim, começou a ir em direção à casa e fez sinal para que Elissa viesse com ela.

Com a corda, Tyla amarrou o homem que não fora ferido. Ele olhou as duas impressionado por perceber que eram mulheres e, furioso, começou a xingá-las. Tyla lhe deu um chute na boca com a bota e ele se calou. Então, ela amarrou as mãos do ferido, que era pouco mais que um garoto, com uns tufos de pelo no rosto. Elissa manteve a arma em punho, atenta a cada movimento. Quando se sentiram seguras de que não levariam nenhum tiro pelas costas, as duas finalmente entraram na casa para poderem ver de perto o inferno.

A casa parecia pisoteada por dentro. Móveis, quadros, até mesmo o assoalho, tudo destruído como se bestas-feras tivessem passado por ali. Lentamente, Elissa e Tyla foram avançando pelos cômodos da casa. Encontraram um rapazote com vários tiros no corpo, caído no corredor. Num dos quartos, havia uma moça nua que chorava convulsivamente, noutro encontraram uma senhora mais velha, igualmente nua, e morta. Noutro quarto, uma garota de uns 12 anos, agarrada à outra mulher. As duas estavam com as roupas em farrapos e tinham marcas de violência. O estado da menina era preocupante por causa da quantidade de sangue que perdia.

Mais tarde, Tyla encontrou mais dois corpos de homens em torno da casa. Pelas roupas, ela acreditou serem empregados da fazenda e não milicianos. Tão logo terminaram de contar, Elissa começou a tratar dos feridos. Conseguiu que lhe informassem onde estava a caixa de botica da casa e deu toda sua atenção inicial para a menina que, além de tudo, estava em choque. Tyla trouxe o menino para dentro, estava vivo, mas parecia também ter sido violentado.

O homem que fora amarrado ao palanque era o pai da família. Tinha apanhado muito e a perna direita estava quebrada, mas respirava e, com algum esforço, Tyla conseguiu colocá-lo para dentro da casa. Cada vez que ela passava pela porta, dava uns chutes nos dois homens presos, com ganas de acabar com eles ali mesmo. Chegou a perguntar para Elissa o que fariam, mas a outra estava mais preocupada com os feridos.

— Veremos depois — respondeu. — Ajude-me aqui, agora...

Do jornal 3República, dois dias depois:

A barbárie impera no interior!

Enviado um destacamento policial para prender o conhecido líder independentista Rosauro An Tonato, suspeito de graves crimes contra a República, encontrou este e a família atacados por bandoleiros sem partido. Houve troca de tiros e 8 soldados, inclusive o comandante Sautero Julio, foram mortos. Encontrou-se também, enterrados em covas novas, os corpos de Derica Lourença, Cylina Lourença Tonato, Hubertino An Tonato, Derílio Fargo e Segundino Alberico. Os dois sobreviventes do destacamento foram amarrados, junto ao palanque da Delegacia de Polícia da vila da Balia Sêca, pelos bandoleiros, e tinham junto a si folhas de papel em que estava escrito: "presos por crimes da República". Os soldados falam de duas mulheres junto ao grupo de bandoleiros, mas ainda não se sabe quem são os líderes, nem a localização dos demais membros da família.

11

Os dias seguintes da viagem haviam sido muito piores que os primeiros por razões óbvias. Elas estavam com mais medo do que antes. Carregavam agora uma carroça retirante, habitada por uma família traumatizada, o que tornou a viagem mais lenta e penosa. Não havia como abandoná-los à própria sorte, nem como mandá-los segurar as lágrimas ou sequer como consolá-los. Sobretudo, não era possível fechar a porta para o que haviam feito para salvar aquelas pessoas.

O senso prático de Tyla se tornou ainda mais aparente para Elissa. Era óbvio que a amiga havia colocado em seu cerne a habilidade de se conformar com qualquer coisa que já houvesse acontecido.

— É um gasto inútil de energia ficar pensando ou lamentando. Foi. Simplesmente foi.

Elissa, porém, ainda lutava. A raiva estava ali, tão forte que ela sabia que faria tudo novamente. Mesmo assim, os mortos lhe pesavam. E como pesavam!

Eram seus mortos, ela os fizera. Não sabia como deixar algo dessa magnitude para trás. Não havia volta possível e, como Tyla gostava de repetir, o segredo estava em não se arrepender. De fato, Elissa achava mais fácil não se arrepender do que aceitar que aquelas coisas todas — a fuga, as mortes, os terrores que assistira — faziam agora parte dela. Aquela era a sua vida e dela não havia fuga possível.

Assim como não havia fuga possível para as pessoas na carreta. Elas eram um universo em colapso, uma tragédia evidente. Doía olhar para eles quase tanto quanto devia lhes doer continuar existindo depois de tudo o que haviam passado.

O homem, Rosauro, tinha o rosto marcado por uma dor e uma culpa indissolúveis. Edília, a dona da fazenda, perdera a mãe, um filho e a filha mais velha. Raramente tirava de sob seus braços o menino Tito, cujos olhos pareciam ter querido parar de ver, e a menina Jandira, a menor das filhas, de quem a expressão de ódio parecia engolir a pouca idade. A jovem criada Meridiana ficava encolhida a um canto o tempo todo, embora continuasse a fazer tudo o que mandavam. Somente se rebelou quando descobriu que iriam se esconder em um bordel.

— Não vou ser puta! Não vou ser puta! A minha mãe me mata. Não deixa, seu Rosauro. Não deixa, dona Edília!

— Aquiete-se, criatura! — ordenou Tyla com cara de quem queria mesmo era dar uns bofetes na garota. — Na minha casa ninguém é puta contra a vontade.

As duas amigas haviam mantido a mesma forma de viagem que vinham seguindo. Deslocavam-se à noite e se mantinham ocultas durante o dia, sempre evitando passar muito próximas aos desertos que já haviam se estabelecido nas terras ao Sul. Elissa e Tyla passaram a dormir apenas as primeiras horas, enquanto Rosauro ou Edília vigiavam. Ao acordar, Elissa cuidava dos ferimentos não cicatrizados. Depois, as duas prosseguiam nas aulas de defesa e ataque.

As lições de combate corpo a corpo pareciam não acabar nunca.

— Treine os socos devagar, Elissa. Com menos raiva. Deixe a rapidez para depois, concentre-se na força.

A estratégia de Tyla consistia em ensinar movimentos básicos e alguma teoria, dar um tempo para Elissa treinar contra o ar, aprendendo e repetindo os movimentos. Então, quando finalmente se sentia capaz de usá-los numa luta simulada, Tyla a surpreendia usando de recursos torpes, que pareciam ser contra qualquer regra de combate.

— Combates não têm regras! Escute aqui, meu bem — disse Tyla encarando uma unha quebrada, enquanto Elissa cuspia a terra que a amiga lhe jogara no rosto —, você está brigando pela sua vida e não num ginásio fazendo exercícios. Isso aqui não é um divertimento de cavalheiros. É guerra! Seja uma dama e será uma dama morta.

Tyla se calou e deu dois passos para trás quando um pedregulho atingiu sua testa. Ela se virou para reclamar, mas Elissa corria na direção dela. Acertou com a cabeça no centro do abdome de Tyla, fazendo-a perder todo o ar.

Naquele dia, Elissa saiu do treino menos acabada que a amiga, porque havia vencido, mas Tyla estava feliz.

— Acho que agora podemos começar a treinar com pedaços de madeira! — comentou enquanto cavalgavam à frente da carroça.

— E as espadas?

— Quando você atingir o alvo com a madeira, aí a gente começa a "brincar" com as espadas que cortam de verdade.

— Pelo seu método, Atília, eu só estarei pronta quando matá-la.

A outra não ignorou a provocação.

— Estará pronta quando puder decidir se me mata ou não. Até lá, não se esqueça de que sou eu quem está nessa posição.

Rosauro procurou Elissa ao final de um daqueles dias de viagem, pouco antes de recomeçarem a marcha. Agradeceu muito o que ela e Tyla fizeram, disse que lhes devia mais do que poderia pagar e Elissa o desobrigou de qualquer coisa ali mesmo. O homem agradeceu mais uma vez, contudo não retornou para junto da família. Coçou o bigode e o pescoço, apoiava-se em uma bengala por conta da perna quebrada e tentava encontrar dignidade ficando em pé o máximo de tempo que podia.

— Eu tenho uma pergunta para a senhora.

— Pode me chamar de Elissa — aquiesceu ela.

Rosauro ignorou a informalidade.

— Quero saber da senhora, como curandeira, se eu volto a ser um homem inteiro.

Elissa o encarou procurando o fundamento total da pergunta.

— Você vai se recuperar, Rosauro. Fisicamente, todos vocês vão. Não posso dizer o mesmo sobre suas mentes. O que houve foi uma tragédia. Não é fácil se recuperar de tragédias.

— Senhora se engana. Tragédias não têm culpados. O que nos aconteceu tem outro nome. Foi um crime.

Elissa aquiesceu com um movimento de cabeça.

— E o que pretende, Rosauro?

— Eu quero vingança, senhora Elissa.

— Só sobraram dois dos homens que brutalizaram vocês, Rosauro.

— A senhora se engana de novo. Não são só aqueles dois infelizes, há um governo inteiro resguardando e acoitando gente como eles.

Como não dar razão a Rosauro? A "tragédia" da vida de Elissa tinha o mesmo culpado e ela desejara se vingar dele infinitamente. Mesmo que precisasse pagar caro por isso. Como estava pagando.

— Compreendo você, Rosauro.

— Sei que compreende. Assim como sei seu nome completo, Elissa Faina Till. A cunhada de Vinício Trillar que enfrentou o mequetrefe covarde do Harin Solano e o ditador Larius Drey. A senhora sabe que tem grande admiração entre os independentistas, não é? Sou um homem de partido, sabe? Cheguei a conhecer seu cunhado e, acredite, o partido gostaria muito que a senhora tivesse se candidatado na última eleição.

— Eu já estaria morta se tivesse feito isso.

— Mas agora está lutando ao nosso lado.

Elissa ajeitou a coluna para refutar.

— Não, Rosauro, não estou. Eu só quero ficar viva, é só por isso que eu luto.

— Então, por que lutou por nós?

— O que Tyla e eu fizemos nada teve a ver com essa guerra. Teve a ver com o que achávamos certo. Se você fosse um unionista e os atacantes independentistas, eu teria feito o mesmo.

Rosauro ouviu as últimas palavras um tanto chocado. Demorou a voltar a falar.

— É, mas esse não foi o caso. E o que a senhora viu foi a forma comum dos unionistas agirem.

— Realmente? O seu partido nunca agiu dessa maneira? Não é o que se lê nos jornais.

O homem ergueu a cabeça, evidenciando os tufos de barba por fazer.

— Eu poderia lhe dizer que é coisa de jornaleco da situação, mas isso não a convenceria, não é?

— Não.

— Precisamos é de bons líderes, senhora Elissa. — Ele estava sendo sincero. — Para que coisas assim não aconteçam.

— Concordo. Torço para que apareçam — disse dando a conversa por encerrada. O dia terminava e eles precisavam prosseguir a viagem.

— Quando me falaram da senhora pela primeira vez, eu achei que era loucura — recomeçou ele, obrigando Elissa a voltar a encará-lo. — Uma mulher, pensei. Não, deve ser exagero dessa gente. Quem seguiria alguém sem nenhum histórico político só por causa de uns arroubos? Agora sei que as coisas que eu ouvi tinha sentido. Pode não acreditar na nossa causa, senhora Elissa. Pode não defender a ideia de tornar o país como a gente imagina. Mas vou lhe dizer uma coisa: pessoas como a senhora encarnam o país como a gente gostaria que fosse.

Elissa quase riu, mas teve pena do homem.

— Eu não sou nada disso, Rosauro. Olhe para mim. Sou uma boneca caída da prateleira, como diz a Tyla. Só isso.

— Não, não é — respondeu ele com firmeza.

Contudo, se ele tinha algo mais a dizer, conteve-se com a chegada de Tyla, que pretendia organizar a sequência da viagem. A proximidade de Alephas era o novo desafio e exigia todas as atenções. Entrar apenas com Elissa e escondê-la era uma coisa, ter a tiracolo uma trupe de retirantes era outra bem diferente.

A noite em Alephas era mais fria e escura que nos outros lugares e cheirava a metal e urina.. O solo árido se estendia ao longo de um estreito vale, por onde a cidade havia escorrido à medida que este fora sendo escavado. O lugar era pobre em tudo o que não fossem metais de várias preciosidades e gente de passado duvidoso. A cidade era o refúgio de todo tipo de gente excluída: marginais, fugitivas, assassinas, prostitutas, exilados e aleijados-ciborgues, cujos membros mecânicos possuíam força extra para o trabalho nas minas.

O vale ficava entre dois paredões. O mais baixo surgira na busca incansável de bocas de minas, logo esgotadas, logo abandonadas. Era, porém, o paredão ao oeste que cobria cedo o vale de sombras. Seu tamanho descomunal chegava a ocultar parte do céu. Era Ridochiera, a fronteira do Abismo. A cordilheira não era somente o limite do mundo habitável, era sua proteção. Do outro lado, por milhares de quilômetros, estendia-se um oceano de águas radioativas, repleto de criaturas gigantescas e deformadas.

Ao chegarem às bordas da cidade, Tyla e Elissa se afastaram um pouco da carroça para conferir a movimentação na urbe, agachadas sob arbustos no alto de um dos morros.

— Elissa — Tyla chamou em voz baixa. — Eu preciso perguntar uma coisa a você. Antes de entrarmos na fazenda, você disse algo sobre o futuro, sobre tudo desmoronar. O que quis dizer com isso?

Os olhos de Elissa permaneceram na cidade abaixo.

— Minha visão é parcial, Tyla.

—Quero saber sua visão parcial — insistiu a outra ao notar o tom evasivo.

Elissa fez algumas vezes a frase na cabeça antes de optar pelo simples e sem afagos.

— O avanço dos desertos irá matar o planeta.

Tyla deu um risinho pelo nariz.

— Ok, já ouvi essa história. É... — Ela parou ao observar a expressão de Elissa. — Olha, eu cresci ouvindo falar disso. Mas, ao mesmo tempo em que saía uma notícia dizendo "é para amanhã", logo vinha outra afirmando que os desertos seriam barrados, o caos adiado, etc.

Elissa permaneceu quieta, olhando-a com uma piedade que irritou Tyla.

— Responde!

— Barrados como? — perguntou Elissa cansada. — Estamos em guerra civil, Tyla. O Império do Leste enfrenta uma revolução. Os países do Norte estão se sufocando há anos em conflitos que já liquidaram com os autogovernos.

— E se não houvesse guerras, seria possível barrar o avanço dos desertos?

— Não sei. Acho que não. Ao menos, não com o que Teodora e eu descobrimos. Mas, como eu disse, a minha, a nossa visão, é parcial. Só sabemos o que descobrimos, e não vimos qualquer chance de barrar.

Ela ficou quieta e voltou a olhar a cidade.

— Elissa, pare com esses silêncios ou vou bater em você!

A curandeira deu um longo suspiro.

— Tyla, o que acontece quando algo vivo morre? Como a carcaça desaparece?

— É devorada por vermes.

— Exato. É isso! É o que há sob as areias. O que as pessoas relatam ter visto se mexer, as sombras nos desertos. — Tyla negou brevemente com a cabeça como se não entendesse. — Vermes — afirmou Elissa. — A areia é o *habitat* e o resíduo dessas criaturas. As terras vivas do planeta são a comida, eles são como uma praga, uma doença. Imensos organismos devoradores de vida. Sabe-se lá quantos deles habitam cada deserto do planeta.

A outra mulher tinha uma expressão de asco e incredulidade.

— Como sabe disso?

— Um deles se desenvolveu em nosso laboratório — respondeu Elissa.

Tyla pensou um pouco e depois debochou.

— Qual é, Elissa? Acha que vou acreditar que você e sua irmã, num laboratório caseiro, descobriram algo que os maiores cientistas da Tríplice República e do resto do mundo não descobriram? — O olhar de Elissa a gelou. — Acha que eles sabem?

A curandeira riu sem humor e se sentou sobre uma pedra.

— Você acabou de dizer, Tyla. Como nós podemos saber e os grandes cientistas, pagos pelos nossos governos, não sabem? É claro, é óbvio que eles sabem.

— E por que não avisam às pessoas?

— Está sendo ingênua, Tyla. Você não é ingênua.

Tyla olhou para cidade, depois voltou os olhos para a carroça e de novo para a cidade. Parecia perdida.

— O que vai ser da gente?

— Eu não sei. Talvez devêssemos estar preocupadas com quem vai ganhar a guerra, não é? Se ela for rápida, é claro.

— Eu estou falando sério, Elissa — rosnou a outra.

— Eu também. Talvez, com o fim da guerra, se possa pensar em como matar os vermes, como reverter, ou adiar o que está acontecendo. Ou, quem sabe, devamos simplesmente aceitar. O planeta está doente e vai morrer, mas nós estamos todos tão insanos que só conseguimos pensar em salvar as ideias que tínhamos para o mundo quando ele era sadio. A paz poderia nos ajudar, mas ela está muito longe. Muito longe.

Elissa respirou e voltou a ficar em pé. Queria fugir à forma como Tyla a encarava naquele momento.

— Não sei se acredito em você. — O tom era de acusação.

— Tudo bem — Elissa deu de ombros. — Realmente não faz diferença se você acredita no eu que digo ou não. Nem farei força para convencê-la. Isso não irá alterar coisa alguma. — Tocou o cotovelo de Tyla e a impulsionou a ficar em pé também. Fez um carinho no rosto da amiga. — Venha. Acho que é hora de descermos para a cidade. As ruas já estão praticamente desertas e o sol vai nascer em pouco mais de uma hora. Acha que o "seu povo" lá no bordel vai receber bem esse bando de gente?

Os olhos de Tyla ainda estavam sem foco, perdidos em pensamentos e consequências, mas ela por fim respondeu.

— Claro. Todo mundo lá é retirante de algum lugar.

As duas começaram a caminhar lentamente de volta ao lugar onde estavam os cavalos e a carroça. Num rompante, Tyla segurou Elissa pelo braço. Sua voz tinha um tom leve que os olhos traíam.

— Rosauro a convenceu a entrar no partido?

— Não.

— Eu ouvi o que ele disse sobre acreditar em você.

— Deve ter ouvido a minha resposta, então. Está certa a meu respeito, Tyla.

— Estou? — Ela se postou na frente de Elissa, obrigando-a a encará-la de frente. — Não acredite em minhas troças, meu bem. Acho que ficou tempo demais dentro daquele laboratório e não viu nada do que estava acontecendo do lado de fora da porta. Seu nome começou a ser repetido com respeito em todos os lugares. *Ela enfrentou Solano, coagiu Drey e, não satisfeita, estava ao lado das pessoas, curando e organizando ajuda, antes que o Estado sequer se movesse para amparar o Povoado das Árvores* — recitou Tyla fazendo as vozes em que ouvira aquelas palavras. — Quando meu pai pediu que a ajudasse, eu sabia que não era apenas uma amiga a quem ele queria retribuir. Sabia que era bem mais que isso.

— Você fala como se eu houvesse planejado todas essas coisas.

— Isso importa?

— Importa sim! — irritou-se Elissa. — Eu não fiz nada disso com um propósito definido!

— Meu bem, seja essa guerra idiota, seja o que você acabou de me contar sobre o futuro do planeta, acredite, acho que o propósito está dançando pelado bem na sua frente.

Elissa deixou cair os ombros contendo a vontade de rir.

— Tyla, por que acha que eu deveria me envolver com essas coisas todas? Acredita que me preocupo se teremos um país grande ou um monte de cantões? Que dou a mais reles importância a essas disputas ou o que quer que elas representem? Quanto ao planeta, você acabou de me ouvir falar: não há o que fazer!

Tyla colocou as mãos na cintura.

— Não me disse que o que importava eram as pessoas?

— Sim, mas...

— Responda: gosta do poder que gente como Harin Solano exerce sobre gente como sua família ou as que estão na carroça?

— Não, claro que não.

— Acha correto que os governos das três cidades principais permitam que se massacre gente comum sem piedade e as usem para seus interesses políticos?

— É óbvio que não. Eu... — tentou argumentar Elissa.

— Concorda que se minta para as pessoas sobre o que está acontecendo com o planeta para salvaguardar os interesses dos ricos e da República e de quem tem poder?

Elissa bufou.

— Aonde quer chegar?

— Simples — Tyla ergueu os ombros. — Eu acho que já escolheu um lado, Elissa.

— Meu único interesse é achar um jeito de sobreviver!

— Exatamente.

— Isso não me coloca ao lado dos independentistas.

Tyla sorriu.

— Não. Mas você está contra o governo e isso pode colocar os independentistas do seu lado, queridinha.

Elissa negava com a cabeça, com os olhos arregalados diante do que considerava uma insanidade.

— Tem ideia do que está dizendo?

— Tenho, sim. Você precisa de um exército, meu bem. E, para isso, basta que queira ter um.

Vende-se Sexo!

— Esse é o nome do seu estabelecimento? — Elissa não sabia como classificar a placa sobre a porta de entrada do bordel de Tyla. Ela cobria uma parte grande da parede da frente, anunciando-se em letras grossas, feitas em tinta brilhante, cercadas de luminárias. De um lado das letras, desenhados, corpos seminus entrelaçados.

Era uma das casas de ferro, calafetadas de barro para aguentarem os extremos climáticos da região. Tinha vários andares, numa forma arredondada que lembrava um barril, encimados por uma cúpula. As janelas, como ordinário em toda a cidade, eram estreitas, distantes umas das outras e pequenas, delas saindo luzes coloridas em tons fantasmagóricos.

— O que esperava? — debochou Tyla. — Uma casa de chá?

— Não — Elissa tentava arrebentar seus moralismos à marreta. — Apenas... Sempre achei que essas coisas ficassem meio escondidas, com nomes menos ilustrativos.

— Pois é — concordou a outra. — Eu até pensei num nome discreto, mas nenhum dizia *exatamente* o que eu queria dizer, sabe?

Elissa ignorou a ironia.

— E ninguém a incomodou por colocar uma placa dessas na rua principal da cidade?

Os dentes brancos de Tyla iluminaram a escuridão.

— Bem-vinda a Alephas, benzinho.

A noite acabava e, a bem da verdade, os últimos clientes estavam sendo expulsos do lugar. O grupo entrou pela porta dos fundos, assustando as três pessoas que limpavam a cozinha. Elissa divisou um conjunto de fogões à lenha que se dispunha em linha sob as janelas, por onde saíam grossos canos de ferro sanfonado que levavam a fumaça para fora. No outro oposto do aposento, uma prateleira cheia de utensílios cobria a parede inteira. No meio de tudo, uma mesa longa e comprida, que deveria ser usada para todo tipo de trabalho, mas que no momento se encontrava cheia de panelas recém-lavadas. O lugar recendia a sabão, embora no fundo ainda se pudesse perceber o ranço das gorduras que haviam passado por ali.

— Não era apenas um? — perguntou o mais velho dos cozinheiros. Um homem trôpego, com um olho mecânico e apoiado em uma perna feita de engastes de metal.

— Qual o problema? — Tyla inquiriu colocando as duas mãos na cintura.

— Comida — disse o homem com mau humor evidente, sacudindo o cigarro do lado da boca.

— Daremos um jeito — disse ela. — Sempre damos um jeito.

— Está ficando bem difícil dar um jeito — resmungou ele mancando para longe da porta. — Mas sempre dá para fritar um cliente que não paga.

— Não liguem para o Marcuso, ele é o otimista da casa — ironizou Tyla. — Mas entendam o "fritar" de forma literal. Bem, estes são Enas — disse apontando a mulher alta com cara de poucos amigos, que segurava uma panela enorme — e Roban, nosso ajudante de cozinha.

O garoto negro fechou a cara. Não devia ter mais que vinte anos, era gordinho e atarracado.

— Eu cozinho — afirmou orgulhoso, fazendo Tyla dar um sorriso e lhe piscar o olho.

Os recém-chegados colocaram tudo o que haviam trazido para dentro, enquanto Tyla fazia apresentações e ia dando ordens para que Enas e Marcuso dessem um jeito em mais um quarto para acomodar a família Tonato. Meridiana iria dividir o quarto com a própria Enas, por enquanto. A garota fungou ao anúncio de Tyla que, a cada hora, perdia mais a paciência com ela.

— Não se preocupe — disse Tyla —, o último cliente que tentou entrar no quarto da Enas quase ficou sem o parque de diversões e, até onde eu sei, ainda não parou de correr.

Roban tinha sumido por alguns instantes e voltou acompanhado de umas oito pessoas que se atropelaram pela porta cheias de curiosidade. Eram obviamente o grupo de trabalhadores da casa, os residentes, homens e mulheres de idades e jeitos variados. Alguns com roupas que Tyla, mais tarde, qualificou como "de trabalho"; outros já desmontados das *performances*, vestindo-se ordinariamente para irem dormir.

Era fácil de perceber que os olhares do grupo estavam em Elissa e não nos outros retirantes. Comentários, murmúrios, alguns cutucões nas costelas e mãos cobrindo a boca junto aos ouvidos de outros. Um rapaz magro de tez morena, cabelos negros e crespos e excessivamente maquiado se adiantou. Era difícil não notar a mistura estranha que compunha sua vestimenta: calças risca de giz, sapatos de polaina e um espartilho preto de couro sobre o peito nu.

— Não vai nos apresentar, Tyla? — A voz tinha um falsete ao mesmo tempo empolgado e jocoso.

Com a maior calma do mundo — obviamente torturando a audiência, que só queria saber de Elissa —, Tyla se voltou para os recém-chegados e informou:

— Esse povo, meus caros hóspedes, atende por Kandra — disse apontando o rapaz de espartilho —, Bogol, os irmãos Suonio e Sorya, Altidone, Mayu, Gisa, Okasan e Diegou.

Elissa obviamente não conseguiu associar todos os nomes às pessoas naquele primeiro momento. Registrou que Bogol era a moça com perfil de deusa antiga, os cabelos carapinhos cortados rentem à cabeça. Localizou Okasan, a mulher mais velha, de olhos puxados encimados de sombra azul e uma rede sobre os cabelos escuros. Anotou também o último nome, Diegou, um rapaz alto e bonito, que se identificou lhe dando uma piscadela com aquele ar de quem acredita estar sendo admirado o tempo todo. Tyla apresentou a família Tonato e, por fim, chegou em sua nova amiga.

— Lembra do que falei sobre as pessoas saberem quem você é? — perguntou em voz baixa enquanto passava o braço sobre os ombros dela e a levava até diante do grupo. — E aqui está ela, povo, Elissa Faina Till. Não a mordam, ela não tem a menor ideia de como virou uma celebridade.

Kandra se adiantou.

— Não importa. Eu ainda assim preciso apertar a sua mão — disse ele pegando a mão dela e sacudindo com força.

— Por quê? — quis saber Elissa.

— Por ter colocado uma arma na cara do Harin Solano. Se tivesse apertado o gatilho, eu beijaria os seus pés, querida, e seria seu escravo pelo resto dos meus dias — completou de um jeito afetado, mas assustadoramente verdadeiro.

Elissa queria perguntar o que Solano havia feito a alguém como Kandra, mas não conseguiu. Foi engolfada pelo restante do grupo. Uns a cumprimentavam por ter exigido que o Ministro Governador cumprisse a lei, outros por ter ajudado a salvar as pessoas no Povoado das Árvores. Elissa respondia o tempo todo que não tinha feito nada, que eles estavam enganados, mas, pelo visto, nenhuma daquelas pessoas queria ouvir aquilo. Tyla a arrancou dali.

As duas subiram por uma escada interna, saindo no terceiro andar. A construção tinha os quartos junto às paredes externas, acessados por mezaninos que faziam o contorno da casa circular. De qualquer ponto se podia olhar para baixo e ver o grande salão. Mesmo no fim da noite a atmosfera era carregada, o cheiro de fumo estava impregnado nas paredes forradas com tecido e até nas colunas pintadas de marrom que sustentavam os mezaninos. Era escuro e um tanto opressivo, mas Elissa não diria isso à Tyla.

Abaixo, havia uma boa quantidade de cadeiras, mesas, um longo bar em L num dos cantos e luminárias laterais. Acima, uma luminária gigantesca sob a grande cúpula e, nela, um trabalho artístico de gosto duvidoso lembrava mosaicos de vidro, mas era só ilusão. Pelos comentários de Tyla, era de se imaginar que em Alephas seria loucura substituir um sólido teto de ferro por vidro. As escadas chegavam até lá em cima e Elissa imaginou que ali deveria haver um tipo de alçapão para o exterior.

O quarto que havia sido reservado para Elissa ficava no terceiro andar.

— Aqui os clientes não sobem — informou a amiga.

No local, havia uma cama de bom tamanho, arrumada com lençóis limpos e colchas para o frio. Um guarda-roupas de madeira, onde Elissa teria quase nada para guardar. Um espelho encostado numa parede e uma cadeira de madeira próxima à janela minúscula, por onde entrava uma luz ínfima. Um mancebo para pendurar casacos e era tudo.

Elissa se jogou na cama assim que a porta se fechou atrás de Tyla. Sentia-se tão despersonalizada quanto aquele quarto. Era a primeira vez que ficava sozinha em muito tempo e isso não diminuía sua sensação de estar dentro da vida de outra pessoa. Fechou os olhos. Teria que descobrir o que era exatamente a *sua* vida. Num momento, ela era ninguém, noutro fugitiva, e agora as pessoas esperavam dela algum tipo de comportamento heroico. E, no entanto, ela provavelmente ficaria muito feliz, quieta em algum canto, interagindo o mínimo possível. Mas talvez não fosse sobre como agir, e sim sobre quem ela realmente era.

— É uma maneira de ver as coisas — comentou uma voz infantil vinda de um canto escuro do quarto.

Mesmo tendo se passado quatro anos, Elissa reconheceu a voz da menina negra. Ergueu-se, sentando na cama, e a localizou na penumbra. Ela ainda era exatamente como no primeiro encontro das duas, há nove anos. Estava sentada na cadeira, com os pés no assento, segurando as perninhas junto ao corpo.

A garota sorriu, iluminando o rostinho redondo.

— Sabe? — começou Elissa. — Eu gostaria que você aparecesse mais vezes.

— Mesmo? — entusiasmou-se a garota. — Sempre achei que minhas visitas a deixassem desconfortável.

— Deixam, mas se fossem mais frequentes, talvez isso não acontecesse. Para algo que só está na minha cabeça, você desaparece por períodos muito longos.

A menina fez um gesto impaciente sacudindo os cabelos muito crespos.

— Não estou só na sua cabeça, Elissa, sabe disso. Não vamos retroceder.

— Certo — Elissa inclinou o corpo em direção à menina. — Então, vamos avançar. *O que é* você? E o que quer comigo?

— Hum, perguntas simples, respostas complicadas. Nem saberia por onde começar.

— Há um começo, inicie por aí. Tem um nome?

— Ah, essa é fácil — riu a menina. — Eu tenho muitos. Adoro nomes. São coisas boas, facilitam. Pode me chamar de Aleia, se quiser.

— Ótimo. Aleia. Agora responda: por que me persegue?

A menina franziu a testa.

— Eu não persigo você, Elissa. Que ideia! Na primeira vez que a notei, eu posso lhe garantir, não havia planejado nada. Vi apenas um ser humano como qualquer outro, apenas...

— Apenas o quê? — Elissa estava cansada demais para não ficar com raiva.

Aleia ergueu os ombrinhos.

— Naquele dia, o dia em que Larius rompeu com você, ora, não vamos mentir só entre nós duas, não é? A questão não era Larius, mas a vida que você tinha planejado. Tinha tudo tão planejado, Elissa, e tudo ruiu. Ficou apenas um buraco, um nada, um abismo. Eu fiquei curiosa em saber o que ia fazer. Seres humanos que não conseguem mais projetar o próprio destino são sempre os mais interessantes. Acho que eu teria ido para não mais voltar se você tivesse simplesmente reconstruído os mesmos projetos, apenas mudando de Larius para um outro. Mas então você resolveu descobrir como curar as pessoas — ela riu com um ar impressionado. — Nem sequer gostava, se identificava ou queria estar com elas, contudo achou um caminho para si mesma na cura, no cuidado dos outros. Como eu não ia manter meu interesse em você?

Elissa se ergueu da cama irritada.

— Ser curandeira é uma coisa. Você sabe o que aquelas pessoas lá embaixo querem de mim?

— Sei — disse com malícia. — Querem uma líder.

— Eu?

— Por que não você? — ela jogou as perninhas para baixo na cadeira e as balançou.

— Eu não sei...

— Não sabe? Mesmo? Eu acho que a questão não é essa — Aleia inclinou a cabeça para o lado. Seu olhar parecia atravessar a pele de Elissa.

— Qual é a questão, então?

Aleia inclinou a cabeça como se tentasse olhar dentro dela.

— Você conseguirá não fazer isso? Não liderar as pessoas?

— Não é difícil — desafiou Elissa. Aleia não respondeu. As duas ficaram se olhando até que a curandeira finalmente capitulou. — Liderar para onde, Aleia? O planeta está morrendo! Só teremos caos pela frente, destruição. Será que não vê que estamos todos completamente perdidos? Olhe a sua volta: as pessoas estão preocupadas com disputas que se referem ao mundo antes de ele entrar em colapso. Estão cegos! Ah — rosnou furiosa —, não me olhe assim, Aleia. Não entrarei em guerra com ninguém!

A garotinha pareceu animada com a frase dela, fazendo Elissa se lembrar da última conversa que tinham tido. Sobre ser cego no tempo e sobre os cães que os guiam.

— Depende de que guerra você quer lutar, Elissa — disse Aleia depois de alguns instantes. — Acha que as pessoas não precisam de liderança para sobreviverem?

Elissa deixou cair os braços.

— E há sobrevivência possível?

— Diga-me você, Elissa. Você é a curandeira. E eu a ouvi dizer, em algum lugar, que iria buscar a cura para o planeta.

O comentário ativou os sentidos de Elissa.

— No Povoado das Árvores, eu achei que tinha visto você!

A menina deu um sorriso sapeca.

— Foi quando eu tive certeza.

— Certeza do quê?

— De que alguém poderia conseguir. E que poderia muito bem ser você. Se decidisse por isso, claro

— Decidir me colocar na linha de frente de uma guerra estúpida para morrer, você quer dizer? O que eu sei de guerras para me meter numa?

— O que qualquer um sabe de uma guerra antes de viver uma?

— Que numa guerra se morre mais fácil do que fora dela — anunciou Elissa cruzando os braços em frente ao corpo.

— Todos estão dentro dessa guerra, Elissa. Assim como é fato que tudo morre. Porém, é possível adiar a morte e até impedir que ela aconteça em um dado momento, como você fez no Povoado das Árvores. Foi extraordinária naquele dia, Elissa.

— Você fala como se tudo dependesse da decisão de uma única pessoa. Isso é ridículo!

— Decisões de um só? Não. Você tem razão: isso não transforma nada. Mas se lembre: as lendas que falam de um só contra tudo são as que inspiram as multidões. Esse um é apenas alguém com os instintos necessários para dizer não ou sim na hora certa. Os outros o seguirão.

Elissa respirou fundo e perguntou o que havia ficado em sua mente desde o ocorrido no Povoado das Árvores.

— Não estava falando de Larius quando disse para seguir meus instintos, não é? Estava falando da ajuda ao Povoado. — A menina apertou os lábios zombeteira ao ouvi-la falar. — Ou se referia a...?

A voz de Elissa ecoou sozinha no quarto. A penumbra sobre a cadeira que a menina estivera sentada voltara a ser somente sombra.

Mesmo exausta, Elissa somente conseguiu adormecer com o sol alto. Acordou em algum momento do dia, arrastou-se a um banheiro próximo, implorando intimamente para não encontrar com ninguém pelo caminho. Havia um chuveiro aquecido por caldeira e ela se banhou rapidamente, poupando cada gota de água. Quando terminou, a mulher no espelho lhe pareceu magra demais, envelhecida, com marcas evidentes de paciência esgotada com o universo. Ia deixar de ser jogada de um lado a outro e passaria a jogar. Era isso. Tinha certeza. Mas não agora. Ainda não.

Voltou ao quarto, jogou-se na cama e continuou a dormir. Acordou novamente em algum ponto da noite seguinte. Uma luz ínfima entrava pela janelinha. Pôde divisar uma bandeja com pão, azeite, queijo e cerveja sobre a cadeira. Elissa se moveu até lá, comeu compulsivamente e retornou para a cama.

Dessa vez, contudo, não conseguiu voltar a dormir. Ficou deitada, mãos sob a cabeça, os olhos vagando pelas rugosidades do teto. Apenas o cérebro se movimentava. Ali, a guerra interna começou. Seria difícil dizer o quanto durou. Brigou com as palavras de Aleia repassando uma por uma, brigou com as ideias que sua mãe expressaria se estivesse ali e que ela conhecia tão bem, brigou com o idealismo de Vinício, com a paz sempre defendida por seu pai. Brigou com a garota que um dia quis se casar com Larius e com a curandeira misantropa.

Então, em uma linha reta, a decisão veio como uma flecha lançada de um arco que já se vergara ao seu máximo. Seus pensamentos ganharam uma clareza nova, afinal, nenhum cenário poderia ser pior do que ficar estática assistindo ao mundo se desmanchar diante de si. Sua certeza vinha do fato de já não ter mais nada a perder.

Levantou-se da cama. Não tinha mais roupas limpas há muito. Encontrou uma muda que fora deixada em seu quarto enquanto dormia. As outras haviam sido retiradas dali. Ela sorriu ao não encontrar nenhum conjunto de vestido e espartilho, mas um par de calças, uma camisa, um colete de couro para ajustar sob o busto e um casaco curto. Pronta, olhou-se no espelho.

O cabelo comprido ia para todos os lados possíveis, parecia ter sido atacado por um milhão de ratos; estava seco, maltratado. Lembrou-se de Úrsula penteando-o quando ela era pequena e como ela costumava cobri-lo de óleos para deixá-lo macio. Mas era só cabelo. Elissa ficou parada por um instante tentando decidir o que faria com ele. Era parte dela, porém, daquele jeito — longo, com tantas mostras de descuido —, mais parecia uma ruína, uma sobrevivência de outro tempo. Ela se inclinou e olhou fixamente o espelho.

— Diga-me quem é — ordenou para a imagem. — Sabe o que quer fazer, não é? Mas me diga: como se sente? Como deseja? Como quer se vestir? — voltou a endireitar a coluna. — Que diabo vai fazer com essa merda de cabelo?

Precisava amarrá-lo. Ou cortá-lo. Aquele cabelo precisava de uma mulher de sombrinha e Elissa estava indo para o deserto, agora. Sem sombras, sem abrigo. Seu olho bateu no cinto que fora de Bartolomeu Faina e que ela trazia consigo como uma relíquia. Usou a faca de seu pai para cortar o cabelo um pouco abaixo da nuca. O que sobrou sobre sua cabeça foi ajustado atrás das orelhas. Conferiu o resultado e suspirou.

Ainda na porta do quarto, percebeu que, estando meio da madrugada, o bordel estava bem acordado. Encontrou Tyla sentada numa mesa do segundo andar com três clientes. Um deles tinha uma das moças ao seu lado, o outro tinha um rapaz sentado em seu colo; os dois trabalhadores estavam com roupas mínimas para inspirar a clientela. O terceiro se debruçava sobre Tyla lhe falando ao pé do ouvido.

Tyla estava diferente do que Elissa se acostumara, mas se parecia, realmente, com a dona do estabelecimento. Usava um vestido burlesco, amarelo e preto, sem mangas, que deixava aparentes os braços fortes e várias tatuagens. Os cabelos armados tinham brilho e uma tiara com plumagens. Tudo bem excessivo, para não deixar dúvidas, na opinião de Elissa. Tyla se ergueu da cadeira assim que a viu e a afastou da mesa segurando-a pelo braço.

— Ora, ora, achei que tinha sido enfeitiçada. Pela madrugada, mulher, o que fez com seu cabelo? — Ela ergueu as mãos para barrar o olhar de Elissa. — Ok, ok. Não tenho nada com isso. Ficou — conferiu tomando o queixo e virando o rosto da amiga, buscando por algo positivo, porém suspirou — tenebroso, meu bem. Mas, vamos ao que importa: está descansada?

— Não sei se ainda compreendo o conceito. Estou atrapalhando? — Elissa apontou com o queixo para o cliente que parecia aguardar Tyla na mesa.

A amiga conferiu o homem com um sorriso profissional e balançou a cabeça.

— Não. Aquele ali só faz confidências. É amante de uma mulher casada. E eu prefiro meninas, se já não notou.

Elissa não tinha pensado sobre o assunto. Apenas assentiu com um movimento de cabeça e resolveu ir para o assunto que a levara até ali.

— Diga-me uma coisa: esta cidade tem um jornal?

— Dois, até onde sei.

— Algum deles é confiável?

Tyla piscou, colocando uma das mãos na cintura.

— Escolheu um lado?

— De novo, eu não sei se é o conceito adequado — respondeu Elissa.

— Você é difícil para lidar com um mundo em que tudo é preto ou branco, não é?

Elissa sorriu.

— Ambas sabemos que as coisas são multicoloridas, querida — ela imitou o jeito de Tyla ao falar.

— E não são o que aparentam — completou Tyla com cumplicidade. — Certo. Acho que tenho a pessoa perfeita para ajudá-la. Esconda-se naquela saleta — disse apontando uma porta. — Se houver alguém lá, expulse e diga que foi ordem minha.

Elissa concordou e começou a se deslocar.

— Espere. Esconder? Por que me esconder? Alguém andou me procurando aqui? Solano?

— Não, não, nada disso, benzinho. É apenas o seu novo visual. Sério, nada contra cabelos curtos, Elissa, mas essa coisa cortada à faca está destoando horrivelmente da minha decoração.

13

O jornalista Clécio Tanda sabia exatamente o que o havia trazido a Alephas, mas nunca entendera sem debate por que tinha ficado por ali. Era certamente um dos lugares mais feios da Tríplice República. Para alguém que nascera em Venícia — um balneário sofisticado a poucos quilômetros de Amaranta —, acordar todos os dias e olhar para o buraco desolado em que se afundava Alephas era ter a justa dimensão do quanto ele havia decaído na vida.

Clécio vinha de família abastada, estudara em bons colégios, mas escolheu ser jornalista. Depois de um ano de trabalho na Gazeta Veniciense, demitiu-se e abraçou a imprensa de oposição. Começou brigando com os amigos de longa data de seus pais, até se ver obrigado a deixar a cidade. Assumiu uma vida itinerante, montando jornais e usando a acidez de seu texto para denunciar os crimes da República. Para ganhar a vida, escrevia cartas e imprimia rótulos, panfletos comerciais, cartazes de espetáculos que ele mesmo desenhava. Os dividendos eram poucos, permitiam manter o corpanzil, mas não sobrava muito para roupas de bom nível. Usava óculos e mantinha uma barba rasteira para acompanhar os cabelos já ralos.

Tornara-se frequentador assíduo do bordel de Atília na mesma semana de sua chegada àquele fim de mundo. Já vivera épocas em que precisou trocar seus talentos pela bebida no local. Contudo, sempre pagou pelo sexo. Era questão de honra. Tinha um gosto especial por Bogol. Para ele, a mais linda mulher que já tinha visto, com seu rosto anguloso e pele de ébano. Entretanto, não tinha mais anseios, nem meios para ter exclusividade. A menina mais calada da casa não teria "donos", alertou Atília.

— Se ela quiser ir com você, tudo bem. Mas xodós na minha casa, não mesmo. Depois vira briga, quebra cadeiras, garrafas, bar e eu fico no prejuízo. Estou no negócio pelo dinheiro, meu amigo. Só pelo dinheiro. Tem uma placa bem grande lá fora sobre isso.

Como Bogol nunca quis ir com ele, Clécio se contentava em visitá-la, afinal, já tinha sua dose de problemas com o mundo para insistir em ter mais um. Ainda assim, quando Atília desceu do segundo andar e se encaminhou insinuante para sua mesa de carteado, ele ficou imaginando se não havia feito algo errado. A mulher se enroscou em seu pescoço e sussurrou ao seu ouvido.

— Acompanhe-me.

Clécio largou as cartas sob os protestos dos colegas de mesa, mas não esperou que a cafetina o chamasse duas vezes e a seguiu até o segundo andar. Ela o guiou a uma porta fechada e lhe perguntou antes de abri-la.

— Ainda está contra a Tríplice República?

— Não sou contra a República, sou contra seus métodos — respondeu inflamando-se imediatamente. — Mas também não sei se concordo com os Independentistas, se é isso que está perguntando.

Atília sorriu.

— É. Você é pessoa certa para ajudá-la. Entre.

— Ajudar? — ele perguntou entrando na porta aberta por ela. — Ajudar quem?

Parou ao ver a pessoa dentro da sala. A porta se fechou atrás dele e Atília passou a chave por dentro. O cabelo e as roupas estavam diferentes, mas fotos dela tinham sido bastante reproduzidas; ele mesmo o fizera, ora elogiando, ora perguntando como ela se alinhava na ordem política daqueles tempos.

— Senhora Elissa Till.

— Eu disse que ele saberia quem você é — comentou Atília ao olhar surpreso de Elissa, que estendia a mão para cumprimentar o homem e se apresentar.

— Não sabia que a senhora estava aqui. — Os olhos do homem haviam dobrado de tamanho na surpresa.

— Ninguém sabe, querido. Aliás, essa é a ideia geral da coisa — respondeu Atília.

— Entendo. A senhora está escondida aqui? Claro que está. Desculpe-me. E quis me ver — ele pareceu lisonjeado. — Posso saber por quê?

— Creio que perceberá que é pelo motivo mais óbvio, senhor Tanda. Eu preciso de ajuda e Tyla me disse que a sua seria eficaz.

Ele olhou imediatamente para Atília, que havia sentado no canapé de brocado verde-escuro e já se servia de uma bebida.

— Nem me olhe, benzinho. Sou pau-mandado nessa história. O plano é da moça aí. Ouça a moça!

Elissa convidou o homem para se sentar enquanto o avaliava. Devia ter a mesma idade que ela, mas os modos travados faziam aparentar menos. Tyla lhe garantira que ele tinha uma escrita feroz e que, muito provavelmente, a seguiria em suas pretensões contra a Tríplice República. Contudo, tanto a amiga quanto o jornalista ficaram bastante céticos quando ela expôs seu plano por completo.

— Desculpe-me, senhora Elissa — argumentou Clécio com sensatez —, eu confio no que diz, não me leve a mal. Mas não há provas do que afirma.

— Vou concordar com ele, Elissa. Entendo que queira que as pessoas saibam a verdade do que está acontecendo. Entretanto, mesmo que você escreva cheia de terminologias científicas, essa coisa toda de vermes sob a areia e tudo mais parece um delírio dos Trágicos de Acemira ou das profetisas Andiranas. Quem vai levá-la a sério?

— Forneceremos provas — garantiu Elissa.

— Como? — perguntaram os outros dois quase ao mesmo tempo.

— Bem, eu imagino que, a essa altura, minha irmã Teodora deva ter o suficiente para não sermos contestados. — Virou-se para Tyla. — Acha que Caldre poderá me enviar secretamente os resultados dela, se pedirmos?

— Considere feito, mas em papel vai demorar mais.

Elissa fez uma expressão de dúvida.

— O que afinal o povo dos Mestres do Destino usa para se comunicar? Espíritos? Pombos correio?

A amiga sorriu misteriosa e tomou um gole de sua bebida.

— O primeiro, às vezes. No segundo caso, usamos falcões.

Elissa suspirou e voltou a colocar sua atenção em Clécio.

— Bem, eu enviarei um pedido para que ela me mande os resultados das pesquisas e usaremos isso nos artigos. Também quero ir até o deserto mais próximo e tentar fotografar, se conseguirmos equipamento, claro.

— Equipamento não é problema — respondeu Clécio. — Mas o deserto mais próximo daqui é o que leva ao Abismo, a senhora...

— Vou até lá, é claro.

— É muito perigoso — objetou ele, movendo pesadamente o corpo na cadeira.

— Depois de tudo o que tem acontecido, não acho que deva ser justamente agora que eu precise ficar atenta ao que é "perigoso". Mas não se preocupem, meu plano não é revelar tudo de uma vez. E é para isso que preciso de sua ajuda, senhor Tanda. Quero rastrear notícias sobre os desertos para começarmos a fazer artigos questionando as informações que nos chegam. Precisamos que as pessoas passem a fazer perguntas, isso irá pressionar o governo muito mais que a guerra. A guerra os faz ganhar dinheiro produzindo e vendendo armas. Eles preferem a guerra às pessoas fazendo as perguntas, acreditem em mim.

— Compreendo — disse Clécio coçando a cabeça. — É uma boa ideia, mas meu alcance de distribuição é pequeno, senhora Elissa.

— Há um telégrafo nessa cidade? — ela perguntou olhando dele para a amiga.

— Certamente — disse Tyla. — Mas não sei se o operador é "recrutável".

— Precisaríamos de algo clandestino, nesse caso — conjeturou Elissa. — Ah, que falta me faz a Teodora.

— Interceptar a linha de telégrafo para transmitir e receber informações seria bastante útil — afirmou Clécio. — Tenho colegas que publicariam meus artigos em qualquer uma das grandes cidades da República, e daí seria um rastilho de pólvora. Mas eu precisaria de ajuda técnica para o serviço.

— Eu consigo — disse Tyla. — Mas não vamos esquecer que, se a coisa é captar informações, eu tenho o melhor lugar de Alephas para isso — afirmou abrindo os braços em direção às paredes.

— Isso envolveria seus trabalhadores — comentou Elissa com incerteza.

— Achei que a ideia era pensar grande? — retrucou Tyla.

Os três trocaram olhares apreensivos e entusiasmados.

— Um foco de resistência em um bordel. Será interessante — comentou Clécio.

— E se nem todos aderirem, Tyla?

— Isso é comigo — afirmou a outra muito séria. E Elissa não gostou do tom, mas deixou passar. — Quer que eu chame o Rosauro? Acho que ele vai querer participar.

Porém, Rosauro foi mais difícil de convencer. Cheio de ódio, seu pensamento maior era vingança. Elissa e Tyla compreendiam-no perfeitamente e tinham dificuldade em censurar. Depois de cerca de uma hora de conversa, ele garantiu que ajudaria no que pudesse o plano de sobrevivência de Elissa, como ela escolhera chamar.

— Não, isso não é uma revolução, não é uma ação de guerrilha, e muito menos é uma declaração de apoio à guerra civil. No entanto, ainda assim teremos combates e inimigos. — Ela encarou especialmente Rosauro. — Se ainda quer lutas, meu amigo, tenho certeza de que estas não faltarão. Imagino que o governo da Tríplice República será o nosso maior oponente. Eles têm usado a ignorância para manter as indústrias do vapor operando sem controle, e não hesitarão em usar o medo para as pessoas não os questionarem. Eles nos atacarão, difamarão e virão atrás de nós.

— E ainda há aqueles que só querem te matar — comentou Tyla.

Elissa ergueu os ombros.

— A vingança de Solano vai parecer muito menor agora. Porque, até aqui, eu fui uma pedra somente no sapato dele. Ou seja, a quantidade de pessoas que vai querer me matar será bem maior no futuro.

Tyla e os dois homens a olhavam com um misto de admiração e perplexidade. Elissa tinha consciência do quanto aquelas palavras saindo da sua boca pareciam a mais rematada loucura.

— Olhem, sei que pareço uma tola idealista falando de resistência, sobrevivência. Mas estamos mergulhados em uma guerra civil que não parece ter data para acabar, pelo contrário. Se vou ter de pegar em armas, que seja pelos motivos que eu acredito.

— Tem meu apoio, senhora Elissa — concordou Rosauro. — Convencerei a maior quantidade de correligionários que eu conseguir em prol da sua causa. Se eu puder contatar todos aqueles com quem me correspondia, é possível que, em breve, tenhamos um exército aqui em Alephas.

Tyla mandou que eles escrevessem as cartas que precisavam e garantiu que elas chegariam aos seus destinos. Depois, saiu da sala e voltou com Suonio. Apresentou-o como o homem que seria capaz de intervir nos cabos do telégrafo. De constituição forte e atarracada, vestindo um fraque sem camisa e cartola, Suonio não se opôs à ideia de forma alguma. Garantiu que preferia lutar contra a Tríplice República do que a seu favor. Disse que convenceria Sorya, sua irmã, a ajudar. Ela era a favorita do prefeito de Alephas. Um homem escorregadio, que mudava de lado conforme o sabor do vento e uma boa fonte de informações.

— Há algo mais que me preocupa — disse Elissa. — Comida. Precisamos estocar se queremos resistir realmente. E água também. Como Alephas é abastecida? Não se planta nada nessa aridez, certo?

— Quase tudo vem por trem — explicou Clécio. — E os valores têm ficado mais absurdos a cada remessa.

— Trem? Vindo de onde?

— De Amaranta, via Venícia, duas vezes por semana. Pelos menos os três últimos retornaram com um terço da carga — prosseguiu Clécio. — Os comerciantes que trazem os produtos não estão aceitando mais metais de segunda ordem como pagamento. Só querem ouro, prata ou diamantes. Por conta disso, foram abertas mais duas minas no sudeste da cidade, ambas com o mínimo de segurança. Já temos itens faltando e outros a prefeitura mandou racionar. O desespero vai ser o próximo passo.

Elissa absorveu a informação deixando o cérebro funcionar em torno dela. Ficou mais de um minuto quieta e só aterrissou de volta quando a voz de Tyla, num volume mais alto que normal, a alcançou.

— Devo ficar com medo das ideias na sua cabeça?

— Depende — considerou Elissa. — Vocês acham que roubar um trem é muito radical?

Clécio Tanda iniciou imediatamente o que lhe pareceu um tique nervoso, coçando o bigode sem parar. Rosauro respirou forte e olhou instintivamente para porta.

— Estaremos assinando a nossa sentença de morte.

— Já fizemos isso, Rosauro. Mas você tem filhos. Recue se isso os deixar mais seguros — afirmou Elissa sem qualquer julgamento sobre o homem. Ela mesma talvez agisse muito diferente se tivesse filhos a quem resguardar.

O homem pareceu um tanto ofendido.

— Foi só uma constatação, senhora Elissa. Não poderia olhar de frente para os meus filhos se recuasse.

— Certo. Bem, acho que precisamos...

— Espera, espera aí, Elissa — interrompeu Tyla. — O que você sabe sobre roubar? Ainda mais um trem?

— O mesmo que sei sobre guerras, Tyla. Nada. A não ser o que posso imaginar, intuir ou inventar. Não foi você que fez de tudo para que eu aceitasse entrar nessa coisa toda de cabeça? Pois bem, estou fazendo isso.

Tyla deu um bufo e mordeu a língua. Elissa prosseguiu.

— Precisamos de um mapa da ferrovia, com as paradas e os abastecimentos de carvão e água. Imagino que em breve os trens virão com menos frequência, então, teremos de agir logo.

— Por que acha isso? — perguntou Rosauro.

— Economia de água. Não acho que abastecer Alephas seja uma prioridade.

— Quando isso ocorrer, tudo vai entrar em colapso — comentou Clécio Tanda.

— E o que é que eu estou dizendo desde que comecei a falar?

Os planos levaram bastante tempo para serem feitos e, por mais que elaborassem, pareciam sempre encontrar um ou outro furo possível. No entanto, eram cinco cabeças pensantes e isso se mostrou muito construtivo. Suonio ajudou bastante; já estivera em uma gangue de salteadores e tinha grande atenção com detalhes. Tyla, obviamente, já tivera de sobreviver pegando o que não lhe pertencia. Rosauro tivera treinamento militar em algum ponto da vida e Clécio era uma das pessoas mais inteligentes com quem Elissa já tivera a oportunidade de conversar. Precisariam de pelo menos mais duas ou três pessoas envolvidas e Tyla assegurou que Roban, Kandra e Okasan participariam de bom grado.

Elissa ainda tinha dúvidas quanto aos trabalhadores do bordel. Escondê-la era uma coisa, participar de ações diretas contra o governo era outra bem diferente. Expressou isso quando Tyla e ela ficaram sozinhas. Estavam perto da mesa onde haviam desenhado planos e mapas em vários papéis espalhados por ali e Elissa perguntou diretamente como podia confiar em todos que trabalhavam no bordel.

A amiga a encarou longamente.

— O que não quer me contar, Atília? — confrontou Elissa.

— Estou pensando — disse a outra mulher. — Nesse tempo que viajamos juntas, eu aprendi a considerá-la muito, Elissa. Mais que isso: eu realmente gosto de você, mulher.

— É recíproco, Tyla — afirmou muito sincera.

— Tem mais — disse Tyla com um gesto para não ser interrompida. — Eu gosto dessa sua ética, desse seu instinto de querer o melhor para todos. Não, não se engane, ainda acho que você nunca esteve verdadeiramente perto do mundo real. Isso só me faz admirá-la ainda mais. Do meu ponto de vista, você está se jogando de um precipício sem qualquer proteção. Sim, sim — disse com impaciência aos movimentos contestatórios de Elissa —, eu a incentivei a isso, eu sei. O fato é que ainda temo apresentar você ao verdadeiro funcionamento do universo fora da prateleira, minha amiga.

— Teme o quê?

— Seu julgamento — ela sorriu sem achar graça. — É mais fácil quando a gente não se importa com o que as outras pessoas vão pensar.

— Não tenho por que pensar mal de você, Tyla.

Novamente a amiga ficou quieta. Um silêncio que a esmaecia por inteiro.

— Meu pai me chamou assim que a guerra estourou e me avisou que, provavelmente, eu teria de acoitar alguns refugiados em minha casa. Antes de partir para encontrá-lo e saber a quem se referia, dispensei dois empregados. Não confiava neles.

— Tyla, eu acho...

— Tramei as mortes dos dois antes que saíssem de Alephas.

As palavras bateram em Elissa como um tapa. Há poucos dias ela fora responsável por várias mortes. Mas era uma guerra, justificava a si mesma. Fora num combate, repetia sempre. Agora, tramar preventivamente a morte de alguém soava pior.

Elissa respirou fundo, tentando amenizar o choque.

Por outro lado, era Tyla quem falava e Elissa sabia que já não conseguia mais ser imparcial no que dizia respeito ela. Era um mundo diferente, repetiu mentalmente. Será que podia aplicar os valores de um mundo de paz naquele universo em desagregação? Sua incapacidade para responder a essa pergunta a fazia igualmente incapaz de julgar. Ou será que não conseguia julgar porque, naquele pouco tempo, havia aprendido a amar Tyla?

— Não é tudo — continuou ela. — Uma terceira, de quem eu desconfiava, ficou. Na primeira noite, ela tentou passar uma informação para o Juiz Delegado. Enas e eu resolvemos isso no café da manhã seguinte. — Elissa abriu os olhos. — Veneno.

— Os outros, os trabalhadores da casa, ficaram sabendo o que você fez?

— Eventualmente. Não são imbecis. Bem, talvez um ou dois deles seja ou finja ser — respondeu Tyla, erguendo os ombros. — Desculpe, acho que liquidei com o estereótipo da puta de bom coração, não é? Olhe, só quero afirmar a você que os que estão nessa casa, agora, são de confiança, farão o que eu disser.

— Está dizendo que confia agora nas pessoas que estão aqui porque elas têm medo de você?

— Não. Eu confio nelas — asseverou Tyla. — Se não foram embora depois disso, é porque acreditam não ter o que temer de mim. Por isso, confio que elas não serão tolas ou levianas em me trair. Eu sempre agi assim, então, não glamourize o que vê. Não obrigo ninguém a ficar, mas quem fica, fica de acordo com as minhas regras. Sim, eu também oprimo. Mas chamo isso de sobrevivência. Aprecio sua ética, mas não sou do seu mundo, querida.

— Nunca esteve na prateleira. — Elissa tinha um nó no estômago.

— Nunca — tornou a outra num tom triste. — Em nenhum momento da minha vida inteira.

Elissa assentiu com a cabeça. A amargura de Tyla lhe era suficiente. Sua consideração por ela não diminuiu, apenas ganhou outras dimensões. Porém, era assim lidar com pessoas. Até ter clareza sobre tudo, Elissa fez o que seu coração mandou. Sem pensar muito, abraçou-a e esperou até que ela correspondesse. Foi um abraço forte, não pelos braços, mas por estarem cada vez mais amarradas uma a outra. Tyla a afastou com um sorriso e lhe deu um beijinho na bochecha.

— Assassina, salteadora, líder guerrilheira. Acho que está na hora de começarmos a treinar uns tiros e brincar com espadas, querida. Com as que cortam.

Não voltaram a falar sobre o assunto.

14

Mãe, eu não tenho ideia de como essa carta vai chegar até você. Tyla me garantiu que, se eu a escrevesse, ela daria um jeito. Estou escrevendo para dizer que estou bem, inteira. Você deve estar ouvindo muita besteira a meu respeito, mas não fique preocupada, está bem? Estou me cuidando. Algumas coisas que vão chegar aos seus ouvidos, se já não chegaram, são mentiras e é preciso que você saiba disso. No entanto, outras são verdade e, se a conheço, saberá quais são e também tenho certeza de que apoiaria as decisões que tomei. É uma guerra, mãe. Estou bem no meio dela e não fugirei mais. Não sei quando ou se voltaremos a nos ver. Isso soou dramático, mas só vejo incertezas pela frente, logo, não posso falar de crenças que não tenho. Quero que me prometa que você e as meninas farão tudo para permanecerem vivas e seguras. Não quero que as usem contra mim. Não sei o que escrever, mãe. Minhas palavras soam desesperadas quando as dirijo a você, é saudade, acho, e tristeza por tudo que ainda virá. Acima de tudo, eu preciso, eu necessito imensamente que você saiba que eu a amo, assim como as manas, o Vinicio e o Ino. Que estou fazendo aquilo que você e o pai me ensinaram e espero que tenha orgulho de eu não estar somente me escondendo e tendo medo. Nosso tempo por sobre esta terra é pouco, mãe, e eu quero que o meu tempo valha a pena. Não chore. Diga a Teodora que continue trabalhando, preciso dela mais que nunca, e a agradeça pelo Tigre.

Com muito amor, sua filha

E.

As manhãs passaram a ser usadas para a elaboração de artigos nos quais Elissa tentava sintetizar as pesquisas que realizara juntamente com Teodora nos últimos quatro anos. Embora fosse uma boa argumentadora, sua escrita não tinha a fluência necessária para atingir um grande público. Felizmente, Clécio Tanda sabia exatamente o que fazer com as palavras. Logo, os textos assinados por ela começaram a atravessar a Tríplice República num tom claro e contundente.

Durantes as tardes, quando a casa começava a acordar, era a hora das aulas de tiro e esgrima nos fundos do bordel, onde havia uma horta pequena e muitas roupas estendidas em varais, embora nem sempre lavadas. As aulas não eram com Tyla, mas com Marcuso, o cozinheiro, que obviamente nunca fora só isso.

— Ela não quis ensiná-la — disse ele com a voz bolorenta de cigarro apontando Tyla com o queixo — porque é só uma aprendiz.

— Hei! Eu me viro.

— Se vira nada. Você é boa no corpo a corpo, pegando o boi pelo chifre. O que sabe de verdade, com alguma técnica, fui eu quem ensinou. — O homem escorou o cigarro num canto da boca e pegou o braço de Elissa acertando a mira. — Mostre-me o que consegue, menina.

✻

Uma semana mais tarde, o trem de suprimentos chegou à Estação Ferroviária de Alephas por volta das nove horas da manhã. A negociação com os comerciantes da cidade demorou boa parte do dia e foi tensa. Um grupo de particulares se aventurou a tentar comprar diretamente dos mercadores e os resultados não foram melhores. Houve atritos e pelo menos uma troca de socos. As quantidades de metal eram insuficientes para os mercadores e os preços ofensivos, não diminuindo ao longo das negociações. Os parcelamentos de pagamento foram suspensos.

Pela metade da tarde, começaram a fechar os vagões de carga e houve mais confusão. Alguns compradores tentaram impedir e se avançaram nas caixas com enlatados. A presença de milícias do governo os obrigou a recuar e um cordão de isolamento foi feito em torno do trem. As pessoas ficaram assistindo indignadas às portas fecharem. O que fora comprado não abasteceria as mercearias e mercados nem por uma semana, e o que as pessoas levaram para casa teria de ser racionado.

Passou-se mais de uma hora antes de o trem conseguir partir. A multidão não dispersava e foi preciso fazer um corredor para que os poucos passageiros embarcassem nos vagões a eles destinados. A mulher mais velha de olhos puxados e corpanzil de matrona entrou reclamando da demora e exalando um perfume adocicado que ardia no nariz dos passantes. Muitos a reconheceram como uma das putas do *Vende-se Sexo!*.

— Ora, vá cuidar da sua vida — ela respondeu bem alto para um mineiro que perguntou aonde estava indo. — Mas não se preocupe, benzinho, eu volto e com algumas caixas de bebidas decentes para vocês esquecerem a seca.

Um dos meninos do bordel ia com ela e parecia estar fazendo a viagem de péssimo grado, reclamando de tudo por trás dos óculos de lentes azuis, que ele volta e meia retirava para retocar o batom. Os dois se acomodaram num vagão contíguo ao restaurante; ele ficou olhando a janela e ela se abanando com um leque e amaldiçoando o calor.

O trem finalmente começou a se deslocar com tranquilidade. Deixou para trás o vale mineral de Alephas, galgando as serranias até atingir o platô. No passado, ali se iniciava uma região de vegetação exuberante e folhosa.

A estação mais próxima de Alephas era junto ao lago Khanura, um antigo balneário, muito popular cerca de vinte anos passados. Atualmente, resistia somente o prédio semiabandonado da estação e seu único frequentador era um controlador solitário, que mais parecia um faroleiro. Seu trabalho se resumia a ligar e desligar uma bomba que puxava a água barrenta do lago para o reservatório de abastecimento dos trens. Porém, a capacidade de autocondensação dos reservatórios vinha diminuindo a necessidade dessa parada.

Naquela noite, no entanto, o trem parou por ali, pois não pudera se abastecer de água em Alephas. Um silêncio espectral se fez assim que locomotiva terminou de bufar. Não havia tido bandeira ou apito do controlador e ele não havia saído pela porta e nem corrido pelo lado de fora dos trilhos para conversar com o maquinista e o foguista. Os dois homens que trabalhavam na locomotiva, no entanto, não perceberam imediatamente e deram sequência aos procedimentos normais.

Uma pessoa armada, com a cabeça e o rosto envoltos em um turbante, entrou na locomotiva rendendo-os e obrigando ambos a deitar no chão com os olhos voltados para baixo. Okasan e Kandra eram os únicos acordados nos três vagões destinados aos passageiros. O resto dos viajantes adormecera logo após o jantar. Os dois abriram as portas dos vagões e passaram a entregar as armas retiradas dos seguranças para Clécio Tanda.

O jornalista guiava uma carroça que agora estava estacionada ao lado do trem. Okasan passou a chave-mestra dos vagões de carga — roubada do condutor — para Suonio, que se aproximara montado a cavalo. Junto com Rosauro, que guiava outra carroça, ele começou a abrir os compartimentos cheios de mercadorias e pegar tudo o que fosse suprimento. Roban saiu do vagão restaurante vestido de cozinheiro carregando uma caixa grande com provisões, ostentando um bigode e barba falsos.

Elissa apeou do seu cavalo e entrou no trem. Verificou os passageiros com cuidado. Todos adormecidos. A pequena mistura extraída de sua caixa de botica tivera o resultado esperado, sem causar qualquer dano. Roban tinha sido responsável por administrá-la a partir da cozinha. Kandra lhe informou que dois seguranças demoraram mais a dormir, pois haviam jantado depois dos outros passageiros e desconfiaram quando as pessoas começaram a adormecer. No entanto, contou animado consigo mesmo, ele os distraiu conversando bobagens até os dois apagarem também.

A operação foi limpa e sem baixas, como planejara Elissa. Um equipamento de telégrafo que estava no trem foi levado junto com os suprimentos, assim como o metal que fora dado pelas mercadorias compradas. Terminada a ação, Roban, Okasan e Kandra voltaram ao trem e tomaram doses do sonífero que os fariam acordar junto com os outros. No plano de Elissa era importante que não se fizesse nenhuma ligação direta entre o bordel e o roubo ou o sonífero, cujos traços foram limpos da cozinha. Contudo, ela pretendia que a ação fosse vista como bandeira, como resistência, como uma declaração de suas pretensões aos dois partidos envolvidos na guerra civil. Era seu primeiro passo.

O trem voltou a rodar assim que o maquinista e o foguista libertados descobriram a estação completamente vazia e os passageiros adormecidos. Em suas declarações, que bordaram vários jornais vespertinos da tarde seguinte, os dois afirmaram não terem visto os rostos dos salteadores. De fato, nem mesmo puderam assegurar de quantos se tratavam para as autoridades de Venícia. No entanto, diziam ter sido rendidos por uma mulher e que a ouviram chamar por outra que dava ordens como chefe: uma tal de Elissa.

O burburinho do bordel estava naquele período em que ia aumentando gradativamente, com a música e os risos bêbados se confundindo com as luzes, como se fossem parte de uma mesma coisa. Para circular por lá, Elissa vestira as roupas que Tyla lhe havia dado para não destoar das pessoas do lugar. Era um vestido azul marinho e vermelho emprestado por Altidone, em nada parecido com qualquer coisa que ela já usara. Como Elissa emagrecera muito, a roupa a deixava com um aspecto mignon e não muito provocante. O cabelo fora unido à cabeça como se estivesse preso em um coque e uma flor de tecido branco foi amarrada ao lado do pescoço com uma fita de veludo azul escuro.

Desde que Elissa chegara, Tyla havia inventado de oferecer máscaras de festa aos clientes, que também eram usadas pelo pessoal da casa. Tudo como se fosse um grande baile que nunca acabava. A novidade fez o gosto da clientela, mas seu motivo era dar a Elissa a chance de circular sem ser reconhecida.

— Se quiser usar como uniforme de trabalho ou diversão, meu bem, fique à vontade — brincou Tyla. — Mas cobre caro, porque pagarão. E não esqueça a minha percentagem.

Elissa respondeu com um meio sorriso de desdém. Tyla certamente a imaginava uma senhorinha virgem, o pacote completo da mulher que nunca deixou a casa da família, da noiva abandonada. Não se tratava de um equívoco completo, sua experiência sexual se resumia a Larius e àquela ideia de amor que lhe fora ensinada na infância.

Entretanto, havia algo que aqueles dias tinham lhe deixado muito claro. Nunca em sua vida estivera tão apaixonada quanto naquele exato momento. Nunca amara tão profundamente e nunca estivera tão completa apenas por ser Elissa. O poder de mandar em si mesma, fazer o que quisesse, planejar ações, liderar outras pessoas. Estava romanticamente imersa na própria existência. E tinha prazer em saborear a tensão antes de cada ação e o que se seguia.

Os roubos, que ela espalhara por cidades diferentes com o apoio da rede de contatos de Rosauro. Os textos, que ela enviava pelo telégrafo clandestino e que eram replicados até mesmo por governistas que começavam a temer as mudanças do clima. Os ataques às frentes de trabalho escravo do governo, o calor e a gratidão das pessoas libertadas. Ao fim de cada um de seus ataques, o cuidado com os feridos e doentes como curandeira dava às pessoas mais bases para acreditar nela e segui-la.

Claro que as ações não haviam rendido apenas amigos. Ao sul de Alephas, Elissa declarou guerra aos donos de minas que se utilizavam de trabalho infantil, em especial dos órfãos da República. Felizmente, os simpatizantes de sua causa, amealhados por Rosauro, cada vez mais aumentavam em número e Elissa já contava um verdadeiro exército nas sombras, o qual podia ser reunido ao som de um único chamado dela.

Depois de cada uma dessas atividades, vinha o prazer de ver as menções ao seu nome, ouvir as histórias que lentamente se criavam em torno dela, as reações de admiração e medo. Medo dela! Do que poderia vir a fazer. Como não adorar tudo isso? Tyla surpreendera seu olhar de prazer logo após o segundo roubo bem-sucedido de suprimentos — feito vários quilômetros ao Norte para desviar suspeitas — e sussurrara em seu ouvido: "Aproveite, isso é bom". E era.

No entanto, cercada de pessoas sensualmente imersas em toques e desejos, mesmo que fingidos ou fruto de solidão desesperada, não havia como não sentir uma vontade imensa de se enroscar em alguém. Por vezes, achava que Tyla gostaria, mas não se sentia atraída por ela daquela maneira.

Por outro lado, os acontecimentos das últimas semanas a tensionavam a ponto de não permitir que Elissa mergulhasse na sensualidade do bordel. Tinha consciência da delicadeza da situação em que se encontrava, e que toda aquela normalidade era falsa. Sustentada com roupas coloridas, decotadas e risos fingidos.

Elissa observava o salão do mezanino do segundo andar, mantendo sobre o rosto a máscara de festa. Ela tinha os olhos nas pessoas que entravam no bordel. Não confessaria à Tyla, mas imaginava todos os dias o momento em que Solano ou alguém enviado por ele apareceria por ali. Embora, do jeito que ela vinha se chocando com o governo, o mais provável fosse que uma milícia viesse arrebentar as portas do lugar para prendê-la. Por isso, as armas sob o vestido vermelho.

Não há ilusão de paz quando se anda sempre armado.

Até agora, ela e seu grupo contabilizavam apenas vitórias, mas o revés viria e Elissa seria uma tola se não contasse com isso. Em algum momento, eles perderiam. Haveria baixas. As coisas não continuariam sempre dando certo.

Uma leva de pessoas entrou no salão parecendo sequiosa de um lugar que lembrasse épocas mais abundantes. As portas do bordel haviam se convertido nessa travessia imaginária para o passado. Lá fora tudo desmoronava, ali dentro, permanecia. A maioria dos recém-chegados eram homens, mas não só. Muitas mulheres trabalhadoras das minas vinham em busca das alegrias da casa. Elissa ficou analisando um a um, o corpo escorado no balcão, as mãos juntas à frente. Então, estacou.

— O que houve? — A voz de Tyla chegou de longe. Elissa sequer havia percebido que ela estava por ali. — Está pálida, mulher! O que aconteceu? — O silêncio preocupou a amiga que a sacudiu. — Fala alguma coisa.

Elissa até quis explicar, mas como falar sobre Seth? A história era longa e ela não sabia por onde começar, nem o que dizer. Mal conseguia aceitar a presença dele ali, com um casaco cor de terra e a mão mecânica segurando uma mochila. Mais de quatro anos haviam se passado e, por toda areia do deserto, sua reação àquele homem ainda era absurda. Atília foi mais rápida que o seu cérebro para encontrar respostas. Ela acompanhou o olhar de Elissa até o lugar em que havia parado.

— Quem é o esquisito?

— Alguém com quem já encontrei — respondeu Elissa, completando mais para si que para a outra. — Alguém que eu não esperava ver de novo.

Tyla olhou o homem, depois se escorou no balcão de frente para Elissa.

— Achei que o único cara do seu passado fosse o "Ministro". Além do coronel psicopata e do cunhadinho querido, claro.

Elissa negou com a cabeça, impaciente.

— Certo, certo — disse Tyla. — Então quem é o carinha ali embaixo? O que foi que rolou?

— Eu salvei a vida dele.

— Ui! Babado forte.

— Ele não ficou grato, se quer saber — Elissa instintivamente mexeu no vestido.

— Sério? E você?

— Eu o quê? — As perguntas de Tyla a estavam irritando.

A amiga riu alto.

— Benzinho, se pudesse olhar a sua cara agora, entenderia a pergunta.

— Eu *nada*, Tyla.

— Saquei. *Nada.* Um aviso, querida: o seu *nada* está crescendo — disse virando o corpo de frente para o balcão. Naquele instante, os olhos de Seth, que vagavam pelo salão do bordel, chegaram ao segundo andar e em Elissa. Obviamente a máscara não a ocultava o bastante. — Uia — debochou Tyla —, parece que o *nada* está crescendo nele também.

Elissa rosnou para a amiga e decidiu descer até o salão. Algo no rosto de Seth lhe dizia que ele, de alguma forma, estava a sua procura. Seu pulso acelerou mais.

Caminhou até chegar junto dele. Frente a frente, Seth lhe pareceu mais alto, mas Elissa se lembrou que jamais o vira em pé. Também parecia mais jovem, sem a dor que marcava sua expressão naquele primeiro encontro, anos atrás. O casaco de couro claro estava coberto de areia, a pele estava mais bronzeada e o cabelo mais curto. Ele tinha o cheiro de algo quente ao sol. Quando falou, sua voz ainda tinha o mesmo traço metálico de que ela se lembrava. Também era baixa e controlada, mas com um calor no timbre, um reconhecimento satisfeito que subiu como um arrepio pela sua coluna.

— Elissa Faina Till.

Os maxilares dela se prenderam por um instante antes que conseguisse falar.

— Gentileza sua lembrar meu nome, Seth — acentuou o nome dele como forma de dizer que também não havia esquecido.

— Há muita gente procurando por você aqui no Sul.

— E eu nem comecei — ela ergueu o queixo.

— Eu sei.

Elissa soltou o ar preso no peito. Uma parte dela tinha resquícios de sanidade e perguntava por qual tipo de feitiçaria a voz daquele homem conseguia entorpecê-la daquela maneira.

— Posso saber o que o trouxe a Alephas?

— Você, Elissa.

Foi um esforço ignorar o que aconteceu dentro dela ao ouvir aquilo. Não era em nada parecido com a felicidade que toma conta do peito quando se ama alguém. Elissa já havia amado alguém e nem sequer conhecia Seth. Aquilo era diferente. Era físico. Estava nas veias. No corpo todo. Não estava relacionado com espaços no peito, mas com a forma como suas coxas latejavam. Seth não desviou os olhos dela, não se aproximou nem um milímetro, parecia esperar, curioso, pelo que ela faria a seguir. Se ele a puxasse, tomasse qualquer iniciativa, ela saberia como reagir, poderia até dizer não. A moça bem-comportada viria à tona. Contudo, Seth não dava mostras de estar ansioso, olhava-a como se tivesse o tempo inteiro do mundo a sua disposição.

Elissa acabou capitulando, tomou a mão livre do homem num impulso e começou a caminhar por entre as pessoas em direção as escadas. Não notou se alguém a olhou diferente ou comentou alguma coisa. O calor solar da pele dele, como uma febre, era a única coisa que ela conseguia perceber. A sensação começou a deixá-la tonta e Elissa, certa de que ele havia compreendido que devia segui-la, tentou romper o contato. Seth, porém, a segurou com um pouco mais de firmeza e aproximou o corpo do seu. Mais um pouco e o calor a faria gritar.

Passou por Tyla sem querer tomar conhecimento do ar de deboche da amiga e seguiu para o seu quarto no terceiro andar. Abriu a porta e puxou Seth para dentro. Soltou a mão dele com alívio e fechou o mundo do lado de fora do quarto. Teve um segundo para pensar no que estava fazendo antes de tirar a máscara, virar-se e se deparar com o homem a poucos centímetros dela.

Escute — começou Elissa.

— Sim.

— Temos de conversar.

— Eu sei. — O divertimento dele era exasperante.

— Mas eu não acredito que a nossa conversa vá render muito enquanto isso estiver no caminho.

— Isso? — Ele deixou a mochila cair no chão e tirou lentamente o casaco, arremessando-o a um canto.

— Você.

Seth colocou as mãos na porta atrás dela, deixando-a num espaço estreito, o mais próximo possível, contudo sem tocá-la.

— Eu? — Ele sorriu. — Há um engano aqui, Elissa. Você é que está no meu caminho. Você o modificou e desviou — disse de forma tão calma que ela podia perceber o controle que ele usava para falar. — Fez isso de tal forma que eu perdi completamente o rumo. Eu estou aqui quando já deveria ter ido embora. Penso em você o tempo todo e, quando não estou delirando a seu respeito, tenho uma raiva imensa. Fico tentando imaginar que tipo de criatura é você para me fazer reagir de formas tão estranhas à simples lembrança da textura da ponta dos seus dedos. Eu fecho meus olhos e vou para longe — ele cerrou as pálpebras —, e seu cheiro permanece comigo, colado em mim. Eu poderia farejá-la entre mil, Elissa. — Os olhos dele voltaram a se abrir, eram castanho-amarelados, como os de um felino. — Não sou eu que estou no caminho, é você.

Elissa precisou se lembrar de respirar antes de falar.

— E o que vai fazer a respeito?

O sorriso dele ficou maior.

— Nada. — Era quase um sussurro. — Eu sou a presa, Elissa, se ainda não percebeu. Você me manteve vivo, me manteve aqui. Sou eu quem pergunta: o que fará comigo, curandeira?

Ele mal terminou de falar e ela grudou os lábios nos dele, invadindo-o com a língua. Seth enlaçou-a com os braços, apertando-a, absorvendo-a. O beijo foi tomando dimensões cada vez maiores e Elissa começou a abrir o colete que ele usava, arrancando-o na sequência, depois o lenço, a camisa, o cinto que não carregava nenhuma arma, abriu sua calça e o empurrou para a cama. Seth sentou observando-a tirar as próprias roupas e as armas que carregava, com um ar divertido. Elissa sequer pensou em seduzi-lo com isso. Sentiu falta das roupas práticas que costumava usar, em lugar daquelas coisas cheias de babados e rendas. Eram odiosos quilômetros de tecidos.

— Vai só olhar? — ela perguntou achando que ele poderia ajudá-la.

— Não tenho nada melhor para fazer — respondeu observando Elissa abrir com raiva o espartilho junto com a combinação que havia por baixo. — Aliás, eu poderia ficar olhando isso para sempre.

— Eu tenho ideia melhor — arrematou Elissa, sentando no colo dele e roçando os seios em seu rosto num convite prontamente aceito.

Elissa estava preocupada demais com a própria fome, em saciá-la, em estancar de alguma forma, qualquer forma, aquele tremor que lhe vinha das coxas e entorpecia seus pensamentos. Não havia resquícios do sexo inocente que tivera com Larius, meio medo, meio descoberta. Estar deitada com Seth era como ter o sol do deserto penetrando-a, fazendo-a incandescer depois de um longo e prolongado frio. Elissa se percebeu imersa numa luxúria desconhecida.

A delícia de saber que ele a tinha querido na mesma medida em que ela o desejara rescendia no ar como um afrodisíaco. Elissa havia mantido as meias de seda e a flor no pescoço. Nunca lembraria como as meias haviam saído dela, mas a flor ele arrancara com os dentes antes de mergulhar em beijos pelo seu colo como se pudesse beber sua pele. Era um sexo de sensações, sem palavras. Ainda assim, de tempos em tempos, Elissa o ouvia chamar por seu nome como que para se certificar de que ela estava realmente ali. Elissa respondia àquela voz, que invadia seus sonhos há quatro anos, com a loucura que se acumulara em seu corpo desde aquele dia no Povoado das Árvores. Num dos momentos de exaustão, ela chegou a se perguntar se ele estava tão satisfeito em estar vivo quanto ela estava em ter lhe salvado a vida.

Elissa não soube bem o que a acordou na metade da manhã seguinte. Escorou-se nos antebraços por um instante, tentando unir numa única consciência a penumbra do quarto, seu corpo dolorido, o homem nu ao seu lado e a lentidão do próprio cérebro. Saiu da cama em movimentos lentos e cheios de dores musculares.

Entre os objetos que o quarto havia recebido após sua chegada estava um lavabo composto de armário baixo, encimado por um jarro e uma bacia. Elissa lavou-se rapidamente e procurou suas roupas habituais no armário. Abotoava as calças quando percebeu que Seth a observava.

— Ainda temos uma conversa entre nós — disse ele.

Elissa não parou de se vestir.

— Eu sei. Mas antes tenho que ver como estão as coisas lá fora. Meus afazeres nem sempre podem esperar.

— E eu posso? — Era uma provocação.

— Há coisas que dependem de mim.

— Eu já lhe falei sobre o que está havendo lá fora, Elissa. Não há nada que dependa de você. Nada que possa fazer. Vou repetir o que lhe disse há quatro anos: seria mais caridoso de sua parte deixar que essas pessoas simplesmente morressem ao invés de ficar lhes dando esperança.

Elissa vestiu um colete de couro reforçado sobre a camisa e respirou profundamente enquanto o fechava sob o busto.

— Bem, talvez não tenhamos o que conversar, não é mesmo? — Ele a estava irritando novamente e Elissa não queria isso. Pelo contrário, ainda precisava descobrir se ele sabia algo sobre os vermes.

— Temos sim. — Ele se ergueu da cama e andou na direção dela. Elissa tentou desconsiderar o fato de que estava nu e que, mesmo no dia seguinte, mesmo saciada, ainda o desejava. — Eu tenho uma proposta.

— Que espécie de proposta?

— Quero que venha comigo.

Ela piscou rapidamente e inclinou a cabeça como se não tivesse ouvido bem.

— Como?

Ele ficou perigosamente próximo. O corpo dele ainda cheirava a areia e sol. Seth ergueu a mão verdadeira e deslizou os dedos no contorno do rosto de Elissa.

— Quero que venha comigo. — As palavras tinham a mesma intensidade da noite anterior. — Você desviou meu caminho, Elissa, mas eu encontrei uma maneira. Há uma forma de ficarmos juntos enquanto viver. Basta que venha comigo, virão me buscar em breve e eu levarei você comigo.

— De que diabos está falando, Seth?

Sim, ele era louco. Como ela pôde se esquecer dessa parte?

— De nós dois. Eu a quero, Elissa! Mais do que já quis qualquer coisa. Estou movendo um universo inteiro para tê-la comigo. Estou aqui, preso nesse mundo, nesse corpo, somente para ficar com você. Venha comigo.

Havia mais que persuasão nas palavras dele. E, talvez, mais que somente desejo. Elissa, porém, não conseguia ouvir eco daquilo nela.

— Seth, mesmo que tudo o que você diz fizesse algum sentido, diga-me, por que razão eu iria com você?

O rosto dele reagiu como se ela o tivesse estapeado.

— Não quer ficar comigo?

— Eu sequer o conheço. Sentir desejo por você não é o suficiente para acompanhá-lo a qualquer lugar. Menos ainda na escuridão que me oferece. Acho que nem mesmo se eu o amasse isso seria o suficiente.

— O que sabe de amor? — rosnou ele.

— O suficiente para diferenciá-lo de sexo — rebateu.

O braço mecânico de Seth fez um curto movimento, como se pretendesse enlaçá-la, tomá-la junto de si, convencê-la sem palavras. Mas ele parou o movimento no meio e se afastou dela. Cruzou os braços em frente ao corpo

— Parece que — comentou pesadamente —, mesmo depois de tantos anos, eu não compreendo os códigos desse mundo.

— Talvez não entenda apenas os meus códigos, Seth.

— O problema continua. São os códigos que me interessam.

Elissa juntou o cinto com suas armas usuais e o casaco. Não queria prolongar mais aquela conversa, mas ainda tinha duas perguntas.

— Vamos tentar resolver isso. Pode me dizer quem é? Ou devo continuar achando que é apenas um maluco pelo qual sinto uma atração inapropriada?

— Venha comigo e saberá — ele tentou mais uma vez, encarando-a.

Elissa deixou os braços caírem ao longo do corpo.

— Resposta errada. Tentemos mais uma vez. Disse que você envenenou o planeta. Não sou idiota, Seth, sei que há coisas e forças que não compreendo se movendo por aqui. Ainda assim, vou manter minha busca pela cura, então, pergunto: o que sabe sobre os vermes? Pode me ajudar a detê-los?

Alguns segundos se passaram num duelo mudo. Seth cedeu baixando os olhos.

— Viria comigo se eu a ajudasse a salvar seu planeta?

— Não.

O silêncio foi interrompido por batidas à porta.

— Que é?

— Problema! — anunciou Tyla com má vontade.

Elissa balançou a cabeça para si mesma.

— Já vou!

— Certo. Hã, e Elissa: vista-se. Vai precisar.

As palavras tiveram sobre ela o efeito de um choque. O conselho dava a ideia exata de que ela não conseguiria retornar ao quarto tão cedo. Significava que algo precisava de atenção urgente e prolongada.

— Deve ir atender sua urgência, Elissa — tornou ele com a voz pesada.

— Tem razão. Eu devo — deu as costas para ele e pegou o trinco antes de dar aquilo por encerrado. — Adeus, Seth.

O som da porta se fechando quando ela saiu pareceu definitivo o suficiente e Elissa não olhou para trás.

15

Poucas coisas parecem mais sem graça que um salão após o baile. Durante o dia, o carpete pisado, os cheiros passados, as cadeiras de pernas para cima sobre as mesas manchadas e as pilhas de copos sobre o balcão davam ao lugar um ar de cansaço. O que correspondia à verdade, mas não deixava de ser melancólico. Elissa tentou se concentrar no que teria pela frente e em manter a porta, que acabava de fechar, trancada também em sua mente. À medida que caminhava pelo mezanino, notou a presença de pacotes amontoados junto ao bar e mais duas pessoas diferentes com Tyla.

Foi fácil reconhecer o homem alto que tirou o chapéu assim que a viu. Elissa não veria a simples presença de Caldre como um problema, embora essa fosse provavelmente a percepção de Tyla. No entanto, seus passos aceleraram instintivamente ao vê-lo. Algo havia acontecido com sua família, tinha certeza. Caldre não viria até ali à toa. Um vácuo se abriu em suas entranhas enquanto descia as escadas.

A outra pessoa era uma mulher miúda com um chapéu redondo encimado por um *goggles* que parecia acoplar várias lentes e, certamente, fazia bem mais que proteger os olhos da areia do deserto. A postura denunciou Teodora antes que Elissa conseguisse perceber completamente as feições da irmã. A visão dela só aumentou sua ansiedade. Quase correu para chegar até eles.

— O que aconteceu? — perguntou sem fôlego.

— "Olá, Teodora, que saudade, há quanto tempo, como tem passado?" — repetiu a irmã monotonamente até ser interrompida por um abraço apertado. Teodora correspondeu por alguns instantes, então afastou a irmã. — Certo, certo, fica estranho quando você é tão afetuosa.

— Eu sei! — afirmou Elissa. Ela se virou para Caldre e estendeu a mão. — Como vai, Caldre? É sempre bom revê-lo.

O homem apertou a mão dela inclinando a cabeça.

— Temos ouvido muito falar de você, Elissa.

— Nada de bom, eu espero.

— Depende de quem fala. — Havia quase uma nota de orgulho na voz dele.

Elissa curvou os lábios num meio sorriso.

— O que aconteceu? Por que estão aqui? Posso perguntar agora? — ironizou para a irmã mais nova.

— O que quer saber primeiro? Da família ou das informações que me pediu por carta sobre os desertos? — questionou Teodora.

Um lado de Elissa criticava a falta de tato da irmã, outro tinha uma urgência semelhante que, por vezes, parecia querer desconsiderar as pessoas. As duas eram parecidas nesse ponto, tinha de admitir. Ela respirou fundo e marcou as prioridades como se fossem novamente crianças.

— Como estão todos, Teo?

— Bem, acho que agora...

— Elissa — Caldre interrompeu Teodora —, talvez seja melhor se sentar, temos más notícias.

Uma corrente gelada percorreu a coluna de Elissa e ela obedeceu. Desvirou uma cadeira que estava de pés para cima e sentou-se ao lado de uma das mesinhas. Sabia como a irmã daria qualquer informação ruim, sem ajustes, em sentenças curtas e passando assim que pudesse ao assunto seguinte. Teodora funcionava dessa maneira, era irritante, desconfortável, mas, com o tempo, até se podia acostumar. Caldre, porém, era um homem sensível e, ao seu olhar, Teodora se recolheu. Ele fez um sinal para Tyla e depois desvirou outra cadeira, sentou-se ao lado de Elissa e segurou suas mãos.

— Elissa, sua irmã Simoa não melhorou nesse tempo. Tentamos de tudo. — Elissa levou a mão livre ao peito e ficou aguardando, sentindo o coração tremer. — Os seguidores dos Mestres do Destino têm muitos recursos espirituais. Trabalhamos o que foi possível. Seu amigo, Fraire Valesko, veio em nosso encontro e também fez o que pôde em sua fé. Até mesmo sua irmã Teodora tentou ajudá-la, trabalhando com os remédios que você havia deixado. Nada funcionou. A mente dela, ao que parece, quebrou irreversivelmente.

— Conte-me.

Caldre respirou fundo.

— Ela conseguiu driblar a nossa vigilância, não pudemos impedir. Simoa se jogou da ponte do Rio Amarelo.

Elissa sentiu as lágrimas escorrerem pelo rosto, mas o choque que esperava não veio. Não sentiu uma dor semelhante àquela que sentira quando seu pai e Vinício haviam morrido. Caldre a fitava com piedade, mas ela não conseguia acompanhar as suas palavras de consolo. Seu pensamento era de que sua irmã estava morta há muito tempo. Provavelmente, morrera junto com Vinício. Ou, quem sabe, naqueles anos em que sua mente fora se desligando do mundo.

Lembrou-se de Úrsula e da revolta com que a mãe lhe perguntava por que Simoa não conseguia voltar das zonas escuras do horror. Será que ela não amava sua família? Será que não se importava com o filho? Mas era um absurdo culpar Simoa por qualquer coisa. As pessoas não reagem igualmente à dor ou à felicidade. Alguns voltam a ficar em pé, outros seguem a vida aos arrastos, e há os que nunca retornam.

Tyla colocou um copo de destilado na frente de Elissa, do qual ela tomou um gole que desceu queimando. Não tinha nada no estômago e a bebida teve o efeito de uma bomba.

— Pensei que lhe daria água — reclamou Caldre para a filha, enquanto Elissa tossia.

— A casa é minha — respondeu Tyla, como quem reafirma as próprias regras. — A água é cara. E também não ajudaria.

Elissa fez um gesto com a mão para impedir que discutissem e agradeceu a ambos.

— Como está minha mãe?

— Muito abalada. Culpando-se, como pode imaginar. Culpando o resto do mundo. Inconformada. — Caldre fez uma pausa. — Ela quer que você vá encontrá-los em Amaranta. Quer que a família fuja do país.

— A mãe não tem a menor noção da realidade, Elissa — comentou Teodora se escorando no balcão perto de Tyla.

Elissa fez um esforço para não concordar com a irmã e manteve sua atenção em Caldre.

— E Miranda e Ino? — pediu enquanto colocava o copo na mesa ao lado para evitar a si mesma de tomar outro gole.

— Os dois estão bem. Miranda, é claro, sente-se como Úrsula e não se conforma de maneira alguma. Mas a preocupação maior dos dois é o pequeno Vinício — respondeu Caldre.

— Eles também querem ir embora do país? — seu tom estava mais para afirmação que pergunta.

— Ino não é muito favorável, mas fará o que Miranda quiser, você sabe.

— E Miranda, obviamente, quer contentar minha mãe, certo?

Teodora fez um movimento de desagrado, enquanto tirava o chapéu e o colocava sobre o balcão.

— Ela só piorou, Elissa — disse passando as mãos pelos cabelos claros cheios de fios rebeldes. — Não aprova nada do que você tem feito e não adianta a gente tentar explicar. Diz o tempo todo que era para você ficar escondida, quieta, e não fazendo alarde e revolução só para colocar a família em risco. Sim, o mundo gira em torno de Miranda e ela não entende por que as pessoas fazem coisas que possam atrapalhá-la.

— Conheço um bocado de gente assim — comentou Tyla, trocando um olhar de compreensão com Teodora.

O comentário atraiu a atenção de Elissa.

— E você, Teo, o que pensa? — Naquelas alturas, queria ouvir o que fosse da boca da própria irmã.

— Estou aqui, não estou? E eu não vim buscá-la — respondeu Teodora num tom autoexplicativo. Depois, ela pareceu temer a reação de Elissa. — Não vai fazer o que a nossa mãe quer, não é?

Elissa respirou fundo, encostou-se no espaldar da cadeira e tomou outro gole da bebida, que, dessa vez, desceu mais suave.

— Não. É claro que não. Você me conhece e do lugar onde estou não há retorno. Contudo, a segurança deles me preocupa, Caldre. — Seus olhos buscaram o amigo.

— Tenho uma boa quantidade de pessoas cuidando deles, Elissa — assegurou o homem. — Mas, honestamente, não posso garantir que não haja perigo.

— E você conseguiria tirá-los do país? Mantê-los em segurança fora daqui?

— Ih, acho difícil — se intrometeu Teodora. — Nossa mãe jamais iria embora sem você.

Tyla, que estava atrás do balcão, cutucou Teodora e lhe ofereceu um copo de bebida. Como Elissa percebeu ser licor, não alertou a irmã para ir devagar por não estar acostumada. Teo aceitou o cálice com um sorriso agradecido e Elissa voltou novamente a atenção para Caldre.

— E há como tirá-los daqui? — insistiu Elissa. — Há alguma garantia de segurança?

— Formas existem, Elissa, mas eu concordo com Teodora: sua mãe não aceitará partir sem você.

Elissa soltou o ar lentamente, as engrenagens do cérebro fazendo fumaça.

— Eu gostaria que minha mãe pudesse envelhecer de uma forma tranquila, mas eu olho para frente e não há como. Se a guerra não a alcançar, será outra coisa.

O silêncio veio porque ela não tinha o que dizer. Sua luta era movida por esperança, mais que por qualquer ideia ou invento. Essa era a bandeira que ela agitava sobre as cabeças das pessoas que vinham se unindo a ela, lutando ao lado dela, acreditando nela. E, no entanto, havia momentos como aquele, em que Elissa pensava na mãe, no pouco de paz que poderia proporcionar se fosse para o lado dela, no sobrinho órfão, no desamparo de sua família escondida do mundo. Naquelas horas, até o deserto parecia ter mais a oferecer que ela.

Caldre pegou novamente as mãos dela entre as dele, os nós dos dedos grossos se sobressaindo, mais claros na pele escura. Sua voz soou baixa e aveludada.

— Minha cara amiga, peço que me escute. Eu reafirmo o meu compromisso com você e Teodora de cuidar de sua família. Podem confiar em mim. Independente do que decidir, estarei ao seu lado e darei a minha vida por aqueles que você me confiou.

Elissa lhe deu um sorriso grato e apertou as mãos dele. No entanto, antes que pudesse falar, o homem congelou. Seus olhos haviam seguido um movimento no terceiro andar.

— O que *ele* faz aqui? — perguntou se erguendo.

Não era preciso olhar para saber a quem Caldre se referia e Tyla sussurrou com ar de deboche "boa pergunta".

— Quem é ele? — Ao contrário do tom belicoso de Caldre, o de Teodora era de admiração.

"Outra boa pergunta" — sussurrou Tyla para Teodora antes tomar um gole da sua bebida.

— Seth veio me procurar — disse Elissa com firmeza.

— Por quê? — Caldre não tirava os olhos do outro homem, acompanhando seus movimentos com desconfiança. Obviamente ele não tinha sequer como intuir o que se passava entre Elissa e Seth, então ela achou que podia responder apenas com uma meia verdade.

— Ele veio me dissuadir de continuar minha busca por uma cura. Deve se lembrar das palavras dele no Povoado das Árvores.

Caldre fez um barulho com a garganta, que parecia um rosnado.

— Sim, e eu me lembro da quantidade de pessoas que morreram por causa dele.

Elissa se levantou da cadeira e se colocou em frente ao amigo.

— Caldre, Seth não trouxe a tempestade de areia. Isso não é fisicamente possível. Não achei que acreditasse nisso.

— Não é o que ele diz, é?

A chegada de Seth ao salão não diminuiu a tensão. Ele parecia disposto a ir embora, estava com o casaco de viagem e a mochila sobre um dos ombros. Contudo, antes de sair, estacou. Suas palavras foram para Elissa, sem sequer notar as outras pessoas que estavam ali.

— Eu posso provar o que digo.

Elissa sacudiu a cabeça tentando juntar as pontas surreais daquela manhã. Olhou para Seth, depois para Caldre e, por fim, para Teodora e Tyla escoradas, lado a lado, com o balcão do bar entre as duas. Teo arregalou os olhos atrás dos óculos. Elissa voltou o corpo para onde Seth estava.

— Como?

— Venha comigo até o Abismo.

— Não! — O berro quase em uníssono veio de Tyla e Caldre.

— Maravilha! — festejou Teodora, fazendo com que Seth a olhasse, distinguindo-a em meio aos outros. — Mas ainda quero saber quem diabos é esse homem?

Elissa não respondeu a última pergunta, mas ficou interessada na reação inusitada da irmã, enquanto ouvia Caldre e Tyla falarem sem parar sobre os perigos inimagináveis do Abismo.

— Não lhe acontecerá nada, eu garanto — disse Seth por cima das vozes alteradas. — Voltará para cá assim que quiser.

Elissa cruzou os braços e inclinou a cabeça, como quem busca outra perspectiva.

— O que ganhará com isso?

— Provo que está errada — respondeu seco.

— Uau! — disse Tyla, dessa vez alto e bom som. — Bela estratégia de conquista, querido. Já pensou em escrever manuais?

Caldre pareceu surpreso com a fala da filha e Elissa chegou a abrir a boca para explicar, mas Teodora pulou ao lado dela com uma excitação infantil.

— Elissa, Elissinha, por favor, me ouça. Eu não tenho a menor ideia de quem é o seu amigo esquisito, mas se ele diz que vai levá-la até o Abismo e trazê-la de volta sã e salva, você vai, certo?

Elissa encarou a irmã.

— Diga-me o que está pensando, Teo.

— Preciso da areia de lá — explicou a irmã com naturalidade. — Olhe — Teodora continuava gesticulando excitada —, pelo que consegui apurar, foi onde a coisa começou. Quer dizer, foi onde eu acho que a coisa começou. Preciso de amostras! Vai, Elissinha, por favor!

— Pare de me chamar assim! — reclamou Elissa jogando a cabeça para trás com impaciência.

— Você vai? Diz que sim! Ou diga para ele me levar no seu lugar — sugeriu testando Seth com um olhar.

— Não — disse homem num tom definitivo.

— Eu imaginei — desconsiderou Teodora dando de ombros e voltando a implorar para a irmã.

— Convença-me — sugeriu Elissa de braços cruzados. — Tenho muita coisa dependendo de mim agora, Teo. Terá de ter argumentos de peso.

Teodora deu dois passos para trás e bateu com a mão nas caixas que trouxera consigo e acumulara sobre o salão de Tyla.

— Podemos encontrar uma cura!

Os braços de Elissa descruzaram imediatamente e ela perscrutou o rosto de Teodora. Confiava no que a irmã dizia. As duas trocaram sorrisos incrivelmente parecidos na forma e no resultado.

— A loucura é de família, ao que parece — comentou Seth, mas Elissa devolveu a provocação erguendo o queixo em desafio.

— Pretende retirar o convite?

— Não. — A voz dele não alterou o tom seco. — Eu quero que tenha a ideia mais clara possível sobre contra o que estão lutando.

— Contra você? — ironizou Elissa, mas não atingiu o alvo.

Seth se limitou a ajeitar a mochila sobre o ombro.

— Como eu disse: você não tem ideia. Ainda não. Nem sobre contra o que lutam, nem sobre a oferta que lhe fiz. E, claro, tem razão: você precisa saber. É isso que estou oferecendo, a possibilidade de realmente saber.

Teodora bateu as mãos exalando satisfação. Tyla achou por bem servir uma dose de bebida forte, de fato, serviu duas doses, uma para si e uma dupla para seu pai.

A parte mais difícil foi convencer Caldre a não montar uma expedição para acompanhar Elissa, como ele queria. A intenção de Elissa era diferente. Queria que Caldre retornasse o mais rápido possível para junto de sua família. Os dois se afastaram do grupo para conversarem em separado num canto do salão.

— Essa viagem pode ser sem volta, Elissa — advertiu nervoso.

— Nesse momento, meu caro amigo, todas as jornadas são assim. Se usarmos isso como argumento, ficaremos sentados aqui esperando a morte. Na verdade, tal possibilidade é mais um motivo para ir o mínimo de pessoas possível.

Caldre esfregou as mãos e olhou por cima do ombro em direção ao lugar onde Seth aguardava.

— São muitas coisas em jogo, Elissa.

— Será? Às vezes penso que é só uma. Você é um místico, Caldre. Sabe do que falo. Não sente? Sua gente não está sentindo? Está tudo morrendo. E é para logo. Não iremos envelhecer antes que isso aconteça, não estaremos distantes, não será na próxima geração. Não haverá próxima geração.

Um traço de desespero cruzou pelo olhar dele.

— Elissa, temos de acreditar...

— Em quê? Olhe para mim, Caldre. Eu não sei mais que as outras pessoas, o que eu falo é o que todos podem ver. Eu sei que é mais fácil viver como se estivéssemos num aquário, isolados do que há lá fora, mas não há isolamento possível. Por isso, preciso me sentir fazendo alguma coisa, mesmo que não vá dar certo. Pode entender isso?

Caldre parecia ter sido socado quando ela parou de falar. Ainda assim, não resistiu a uma última tentativa.

— E você vai confiar nesse daí? — Ele ergueu o queixo apontando Seth do outro lado do salão.

— Eu confio em pouca gente, Caldre. E Seth, com certeza, não é um deles. Mas eu sei me defender e, acredite, se ele quisesse me matar, já teria tido chance de fazê-lo.

O homem abriu a boca, mas fechou em seguida e não pediu explicações, o que poupou Elissa de negá-las.

— Ao menos leve Tyla com você, então.

— Tyla me ensinou bastante, Caldre. Mas eu não posso me apropriar da vida dela mais do que já faço. Coloquei sua filha no olho de uma revolução que ela nunca desejou. Ela acabou se tornando lugar-tenente de algo que nem sei se ela acredita.

— Minha filha acredita em você, Elissa. E mesmo que ela tenha negado tudo o que ensinei, Tyla ainda é uma guardiã dos Mestres do Destino. Ela entende que há ações no mundo que temos de cumprir.

Elissa lhe deu um sorriso compreensivo, mas foi verdadeira.

— Não a vejo crendo nessas coisas como você, Caldre. Nem eu creio, sabe disso.

— Bem, nesse caso, aceite o óbvio: Tyla a ama. E é de nossa natureza fazer tudo o que podemos por quem amamos.

Elissa respirou profundamente.

— Também amo sua filha, Caldre. É a melhor amiga que alguém poderia ter, apesar de todas as diferenças que temos, de nossas formas de ver o mundo tão distantes. Por isso mesmo prefiro que ela fique.

No começo da tarde, ainda estavam no salão quando os primeiros habitantes da casa começaram a acordar e aparecer sem compreender quem eram aquelas novas pessoas andando por ali.

Rosauro conversava com Caldre. Era óbvio que estava querendo enviar a família para longe da fronteira e das possibilidades de enfrentamento com as tropas do governo. Elissa tinha dúvidas de que ele conseguiria. Não por Caldre, mas pelos dois filhos adolescentes que estavam se dedicando a aprender lutas com uma fúria preocupante.

Teodora estava andando de sala em sala a fim de achar uma que servisse para montar seu laboratório, coisa para o que Tyla lhe dera total liberdade. Seth parecia alheio a tudo aquilo; estava sentado muito afastado, simplesmente aguardando a hora de partir.

Não demorou para que Tyla puxasse Elissa para conversarem, com o pretexto de juntarem provisões. Estava tão inconformada quanto o pai com a viagem dela.

— Antes de "deixar" você sair, eu preciso perguntar.

As duas estavam dentro de uma despensa, olhando rótulos de enlatados e vez por outra sacando alguma coisa e jogando em um saco de tecido. Elissa negou com a cabeça antes de ouvir a pergunta.

— Não, eu não quero que vá comigo. Eu sei me cuidar, lembra? Você me ensinou.

— Está bem — Tyla concordou de má vontade. — Mas, Elissa, é o Abismo! E eu não sei se podemos confiar na palavra desse cara de que a trará de volta.

Elissa olhou para a porta como se pudesse ver Seth através das paredes.

— Ele não me parece ser do tipo que muda de palavra, embora eu costume me enganar nisso. Se ele mudar, bem, eu estarei bem armada. Não se preocupe.

— Certo, certo — Tyla ficou quieta, como se tivesse se distraindo colocando provisões no saco de pano. — Preciso fazer mais uma pergunta — disse séria. — Isso está me matando. Responda: aquela mão mecânica tem alguma finalidade prática?

Elissa não sabia se ria ou se batia na amiga.

— Tem — respondeu no mesmo tom sério. A expressão de Tyla a fez completar. — Cale a boca.

— Eu não disse nada.

— Mas eu ouvi.

Mãe

Esta carta chegará junto com Caldre e é possível que seja nosso último contato. Só quero que saiba que a amo e a compreendo. Entendo tua vontade de ter-me junto de ti e a quase necessidade de controlar o meu destino. Contudo, ambas sabemos que isso não é possível. Posso ver sua cabeça agora, negando cada uma das minhas palavras, posso ouvir os seus argumentos a me desmentir. Não há controle, mãe, não há como saber ou nos preparar para o que virá. Nossa escolha fica apenas entre esperar e caminhar ao encontro dos desastres inevitáveis da existência. E eu decidi caminhar. Continuarei andando, mãe, enquanto tiver força, enquanto estiver viva. Continuarei andando mesmo que eu não veja o caminho, mesmo que não haja caminho. Porque hoje, para mim, viver é isso. Não parar, não esperar. Não me tome por egoísta, não me considere terrível quando apenas não consigo ser nada além de eu mesma. Creio que esse é o fardo dos filhos. Amamos tanto quanto vocês que nos geraram, mas arcamos com a dor de decepcioná-los, quase sempre. Cuidem-se, protejam-se, fiquem bem.

Sua E.

O início da cordilheira do Abismo não era distante de Alephas. Bastava chegar aos limites da cidade e começar a subir por entre escarpas secas e arenosas. Elissa sequer imaginava como poderiam fazer uma escalada como aquela. Ou como chegariam ao outro lado. Sobre imaginar o que havia lá, tinha histórias contadas para assustar crianças e adultos num grande repertório em algum lugar de sua cabeça. Sugeriu montarias, mas Seth recusou a necessidade. Disse para não se preocupar, que haveria transporte assim que saíssem da cidade.

— Não me agrada a ideia de ficar completamente dependente do que você fala ou providencia — disse Elissa.

A reação de Seth foi inusitada. Ele riu. Nunca o tinha visto rir, o que por si só era estranho. Por outro lado, a sensação de ignorância que ele lhe transmitiu naquele riso foi aterradora.

— Eu posso garantir que em nenhum outro lugar você estará mais segura do que comigo.

— Ah. Que tranquilizador. É minha vez de rir, agora?

Seth, que estava alguns passos a sua frente, parou e voltou até ela. Tocou a arma que ela carregava de um lado da cintura e a espada do outro.

— Caso se sinta insegura, use qualquer um desses. Não irei reagir.

— Ainda quer morrer?

Ele ergueu a mão verdadeira até o seu rosto e deslizou os dedos lentamente do canto do seu olho à curva do maxilar.

— Querer, desejar, são coisas estranhas para mim. Tudo era tão simples antes de você, Elissa. E agora estou aqui, ardendo em vontades. Todas elas direcionadas a você. Não, eu não quero mais morrer. Contudo, se você matar esse corpo, talvez tudo volte a ser simples novamente.

— Acho que minha maldição é jamais entender o que você fala.

A mão dele estava próxima ao seu pescoço e ele a fez avançar por entre os fios curtos da parte de trás do cabelo dela, puxando-a para um beijo lento, saboreado. Elissa correspondeu sem resistir. Gostava dos beijos dele, do gosto de sol que ele tinha. Por fim, Seth se afastou com um meio sorriso.

— Perdoe-me, temo... — Ele parou logo após a palavra e sorriu como se ela soasse estranhíssima, depois acabou concordando consigo mesmo. — Eu temo que quando explicar não me deixe mais tocá-la. E agora, depois de ter experimentado, acho que isso também seria um tipo de morte. Estranho, não é? Ser uma criatura que deseja, que quer, é viver sempre frustrado.

— Isso é a humanidade — assegurou Elissa.

— Não. — Ele a beijou mais uma vez, por mais tempo. — Isso é. Mas não se preocupe, darei as respostas que deseja e, então, poderá escolher o que fazer.

O sopé da cordilheira do Abismo, no passado, fora bordado de lagos que enchiam no verão e quase secavam no inverno. Formados pelo derretimento das altas geleiras, eles eram a própria condição da existência de Alephas. Na última década, os lagos deixaram de diminuir no inverno. O calor crescente mantinha um fio constante descendo das neves.

Uma sensação ruim tomou conta de Elissa ao passar por entre os valos em que a água se depositava. Quase podia vê-los como um animal exaurido, torturado por mil canos imundos que puxavam sua água, deixando-a no nível mínimo. Não havia plantas ou animais no entorno. A água não era suficiente para matar a aridez.

Os dois atravessaram a região e começaram a subir por um caminho que serpenteavam pela encosta. Já se havia procurado metais por ali, restos de escavações ainda eram visíveis, mas as minas não prosperavam. Mil razões eram aventadas e só uma se repetia: a sede por riquezas não superava os medos dos mineiros. Pode-se viver em Alephas, pode-se ficar à sombra do Abismo, mas colonizá-lo? Não. Alguma distância, mesmo que mínima, mantinha a sensação de segurança.

— Vai escurecer em breve — comentou Elissa quase para si, seguindo os passos dele pelo estreito caminho junto à encosta.

— É só a noite. Nada muda — respondeu Seth como se falasse com uma criança, olhando-a por sobre o ombro.

— Não estou com medo — retorquiu ela incomodada. — Penso em abrigo. Ficará cada vez mais frio.

Ele deu um passo grande e alçou o corpo para uma trilha acima da que andavam e se virou para lhe oferecer a mão e ajudá-la a subir.

— O transporte a manterá aquecida.

— Que transporte? — perguntou subindo para junto dele com o apoio da mão que lhe foi estendida.

Seth sorriu.

— Deixe a noite chegar.

Os caminhos não se estendiam por uma subida contínua, e sim numa série de escarpas e pequenas depressões. O sol já quase desaparecera por completo e a lua estava apenas metade aparente. As estrelas, no entanto, eram ainda pouco visíveis. Seth ergueu o braço em frente a Elissa, fazendo-a parar. O corpo dele lhe pareceu subitamente tenso.

— Há pessoas mais adiante — disse.

Elissa perscrutou tudo o que seus olhos alcançavam.

— Como sabe?

— Consigo sentir o cheiro. — A tensão dele começou a dominá-la também. — Não é gente de Alephas. Chegaram há pouco, desviando da cidade.

— Não está falando sério, está?

Ele a encarou e Elissa teve a nítida sensação de que os olhos dele brilhavam no escuro como os de um bicho noturno.

— Acho que é melhor não irmos ao encontro de onde estão — Seth voltou os olhos para o caminho buscando rotas alternativas.

— De jeito nenhum! — rejeitou Elissa. — Quero saber quem são. E se forem soldados da República? E se estiverem preparando um ataque a Alephas? Se estiverem atrás de mim ou dos que me apoiam? Não estou fugindo, Seth. Estou investigando tudo o que aparece a minha frente. Vamos!

Saiu caminhando na direção em que o corpo dele retesara. Demorou pouco a ouvir seus passos seguindo-a e resmungando.

Andaram por tempo suficiente para que Elissa começasse a acreditar que Seth se enganara, quando avistou fumaça e o clarão de fogueiras. Os dois se aproximaram com cautela, mantendo o corpo próximo à parede das escarpas. Elissa vasculhou com os olhos cada recôndito temendo por sentinelas, mas os sentidos de Seth, obviamente mais aguçados que os dela, não encontraram nada e ele lhe fez negativas com a cabeça.

Alcançaram uma reentrância no terreno que os permitiu examinar o pequeno vale e as pessoas que se amontoavam por lá. Os dois se agacharam lado a lado, observando o grupo. Deviam somar umas cinquenta mulheres, homens e crianças, em roupas andrajosas com marcas azuis no peito. Uma fogueira estava acesa, mas não havia cheiro de qualquer tipo de comida assando. Na verdade, todos ali tinham rostos secos e encovados, claramente famintos.

— Trágicos de Acemira — sussurrou Elissa, distinguindo-os. — O que fazem aqui?

Seth perscrutou o grupo.

— Parece que estão iniciando a migração. Logo, virão mais.

— Mais? — Elissa estava chocada. — Para fazer o quê? Esse lugar não pode sustentá-los.

— Estão vindo para morrer. — O tom dele lembrava piedade. — Acham que quando o fim vier, o Abismo irá se abrir num portal para um tipo de paraíso. Mas, claro, será por pouco tempo e só para os escolhidos.

Elissa arregalou os olhos para ele.

— Você os ouviu dizer isso? Daqui?

— Não. Apenas conheço sua escatologia — ele respondeu dando de ombros.

Seu tom, dessa vez, incomodou Elissa. Ela o encarou e prosseguiu aos sussurros, sem abafar a crítica.

— Se eles realmente creem nessas coisas, seu desprezo é desrespeitoso!

— Elissa, o fato de eles acreditarem nisso não fará nenhum portal abrir. — Ele manteve o tom impaciente, quase debochado.

— Como pode saber? — rosnou ela.

Seth deu de ombros e juntou sua mochila para sair dali.

— Não há portais no seu planeta.

Elissa não se mexeu. Manteve os joelhos dobrados e sussurrou irritada.

— E você é a autoridade sobre o assunto?

Ele balançou a cabeça.

— Eu já estive em planetas com portais. O seu não é um deles.

— Ora, ora, então acredita em portais, afinal? — ironizou ela.

Seth se ergueu dando um passo atrás, para não ficar visível aos Trágicos, e a pegou pelo cotovelo, fazendo-a ficar em pé.

— Acreditar não tem nada a ver com o que eu falo, Elissa — ele sussurrou próximo ao rosto dela.

— Mesmo? Está pedindo que eu acredite que já esteve em outros planetas — provocou, mas Seth apenas sorriu enquanto voltava a impeli-la a caminhar.

— Não, não estou. Estou apenas contando.

Elissa recriminou a si mesma. Não pelo debate. Mas por ter aceitado fazer aquela viagem *com ele*. Isso a fez retesar o corpo com raiva como se suas pernas fossem tenazes cravadas no solo. Seth suspirou impaciente.

— Bem, você já viu quem são, certo? Agora, vamos nos desviar e prosseguir.

Elissa não deu um passo. Tirou o cotovelo da mão dele e os dois se encararam por alguns instantes. Ela organizou a própria mente para não afundar nas loucuras daquele homem. Precisava ser pragmática. Se aquela gente investisse contra Alephas, o melhor era voltar de onde estavam para avisar a cidade e se prepararem para o que viesse. Afogou a irritação e perguntou objetiva.

— Acha que são perigosos?

Seth soltou os braços ao longo do corpo e moveu lentamente a cabeça, quase como se capitulasse.

— Depende.

— Do que exatamente? — insistiu Elissa cruzando os braços.

Seth se aproximou e apontou na altura dos olhos dela uma mulher com uma longa capa azul.

— Dela.

Os olhos de Elissa se estreitaram. Já vira trajes semelhantes antes. E também os cabelos presos à nuca. Ou será que os vira soltos? Sim, soltos, balançando em transe em meio à poeira e à tempestade de areia em Amaranta.

— Uma profetisa Andirana — reconheceu. — Por que ela os tornaria perigosos?

Ele se manteve próximo do ouvido dela para responder.

— As Andiranas não podem ver o futuro como proclamam. Mas seus transes são verdadeiros e elas podem perceber coisas que as pessoas comuns não notam. — Seth girou o corpo de Elissa e ficou segurando-a pela cintura. Depois baixou o rosto, encaixando-o no ombro dela. — Observe com atenção. Lá adiante já estão preparando os instrumentos, logo iniciarão as canções e danças rituais e, no seu auge, a profetisa irá entrar em transe e levitar. O que ela falar, este grupo fará, seja o que for. Normalmente, serão palavras sobre o fim do mundo e as dores da passagem. Então, as pessoas começarão a chorar e lamentar. Alguns se afastarão do grupo e se suicidarão. Outros esperarão seus familiares dormirem e os matarão para evitar tanta dor e se assegurar de que eles cheguem antes ao paraíso. A maioria ficará encolhida, com medo, até o sol nascer novamente.

Elissa tremeu o corpo todo, horrorizada. Havia um tal tom de verdade nas palavras dele que, dessa vez, ela não conseguia duvidar. Cobriu a própria boca num gesto de horror, inspirando, mas o ar lhe entrou pesado e poeirento.

— Que tristeza. — Ela afastou o corpo do dele, seu coração estava apertado com as imagens que Seth invocara. — Mas isso só os torna perigosos para si mesmos.

Os olhos dele se fecharam por um segundo antes de lhe estender a mão novamente.

— Não se ela me perceber aqui. Por favor, Elissa, vamos?

A urgência dele lhe pareceu extremamente suspeita.

— Está com medo? — perguntou sem aceitar a mão que ele lhe oferecia.

— Com certeza — Seth respondeu muito calmo. — Não viemos aqui para confrontar os Trágicos.

Um barulho fez com que ambos retesassem o corpo imediatamente. Havia uma arma apontada para os dois cerca de um metro e meio acima de suas cabeças. O homem não parecia agressivo, mas bastante assustado. A arma tremia em suas mãos.

— Não atire — disse Elissa rapidamente. Ela ergueu as mãos e tentou falar com calma e simpatia. — Somos de paz.

— Por que estão escondidos? — perguntou o homem, parecendo procurar por outros.

Elissa olhou para Seth, que mantinha a mesma postura, o braço direito caído ao longo do corpo e o esquerdo, com o mecanismo que fazia sua mão e antebraço, segurando a alça da mochila. Ele não imitara o movimento dela, de mãos para cima, o qual pretendia demonstrar que não ofereciam perigo. Teve vontade de lhe dar um chute para que a acompanhasse. Voltou sua atenção ao homem armado, que lhe parecia cada vez mais nervoso.

— Não estamos escondidos. Estávamos de passagem — ela respondeu —, vimos o fogo, só queríamos saber quem estava acampando aqui.

— São Trágicos? — perguntou o homem.

Seth se manifestou enquanto Elissa pensava se mentia ou falava a verdade.

— Somos apenas viajantes, caro senhor. Estamos indo para as minas. Partiremos sem importuná-los.

A mão de ferro de Seth se fechou sobre o braço de Elissa e puxou-a com firmeza para começarem a retroceder em seus passos. A arma do homem tremeu violentamente.

— Não! — Ele berrou alto. — Terão de vir comigo.

Seth não largou Elissa, pressionando-a ainda mais contra seu corpo. Sua voz soava com uma humildade que em nada se assemelhava a sua expressão.

— Garanto-lhe que não pretendemos mal algum, senhor. Por favor, deixe-nos partir — pediu Seth.

— Não! — Tornou o homem cada vez mais nervoso. — Não posso decidir isso! Vocês terão de falar com nosso guia e com a profetisa. — O homem ajeitou o corpo para pular junto a eles sem descuidar da arma ou deixar de apontá-la.

Elissa observou atentamente, pensando em que momento poderia simplesmente desarmá-lo. Era franzino e não parecia entender muito de práticas de luta. Sem subestimar o adversário, ela avaliou que poderia fazer aquilo com relativa facilidade. Por outro lado, não seria uma ação prudente. Se os Trágicos não eram perigosos, por que ela se tornaria perigosa para eles? Precisava era de aliados.

— Já afirmamos que não pretendemos mal algum — disse Elissa. — Por que mantém a arma?

— Não sei se posso acreditar em vocês — retesou-se o homem olhando significativamente para as inúmeras armas que Elissa portava.

— Está cometendo um erro, senhor — disse Seth. — Baixe a arma e deixe-nos partir. Será melhor para todos.

O aviso de Seth pareceu ter um efeito contrário. O Trágico mandou que Elissa se desfizesse das armas que ela carregava e lhe entregasse, o que ela fez com calma para que a criatura a sua frente não surtasse com um movimento mal identificado. Sua opção contrária seria atacar o homem, mas Elissa ainda acreditava que poderiam sair daquela situação com uma conversa racional.

Além disso, caso o atacasse, provavelmente ele dispararia a arma, o que seria ouvido pelas pessoas lá embaixo e ela e Seth seriam naturalmente os inimigos. Não queria isso. Entrar em luta com aquelas pessoas estava absolutamente fora de cogitação.

Entregou sua espada e seu revólver ao homem, que os prendeu ao cinto. Como ele não percebeu, Elissa manteve, é claro, as duas adagas que carregava escondidas e mais uma pequena pistola amarrada ao pulso sob a manga da camisa. Na sequência, o homem mandou que Seth se desarmasse também e pareceu chocado quando este lhe disse e mostrou não carregar nenhuma arma. Elissa agradeceu mentalmente o braço mecânico estar escondido por uma longa luva de couro. Não conhecia nenhuma pessoa que usasse prótese e não tivesse embutida nela algum tipo de arma. Os dois entregaram as mochilas ao homem, que os mandou caminhar à frente dele, indo em direção à luz das fogueiras.

A chegada dos três à pequena clareira entre os picos rochosos teve um poder silenciador. As pessoas reconheceram imediatamente que havia algo errado e reagiram com medo. Elissa se impressionou com a quantidade de crianças por ali. Tinham olhos curiosos, corpos magros e rostos marcados pelo sol e o vento. Elissa aproximou o corpo do de Seth.

— Parecem não comer há dias — sussurrou alarmada.

— Estão fugindo para morrer, Elissa. Se vissem alternativa, talvez não estivessem aqui.

A falta de emoção no comentário a fez encará-lo.

— Viu a quantidade de crianças?

— Não. Se ficasse olhando os filhotes, não faria o que faço.

Elissa bufou irritada. A disposição de Seth em se comportar como uma parede não ajudava em nada. Ela virou o rosto e viu alguém num relance. Então, seus olhos voltaram a procurar. Era Aleia! Tinha certeza. A menina sorriu para ela de longe, mas Elissa a perdeu no meio dos outros. Sua vontade era correr e gritar por seu nome, mas a arma do homem a empurrou pelas costas, forçando-a seguir em frente.

Seth permanecia tenso, os olhos cravados na profetisa Andirana. Elissa levou alguns instantes para desligar sua percepção da presença de Aleia e notar que a profetisa estava reagindo fisicamente à aproximação deles. Ou melhor, sua reação e seu olhar se dirigiam para Seth.

A mulher tremia e, a cada passo deles, impulsos que pareciam vindos da própria terra mexiam com seu corpo inteiro. As pessoas em torno dela começaram a se afastar e a mulher virou os olhos para cima, ficando apenas a parte branca aparente. Vento e poeira começaram a varrer o acampamento com mais força. Os braços da profetiza foram para frente em sacudidas cada vez mais violentas e os pés começaram a se afastar do chão e ela levitou. O seu corpo magro e comprido foi se erguendo acima dos outros.

Os trágicos foram lentamente superando o choque de ver uma levitação fora do ritual e começaram a bater com as mãos cruzadas sobre o peito. Algumas palavras iam aparecendo, tentando retomar as canções propiciatórias, mas sumiam diante das reações desconhecidas da profetisa para seus fiéis.

A mulher já devia pairar cerca de meio metro distante do chão quando começou a gritar. Os berros eram cheios de pavor e desespero e Elissa pôde ouvir algumas crianças caírem no choro. Seth apenas negava com a cabeça. Ele a puxou bem para perto, mantendo-a colada a ele.

— Decida — disse de forma que só ela ouvisse. — Quer sair viva daqui ou isso não lhe importa?

— Do que está falando?

— A profetisa vai ordenar nossa morte.

O rosto de Elissa se contorceu achando a possibilidade uma loucura.

— De onde tirou essa ideia?

— Elissa, estou apenas perguntando se quer ou não que eu nos defenda. Não creio que suas armas e habilidades sejam suficientes para toda essa turba.

— Há armas no seu braço mecânico?

Os olhos dele ainda estavam atentos à profetisa, mas se desviaram rapidamente para ela.

— É só um braço de metal, Elissa. Nada mais.

— Então, o quê?

— Por favor, responda a minha pergunta, rápido — interrompeu ele.

— Não quero machucar ninguém, Seth.

— Mas quer ficar viva?

— Claro, eu...

Não houve tempo de completar a frase. Os gritos da profetisa se dirigiram a eles e o ambiente ficou subitamente surdo, como se luz e som se separassem fazendo parte de universos diferentes. Num deles estava a fantasmagoria das fogueiras, a fumaça, o cheiro das pessoas, sua presença. Num outro distante, o choro dos pequenos. Vindo na direção de Elissa, apenas as palavras carregadas da profetisa.

— A Morte! Olhem! É a Morte! Ele anda entre nós! Queima! Incendeia a terra com suas patas monstruosas! Fera ignóbil da humanidade disfarçado de gente! Vejam! É o predador! Todo o horror, toda a tristeza, a fome e o desespero, olhem, é ele. É ele o nosso algoz! Ele trouxe o fim! É o fim!

Mais um grito e a mulher desabou no chão. Elissa chegou a esboçar um movimento para ir até ela, pois era impossível que não houvesse se machucado. Seth, porém, segurou-a com mais força usando o braço mecânico e deixando o outro livre.

Um homem, que parecia ser o guia dos Trágicos, ergueu a voz, o rosto transtornado de medo e raiva. A comoção estava instalada. Ele não precisou ordenar um ataque, as pessoas ali já tinham o suficiente para começar sem qualquer liderança.

Uma pedra atingiu o ombro de Elissa jogando o seu braço para trás e a desestabilizando. Ela conseguiu que Seth a soltasse e usou o movimento para ir em direção ao homem que os guiara até ali antes que ele atirasse. Derrubou-o e recuperou sua espada e a pistola. A espada foi usada imediatamente para repelir alguém que tentou atacá-la pelas costas. Ficou em pé e ergueu a arma para atirar para o alto e tentar fazer as pessoas voltarem a razão, mas outra pedrada atingiu seu pulso e a pistola caiu no chão. Outra pedra atingiu as costas e mais uma a cabeça de Elissa. Sentiu como se a terra girasse abaixo dos seus pés e demorou a perceber que o chão estava realmente tremendo.

Um vento forte começou a soprar sobre a areia solta fazendo-a açoitar todos os que se encontravam na clareira. Os gritos aumentaram enquanto a fogueira ficava mais alta e jogava fagulhas por todos os lados. Elissa tocou o ponto da cabeça onde a pedra a tinha atingido e trouxe aos olhos a mão cheia de sangue. Conseguiu evitar mais uma pedrada vinda em direção ao seu rosto, mas outra lhe atingiu o joelho, fazendo-a cair. Sentiu o vento ficar mais forte, empurrando a areia sobre as pessoas.

Seth estava a pouca distância dela e Elissa pôde ver, na forma como seu braço real se mexia, que era ao comando de sua mão que as areias ganhavam vida ao redor. O que antes parecia ser apenas obra do vento começou a ter forma e direção. Um redemoinho isolou os dois dos Trágicos, enquanto algo que só poderia ser descrito como tentáculos de areia saídos do chão afastava os atacantes.

As feridas doíam e a cabeça de Elissa latejava, mas ela puxou a faca que guardava no cano de uma das botas e voltou a ficar de pé, ignorando a tontura e se colocando em posição de ataque. Seus pensamentos, porém, não estavam diferentes da areia a sua volta, eles corriam em turbilhão. Então, Seth tinha realmente poder sobre a areia, ele a manipulava. Isso queria dizer que ele podia realmente ter trazido o mar de areia que invadiu Amaranta e quase soterrou o Povoado das Árvores. Uma parte de seu cérebro ainda contestava. Mas não era algo racional. A parte racional estava vendo aquilo acontecer diante dos seus olhos.

A fúria da multidão não parecia diminuir com a tempestade. Enquanto alguns resguardavam as crianças, outros tentavam ultrapassar o círculo de areias vivas em torno de Elissa e Seth para atacá-los.

Um jovem de barba rala subiu em uma pedra e furou o bloqueio pulando na direção de Elissa. A faca veio junto e foi preciso pará-la no fio da espada. O rapaz não se deu por vencido e prosseguiu o ataque, esgrimindo com Elissa. Não foi difícil desarmá-lo, mas a faca caiu a curta distância e o jovem se jogou no chão para recuperá-la. Quando tentou impedi-lo, Elissa foi surpreendida com um punhado de areia nos olhos; teve raiva de si mesma por não ter se esquivado e acabou baixando a guarda enquanto tentava voltar a enxergar. Como um raio, o rapaz se jogou contra ela e cravou a faca até o cabo em seu peito.

Elissa sentiu o ar fugir e soube, pelos olhos do rapaz, que ele ia continuar a esfaqueá-la. Num reflexo usou seu punhal, enfiando-o na altura das costelas do oponente. Não houve tempo para a luta prosseguir.

Um rugido extraordinário se ergueu acima da areia, dos gritos, da confusão de lâminas e o corpo do rapaz foi arrancado da proximidade do dela. O impacto jogou Elissa no chão. A sua frente, um tigre monumental dominava o corpo inerte de seu agressor. Uma de suas patas era feita em ferro e aço.

17

O sangue saía aos borbotões do buraco deixado pela faca e, de alguma forma, seus ouvidos iam silenciando os sons externos enquanto se concentravam naquele fluxo. Pensou que se algum órgão vital tivesse sido atingido, a morte seria rápida. Mas não havia como saber, ou havia? Levou a mão à altura do peito, acima do coração. Tentava se manter lúcida. Quem sabe o ângulo da faca fora até o pulmão ou...

Um tigre imenso, de olhos amarelados, estava acima dela. Ele brilhava como se as faíscas das labaredas compusessem seu corpo, seu pelo macio e quente. Então, escuridão.

Estava gelado. Ela podia sentir, mesmo sem estar com frio. Sabia que à volta dela tudo estava imerso em um vento inóspito e cortante. Seu corpo, porém, mantinha-se aquecido e em movimento. Como ela se movimentava? Estava morrendo, deitada em seu próprio sangue, encharcando as peles que lhe serviam de cama e abrigo.

Peles que se moviam. Saltavam. Escalavam. Afundavam com ela num mundo escuro.

* * *

Com os olhos fechados, era fácil saber como o seu corpo tinha uma forma sinuosa e própria ao vento. Uma corça, percebeu-se Elissa. Suas quatro patas finas mal tocavam o chão para pular sobre campinas úmidas e frias. Parecia que voava, quase sem peso. Ou, talvez, nadasse.

Abriu os olhos e viu o chão correndo sob ela, mas não era ela quem corria, nem a corça. Não era uma corça, lamentou. Era só uma coisa pesada com sangue na garganta. Um peso quase morto. Mas quem corria, então? Olhou adiante e viu o oceano escuro do céu, milhões de estrelas, como luzes vistas de dentro do mar. Mergulhou.

Pesada. Imensa. Seu corpo gigantesco acariciado por hectolitros de água gelada e salgada. Dentro e próximo dela havia um calor confortável, sua gordura, suas entranhas, suas curvas longas e arredondadas. Ainda havia aquelas peles quentes à sua volta, mas, no deslocar de um instante à direita ou esquerda, o frio vinha invadir. Nenhuma baleia sente frio, pensou. Elas podem saltar sobre as águas, podem beber direto do sol. Dava para ver o sol de onde estava. Saltou.

Sua consciência reacendeu primeiro nos ouvidos. Um crepitar de fogo, um rugir de vento ao longe. Lá fora. Estava dentro, mas não sabia do quê. O ar lhe entrava quente pelas narinas e exalando o cheiro de ervas secas. Ervas de cura, lhe disse o instinto de curandeira. A memória só voltou quando abriu os olhos e viu uma fogueira. Não lembrou tudo de uma vez. Foi aos poucos, a cada piscada de olhos. A princípio, acreditou que ainda estava no acampamento dos Trágicos, porém não havia barulho além do fogo e do vento distante. As presenças à sua volta eram poucas e silenciosas.

Uma dor amortecida se moveu sob o ombro. O resto do corpo tinha dores tão difusas que lhe pareceu ter sido pisoteada. Lembrou-se do tigre. Uma espécie de espasmo a fez querer se levantar. A mão pequena que a segurou era firme e carinhosa, mas não diminuiu sua agitação.

Elissa procurou por Seth até encontrá-lo sentado do outro lado da fogueira.

As pernas longas estavam dobradas em frente ao corpo e ele apoiava os cotovelos sobre os joelhos. O braço mecânico estava livre de qualquer luva e ele vestia apenas as calças e uma camisa, estava descalço e sem casaco. Ao seu lado havia uma abertura, algo que parecia como uma entrada de caverna, através da qual era possível divisar uma imensidão branca e gelada do lado de fora. Seth não parecia estar com frio, estava sério, um vinco profundo marcava o espaço entre os olhos, que permaneciam fixos nela.

Mesmo antes de vê-la, tinha quase certeza sobre quem estaria ao seu lado. Os olhos de Aleia sorriram para ela.

— Está tudo bem — disse a menina repetidamente enquanto erguia a sua cabeça e a fazia engolir um pouco de um caldo quente, com um cheiro indefinível, que Elissa não soube identificar. — Como se sente?

Ela não sabia ao certo o que responder. Tentou fechar os olhos para encontrar a resposta, mas abriu-os imediatamente com medo de voltar a delirar.

— Dor, eu acho. Estou tonta.

— Você perdeu muito sangue antes de chegar aqui — explicou a menina. — Diminuí sua dor com alguns remédios, mas ela irá voltar aos poucos enquanto estiver acordada.

Elissa voltou a olhar em volta. Não era uma caverna profunda. Estava mais para uma gruta com uma abertura estreita. Um estranho cobertor de pelos e ervas, que lembrava um tipo de feltro, a envolvia, amaciando o chão e aquecendo juntamente com o calor da fogueira.

— Onde é aqui? — perguntou com a voz pastosa.

— Estamos no alto da cordilheira. Do outro lado do cume, fica o Abismo — explicou Aleia lentamente, para que ela compreendesse as palavras.

A informação foi assentando como poeira e Elissa demorou a retê-la por completo. Movimentou levemente a cabeça.

— Então estou onde queria — concluiu para si mesma. Havia perdido a noção do tempo e das distâncias, mas se Aleia estava envolvida, nada podia ser muito natural. Ainda assim, expressou sua decepção. — Mas parece que não posso ver o que vim buscar.

A garotinha lhe fez um carinho no rosto.

— Não se preocupe — tornou Aleia. — Logo você estará bem. Não é exatamente o meu ofício, como é o seu, mas eu até que sou boa nessas coisas de curar.

— Qual é o seu ofício? — a pergunta veio com um movimento e uma fisgada de dor. Elissa percebeu estar sem casaco e camisa, com uma bandagem que lhe amarrava o ombro. A menina sorriu amplamente, sem responder, e Elissa achou melhor emendar outra pergunta. — Como cheguei aqui?

— Seth a trouxe — respondeu Aleia com certa intimidade.

Elissa olhou rapidamente para os dois, ao menos, lhe pareceu ser rapidamente. Algo quebrou dentro da sua cabeça.

— Vocês se conhecem? — Sentiu-se ridícula assim que formulou a questão. — Claro. É óbvio que se conhecem, eu é que... Esqueça! — completou cansada.

— Talvez — disse Aleia carinhosamente ainda ajustando o cobertor — precise repousar um pouco mais. Podemos conversar quando acordar.

— Conversar? — ironizou Elissa. Estava cansada das meias palavras dos dois.

— Responderemos o que quiser saber — garantiu Aleia.

As palavras tiveram mais força que qualquer repouso e Elissa obrigou seu corpo a sentar. Aleia a ajudou com uma pequena rusga na testa, mas não a impediu. Enquanto buscava enquadrar o espaço à sua volta, a mente de Elissa ia se firmando com lucidez naquele exato presente. Estava em companhia das duas criaturas mais estranhas que já conhecera, a tal ponto que não tinha coragem sequer de nomeá-los como pessoas.

Aleia sempre lhe parecera uma criação fantasiosa de sua mente, seu pé na loucura. Em todas as conversas e mesmo depois delas, uma parte de Elissa se acalmava, dizendo: respire fundo, não é real.

Isso mudava completamente, no entanto, com ela dividindo o mesmo espaço e ar que Seth. Ele era real. Elissa podia afirmar com convicção. Ela havia curado sua carne, não fora a única que o vira ou conversara com ele, tivera-o em seus braços como amante. Seth era real. E era um tigre!

Ambos estavam ali, tão presentes quanto o chão duro e avermelhado da caverna, o cheiro de terra, ervas e neve. Talvez, pensou Elissa, ainda tentando focar em padrões aceitáveis de racionalidade, a irrealidade estivesse toda nela.

E se aquele delírio dos mundos escuros escondidos em cada piscadela fosse a verdade? Ela podia ter rompido as amarras com o real há muito tempo. Podia, naquele mesmo instante, estar em seu quarto em Alva Drão, com os braços presos ou catatônica, enquanto seu pai, mãe e irmãs, na parte de baixo da casa, debatiam se deviam interná-la ou não em alguma fazenda-sanatório nas redondezas de Venícia.

— Volte aqui, Elissa. — A voz de Aleia a encontrou com suavidade, não deixando que ela tornasse a delirar. — Ainda acho que precisa descansar.

— Não! O que eu preciso é saber. É disso que preciso.

— Explique para ela, *Aleia* — provocou Seth, dizendo o nome da criança como se lhe queimasse a boca.

A menina sorriu para ele.

— Está com medo de perdê-la, não é? Eu entendo, Seth.

Ele se encrespou com as palavras dela. Elissa notou que o seu ar de pouco caso havia desaparecido completamente. Sua postura denotava alguém capaz de partir para uma agressão a qualquer instante. Ele estava fervendo de raiva.

— Não banque a simpática comigo, Aleia. Não funciona! Em primeiro lugar, eu não *tenho* Elissa. Em segundo, conheço você. Então, não faça parecer que somos amigos. — Ele permanecia sentado, os olhos à luz da fogueira. Finalmente seu autocontrole pareceu ruir de vez e ele rosnou algumas palavras numa linguagem desconhecida para Elissa. Apenas a última acusação dirigida à Aleia veio em seu idioma. — Você planejou tudo isso!

— Não! — respondeu Aleia cruzando os braços com cara de ofendida, parecendo mais criança do que nunca. Depois, inclinou a cabeça para o lado com um sorrisinho travesso. — Mais ou menos. Quero dizer, podia dar certo, não é?

— O que podia dar certo? — quis saber Elissa, sem entender.

— Nada deu certo! — reagiu Seth por entre os dentes.

— Ainda não acabou — retorquiu Aleia.

— Acabou sim, Aleia! Você foi derrotada. Tudo o que fez foi aumentar o sofrimento dessas pessoas com esperanças vãs. Devia se envergonhar! De minha parte, isso termina aqui.

— O que termina? — Elissa estava tonta e com dificuldade de respirar. Aquela conversa piorava tudo a cada palavra não compreendida. — De que diabos estão falando?

Seth voltou os olhos para ela, mal se contendo de indignação. Ele negava com a cabeça furioso.

— Não percebeu, Elissa? Foi tudo uma armadilha.

— Seth, meu caro, está perdendo o foco — reagiu Aleia, com ar professoral. — Posso ter ajudado a situação a se formar, mas nada mais fiz. Além disso, minha aposta era em Elissa e era bem diferente do rumo que ela tomou. É certo que contava muito pouco com uma mudança vinda de sua parte. Não que eu não a tenha apreciado, é claro. Sempre considero uma ocasião feliz quando alguém de sua Ordem muda de posicionamento.

— Não mudei meu posicionamento — rosnou ele.

— Mesmo trazendo Elissa até aqui? O que pretendia, então?

— Provar a ela que é impossível reverter...

— Parem! Por favor, parem! — implorou Elissa e os dois se calaram. Não precisava ser um gênio para saber que os dois repisavam uma discussão antiga.

— Vocês podem continuar isso depois de me explicarem tudo.

Aleia tomou uma das mãos de Elissa entre as suas e, dessa vez, não pareceu a Elissa uma criança em nenhum detalhe. Mas alguém velha, muito velha.

— Está certo, minha querida, está certo. — Ela acomodou Elissa da melhor forma nos cobertores. — Não se agite ou os ferimentos se abrirão novamente. Faremos o possível para fornecer as explicações que quer. Perdoe, porém, se minha fala for lenta. Quero encontrar termos próximos em sua linguagem para que compreenda da forma racional que tanto aprecia. — Aleia tomou fôlego e lançou um breve olhar para a entrada da caverna, antes de encará-la. — Sou uma Cy, faço parte da raça dos Maety-Ngakua. Somos plantadores que fazem crescer.

Elissa franziu a testa. Seu ombro latejava.

— Crescer? Crescer o quê?

— A vida — completou a menina num tom maravilhado. — Espere, espere! É melhor começar do início. — Riu, voltando a ser criança e arregalando os olhos grandes. — Você já se perguntou sobre o que pode existir nos espaços escuros entre as estrelas?

Elissa negou levemente com a cabeça. A ideia de mundos exteriores ao seu jamais chegara a realmente perturbá-la. Pouco sabia de pessoas que se preocupavam com isso. Podia se lembrar de um professor de astronomia no Educandário Científico para Meninos e Meninas, onde estudara. Da Fraire Valesko, quando ia a sua casa e bebia um pouco a mais junto com seu pai. E, claro, ouvira Seth falar em outros planetas recentemente.

— Fala de outros mundos? — certificou-se de que estava indo na direção certa em suas conjecturas.

— Sim, um milhão de vezes um milhão de mundos capazes de abrigar a delicada e impressionante estrutura da vida.

Aleia mudou sua posição de pernas cruzadas para se acomodar sobre os dois joelhos. Se Elissa se impressionara com as roupas pouco agasalhadas de Seth, Aleia lhe pareceu ainda mais desnuda. Usava o mesmo vestidinho fino de sempre, os pezinhos descalços, os braços descobertos. Porém, como ele, ela emanava calor. Não o calor solar de Seth, mas um que era ao mesmo tempo quente e fresco, como água à sombra de uma árvore no verão.

— E eu faço parte de um grupo de criaturas que tem como missão disseminar a vida — prosseguiu ela. — É um trabalho, compreenda. Um ótimo trabalho, a meu ver. Viajamos, descobrimos planetas com possibilidades, espargimos os fundamentos da existência, cultivamos e esperamos que, em algum momento, essa vida se torne autoconsciente. É óbvio que nem sempre dá certo. Algumas vezes, as estruturas não se desenvolvem, em outras temos apenas vida. E ainda há lugares em que, mesmo a vida se tornando consciente, não consegue se desenvolver a ponto de podermos conversar e contar sobre o que somos.

Elissa desejou ter descansado mais, como Aleia havia sugerido. Seu cérebro parecia insuficiente para assimilar aquelas informações.

— Está dizendo que sua gente é que trouxe a vida para o meu mundo?

— Exatamente. Eu fiz isso! — ela completou orgulhosa.

Elissa fechou os olhos e respirou lentamente, cuidando para não acordar ainda mais a ferida em seu ombro.

— Então, você é a responsável pela existência da vida nesse planeta?

— Sim! — Aleia hesitou inflando uma das bochechas e depois soprando ar. — Mais ou menos. Veja, minha querida, não criei a vida. Eu, digamos, plantei e cultivei.

— Isso não faz sentido. Estamos nesse planeta há... o quê? Alguns milhares de anos?

Aleia balançou a cabeça.

— A vida aqui? Há alguns bilhões de anos. Vocês? Há menos tempo. Cerca de uns quatro milhões.

— E como isso é possível? Você aparece diante de mim como uma criança, você é de carne. — Ela tocou Aleia para confirmar. — É imortal? É o quê?

— Estou na forma de criança porque gosto dessa forma, Elissa — a menina respondeu com doçura.

— E por que todos lhe sorriem e querem cuidar de você — debochou Seth ainda sentado em seu canto.

— Se acha que todas as pessoas daqui são boas com as crianças, Seth — retrucou Aleia com os olhinhos cheios de dor —, especialmente com as que estão sozinhas, com as que não se parecem com as crianças deles, você andou pouco por esse planeta. Uma criança sozinha é uma criança rejeitada sempre. Por todos!

Seth se inclinou para frente de uma forma que Elissa achou que ele novamente se transformaria em um tigre.

— Tocou no ponto, Aleia. Eu andei sobre esse planeta o suficiente para comprovar que a decisão da Assembleia foi correta. Ou esquece que eu já fui uma criança entre essa raça?

— Que Assembleia? — interrompeu Elissa, que já olhava de um para o outro, respirando com dificuldade e novamente perdida.

— Eu chegarei a isso — afirmou Aleia, franzindo a testa, obviamente incomodada com as palavras de Seth. — Mas antes responderei sua outra pergunta.

Perceba uma coisa, Elissa: ser imortal não é algo que combine com a ideia de estar vivo. Não sou imortal e não conheço nada que seja. Minha vida é longa, mas também acabará. Minha forma é uma escolha, porque as criaturas como eu — ela deu um pequeno sorriso — e como Seth precisaram ir além das formas orgânicas para poder viajar mais longe nos limites do espaço e do tempo.

— Vocês viajam no tempo? — A descrença de Elissa era quase maior que sua dor.

Aleia confirmou com a cabeça, entusiasmada.

— Viajamos! E quanto aos organismos que vê — ela apontou para si mesma e para Seth e referia-se, entendeu Elissa, aos seus corpos —, eles são parte de nossas preferências ou desejo de experiências.

Os olhos de Elissa correram para Seth e algo se movimentou dentro dela. Era estranho pensar que a forma que a atraía não era a realidade dele. Se Aleia escolhera se parecer com uma criança, então Seth também escolhera sua forma. Como ele realmente se pareceria? Ao mesmo tempo, Elissa se encheu de perguntas sobre o corpo do homem e o do tigre.

— Vocês têm um outro corpo fora daqui? — inquiriu Elissa.

A menina soltou o ar com um pouco mais de força e envolveu seu corpo infantil com os bracinhos finos.

— Temos. Ou já tivemos. Estão em nossos planetas natais — disse com um carinho distante. — São cuidados enquanto nossas consciências viajam para fazer o nosso trabalho.

A cabeça de Elissa se voltou para Seth. Nunca a presença dele lhe pareceu tão incômoda. Ainda era o mesmo homem que ela desejava, no entanto, a ideia de que se deitara com uma criatura cuja forma real ela sequer podia imaginar lhe revirava o estômago. Tentou se concentrar no quebra-cabeças que lhe apresentavam.

— Se Aleia cultiva vida, deduzo que o seu trabalho seja destruir mundos — acusou-o.

— Não é tão simples — retorquiu ele, parecendo menos raivoso ao se dirigir a ela.

— E como é? Explique — exigiu num tom pouco cordial e cheio de ironia.

Ele se mexeu no lugar, esticando as pernas compridas e mexendo os braços lentamente antes de começar a falar.

— Elissa, entenda as coisas da seguinte maneira: apenas intervimos quando a vida que se desenvolve num planeta é essencialmente autodestrutiva. A decisão só é tomada após muitas observações, vários debates e é votada por uma maioria absoluta.

— Quem vota?

Aleia percebeu que ela se inflamava e tocou sua mão intervindo para explicar.

— A Query, a Assembleia. Ela é formada por representantes de planetas cujas formas de vida se comunicam e repartem interesses.

Elissa retirou a mão se sentindo ofendida com o contato. O movimento lhe doeu mais fundo o ombro e ela precisou puxar ar com a boca, mas não estava calma ao falar.

— Vocês estão dizendo que a vida em meu planeta, a minha vida, a vida das pessoas que eu amo, foi decidida numa reunião de criaturas que sequer imaginamos a existência?

— Eles acreditam que vocês os ameaçam — explicou Aleia lançando um olhar insultado para Seth.

Elissa o encarou esperando dele um posicionamento. Estava incomodada com Aleia, mas bem mais disposta a colocar toda a sua raiva nele. Era ele quem tinha invadido seus pensamentos, seus desejos. Seth ignorou sua fúria. A disputa dele era com a menina, não com a mulher.

— Seja justa, Aleia — ele admoestou com ironia. — Conte tudo. Ou seus pudores maternais a impedem de dizer que os seres desse planeta já chegaram perto da aniquilação três vezes por seus próprios meios? Recomeçam a escalada tecnológica, avançam e se degradam. Em nenhuma das vezes se tornaram melhores! Nunca resolvem os problemas mais básicos dos tipos de sociedade que criam. Suas formas superiores de vida são predadoras e desenvolvem tecnologias predadoras. Não acho que possa ficar tão furiosa, Elissa, com o fato de os outros seres desse quadrante não quererem que vocês avancem o suficiente para chegar ao espaço. As tentativas anteriores foram desastrosas.

— Desastrosas? Do quê...? — Olhou para Aleia exigindo que ela explicasse aquilo melhor do que Seth. Ele era o inimigo, ela tinha decidido.

— A história que conhece, Elissa — explicou a menina —, é apenas a que pode ser conhecida pela sua civilização. O que posso lhe dizer é que já houve outras civilizações em seu planeta. Infelizmente, num dado momento, todas elas se autodestruíram.

— Podíamos manter o ciclo quase infinitamente — prosseguiu Seth. — Podíamos ficar olhando vocês construírem armas e se matarem. Esse não é o problema. A questão é que vocês corrompem as outras formas de vida ao assumirem o ponto superior da cadeia. Em resumo: o planeta pode dar espaço a criaturas mais úteis ao universo que vocês.

Elissa teve vontade de pular no pescoço dele da forma mais agressiva que pudesse. Sua raiva faria com que batesse em Seth até que ele retirasse o que havia dito. Cerrou os pulsos instintivamente. O desprezo dele era sórdido.

— É exatamente disso — afirmou ele apontando para ela, suas mãos e sua raiva — que estou falando. Eu não a agredi, não a insultei pessoalmente e você reage assim. Elissa, se sua reação é essa... — havia uma nota de mágoa na voz dele — comigo, como pode querer que a Assembleia acredite que aquela gente lá fora, a sua gente, pode ser melhor? Por que acha que eles deveriam dar a vocês mais uma chance?

18

"Os espaços escuros entre as estrelas".
As palavras se repetiam no pensamento de Elissa enquanto ela olhava o céu. Já passara há muito do desespero. Tinha chorado por um tempo, tivera muita pena de si e de tudo. Vivera mil sentimentos possíveis em horas. Agora, pensava naquele céu como um terreno inóspito, repleto de inimigos hostis.

Ficava imaginando como poderia ter sido diferente. Perguntava-se o que poderia ter feito, "se" poderia ter feito qualquer coisa. Lembrava-se de todos aqueles anos gastos em sonhos tolos com Larius, depois se ausentando da vida por conta de uma perda tão minúscula quanto um amor juvenil. Ou será que a vida — essa coisa sobre a qual outros, que não ela, decidiam — é que era minúscula?

Parara de discutir com Seth. As certezas dele se baseavam no que ela não conhecia. E, a cada vez que ele falava, Elissa jogava nele toda sua raiva. É claro que não podia odiá-lo por ele saber o que ela ignorava. Esse era todo o sentido. Percebia-se ignorante, limitada. Via a si mesma como alguém que olhara apenas o próprio umbigo a maior parte da vida e que agora estava acordada. Entrara em uma luta insana sabendo, no fundo, que era tarde demais. Embarcara em tudo aquilo para se sentir fazendo alguma coisa, para se redimir, para encontrar paz em ações que cobriu de esperança e que já estavam mortas desde o começo.

Dois dias haviam se passado desde as explicações iniciais de Aleia e Seth. A agitação de Elissa, porém, fizera com que Aleia suspendesse as conversações para não prejudicar sua recuperação.

— Pelo visto, recuperar-me não servirá de muito, não é? Deviam ter me deixado no acampamento dos Trágicos.

— Não seja boba — corrigiu Aleia, com os olhos fixos em Seth. — Nenhum de nós dois faria isso.

Foram dias silenciosos, apesar da ventania incessante do alto da cordilheira. Era como se o vento varresse as palavras. Havia momentos em que Seth se ausentava, eram rápidos, mas Elissa achava mais fácil respirar quando ele não estava ali. Não que a presença contínua de Aleia lhe fosse menos incômoda.

Elissa passou uma boa parte daquele tempo deitada sobre uma cama de musgos que — soube quando perguntou — Aleia fizera crescer.

— Não são poderes mágicos — informou a menina com ar travesso e sonhador. As duas estavam sozinhas na caverna quando a conversa começou. — Bem, eu até gosto de pensar que são, a ideia de magia é tão linda. Mas a verdade é que algumas sementinhas e um pouco de tempo fazem coisas maravilhosas.

— Não haveria tempo para que sementes se desenvolvessem assim.

— Ora, eu carrego o Tempo no bolso — respondeu a garota, dando de ombros.

A resposta intrigou Elissa. Ainda lhe parecia algum tipo de mágica, mesmo que ela não acreditasse nisso.

— Eu gostaria de ter o Tempo no bolso — suspirou olhando o teto da caverna. — Poderia fazê-lo voltar.

Aleia esticou a mãozinha e fez um carinho em seu rosto.

— Lembra quando lhe falei dos cegos do Tempo, Elissa? Essa é uma das leis, infelizmente. Aqui, o Tempo só segue em frente. Mais rápido ou mais devagar, mas sempre em frente.

Ela colocou a mão no bolso do vestidinho de tecido fino e retirou de lá um objeto arredondado. Elissa pensou inicialmente ser um relógio, mas o vidro em uma das superfícies não escondia números. O que havia ali era uma espécie de tubo aberto, feito de tubos menores, fechados. Eles pareciam se alongar numa profundidade interna que ia além do tamanho que o objeto tinha externamente.

— Isso é o Tempo? — Elissa quis tocar o objeto, mas o ombro machucado e enfaixado a impediu.

— Eu o chamo assim — disse Aleia olhando o objeto com alguma atenção. Depois deu um sorriso e o guardou de novo no bolso. — Sabia que seus antepassados chegaram bem perto de fazer algo assim? Só era muito grande para carregar no bolso. — Ela riu como se fosse muito engraçado. — Morriam de medo que acelerando a partes minúsculas das coisas, só chegassem mais perto de levá-las ao fim.

— E acelerar o Tempo não é apenas uma forma de nos levar mais perto da morte?

Aleia balançou a cabeça de um lado para o outro.

— Depende de onde você aplica esse Tempo e como. Sabe o que realmente falta à sua raça, Elissa? Paciência. O Tempo é uma dimensão caprichosa, precisa de paciência para controlá-lo.

Nesse momento, Seth retornou e Aleia pareceu muito interessada em fazer Elissa tomar uma infusão que logo a fez dormir. Aleia cuidava de todas as necessidades de Elissa, sempre atenta às suas dores e alimentação. Seth estivera presente quase ininterruptamente, mas mantinha uma quietude ressentida cujo alvo era Aleia. Durante seus longos períodos adormecida, Elissa imaginava ouvir os dois conversando sem que ela pudesse reter o que diziam. Suas tentativas de inventar esses diálogos morriam rápido, e sua sensação de ignorância crescia a cada uma delas.

Quando a noite do segundo dia já quase terminava, Elissa acordou. Estava sozinha pela primeira vez na caverna aquecida. Encarou o teto rugoso e avermelhado perguntando a si mesma se Aleia ou Seth precisavam ou mesmo se eram capazes de dormir. Ele dormira ao lado dela ou apenas fingira? O pensamento seguinte foi uma constatação: ela não havia questionado se eles a teriam abandonado. Tinha certeza que não.

Que insanidade tudo aquilo! Saber da morte iminente de um planeta inteiro, do sofrimento sem fim de todas as espécies, e querer permanecer viva. Depender das criaturas de que mais desconfiava. Querer salvar um mundo com pessoas que nunca lhe despertaram afetos. Envolver-se física e emocionalmente com um ser cujo trabalho — ou pelo menos assim ele o encarava — era exterminar a forma de existência que Elissa conhecia. A única que ela conhecia.

Percebeu que a respiração já não causava dor e isso fez com que tocasse o próprio ombro. Incômodo, mas não a sensação de ferida aberta. Respirou fundo e se sentou. Estava apenas com as calças e as meias. O torso estava coberto por faixas, ela reconheceu agora, que pareciam ter sido rasgadas de uma das roupas de Seth. Procurou com os olhos sua mochila de viagem e a encontrou próximo o suficiente para pegá-la. Em algum momento, Seth devia tê-la resgatado do acampamento dos Trágicos. Gastou um tempo maior que o normal para vestir uma camisa e o colete. O mais difícil foi o casaco de couro forrado de lã, que fora emprestado por Tyla. Agradeceu mentalmente a amiga ser mais corpulenta que ela própria, assim pôde se acomodar, mesmo com a ferida, dentro dele. Calçou suas botas altas sobre as meias, mas elas não lhe pareceram suficientes para aguentar o frio da cordilheira. Colocou uma touca de lã sobre a cabeça e vestiu luvas. Chegou a pegar os *goggles* que Teodora lhe tinha dado para proteção dos olhos, mas não o fez. De qualquer forma, vestir-se sozinha foi um alento. Necessitava se sentir independente.

Ficou em pé sem muita dificuldade e se enrolou na manta que estivera cobrindo-a. Caminhou até a entrada da caverna sem chamar por ninguém. O ar gelado chegou ao seu rosto como um tapa, fazendo-a lacrimejar e a ferida doeu fundo novamente.

A visão das escarpas esbranquiçadas da cordilheira refletindo a luminosidade da lua, no entanto, a emocionou. Tranquilizadora e ordinariamente real. Amigável, com toda a sua água ainda por derreter. Uma frente de resistência contra o céu estrelado e agressivo. Elissa colocou os *goggles* no bolso das calças e inspirou fundo. Amanheceria em breve e ela precisava tomar decisões. E não havia decisões certas no seu leque de escolhas.

— Sente-se melhor? — Seth estava do lado de fora da caverna e sua pergunta era interessada. Ele ainda estava apenas com a calça e camisa, tendo somente vestido as botas pesadas. Não parecia sentir frio.

— Sim. Aleia é uma boa curandeira, afinal.

Ele sorriu.

— Não se preocupe. Creio que do jeito que ela a ama, se você tivesse perdido o braço — ele ergueu seu braço mecânico e sorriu —, ela o faria crescer novamente e ainda justificaria isso dizendo que mutações fazem parte da evolução.

— Do jeito que ela me ama? — Elissa cruzou os braços em frente ao corpo, abraçando a si própria, mas indo apenas até onde seu ombro dolorido permitiu.

Seth se aproximou dela até parar perto demais.

— Não acho que tenha compreendido, Elissa, mas as Cys raramente têm tanta atenção com uma só criatura.

— Não gosta das Cys? — questionou com base no tom de voz dele.

Seth deu de ombros e ajustou carinhosamente a manta sobre ela.

— Fazem o trabalho delas, como faço o meu. Eu não gosto é da Aleia.

O frio intenso causou um movimento involuntário em Elissa e ele fez um gesto como se fosse abraçá-la. Parou no meio ante o olhar dela e retrocedeu, assentindo com a cabeça. Elissa manteve o assunto.

— Esses seres semeiam e cultivam a vida e depois não se envolvem. É isso?

— Por que se envolveriam? A vida segue seus caminhos. Aleia é que tem dificuldade em aceitar perder um de seus preciosos planetas, como se o fracasso fosse dela. Foi muito difícil lidar com ela enquanto a Assembleia deliberava. No fim, acreditei que tinha se conformado, mas aí ela me apareceu com você.

— Comigo? — Ela negou com a cabeça. Naquele instante, sentia-se ínfima demais para acreditar que pudesse ser qualquer coisa além de uma larva. — O que sou eu nessa ordem de coisas, Seth?

Os olhos de felino dele brilharam no escuro.

— Depende. Para ela ou para mim?

Elissa não pôde responder. Uma voz infantil vinha cantando pela neve. Aleia estava com o mesmo vestidinho de flores miúdas e os pés descalços, e vinha equilibrando alguma coisa nas duas mãozinhas fechadas em concha. Enquanto estivera deitada, Elissa a acreditara grande, monumental. Agora, tinha diante de si uma criança. Irracionalmente se preocupou com o frio, com ela estar sozinha na escuridão. Com todas as coisas que se referiam apenas à forma de menina, e não à sua essência.

— Trouxe comida — cantarolou Aleia. — Interrompo?

— Falávamos sobre você e Elissa — respondeu Seth com uma suavidade perigosa.

— Ah, eu tenho grandes esperanças na minha Elissa — retorquiu a menina numa dancinha. Entrou em seguida na caverna e os dois a acompanharam, parando na porta, lado a lado. Aleia foi até o fundo e colocou o conteúdo de suas mãos sobre a terra. — Sementes — explicou. Depois, prosseguiu como se não houvesse interrompido a si própria. — E, obviamente, assim como o nosso amigo aqui, eu aprendi a amá-la, Elissa.

Seth não olhou Elissa ao ouvir aquilo e também não desmentiu Aleia. Os dois insistiam em falar em amor. A palavra e o sentimento pareciam deslocados em meio à desolação em que estavam. O amor que Elissa conhecia era por sua família, por seus amigos próximos, por Tyla. Longe deles, com o que sabia agora, sentia somente o deserto avançar dentro de si.

Não conseguia pensar no que sentia por Seth como amor. O que sabia dele? Que tipo de criatura era? Qual era sua forma real? Além do mais, olhando para Seth e Aleia, importunava sua consciência o fato de forma e essência estarem se apresentando de maneira tão distante. Isso a irritava acima de tudo. Aquela

Aleia criança que lhe dava vontade de abraçar, proteger e aquele homem que a incendiava. Nenhum dos dois era nada daquilo.

Um fragmento de memória a assaltou. As palavras de Aleia em seu primeiro encontro: "eu lamentaria se, no tempo que tem, você não pudesse conhecer um pouco mais do amor do que acha que conhece."

— O que sabe de mim, Aleia, para poder afirmar que me ama?

— Ora, eu a conheço! Eu a tenho observado tanto, Elissa. Não que você soubesse, é claro. Precisei ficar de longe, mas eu sei um bocado de você, sim — garantiu. — E foi por isso que quis que Seth a conhecesse também.

— Para que eu me apaixonasse por ele? — disse Elissa.

— Não — interrompeu Seth, escorando o ombro na entrada da caverna e a encarando. — Para que eu amasse você. — Ele deu uma pausa mínima e se voltou para a menininha. — Não foi exatamente um plano ruim, Aleia. Ardiloso, indigno de você. Mas não ruim. Apenas é sem efeito e você deveria saber disso. Não há como reverter a morte do planeta. Isso está completamente fora das minhas possibilidades. E amar Elissa não me faz amar a gente dela. Além disso, você desconsiderou uma coisa importante. Estou preso em um corpo humano com toda espécie de sentimento e sensações químicas. Basta que me livre dele e essa coisa toda acaba.

Aleia pareceu brilhar ao encará-lo do ponto em que estava no fundo da caverna.

— Realmente — provocou. — E por que não o fez ainda?

Ele ergueu os ombros e grunhiu alguma coisa na língua desconhecida. Elissa resolveu que era hora de fazê-lo falar. Postou-se na sua frente.

— Na outra noite, disse que não era um destruidor de mundos. O que você é, então?

Seth a olhou com seriedade, mas havia uma piedade incômoda nos olhos dele.

— Faço parte de um pequeno grupo de seres cujo trabalho é permitir que a vida reinicie quando, por qualquer fator, as coisas dão errado. Somos menos numerosos que os membros do Maety-Ngakua. Aleia nomeou-nos para você como uma Ordem, mas de fato não nos organizamos assim, nosso trabalho não possui uma diretriz fixa. Somos conhecidos como Tymbara-Anicê, os Finalizadores. Nosso papel nesta parte do universo é encerrar jornadas coletivas para que a vida possa recomeçar. Somos reiniciadores e não destruidores de mundos.

— Você é a Morte — concluiu Elissa com uma pontada incômoda na altura do estômago e o rosto ardendo de raiva. — E fala isso como se não fosse horrível!

— E não é. Aleia lhe explicou isso. Morrer é da natureza da vida. Do meu ponto de vista, faço tanto pela existência no universo quanto uma Cy.

Os ouvidos de Elissa pareciam estar com um ruído que vinha de dentro de sua cabeça. Ela borbulhava. Sentiu o rosto contorcer na luta furiosa para não chorar de frustração e ira.

— Então, para você, a jornada do meu planeta, da minha forma de vida, acabou.

Seth avaliou-a como se tentasse se explicar a uma criança e respirou profundamente.

— Estou cumprindo o que foi decidido depois de milênios de observação, Elissa. Minha intenção é que a vida se reestruture, se organize em novas bases, que a evolução se renove. Para isso, a morte é uma parte aceitável e necessária.

— Não! — berrou ela. — Eu não acho isso *aceitável*! Você fala como se a morte liquidasse o meu planeta para seu próprio bem. Isso é uma mentira! Tudo o que está fazendo é defendendo formas de vida que se assustam com os caminhos que esta forma de vida aqui escolhe — acusou alterada.

— O que está em jogo é muito maior que o seu planeta. Não vê que há necessidade na morte?

Finalmente ele parecia alterado e isso deu força para a cólera de Elissa.

— Toda a forma de vida tem valor!

— Não quando ela é nociva a si mesma! — retorquiu ele no mesmo tom.

Elissa sentiu o ombro doer, uma onda de exaustão a invadiu, mas ela não se abateu.

— Afinal, o que são vocês? Com que direito decidem e jogam com a existência dos outros? Onde reside essa superioridade que alegam? Está em viajar pelas estrelas? Esse é o ponto? Ou está em perceber que a vida é diversidade? Diga-me, Seth, se tudo é vida simplesmente, em maior ou menor escala, por que o nosso tempo tem de ser cortado? Por que não podemos ter mais uma chance?

— Nao fui eu quem decidiu...

A frase a fez dar um pulo e colocar o dedo na cara dele. O frio passara, estava incandescente, ainda assim, o corpo tremia inteiro.

— Nem tente! Nem ouse tentar essa conversa! Oh, você é somente um pobre executor — disse com uma pena fingida antes de voltar a atacar, rangendo os dentes. — Poupe-me! Concorda com eles. Você disse isso!

Ele não se abalou. Pelo contrário, deu um passo na direção dela, confrontando-a.

— Lembra-se das operárias e operários que você libertou da fábrica em que trabalhavam como escravos? Eu li nos jornais. Ou as minas ao sul de Alephas contra as quais você fez guerra por causa do trabalho das crianças?

É claro que Elissa lembrava. Ela sacudiu a cabeça e ensaiou uma resposta, mas Seth não a deixou falar.

— Não são casos pontuais, Elissa. Ocorrem o tempo todo, por todo o planeta. E sempre e sempre! Reinicia-se e sua humanidade prossegue nos mesmos moldes. É como se as pessoas odiassem a própria espécie! — Ele parou a fala inflamada e baixou os ombros. O vento lá fora rugiu alto lembrando que havia mundo para além da caverna. — Sim, eu concordo com a Assembleia, mas antes que continue a me atacar, eu preciso que saiba de uma coisa.

O corpo dela balançava quase sem controle.

— O que é? — retorquiu sentindo o peito esmagado pela raiva.

— Quero lhe mostrar o Abismo para poder explicar.

Elissa fechou os olhos por um instante para centrar seus sentidos e organizar o que ouvira. Então, voltou sua atenção para o cenário atrás dos ombros de Seth. As altas escarpas brancas que ascendiam muito acima da entrada da caverna. Não saberia quanto tempo levaria para escalar, ou mesmo para ela ter condições de escalar. Seth pareceu ler seus pensamentos.

— Não se preocupe. — A voz dele voltara a ficar calma e sensível. — Vou levá-la até lá da mesma forma que a trouxe até aqui.

— Como um tigre? — Ele confirmou com a cabeça. A ideia não parecia tão tranquila para Elissa. — Como é isso? Como consegue?

A explicação tinha um tom banal.

— A estrutura da vida é muito próxima, Elissa. As semelhanças são maiores que as diferenças. Você não consegue imaginar o quanto é próxima daquele musgo em que esteve deitada. Mesmo com olhos humanos, eu consigo ver essas estruturas, sua organização e as mudanças necessárias para ter outra forma, se for preciso.

Elissa assentiu sem estar concordando com alguma coisa, ou mesmo compreendendo completamente. Quanto mais Aleia e Seth falavam, maior lhe parecia o seu desconhecimento. Sua mente trouxe à tona a guerra civil que ocorria em seu país e isso lhe pareceu agora mais absurdo e distante do que nunca. Viera à cordilheira trazendo fé e desejando voltar com alguma esperança. Agora, tudo parecia sem sentido, quase ridículo. Mesmo assim, havia pessoas que confiavam nela e esperavam que ela retornasse com alguma coisa nas mãos além de desespero.

Virou o corpo, buscando por Aleia. A menina ficara indiferente a toda a discussão entre eles e tinha a sua frente plantas já brotadas.

— Está certo. Vamos até o Abismo — anunciou Elissa sem encarar Seth. — Foi para isso que vim aqui, não foi? Ainda tenho uma promessa a cumprir com Teodora.

O vento aumentou e uma lufada gelada entrou na caverna fazendo o fogo se mover com mais fúria.

— Podem ir — disse Aleia, sem interesse nenhum neles. — Não há mais risco ao ferimento.

Elissa contou até dez para não começar a brigar com a menina também. Deu as costas para ela e encarou a abertura da caverna. Seth lhe estendeu a mão.

— Agora? — Ela se assustou.

— Quer ir outro dia? — havia um pouco de humor na pergunta dele.

Elissa suspirou fundo. Tinha de arrancar tudo de uma vez só, o tempo não diminuiria a dor.

— Agora está ótimo — disse ignorando a mão estendida e indo para fora da caverna.

Arrependeu-se do impulso, pois o frio pareceu mais uma vez ignorar as roupas que ela vestia. Estava colado à sua pele, ia até os ossos. O cheiro do gelo parecia congelar seus pulmões. Nas escarpas acima, aquela sensação gelada seria ainda pior. E haveria menos ar. Precisaria de poderes extraordinários para atravessar tudo aquilo sem morrer na tentativa.

Um peso morno se apertou contra sua coxa e quadril esquerdos. Ao olhar, Elissa se espantou com a presença maciça do tigre ao seu lado. Nunca vira um animal daqueles, um de verdade, tão perto. Não saberia dizer se aquele tamanho era o comum ou se Seth assumia uma forma descomunal para intimidar. Ao contrário do animal amarelo que aparecera para os Trágicos, o que estava ao seu lado, agora, era branco, com pelos longos e grossos.

O tigre fez a volta em torno dela, roçando-se em seu corpo, forçando o peso contra ela, desequilibrando-a sobre ele. Demorou alguns segundos para que Elissa compreendesse que deveria montá-lo. Tirou os *goggles* do bolso e os colocou sobre os olhos, ajustando-os a touca de lã que lhe cobria os cabelos. Depois, alçou o corpo até o alto do dorso do animal, sem deixar a manta para trás, acomodando-a como um pala. Seth começou a andar devagar, enquanto ela se acomodava, depois se pôs a correr, obrigando-a a ficar colada a ele.

O movimento tinha algo de familiar, mas incomodou um pouco seu ombro. Por outro lado, percebeu que, junto ao tigre, não sentia frio. Era como se sua pele guardasse todo o calor e o cheiro do sol sobre os desertos. Cravou nele as mãos enluvadas, se prendendo aos pelos para não cair. Era estranho sair de uma batalha verbal e entrar em outra. Física e interna. Não tinha como negar que havia algo que parecia uni-la quimicamente a Seth. Abraçá-lo, mesmo em outra forma, lhe dava uma estranha completude, uma ocupação necessária de espaço entre seus braços e pernas. A batalha interna era justamente contra todo aquele bem-estar.

Colocou sua atenção no terreno que se movia sob o corpo do tigre. Por vezes rápido, depois lento, em subida, em saltos. Os movimentos ágeis pareciam se grudar a ela, sem perdê-la, colando-se como se fossem parte de uma mesma estrutura. Elissa se percebia como parte integrante do animal. O vento frio estava ali, mas não conseguia romper o calor que emanava do tigre. À volta deles, pequenos redemoinhos levantavam flocos soltos como se fossem poeiras, deixando difícil a visão do que havia à frente. Acima, as nuvens densas permitiam adivinhar a chegada do dia, mas não mais que isso.

Elissa achou que o ar rarefeito a fez perder, por alguns instantes, a consciência. Quando se deu por conta, já percebeu o corpo do tigre se movimentando para baixo. Haviam transposto o cume da cordilheira e estavam nos domínios do Abismo. Demorou um pouco para ultrapassarem o acolchoado nevoento e poderem ver o que havia lá embaixo.

Antes, porém, sons horríveis começaram a chegar até os dois. Sons que rompiam o silêncio imposto pelo frio e pelo vento. Sons que se arrastavam, mordiam, mastigavam, deglutiam. Sons grandes, pesados. Ela não tinha nenhum desejo de ver que tipo de criatura os produzia. Contudo, manteve os olhos bem abertos.

Sem as nuvens densas da cordilheira era possível ver o sol alto no céu e Elissa percebeu que perdera a consciência por um tempo além do que inicialmente imaginara. As geleiras pareciam ir até mais longe daquele lado, mas as montanhas não acabavam em vales ou planícies. Afundavam diretamente num mar revolto e vermelho como se todo ele tivesse sido manchado de tinta. Mesmo a espuma das ondas não parecia salubre com seus pontos marrons e amarelos doentios.

Seth parou de se deslocar para baixo e começou a andar ao longo da cordilheira, como se quisesse, com isso, dar a Elissa uma visão mais ampla. Era um universo de águas maléficas se estendendo do sopé das montanhas até o horizonte. Do outro lado do oceano, uma barreira física de terras mortas impedia as águas de contaminarem as outras partes do planeta que eram habitadas.

Chegaram a um promontório de pedra, uma formação escura que lembrava a forma de uma mão com dedos pontudos para cima. Seth abrigou-os por entre as pedras e Elissa se perguntou por que ele não descera um pouco mais a montanha. De onde estavam, era possível ver o fim dos gelos e o sol tocando as escarpas e o mar abaixo.

O tigre inclinou o corpo, roçando a cabeçorra na mão direita de Elissa. Compreendendo que era para se soltar, ela apeou, voltando imediatamente a sentir o frio absurdo que vagava pelo alto da cordilheira. O sol abaixo pareceu mais convidativo, enquanto ela se encolhia ao sentir o ombro voltar a latejar.

O espetáculo à sua frente, porém, distraiu-a da dor. O tigre encolhia seu tamanho exagerado, modificando os pelos, as orelhas, as garras, a pata feita de mecanismos até voltar a ser uma mão mecânica grudada ao corpo de um homem. Elissa imaginou que a explicação dada por Seth sobre as estruturas da matéria se aplicassem aos tecidos também, pois ele vestia a calça e a camisa, embora estivesse descalço.

Seth cambaleou e se sentou ao lado dela, seu corpo ainda estava muito quente e Elissa não se furtou ao contato.

— Isso o deixa cansado? — perguntou observando o rosto abatido dele.

— Quando me torno tigre, não. Ele é mais forte. Esse corpo, no entanto, sente bem mais. O cérebro do tigre também lida melhor com a mudança. As coisas não parecem tão confusas, tudo é mais simples. — Ele inclinou a cabeça em direção a ela e as palavras soaram com mais de um sentido.

Elissa ficou sem graça. Inspirou fundo e uma mistura que lembrava substâncias químicas e morte entrou por suas narinas. Um arrepio varreu suas costas.

— Por que você optou por essas formas? — questionou-o. — Por que o tigre? A forma humana não seria suficiente?

— Foi uma decisão tardia. — O olhar de Seth se perdeu no horizonte. — Quando minha consciência chegou a esse planeta, eu podia escolher qualquer forma, mas encontrei esse menino — ele apontou para si mesmo. — Devia ter uns dez anos. Estava à morte, uma doença parasitária. A família o tinha abandonado em um hospital, descrentes que ele se salvasse. Eu... — ele trocou um olhar com Elissa e riu sem humor — Aleia adoraria ouvir essa história. Eu achei que já que vinha trazer a morte, podia dar a vida a alguma coisa, então, ocupei esse corpo.

Elissa piscou rapidamente.

— O que aconteceu ao menino? Digo, à consciência dele.

— Não foi a lugar algum. Nos fundimos. Tenho suas memórias. Ele tem meus propósitos. Tenho um pouco da personalidade dele e ele não se opõe muito ao que eu sou. — Seth franziu a testa. — Isso a faz se sentir melhor? Saber que há um homem real além de um Tymbara-Anicê?

— Eu não sei — ela confessou. — Não tenho ideia do que sinto em relação a você. Sempre me pareceu algo só físico. E então... Tudo isso — fez uma longa pausa. Não tinha como expressar a confusão em que estava imersa nem para si mesma, quanto mais explicá-la. Preferiu que ele voltasse a contar a história. Histórias sempre iluminam a escuridão. — E o tigre? Como você escolheu essa forma? Disse que foi uma decisão tardia. Por quê?

— Eu cresci com o menino e tão logo achei que o corpo de que me servia estava pronto, saí a andar pelo mundo. Meu trabalho era simplesmente apressar o que já havia começado. Espalhar o que havia sido criado no Abismo para todas as partes da Terra. — Elissa pensou em interrompê-lo ali, mas a curiosidade sobre o tigre prevaleceu. — No entanto, o menino não era suficientemente forte fisicamente e eu precisava que ele fosse, por vários motivos: precisava aguentar as intempéries, ser resistente, defender-se. Sabia que uma outra forma poderia intercambiar isso com a estrutura humana. Então, baseei-me nas lendas e mitos do seu planeta. Para poupar as estruturas vitais desse corpo, eu sabia que não poderia assumir várias formas. Escolhi o tigre para que as pessoas o vissem e, relacionando-o aos mitos antigos, soubessem que não havia esperança.

Ela abraçou o próprio corpo com força para afastar o frio.

— Esperança é algo que incomoda você, não é?

— A esperança é apenas outra fonte inesgotável de dor — ele jogou a cabeça para trás, encostando-a às pedras, mas sem deixar de fitá-la. — Faz com que as pessoas tenham atitudes sem sentido. Tornem-se crentes quando já não há mais nada em que acreditar. Esperem uma solução milagrosa mesmo que todas as evidências digam que ela não virá. Acham que um grão de areia pode deter um desmoronamento.

— Pessoas como eu — sussurrou Elissa.

Seth apertou os lábios e confirmou com a cabeça.

— Exatamente como você.

Dessa vez, Elissa não se irritou com as palavras de Seth. Talvez por compreender sua lógica, talvez por estar cansada de ter esperança. Não podia se insurgir contra o ponto de vista dele, não completamente. Continuava oscilando entre o impulso humano de prosseguir e a vontade, igualmente humana, de desistir de tudo. Sentiu mais frio.

— Podíamos ter descido até a parte mais quente, não é? — perguntou batendo os dentes, numa tentativa de fugir do que estava pensando.

— Não seria seguro e você não aguentaria o cheiro que emana do que está lá embaixo.

— Vim aqui pela areia, lembra-se?

Seth concordou com um riso cansado.

— Terá sua areia, Elissa.

— Pensei que me impediria — argumentou.

— De levar o que Teodora lhe pediu? Por que eu faria isso?

Elissa encarou o Abismo à sua frente.

— Claro — ela travou os dentes —, o que quer que façamos será inócuo, não é?

O som alto de uma deglutição viscosa chegou até eles e Elissa se encolheu instintivamente. Seth ergueu as sobrancelhas e suspirou.

— Olhe à sua volta, Elissa. Até onde a vista alcança, se estende um oceano radioativo. Dentro dele e à volta dele, um sem-número de criaturas deturpadas. São sobreviventes, sim, mas também são predadores de tudo o que tocam. Envenenam a terra que habitam e irão se devorar até que não reste nenhum.

Ele estendeu a mão mecânica e mostrou um ponto à direita, abaixo deles. Algo asqueroso e branco se contorcia junto às areias. Elissa não conseguia ver o que o gigantesco verme anelado devorava, mas uma lufada de vento lhe trouxe um vago odor de podridão.

— Há dez mil anos — prosseguiu Seth —, estive aqui para ajudar o nascimento de outra era humana. Havia, naquela época, uma coisa que os humanos chamavam de usinas nucleares. Imensos geradores de energia a partir da quebra do núcleo dos átomos.

Elissa abriu os lábios impressionada.

— Nunca tivemos essa tecnologia.

— Seus ancestrais sim — prosseguiu ele. — Houve um terremoto no meio do mar. O planeta está sempre se mexendo, mas os humanos raramente levam isso em conta. O terremoto causou uma *tsunami* e a onda arrebentou a usina. Foram muitas décadas vazando todo aquele veneno no mar e, claro, outras coisas que envenenavam também a atmosfera. O clima mudou e a civilização que existia entrou em colapso. Assim, antes que todos os oceanos morressem, nós, os Finalizadores, encerramos o Abismo entre a cordilheira e o continente morto. Deixamos que o ambiente do resto do planeta se regenerasse e que os poucos humanos sobreviventes reconstruíssem a civilização. Parece espantada. Acredite, também já ajudei sua humanidade a se reconstruir.

— Então, o Abismo é... — Ela parou. Naquele instante a resposta lhe pareceu óbvia.

— Exatamente, Elissa — ele acompanhou os pensamentos dela. — O Abismo é a maior obra da era humana que antecedeu a sua. Exterminou 8 bilhões de vidas como a sua e envenenou o planeta por eras. Você quer uma segunda chance da Grande Assembleia para a sua gente? Devo avisar que esta é a quarta tentativa de vocês. Pense no mundo que você conhece e me diga: quanto tempo você acha que levará para que criem algo como esse lugar? Ou ainda pior.

19

Seth ficou em pé e usou uma espécie de broca, saída da mão mecânica, para furar o chão. Retirou um vidro pequeno de dentro de um dos bolsos, fez um movimento com a mão verdadeira e algo sólido saiu do buraco, entrando no recipiente. Ele fechou a tampa e entregou o frasco a Elissa. Depois, com um segundo vidro, usou um movimento mais amplo da mão verdadeira e fez um punhado de areia voar da parte mais distante do Abismo e se alojar na pequena embalagem. Repetiu o processo de fechar a tampa e o segurou por alguns instantes com a mão mecânica, depois estendeu o vidro escurecido para Elissa, como se houvesse sido exposto ao fogo.

— São as amostras para Teodora. A escura, como percebeu, foi retirada da parte mais venenosa do Abismo, já a clara é a menos infectada. Creio que dessa forma ela terá uma substância para contraprova.

Elissa olhou os dois frascos em suas mãos e ergueu a cabeça encarando a paisagem. O som dos vermes mastigando e deglutindo chegava até ela amplificado pelo pavor que lhe causavam. Aquelas criaturas estavam se espalhando pelo planeta, devorando tudo. Pará-los já não lhe parecia mais o suficiente, não com uma ordem vinda das estrelas para que seu mundo fosse exterminado. O ar frio queria congelá-la por dentro.

— Parece inútil, agora.

— Isso nunca a parou, Elissa. Nem quando cismou em salvar minha vida, nem quando se dispôs a lutar contra forças muito maiores do que você na guerra civil. — Elissa percebeu um tom de admiração na fala dele, mas quis ignorar.

— Trouxe-me aqui para me convencer disso, não foi? Pois bem, acho que estou convencida — completou largando a mão que segurava os dois pequenos frascos junto ao corpo, sem ter forças para mantê-los presos com firmeza.

— *Acha* que está?

Ela deu de ombros e piscou lentamente.

— Eu queria dormir — falou para si mesma puxando a manta ao redor de si e fechando os olhos. — Não me importava em não acordar mais.

— Eu posso oferecer algo melhor. — Ele dobrou os joelhos ficando entre ela e a visão do Abismo.

— Como o quê? — perguntou movendo a cabeça na direção dele em total desalento.

— Venha comigo.

— Para onde? — Elissa abraçou as pernas por conta de uma lufada gelada.

— Conheço uns três planetas com vidas semelhantes à humana em que poderíamos viver bem. Podemos levar sua família. Teremos todo o tempo da vida desses corpos. Veja — continuou com entusiasmo —, a um sinal meu, seremos resgatados por meus companheiros em uma estrutura que pode carregar formas orgânicas. Estou lhe propondo irmos para outro lugar. Um em que possamos construir algo juntos.

Elissa voltou a olhá-lo como se estivesse diante de um louco.

— Por que, Seth? De onde você vem é assim que as coisas se resolvem? Duas pessoas apaixonadas bastam para que tudo funcione?

Seth voltou a sentar ao lado dela e a abraçou com a intenção de gerar calor. Elissa percebeu e não resistiu, a distância dele a deixava mais gelada.

— Sei que não me ama, Elissa. Mas estou tentando oferecer...

— Essa não é a questão — interrompeu-o.

— Não?

Elissa negou com a cabeça, só que mais pareceu um tremor de frio. Os cheiros que subiam do Abismo também começavam a enjoá-la. Tentou manter a mente ligada à conversa.

— Responda-me: é assim que a sua espécie ama?

Ele pareceu confuso com a pergunta.

— Esses são os valores da sua gente, não são? Aprendi o que pude de sua cultura, Elissa. E tenho humanidade em mim. Só quero que você tenha aquilo que sua espécie valoriza. Quero-a feliz.

Elissa deu um pequeno sorriso e fez um carinho na barba que os dias haviam feito crescer no rosto dele. De algum jeito, sentiu pena dele. Pena do menino humano que não morreu no seu tempo. Pena da criatura que se alojara ali. Pena por ele parecer tão apaixonado e tão incapaz de compreender.

— Um amor perfeito — sussurrou. — Você não entende que esse é todo o problema, Seth. Não tenho como saber o que sinto por você enquanto interpreta um personagem para se adequar ao que acha que são as minhas expectativas. Já tentei me adequar às expectativas de uma pessoa, acredite, não vale a pena. Além disso, não vou fugir para viver o idílio de um modelo de amor criado por pessoas que serão exterminadas.

As palavras dela mexeram com ele. O homem baixou a cabeça e, pela primeira vez, não havia nenhuma segurança quando ele falou.

— Desculpe-me. É o melhor que tenho. Eu não sei se consigo oferecer o que pede.

— Não estou pedindo nada. — Ela deu um suspiro. Queria deixar de ser ela mesma, mas não acreditava que os poderes dele pudessem ou quisessem isso.

— Não, eu sei. Não está. Sinceramente, achei que minha oferta fosse suficiente. Sua espécie quer razões e sentido para tudo — resumiu ele.

— A sua não é assim?

— Aceitamos o caos — disse dando de ombros.

Ela riu rangendo os dentes de frio.

— É uma boa definição para o amor... Caos!

Seth voltou a abraçá-la com força para aplacar o frio, puxando-a mais perto de si.

— Essa conversa está se estendendo muito. Preciso voltar a ser tigre para tirá-la daqui antes que congele.

— Meu retorno não fará diferença — Elissa retrucou desalentada. — Diga-me, Seth, se acha que a maioria de suas reações a mim são provenientes desse corpo humano, por que não se livra dele? — repetiu a pergunta de Aleia.

Seth colocou-a sobre seu colo, embrulhando-a como uma criança, enquanto esfregava seus braços e pernas para ativar a circulação. Demorou-se algum tempo, naquilo. Então, ele delicadamente a beijou. Elissa pode sentir seus lábios e língua gelados de encontro aos dele.

— Já tentei — ele encostou a testa na dela e sorriu triste. — No entanto, não consigo conter a curiosidade.

— Curiosidade?

— Não sei definir de outra forma. Quero saber até onde sua história irá, o que vai lhe acontecer. Eu tenho absoluta convicção de que você vai falhar, no entanto, ainda assim, você me causa dúvida. Em uma hora mal se move, deixa que a vida a arraste. Em outras, é um furacão arrasando o universo e levando tudo pela frente. Nunca sei exatamente o que esperar de você. Há momentos em que gostaria de tê-la sempre assim, como agora, no meu colo, precisando de mim, do meu calor. Em outros, na maioria deles, ficaria contente em ser somente um observador.

Elissa já não sentia os pés.

— Eu poderia amar isso — comentou lentamente por entre os dentes que batiam sem parar.

Contudo, o que ia dizer a seguir foi tolhido por Seth. Num movimento rápido, que ela não chegou a compreender muito bem, ele voltara a ser tigre e ela estava em suas costas, agarrada nas sobras de pele, com o pelo quente dele envolvendo-a. O animal imenso gerava calor o suficiente para os dois. Depois disso, ele voltou a correr.

Atravessaram a cordilheira e desceram o Ridochiera, chegando ao vale que se dirigia para Alephas no meio da tarde. Ele fizera algumas paradas para que ela colocasse gelo limpo em seu cantil, mas não voltara a ser humano. Quando Elissa reclamou de fome, o tigre cheirou em seus bolsos, os quais ela descobriu repletos de castanhas. Coisa de Aleia, sem dúvida.

Durante a descida, Elissa se perguntara por que ele não a levara de volta à caverna. Depois, percebeu que havia pouco sentido nisso. Um lado dela ainda parecia se incomodar com a ideia de abandonar aquela criança no alto de uma montanha gelada. Mas era uma ideia absurda, já que Aleia não era uma criança.

Também se lembrou de suas coisas esquecidas na caverna. Sua espada e as armas. Lamentou-as, mas queria ir logo para Alephas e Seth, de alguma forma, também pensava que isso era o melhor a fazer.

— Onde estamos agora? — perguntou em voz alta.

O tigre virou a cabeça para a direta e inspirou o ar. Elissa fez o mesmo. Demorou a perceber o aroma leve de coisas queimadas. Deviam estar próximos ao acampamento dos Trágicos.

— Será que ainda estão por aqui? — conjeturou novamente em voz alta.

O tigre seguiu um pouco para a direita, como se pretendesse verificar, então suas orelhas ficaram alertas e Elissa pôde sentir o corpo dele inteiro retesar. O animal deu uma guinada à esquerda e disparou, desenfreado. Elissa desequilibrou caindo por cima do dorso e se segurou como pôde enquanto ele avançava como se a cordilheira estivesse caindo no rastro de seus calcanhares.

Talvez o vento tenha sido responsável por encobrir a audição de Elissa, mas num dado momento o som chegou, enquanto ela percebia que o cheiro de queimado não poderia vir apenas do acampamento destruído dos Trágicos. Não era o barulho de vermes mastigando e deglutindo. Era mais alto. Bombas! Conseguiu ouvir tiros também e, logo, os gritos, os estrondos de completa ruína e a fumaça subindo em torres para o céu. As palavras iam se formando na sua cabeça. Alephas. Tyla. Teodora. Abraçou-se ao tigre como se pedisse para que ele fosse mais rápido. Ele foi.

Seth desviou pelas partes altas do vale, correndo pelo terreno de rocha arenosa e vermelha, deixando para Elissa apenas o pavor de olhar. Abaixo deles, Alephas era bombardeada. Navios aerostáticos erguidos por estruturas de ar no lugar de velas, mas com toda a força de máquinas de guerra: canhões, lemes capazes de serrar telhados e bombas incendiárias sendo jogadas sobre a cidade.

Por terra, as tropas da Tríplice República avançavam coesas, atirando nos que corriam e derrubando os poucos que tentavam enfrentá-las. A cavalaria vinha célere, cortando com seus sabres, invadindo as casas com seus cavalos, pisoteando as pessoas que caíam ao chão.

Elissa procurava ardentemente pelos que revidavam. Pelas mulheres e homens que vinham lutando com ela, mas enxergou muito poucos. Era um massacre.

Percebeu que Seth tentava circular a cidade a uma distância segura, para chegar à parte do vale que ficava atrás do bordel de Tyla. Sua vontade insana, porém, era correr em direção ao centro da cidade como se sua presença pudesse parar tudo aquilo. Foi com alívio que avistou o *Vende-se Sexo!* parecendo intacto.

Não demorou a ver tiros saindo de suas janelas e também de outras casas ao redor. O bordel era uma fortaleza. E Elissa percebeu que algumas janelas possuíam canhões, bem como lançavam bolas de metal que atiravam para todos os lados. Os artefatos de Teodora. Havia resistência, respirou.

Tentou forçar Seth a mudar sua marcha para lá, mas o tigre não a obedeceu. Elissa pensou que deveria pular de cima de sua montaria, rolaria alguns metros abaixo e iria em direção ao edifício de Tyla. Respirou. Seria abatida antes de chegar à metade do caminho. Não adiantava agir por impulso. Era melhor analisar o terreno e observar como o combate estava ocorrendo. Não podia fazer nada pelos que estavam morrendo diante de seus olhos. Chorou enquanto deixava seu cérebro trabalhar.

O tigre sentou atrás de uma grande pedra incrustada na montanha e Elissa desceu de seu dorso. Ela foi diretamente para a ponta do observatório.

— O que está pretendendo fazer? — ele perguntou com a voz ofegante, voltando a forma humana.

— Preciso chegar ao bordel.

— Não vai chegar lá viva! Está desarmada.

— Tyla e Teodora estão lá dentro! E eu não estou desarmada — disse encarando-o com firmeza.

— Suas armas ficaram na caverna. Sim, devíamos ter voltado para buscar, mas... Espere! — Ele ergueu as sobrancelhas chocado. — Está pensando em usar a mim como arma?

— Obviamente.

Seth olhou para a cidade abaixo deles. Ela podia ler em seu rosto que nada daquilo o envolvia. Nem quem morria, nem quem matava. Gostaria de sentir repulsa pela sua indiferença, pela percepção cósmica que ele tinha de tudo aquilo. No entanto, uma parte dela compreendia perfeitamente o olhar dele para o seu mundo.

— Acho que este seria o momento perfeito para chantageá-la, não é mesmo? — perguntou cruzando os braços diante do corpo.

— Fará isso?

Ele soltou os braços e ergueu as duas mãos, exercitando as pontas dos dedos.

— Não.

— Ótimo! Poupamos tempo e mentiras — estava determinada. — Vai me ajudar?

Ele encarou o terreno abaixo.

— Tem um plano?

— Temos de parar esse massacre. Os canhões do alto e as bombas incendiárias, eu gostaria de derrubar os navios aerostáticos, mas não vejo como. Acho que é melhor nos concentrarmos nas tropas abaixo. O exército está atacando em linha. Pode mexer a terra sob ele? As milícias serão mais difíceis de parar.

— Quer derrubar os dirigíveis em cima das tropas?

Elissa se espantou com o tom de simplicidade com que ele fez a pergunta.

— Pode fazer isso? Isso os faria recuar.

— Os que sobreviverem.

Os gritos dos habitantes de Alephas estavam enlouquecendo Elissa. Pareciam mais altos que as bombas.

— O que está esperando? — implorou.

Seth lançou um olhar para a montanha atrás deles e foi erguendo a mão verdadeira. Elissa ouviu o estrondo, depois sentiu as pedras batendo em suas botas, rolando em quantidade cada vez maior. Em seguida veio a chuva de areia e pedregulhos e ela ergueu o braço para proteger a cabeça. O cheiro de terra se misturou ao odor da pólvora e, por um instante, Elissa teve de prender a respiração. Soltou o ar quando viu o braço de Seth apontar para um dos três dirigíveis como se desse uma ordem às pedras.

Torrões imensos da montanha se lançaram como balas de canhão em direção aos balões de gás quente. A violência arrebentou a cúpula do primeiro, que começou uma queda livre. Um segundo foi abatido diretamente, sendo jogado ao chão como se um gigante houvesse o empurrado para lá com o dedo da mão. Ambos caíram sobre as tropas do exército e os gritos mudaram de lugar. Levou alguns segundos para que a resistência de Alephas percebesse o desatino dos invasores. A força do ataque mudou de lado.

Dos cantos, das vielas, das casas, as pessoas pegavam qualquer coisa com as quais pudessem atacar os soldados em fuga: pás, picaretas e outros instrumentos de trabalho iam ganhando novo uso. Os tiros dos invasores pareciam ter perdido a direção por conta do medo. As pedras continuavam a cair, mas agora sobre as tropas como bombas vindas do céu. O povo de Alephas, ao contrário, parecia ganhar confiança.

O chão começou a tremer nos lugares em que as tropas invasoras estavam. Nesse ponto, mesmo os milicianos — menos treinados e mais caóticos em seus ataques — começaram a recuar, tomados de pavor. Os tremores prosseguiram e os comandantes começaram a parar de ordenar que os soldados guardassem as posições, para mandá-los correr para fora da cidade.

Os ataques vindos do bordel intensificaram na direção das tropas em retirada.

— Certo — disse Seth —, está na hora. Vamos!

— Ainda não abateu o terceiro dirigível.

— É claro que não. Você vai. Se a Tríplice República já a via como inimiga, esse é o momento de a verem com força total — disse tomando a mão dela.

— E o que seria isso?

Elissa, mais tarde, desejou estar no lugar de um dos atacantes. Queria ter visto o que eles viram depois que um rugido monstruoso rasgou o vale. Na sequência, Elissa Til, tal qual um pesadelo, apareceu montada em um tigre descomunal que possuía uma das patas talhada em ferro e engrenagens. Os tiros que voaram em sua direção não pareciam ter condições de acertá-los. Um pequeno grupo de milicianos corajosos se colocou no seu caminho e foi destroçado por suas garras e pela bruxa que ele carregava, como descreveu o único sobrevivente.

O animal se dirigiu, aos saltos, para o alto do prédio do bordel e rugiu novamente de seu telhado arredondado. A pouca distância dali, o dirigível com as bandeiras amarelas da Tríplice República tomou posição de ataque. Os canhões foram travados, esperando pela ordem do capitão. Elissa ergueu o punho e, como se ela comandasse a terra, uma chuva de pedras despejou-se sobre o navio. Algumas entraram nos canhões, fazendo-os explodir em sequência, incendiando-os no ar e alcançando rapidamente as lonas infladas. O gás pegou fogo e as chamas despencaram sobre a tripulação aos pedaços. Apavorados, os tripulantes abandonaram seus postos e começaram a pular para a terra sem levar em conta a distância até o chão.

A derrocada final do dirigível na avenida principal de Alephas aumentou o fogo que já espalhava pela cidade. As casas de metal eram resistentes, mas o calor poderia provocar estragos, bem como a fumaça. Elissa apeou do tigre e correu para um alçapão usado para consertos, que ela sabia existir no telhado. Provavelmente estava trancado por dentro. Sentiu a cabeça do tigre empurrá-la para o lado. Com a pata de ferro, ele cravou as garras na portinhola e a arrancou.

Elissa usou a escada para descer. Seth desceu logo atrás, retomando a forma humana à medida que ia entrando. Ele puxou a portinhola atrás de si e usou a mão mecânica para selar a fechadura. Estava com o rosto muito suado e parecendo exausto.

— Muitas transformações em pouco tempo — explicou ao olhar inquisidor dela. — Esse corpo humano precisa parar um pouco.

— Tudo bem — garantiu preocupada e colocando o braço dele sobre os ombros dela para ampará-lo. — Agora você poderá descansar.

Tyla e um grupo armado já subiam as escadas, investigando o barulho. Quando os viu, a mulher deu um berro de não atirem e correu se jogando sobre os dois num abraço desajeitado. Elissa correspondeu como pôde. Nem dava para mensurar o tempo que ficaram distantes. Tyla tinha o cheiro e a textura do mundo real para Elissa e a recíproca parecia ser a mesma, pois a amiga encheu seu rosto de beijos. Ela estava tão eufórica que beijou Seth também.

— Achávamos que estavam mortos.

Havia uma dor grande nos olhos dela. Elissa fez um carinho no cabelo crespo e alto.

— O que aconteceu aqui, Tyla? O que foi esse ataque?

— A base da resistência contra a Tríplice República foi descoberta, querida. O que mais poderia ser?

— Mas como?

— Fomos vendidos — informou Rosauro, com ódio. Estava ladeado pelos dois filhos, com seus rostos de criança em expressões pesadas e empunhando armas de grosso calibre. Logo atrás, a ex-criada Meridiana, assustada, mas também com uma arma na mão.

— O quê?

— Fomos traídos, Elissa — explicou Tyla mordendo as palavras.

A pergunta "por quem" era óbvia e, por um instante, Elissa esperou a resposta com algum temor, afinal, alguém que ela havia confiado a traíra. Teodora vinha subindo as escadas nesse momento e não pareceu se dar conta de que havia uma conversa em andamento.

— Genial! O que foi aquilo que vocês fizeram com os dirigíveis?

Tyla ergueu os ombros com cara de "a irmã é sua". Elissa desconsiderou a pergunta e voltou a encarar Tyla e Rosauro, esperando o nome do traidor.

— Clécio Tanda — respondeu o homem.

— Bogol — corrigiu Tyla. — Ela o convenceu de alguma coisa, ele a seguiu. Você sabe que os dois não aceitavam meus termos. Eu não sei o que se passou, mas eles sumiram na madrugada passada. Não sei o que os republicanos lhes prometeram, mas temos certeza de que foram eles.

— Como? — Elissa mal podia conter o choque. Bogol sempre fora uma incógnita, mas Clécio era um de seus aliados mais próximos. Preferia achar que ambos haviam sido enganados de alguma forma.

— A minha mãe — respondeu Jandira, filha de Rosauro. O ódio havia transtornado o rosto da menina de uma forma que dava pena. — Ela achou estranha a forma como saíram daqui, com a Bogol carregando uma mala, e resolveu segui-los.

— Todos estavam dormindo pela manhã, então, ela deixou um bilhete avisando que ia atrás deles — completou o irmão, Tito.

O menino encheu os olhos de lágrimas e Rosauro assumiu a palavra.

— Um dos dirigíveis jogou o cadáver dela, coberto de pancada, à porta do bordel, meia hora antes de começarem o ataque. Veio embalado na bandeira amarela da Tríplice República.

20

— Estão recuando para fora da cidade! Estão recuando para fora da cidade! — Os berros vinham do segundo andar, proferidos pelos atiradores que estavam nas janelas.

Elissa respirou fundo e trocou um breve olhar com Seth.

— Jandira e Tito — chamou os filhos de Rosauro. — Eu sinto muito, muito mesmo por Edília. Quando isso acabar, vamos todos sentar e chorar sua mãe como se deve. — As duas crianças mexeram afirmativamente com a cabeça. — Imagino que, empunhando essas armas, vocês queiram e tenham permissão para se envolverem na luta.

— Não há como não nos envolvermos, Elissa — retrucou Jandira.

— Estamos nisso desde o início — completou Tito.

Elissa os mediu. Tito tinha uns treze anos, há poucas semanas entrara na fase de crescer desmedidamente, mas ainda tinha voz de criança e um rosto sem pelos. Jandira completara doze anos depois do ataque que haviam sofrido na fazenda do pai. Tinha uma raiva no olhar que por vezes assustava Elissa. Ela se lembrava de ver a menina espiando quando Tyla e Marcuso a treinavam em combates, bebendo tudo, imitando. A capacidade dos dois não podia ser medida pela idade. E, dadas as circunstâncias, quem era ela para impedir qualquer um de viver tudo o que podia enquanto estava vivo? Lamentar as crianças não terem uma outra vida possível era ficar contra os fatos.

— Ótimo! Eis sua primeira tarefa. Ajudem Seth a chegar ao meu quarto e vejam o que ele precisa para se recuperar. — Os dois pareceram não achar o trabalho importante. — Quem vocês acham que jogou as pedras nos dirigíveis, tremeu a terra e rugiu tal qual o tigre das lendas? — Ela sorriu aos olhos arregalados das crianças. — Ele é nossa principal arma e vocês têm de colocá-lo em forma novamente, o mais rápido possível.

Seth não demonstrou reação ou simplesmente não teve forças para contestá-la. As crianças reagiram de forma contrária: entusiasmados, correram para ampará-lo e levá-lo dali.

— Eles estão recuando, mas voltarão a atacar — disse assim que os três se afastaram. — Rosauro, junte um grupo armado e vá para a rua em busca de sobreviventes. Meridiana e Roban — chamou apontando para o rapaz que se juntara a eles assim que Seth descera com as crianças —, quero que organizem lugares para colocarmos os feridos, arrumem camas e bandagens. Digam para Enas e Marcuso pegarem tudo o que tivermos na cozinha que sirva para curar. E quero uma contabilidade do estoque de comida e água também. Quero que destaquem um grupo para ir às casas, chamar as pessoas e recolher o que tiverem em termos de víveres.

Os dias que estivera fora não foram suficientes para lhe tirar o comando e ela nem se preocupou em pedir licença a Tyla para assumir. Tampouco a amiga contestou, mas pareceu preocupada com o que ela estava pretendendo.

— Elissa, não dá para acomodar toda a cidade aqui — reclamou.

— Vamos apoiar os sobreviventes e nos organizarmos, e mesmo que não fiquemos todos aqui, o bordel será nosso ponto zero — não quis dizer em voz alta que, se fosse preciso, colocaria a cidade inteira ali dentro sim! Manteve o tom de urgência. — Tyla, será que é possível montarmos barricadas em torno do bordel? Vamos fazer disso aqui uma fortaleza! Teodora, o que está fazendo parada aí? Temos que dar um jeito de apagar o fogo ou seremos assados e eles não terão trabalho nenhum. Mexa-se!

Teodora a encarava com as mãos na cintura. Estava vestindo calças, o que pareceu estranho à Elissa, mas a irmã mantinha sobre si um enorme colete, cheio de bolsos, o qual costumava usar no laboratório.

— E as amostras do Abismo? — exigiu Teo, com a palma esticada à frente.

Elissa tirou de dentro de seu casaco os dois frascos e os entregou à irmã.

— O claro é para amostra comparativa, o escuro é...

— Já entendi — cortou a outra, virando-se para descer as escadas com os olhos presos nos vidros.

— Teo, por favor! — ralhou a irmã. — Não assarmos aqui dentro e medicamentos são mais importantes que isso agora.

— Importância é uma questão de ponto de vista — desfez Teodora já dois lances de escada abaixo. — Por que não manda jogar areia em cima do fogo? Areia não falta por aqui.

Elissa concordou com a cabeça e gritou do alto da escada para que alguém organizasse um grupo para fazer isso. Diegou acenou com um positivo para ela lá de baixo. Tyla ainda não se movera.

— Tyla, eu preciso...

— Não — cortou a amiga. — Eu quero saber antes. O que aconteceu no Abismo?

— Depois, depois — disse Elissa mexendo negativamente com a cabeça. Tyla a pegou pelo braço.

— Tão ruim assim?

Elissa se limitou a erguer as sobrancelhas em desalento.

— Numa escala de zero a dez, você diria que estamos o quê? Fodidos? — quis saber Tyla.

— Muito, muito fodidos, minha amiga.

— Nesse caso — Tyla completou em voz baixa —, vamos matar uns canalhas antes de morrer.

Elissa riu.

— Adoro seu espírito positivo.

— Eu sei, sou um raio de sol — completou a outra.

As duas trocaram um abraço forte e um beijo de incentivo. Tyla desceu correndo as escadas para começar a organizar as barricadas. Elissa desceu devagar, organizando primeiro sua cabeça.

Quando chegou ao térreo, os primeiros feridos já entravam à porta. Nem eram trazidos por Rosauro, mas por outros habitantes da cidade. As pessoas estavam espontaneamente se dirigindo para lá. Elissa parou um segundo, olhando para os rostos dos que chegavam. Conhecia bem o ar trágico e o sentimento de injustiça que aquele tipo de ataque covarde imprimia nas expressões e nos corpos. Uma dor que não era só de ferimentos. Elissa se sentia culpada.

— Elissa! Elissa! — Uma mulher de meia idade, que ela reconheceu como uma das administradoras das minas do leste, que ajudava a carregar corpos, a viu. Entregou seu posto a outra pessoa e correu para ela segurando o cinto em que carregava uma picareta. Havia fuligem e pingos de sangue em seu rosto. — Que bom que voltou. Que bom que está aqui.

O abraço inesperado libertou Elissa da culpa.

— Vai nos ajudar a revidar, não vai? — inquiriu ela.

Elissa pensou por um segundo no que devia dizer e optou por responder o que a mulher e as outras pessoas ali queriam ouvir.

— A Tríplice República não tem a menor ideia do vespeiro em que meteu a mão — disse confiante.

A mulher deu um brado de guerra, que foi acompanhado por outros, e voltou a ajudar os feridos que chegavam.

Foi uma noite longa. Elissa se dividiu entre organizar ações e pessoas, suturar cortes, aliviar queimados, amarrar membros amputados e fechar os olhos dos mortos. Seus próprios ferimentos ainda a incomodavam, mas ela tirava forças nem sabia de onde e prosseguia. Okasan era uma curandeira tão boa quanto ela, senão melhor pelos anos de experiência. Suonio tinha atuado como enfermeiro no orfanato em que ele e a irmã tinham sido criados. Os dois foram as duas mãos de Elissa e um pouco mais. O restante dos habitantes da casa se dividiu em diversas frentes, atuando onde fossem necessários.

As brigadas contra o incêndio da cidade lutaram até alta madrugada, mas dirimiram a maioria dos focos perigosos. Ao amanhecer, o bordel explodia de tanta gente. Os sentimentos eram variados. A maioria se sentia indignada e clamava por vingança. Uma grande parte tinha os olhos baços, perdidos no infinito, como se procurasse pelas coisas que lhes tinham sido arrancadas. Algumas vozes se voltaram contra Elissa e a rebelião, mas eram poucas. Silenciavam-se ante a violência da Tríplice República. Era óbvio que soldados e milicianos não vieram em busca de insurgentes, vieram exemplar a região toda, sem separar os leais dos revolucionários. Os que quiseram permanecer à margem da guerra não poderiam mais fazê-lo.

A informação veio pela metade da manhã, quando a maioria dos sobreviventes já se encontrava tratada de alguma forma.

— Elissa! — berrou Kandra. Ele havia saído com um grupo de batedores para ver o que ocorria nas fileiras dos inimigos. Elissa se ergueu do chão onde acabara de fechar os olhos de um rapaz de quinze anos. Kandra foi pulando e saltando até ela, sem olhar para os rostos dos feridos e refugiados. — Duas notícias — informou quando chegou à sua frente.

— Diga.

— Eles estão preparando um sítio. Vão cercar a cidade. Como não sabem que armas temos, vão evitar outro confronto direto. Ao que parece, não esperavam resistência ou que tivéssemos um tigre que causa terremotos — completou com um movimento de ombros.

— Provavelmente vão pedir reforços — sugeriu Elissa.

Kandra confirmou com a cabeça.

— Eles estão tentando reativar as linhas de telégrafo que haviam cortado para não pedirmos ajuda. E mandaram dois soldados para o posto do Lago Khanura.

— Certo. Sabe que estrada seguiram?

O rapaz lhe deu um sorriso afetado.

— Não se preocupe com esses dois. Já eram. O problema maior é o telégrafo.

— Está bem, eu vou pensar em algo...

— Não quer saber a outra notícia? — O tom de Kandra tinha um ódio que alertou os sentidos de Elissa.

— Desculpe-me — falou pausadamente, pois tinha a impressão de que não era uma notícia que ela quisesse ouvir. — Qual a segunda notícia?

Kandra estreitou os olhos.

— Harin Solano está no comando das tropas que nos atacaram.

O ar ficou um tanto rarefeito para Elissa por alguns momentos.

— Então, eles têm certeza de que estou aqui.

O rapaz escorou o corpo no quadril e balançou a cabeça observando-a.

— É. Você certamente tem importância o suficiente para tudo isso. Mas não se anime. Solano terá grande satisfação em varrer Alephas do mapa com ou sem você por aqui.

— O que quer dizer com isso?

— Meu bem, não sou a pessoa certa para lhe dar aula de geopolítica, sou? Mas essa região sempre foi um incômodo para a Terceira República.

— Não foi o que perguntei.

Kandra deu um meio sorriso. Depois falou bem alto, para que todos os que haviam parado para ouvi-los não tivessem dúvidas sobre suas palavras.

— Essa cidade é uma pedra no sapato e domina boa parte das geleiras do Ridochiera. Elissa é uma ótima desculpa para eliminar a gente daqui. Um bando de marginais e putas. Não fazemos diferença. Eles vão nos sitiar e manter o cerco até terem reforços para nos fritar ou até que morramos de fome. Não haverá arrego. Podemos lutar até a morte, mas não há vitória.

— Belo discurso — interrompeu Tyla. — Diga o que quer dizer, Kandra!

— Estou explicando o óbvio, chefinha. Não adianta entregarmos a Elissa para eles achando que vamos nos safar. Sim — ele olhou para os rostos em volta colocando as duas mãos na cintura em desafio —, a maioria aqui considerou a possibilidade, não me venham com protestos de boa gente. Todo mundo quer salvar a própria pele, isso sim. Não somos idealistas, somos sobreviventes. Todos aqui venderiam a mãe.

Ninguém teve coragem de contestá-lo.

— Se temos alguma chance... — começou Tyla.

— Não há chance alguma! — retorquiu o rapaz. — Se querem salvar a *revolução*, o melhor seria que Elissa partisse e fosse encontrar com os revoltosos que têm se aparelhado ao Norte. Morrer aqui não ajudará em nada a ninguém. Aceite a minha sugestão, querida: pegue sua irmã, o seu homem-tigre e corra daqui enquanto é tempo.

— Não vou partir — disse Elissa calmamente, cruzando os braços à frente do corpo.

Algumas pessoas aplaudiram, soltando urras, e Kandra deu de ombros.

— Achei que diria isso. Vou ficar aguardando ansioso o seu plano para morrermos cheios de honra e heroísmo, meu bem.

Ele curvou o corpo num cumprimento teatral e exagerado. Depois, se virou para sair. Elissa agarrou seu braço e apertou como uma garra, puxando-o para perto de si.

— Só entre nós — sussurrou. — Responda a minha pergunta: qual sua questão com Solano?

Kandra a encarou sem deboche.

— Ele casou com a minha mãe e a engravidou. — Ele piscou os olhos com os longos cílios postiços que nunca tirava. — Olhe pra mim, querida: não sou o filho dos sonhos de um homem como ele?

A mão de Elissa o soltou.

— O que ele fez com você?

— Esquece, fofa. Não vou contar minha ópera se você não estiver munida de um lençol e um balde para torcê-lo do rio de lágrimas.

Elissa estava chocada. Impediu-o novamente de se afastar.

— Kandra, tudo o que acabou de me dizer... Eu acho que *você* deveria partir. Saia enquanto o cerco à cidade ainda não fechou. Pode sair pela cordilheira e...

— Está brincando? Há uma década eu espero o dia de estar próximo o bastante para, ao menos tentar, sangrar aquele porco! Nem pensar, benzinho. Não vou deixar a diversão toda para você.

Ele se afastou e Tyla se aproximou de uma Elissa ainda de queixo caído. Ela precisou de alguns segundos para questionar a amiga.

— Sabia que o Kandra é filho do Solano? — sussurrou.

Atília arregalou os olhos e negou, tão embasbacada quanto ela.

— Dá o que pensar... — disse Tyla em voz igualmente baixa. Ela colocou a mão no ombro de Elissa. — O que pretende fazer com esse safado estacionado à nossa porta?

O que fazer, Elissa não sabia. Porém, sabia o que precisava. E precisava de tempo. Pelo menos um pouco de tempo.

— Não vou lá desafiar Harin Solano para um duelo, Tyla, se é o quer saber. Vai ser imprudente e tolo. Precisamos recuperar essas pessoas e, então, pensar em opções.

— Acha que nos darão trégua?

Ergueu os ombros, sem resposta. Confiava que Solano tivesse dúvidas também.

— Eles não sabem que armas temos.

— Está confiando bastante no que aquele cara no seu quarto pode fazer, não está?

Elissa queria correr para algum lugar longe de todos e contar tudo o que havia descoberto para Tyla. Queria dizer quem era Seth realmente. Explicar que qualquer luta estava fadada ao fracasso. A delas, a de Solano e Larius, a da Tríplice República. Queria dizer para a sua amiga que deviam era juntar todos os que amavam num canto qualquer do mundo e ficar ali, gastando o tempo que restava apenas em ficar juntos. Sendo bons uns com os outros. E que nada do que fizessem mudaria coisa alguma. Em voz alta, porém, afirmou apenas parte da verdade.

— Ele é muito poderoso. Mas tem limites, como você viu.

— E vai fazer tudo o que você pedir? — insinuou Tyla de um jeito maldoso. A expressão de Elissa a transtornou. — Tyla má! Elissa não é assim. Não vai sair usando os outros para conseguir o que quer.

Elissa teve vontade de rir.

— Acha mesmo que não sou manipuladora, Tyla? Eu o usei para chegar aqui. E há muito tenho usado você.

— É diferente. Somos amigas. Eu...

— Não se incomoda? Creio que Seth também não se incomodaria. A questão não é realmente essa.

— E qual é?

Elissa fez um gesto de desalento.

— A questão é que ele já matou todo mundo.

Tyla abriu a boca, mas não chegou a formular as palavras.

— Hei! — Um berro atravessou o salão. Teodora parecia uma mosca imensa com seus *goggles* cheios de lentes. — Será que dá para aparecer no laboratório? — E sumiu antes que Elissa pudesse responder.

— Ela havia me chamado antes? — perguntou para Tyla.

— Não que eu soubesse — a resposta veio num tom divertido.

Elissa negou com a cabeça.

— Desculpe-me. Submeter qualquer um às variações de Teodora é imperdoável.

A amiga riu.

— Não esquente com isso. Teodora tem seus encantos. Vá até lá, vá. Ela fica pior quando a fazem esperar. — Tyla interrompeu a negativa de Elissa. — Deixe o salão comigo. Vá ver o que sua irmã quer.

O "laboratório" de Teodora fora montado em uma das saletas do térreo, daquelas normalmente usadas por clientes especiais que gostavam de uma companhia dupla ou tripla. Eram salas caras, perto do bar. Certa vez, Elissa vira um dos rapazes ser "servido" numa bandeja cheia de frutas para um grupo de mineiras que havia encontrado um veio novo de minério raro.

— Tem gente morrendo lá fora, sabia? — disse entrando e fechando a porta atrás de si. — Encontrou alguma coisa?

Teodora estava debruçada sobre um microscópio e não deu importância à admoestação da irmã.

— De quem foi a ideia de trazer as duas amostras?

— Do Seth.

— Bom! Ao menos ele tem mais de uma serventia, ou duas, no seu caso.

Ela se afastou do aparelho e ergueu os *goggles* para a cabeça.

— A amostra escura é algo impressionante. Nunca havia visto um veneno dessa magnitude. É como olhar a cara do monstro. É isso que está matando o planeta. É resíduo radioativo de uma toxicidade impressionante. Obviamente é o que gerou os vermes, mas é também o que foi gerado por eles. Dê uma olhada nisso.

Elissa foi até a bancada e a irmã lhe apresentou um vidro com um líquido escuro, com uma leve luz azulada.

— Eu o transformei numa solução e olhe o que esse troço é capaz de fazer.

Teodora levou o vidro até uma bancada onde brotavam inúmeros pés de feijão.

— Por que as plantas?

— Preciso de algo vivo para os testes. Ou acha que alguém me deixa chegar perto de algum bicho?

— Deixaram você chegar perto do feijão? — perguntou Elissa com espanto.

— Roubei alguns. Aquela mulher, Enas, me odeia. O cara do olho mecânico tem me ajudado. Eu dei uma calibrada naquele aparelho de museu que ele usa. Agora veja.

Com um conta-gotas, Teodora pingou algumas gotas sobre um dos pés de feijão. A planta reagiu como se o contato fosse com ácido não diluído. O cheiro de apodrecimento invadiu o ambiente.

Elissa não conseguiu sequer comentar. Apenas olhava e negava com a cabeça.

— É uma arma e tanto — comentou Teo — apontada para a nossa cabeça.

— Sim — concordou Elissa. Era o desespero falando. — Mas será que poderíamos dispará-la contra os nossos inimigos? Como acha que esse troço se comporta com tecidos animais?

— Já disse que não me deixam chegar perto dos bichos — reclamou Teodora.

— Tem muitos mortos lá fora.

— Pingar isso num cadáver e ver o que acontece? Elissa, você me surpreende. Está quase parecendo uma cientista de verdade.

Elissa ignorou a provocação.

— De qualquer forma, seria legal se você parecesse um pouco menos entusiasmada com isso. E a amostra clara? Há algo de útil nela?

Teodora molhou os lábios num tique.

— Hum, aparentemente não. — Ela levou Elissa para o outro lado do laboratório, para uma bancada isolada, com outro microscópio. — De início parecia uma areia estéril, sem nada a contribuir a não ser pelo fato de ser limpa. Mas aí notei algo mais. A amostra não era só limpa em termos de radioatividade, era muito limpa. Mais que isso. Era antiga. Extremamente antiga. Parecia uma sobrevivente da época da formação do planeta. Então, me dei conta de que precisava ajustar meu olhar.

Ela ofereceu o microscópio à irmã. Elissa se inclinou e não viu nada. Afastou a cabeça numa pergunta muda. Teodora adicionou uma nova lente e a mandou olhar de novo.

— E agora? O que vê?

Minúsculas estruturas esverdeadas dançaram na frente do olho de Elissa

— Teodora, isso é incrível! O que são? Parecem tão simples e, ao mesmo tempo, são impressionantes. Lembram algas.

— As mais antigas, talvez, as primeiras. A estrutura básica da vida, da qual falava o Fraire Valesko em suas aulas. — Teodora sorriu. — Vamos, Elissinha, diga olá para a mamãe.

Um sentimento quente invadiu o cérebro de Elissa. Queria sorrir e tinha medo.

— Acha que isso pode ajudar? Acredita que tem condições de fazer algo contra — apontou para o outro lado do laboratório com o pé de feijão tornado pó — aquilo.

— Eu não posso dar certeza, mas você se lembra da frase que a dona Úrsula mais repetia? Mães podem tudo.

s tropas da Tríplice República não se movimentaram ao longo daquele dia. Ainda se refaziam do revés não esperado. Elissa tentava imaginar como Solano estaria pensando. O ataque realizado por ele fora para extermínio. Alephas não deveria amanhecer. No entanto, a cidade amanhecera. Estava viva e possuía armas que ele não tinha como compreender. Como será que seus comandados haviam relatado a ele sobre o tigre? Sobre a terra se deslocando no ar como se estivesse sob um comando? Ou será que ele vira com os próprios olhos? Já a chamavam de bruxa sem que ela expressasse qualquer magia. Era bruxa por incomodar, por ser mulher, por estar onde não devia, por curar gente, por liderar pessoas. E agora? Como será que Solano a nomeava?

Estranho, mas pensar em Solano era como pensar com um outro cérebro. Um que ela tinha e que, de alguma forma, se perdera. Solano era uma relíquia de outro tempo. Um velho inimigo. Riu sozinha. Estava ficando hábil em arranjar inimigos. Primeiro, o potentado local, depois o governo do seu país, agora tinha inimigos nas estrelas. Todos determinados a matar uma mulher que, na maior parte do tempo, sequer sabia por que estava viva.

— O que é mais promissor? — perguntou Tyla surpreendendo-a.

Elissa estava sentada no chão do corredor mais esquecido que encontrou na casa. Passara a maior parte do dia cuidando de feridos. Não tinha sono, mas mal conseguia parar em pé de cansaço. Desistiu de ir para o seu quarto, pois Seth estava lá e ela precisava de alguns minutos menos complicados. Tinha organizado turnos de cuidados e vigias, mandado alguns de seus melhores ajudantes descansarem, distribuído sedativo para os mais feridos. Queria somente alguns instantes para si. E queria um pouco de silêncio, por puro luxo.

Ergueu a cabeça e sorriu para a amiga. Tyla se acomodou ao seu lado.

— Refere-se a quê?

— Ao que se aproxima. Devemos acreditar mais no *seu* tigre ou nas descobertas de Teodora?

Elissa encostou a cabeça no ombro de Tyla e olhou para o teto como se conseguisse ver Seth no outro andar.

— Você o viu? Digo, como tigre?

— Não, mas não se fala de outra coisa. É sério? Ele consegue mesmo *mudar* de forma?

— É. Consegue.

— Como ele faz isso?

Elissa riu sem vontade.

— A pergunta, minha amiga, é o que ele é?

— Essa resposta é fácil. É um homem apaixonado por você. — A afirmação de Tyla era cheia de simplicidade e apontava mais problemas do que ela imaginava. Algo em sua expressão deve ter informado isso, pois a outra mulher pegou na sua mão com carinho. — Está certo. Eu estou passando por cima de você. Não é justo. Vamos fazer isso do jeito certo. Conte-me — pediu Tyla. — Conte-me tudo.

De verdade, Elissa não sabia se queria contar algo a Tyla ou a qualquer outra pessoa, mas precisava organizar tudo o que vira e ouvira. Falou então sobre a viagem, o encontro com os Trágicos, dos quais ela não tinha ideia do destino. Depois falou do tigre e de Aleia. E contou o que ouviu da menininha e do homem e sobre quem eram e sobre a Assembleia que decretara que todo aquele mundo deveria morrer. Falou das outras chances que sua humanidade havia tido e de como a bomba-relógio para o fim da vida no planeta fora criada por seus antepassados. Explicou o papel de Seth. Ao completar, respondeu a afirmação feita por Tyla.

— No atual estágio dos acontecimentos, não consigo imaginar o que poderia simplificar as coisas. Ele não me amar ou não ser quem é.

Tyla demorou a falar. Estava assentando o que ouvira, obviamente. Entretanto, não entrou em pânico, para o alívio de Elissa. Já lhe bastavam seus próprios medos. Tyla deslizou a mão sobre seu cabelo, parando nas pontas à altura do pescoço. Não parecia preocupada com o mundo lá fora e sim com o que se passava da cabeça de Elissa.

— Alguma dessas possibilidades mudaria o que sente por ele?

— Eu não sei o que eu sinto por ele. Minhas certezas estão em outros lugares.

— Em quais?

— Acho que naquilo que eu queria e não vai acontecer. Minha mãe com uma velhice segura, vendo os netos correrem em torno dela. Minhas irmãs vivas e felizes. Teodora sendo compreendida em sua genialidade e absoluta falta de sensibilidade. A amizade do seu pai. E você.

Tyla lhe deu um sorriso muito límpido.

— Eu?

— Sabe que a amo, Tyla — era uma constatação óbvia, sem novidade.

— Eu sei. — A voz suave de Tyla lhe dava paz. — Também te amo. — Houve uma pausa e Tyla a fez encará-la. — Devíamos nos beijar depois disso, não? — Elissa sorriu. — É, mas sejamos sinceras, meu bem: eu não mexo com suas entranhas, não te dou coceira entre as pernas e não vou ficar rugindo no seu ouvido. E, cara, nem vou falar no que fico imaginando que se possa fazer com aquela mão mecânica.

O tom de Tyla fez Elissa rir com gosto. Logo, as duas gargalhavam compulsivamente. Riram até às lágrimas virem e só depois voltaram ao normal.

— Certo — contemporizou Tyla —, amores à parte, não dá para sair por aí contando o que me contou.

— Por favor — implorou Elissa —, dê-me uma boa razão para não fazer isso. As pessoas deveriam ter instrumentos para decidir o que fazer agora.

— É loucura, Elissa — contemporizou Tyla. — A maioria não acreditará. Não porque não faça sentido, mas simplesmente porque ninguém vai querer tomar uma decisão desse tipo. A esmagadora maioria daquela gente lá embaixo vai querer que alguém tome essa decisão por elas. Eles querem é alguém para culpar ao final de tudo.

— Como pode afirmar isso com tanta certeza? — os ombros de Elissa caíram mais um pouco.

— Simples, benzinho, eu mesma estou jogando a decisão sobre o que fazer nas suas mãos, não estou? E posso apostar que você adoraria que tivesse alguma outra criatura para fazer isso por você.

— É. — Elissa respirou fundo para conter uma pontada incômoda de náusea. — Você tem razão.

— Claro que tenho. Além disso, é preciso considerar outras coisas. Pelo que me contou, a tal Aleia acha que é possível reverter o desastre total, não é? Até mesmo Seth tem dúvidas, certo? E, não esqueça, além de você, temos Teodora.

Aquela fé insana incomodou Elissa.

— Ouça o que diz, Tyla. Olhe o tamanho do absurdo! Está depositando a salvação do mundo na Teodora? Em mim? Ela é genial, mas é só uma pessoa. Eu sou só uma pessoa. Parece que não tem ideia de contra o que estamos lutando. Só tem fim! Entenda. Só fim. É sentar e esperar.

Tyla se arrepiou como uma gata, levantou do chão e depois puxou-a por debaixo dos braços e a colocou em pé.

— Vamos morrer de qualquer jeito, meu bem! Isso é estar vivo! Como você quer morrer, Elissa? Como? Vamos, mulher, responda! — disse sacudindo-a. — Quer um cantinho e uma arma? Tem uma na sua cintura. Vamos, faça! E eu vou negociar seu corpo com o Solano para ele nos deixar em paz! É isso?

— Não, eu...

— Então! — Tyla a empurrou contra a parede, controlando a voz por entre os dentes. — Use o que tem e o que não tem. Faça. Alguma. Coisa. Porra!

— Por que eu? — rosnou Elissa.

— Porque foi você que deu algum sentido a essa merda toda quando ficou em pé! Você deu sentido porque não ficou parada, porque se recusou a morrer e deixar morrer! Ninguém vai sair vivo disso tudo, Elissa. Mas você quer que eles achem que foi fácil?

Elissa piscou algumas vezes.

— É grande demais — lamentou.

— E daí? — Tyla jogou as mãos para o alto numa tal violência que Elissa temeu outra sacudida. — Benzinho, nessa vida, todas as coisas nos esmagam: os outros, a política, a economia, as expectativas. Quanto mais quietinhas ficamos, pior é! Vamos ser maiores — incentivou Tyla. — Seremos imensas pedras nos sapatos deles todos. Que digam sobre os nossos cadáveres: essas putas não valiam nada e incomodaram muito!

Elissa parou o falatório pulando nos ombros de Tyla e a abraçando com força.

— Você me dá sentido, sabia? — falou sem segurar as lágrimas.

— Você faz o mesmo comigo, meu bem — disse Tyla com a voz mais calma, retribuindo o abraço e afagando seus cabelos. — E sabe disso.

Tyla deixou Elissa chorar um pouco antes de afastá-la com cuidado.

— E agora? — perguntou Tyla. Como a resposta não veio, ela sacudiu a amiga levemente. — Queridinha, você é a chefe, lembra?

— Acho que — Elissa respirou fundo — vou falar com Teodora e ver como Seth está. Depois, vamos pensar juntas sobre o cerco. Esperar que o tempo passe não é problema para eles, mas para nós é.

— Quando a notícia sobre o ataque se espalhar, as tropas rebeldes virão nos ajudar.

— Não conte com isso. Considere em primeiro lugar: se a notícia se espalhar. Eles destruíram as linhas de telégrafo e isolaram a cidade. Estamos sozinhos. Enquanto acharem que temos alguma arma secreta, vão esperar que nossas provisões acabem. No entanto, se demorarmos muito a nos mexer, eles vão considerar que tivemos algum tipo de sorte e voltarão a atacar para terminar o serviço. Não, não. Minha intenção não é esperar tanto.

— Uia, senti firmeza. Quando você acorda, acorda mesmo — incentivou a amiga. — Qual é o plano?

— Dê-me algum tempo, preciso elaborar melhor o que está aparecendo na minha mente.

Minutos depois, ela batia à porta do laboratório de Teodora. A irmã não a deixou passar da soleira.

— Se não vai ficar e me ajudar, nem entre — disse sem mover a cabeça do microscópio.

O laboratório estava com um cheiro acre muito forte, provavelmente um reagente para identificar a quantidade de células mortas ou afetadas por anomalias em um tecido vivo.

— Estamos no meio de uma guerra, sabia? — argumentou com uma ponta de culpa. Obviamente teriam mais resultados se trabalhassem juntas.

— Correção: estamos no meio de duas guerras e eu estou sozinha nesse fronte — retorquiu a irmã sem se comover.

Elissa deu um longo suspiro.

— Voltarei depois, Teo.

— Só se vier para ficar e trabalhar.

Elissa fechou a porta e seguiu em direção ao seu quarto. Gostaria que as outras pessoas de sua vida fossem fáceis de lidar como era com Tyla. Já estava alguns passos distante quando teve a impressão de ouvir um estalido, como se a porta de Teodora se abrisse atrás de si. Contudo, ao se voltar, a porta pareceu fechada. Pensou que alguém havia entrado ou, talvez, Teodora tivesse, por um instante, mudado de ideia. Descartou as duas hipóteses e subiu as escadas para o andar superior.

Tito vinha saindo de seu quarto com uma bandeja. O menino sorriu meio sem jeito ao vê-la.

— Trouxe algo para o seu amigo comer. Ele é... — o garoto procurou a palavra exata, mas não deu ares de tê-la encontrado — bem, parece legal.

Elissa devolveu o sorriso sem jeito do menino. Tito obviamente ficara impressionado com Seth e a ideia de uma pessoa capaz de alterar sua própria forma.— Tudo bem, Tito. Muito obrigada por cuidar do Seth. Onde está a sua irmã?

— Eu dormi um pouco esta manhã e ela ficou com o seu amigo. Agora é a vez de ela dormir. Nosso pai mandou a gente revezar.

Elissa fez um sinal afirmativo com a cabeça.

— Ótimo. Descanse mais um pouco agora. Estamos acordados há muitas horas. Vamos aproveitar a calmaria para pegar forças.

Tito concordou e saiu. O quarto estava na penumbra, a luz do fim da tarde entrava fraca pela janela alongada, fazendo uma linha clara que se prolongava para o teto. Estava com cheiro de areia esquentada pelo sol. Seth não estava deitado. Sentava-se encostado ao espaldar da cama segurando as duas pernas com os braços. Tinha tirado a roupa de viagem e vestia apenas um par de calças. O rosto dele relaxou ao vê-la.

— Como se sente? — perguntou Elissa se aproximando e sentando na cama.

— Estou conseguindo ficar acordado. Nem eu sabia que transformações seguidas eram tão desgastantes. Mas também — ele ergueu os ombros —, nunca as havia usado com essa frequência. Os corpos humanos são mais frágeis do que eu supunha.

— O seu corpo original é mais forte?

— Um pouco, mas já experimentei corpos mais fortes que o meu, como você diz, original. — Seth observou-a com atenção. — Creio que é você quem deve descansar agora. Está perdendo a cor no rosto.

— É. E eu adoraria um banho também. Infelizmente não temos água para esse tipo de luxo. O fato é que... — ela parou.

— O que está pensando?

— Um plano. Não estou com vontade de ficar esperando que Solano — Seth ergueu as sobrancelhas —, é isso mesmo, ele é que está no comando do ataque. Bem, não estou com vontade de aguardar que ele faça o próximo movimento. O homem veio aqui para exterminar a cidade e a mim.

— Quer revidar?

Elissa fez uma careta.

— Se eu quiser alguma chance de paz terei de tirá-lo do caminho e mostrar força suficiente para a Tríplice República negociar comigo. Diga-me, Seth: será que eu posso contar com você? Não estou pedindo para reverter o que fez com o meu planeta. Estou pedindo para que me ajude a lutar uma guerra. O que me diz?

Ele não respondeu de imediato, ficou vasculhando o rosto de Elissa como se estivesse virando o cérebro dela de um lado para outro a fim de identificar a origem de suas ideias.

— Responda-me uma pergunta antes. Fazia parte de seu plano mandar aquelas crianças tomarem conta de mim?

— Não. — Elissa mordeu o lábio inferior. — Funcionou?

— Bruxa!

Era um elogio e ela sorriu. Fez um movimento como se fosse se levantar e sair pela porta.

— Há quatro bebês no salão lá de baixo. Vou mandar subir.

Seth a segurou rapidamente.

— Prometa que não fará isso e eu ajudo você com sua guerra. — O tom dele era quase assustado, mas tinha riso.

— Feito! — Ela estendeu a mão e ele apertou, mas aproveitou para puxá-la para seus braços e beijá-la. Elissa retribuiu sem reserva. — Isso vai fazer parte do acordo?

— Basta que você diga não.

Elissa respondeu com outro beijo. Não queria dizer não. No momento só queria aproveitar cada segundo de qualquer coisa que tivesse.

Acordou no quarto escuro sem saber muito bem onde estava. Aos poucos, porém, a realidade foi ganhando contornos. Já era noite. Estava nua em sua cama com Seth. Estavam abraçados. Não havia barulho do lado de fora. Tinha um plano pronto em sua cabeça. Um plano suicida. Mas pronto. E um bom plano.

*

Obviamente ninguém gostou do plano. Reuniu-se com Tyla, Seth, Rosauro, Kandra representando o pessoal da casa e mais dois líderes dos mineiros. Uma mulher alta, de pele azeitonada e uma longa trança negra chamada Ravi e um homem vermelho e de voz mansa, com o tamanho de uma árvore de bom porte, conhecido por Camron. O silêncio que se seguiu à explanação fez Elissa exclamar contrariada.

— Vocês me olham como se as coisas fossem se resolver por si. Ou pior, como se ainda tivéssemos algo a perder.

— Dona Elissa — contemporizou Camron —, as pessoas só querem ficar vivas.

— E o que eu estou propondo?

— Uma guerra total, sem fim até isso acabar — respondeu Ravi. O rosto dela era pura descrença e rejeição.

— Temos uma arma que eles não têm — reafirmou Elissa, inflamada. — E vocês relutam em usá-la?

— Elissa — principiou Rosauro, que parecia igualmente amedrontado com a ideia —, está propondo soterrar metade do país em areia. Estamos lutando contra ela também, lembra-se? Seu amigo consegue movimentar a terra, o que é bom para nós apenas em termos relativos. Você disse que não nos explicará como e por que ele consegue fazer isso. Está certo! Pessoalmente, confio muito no que decidir. Mas fazer disso nossa principal arma de guerra é, no mínimo, temerário. Estamos no meio de um grave ressecamento, não vai dar para simplesmente varrer a areia depois.

Elissa entendeu a ponderação, mas como dizer que a areia viria de qualquer jeito? A ação era, ao final, toda ridícula. Significava apenas que iriam assassinar uns aos outros, como forma de "matar o tempo" até a extinção. É claro que ela não podia dizer isso. Seth e Tyla permaneceram calados.

— O que diz faz todo o sentido, Rosauro. Unir o país para resistirmos à seca e aos desertos é, sem nenhuma dúvida, o mais racional e útil a ser feito. Agora me diga, alguém que conheça, dentro do seu partido independentista, pensou, alguma vez, em entregar as armas em nome da união nacional? Alguém quis que fosse mais importante organizar o trabalho e a resistência em prol da vida? Ou todos continuam a defender que só é possível fazer alguma coisa quando um lado vencer completamente o outro? Isso porque, claro, quem impede que se faça alguma coisa é quem está no poder. Certo?

Sua fala deixou o homem desconfortável, mas ela não esperava outro efeito.

— Se acharem que o aumento dos desertos é culpa nossa, seremos os vilões da história — argumentou Ravi, descruzando finalmente os braços.

— A alternativa é o extermínio — essa era a única coisa, de fato. Mas Elissa ainda queria que eles jogassem com a esperança. Para isso, precisava que se sentissem ameaçados, não sentenciados. — Nosso extermínio, Ravi.

O grupo não argumentou. Kandra mexeu as mãos como se comentasse várias coisas em silêncio antes de falar em voz alta.

— Não podemos simplesmente chegar arrasando? — reivindicou ele. — Tipo: quebrando tudo e colocando os desgraçados para correr?

Ravi e Rosauro pareceram concordar. A mulher chegou a balançar a cabeça.

— O... — Camron pareceu incerto sobre como nomear o gênero de Kandra. Acabou apontando e dizendo: — ... é, tem razão — falou quase baixo demais para se ouvir, girando o chapéu nas mãos. — Por que a senhora precisa ir lá e colocar a cabeça dentro da boca do lobo?

O resto do grupo parecia ter a mesma dúvida com respeito aos planos de Elissa.

— Estaremos oferecendo uma chance a eles. — O tom de Elissa tinha uma quase benevolência e uma segurança nos resultados que ela estava longe de sentir. — É a possibilidade de negociar.

— Solano não vai negociar com você! — rebateu Kandra. — Sabe disso! Ele quer a sua cabeça numa estaca, lindinha.

— Também quero a cabeça dele — respondeu Elissa com uma determinação e calma que impressionou a ela própria.

Kandra foi o único a parecer plenamente satisfeito com a ideia.

— E se perdermos a senhora, Dona Elissa? — perguntou Camron coçando a cabeçorra. — É a nossa líder. Como será?

— Camron, sejamos sinceros, a maior parte das pessoas lá embaixo se estapearia para me entregar ao Solano se ele prometesse ir embora e deixar todo mundo em paz, não é mesmo?

Ninguém retrucou, mas não foi preciso. Batidas nervosas na porta fizeram Tyla correr para abri-la. Diegou e Roban apareceram suados e com os olhos arregalados. Roban respirava com alguma dificuldade inflando as bochechas arredondadas, enquanto Diegou estendia um papel enrolado na direção de Elissa. Ela o apanhou rapidamente.

— O que é?

— Uma carta do comandante das tropas da Tríplice República — respondeu Diegou, cujo rosto bonito parecia ter ganhado alguns anos nas últimas horas.

— Uma *ameaça* do comandante — afirmou Roban, num misto de raiva a medo. Ao contrário do outro rapaz, ele se parecia cada vez mais com uma criança abandonada.

Elissa leu o papel duas vezes e depois passou para Tyla, que viera para junto dela e estava praticamente grudada às suas costas.

— Bom, agora meu plano parece ser o único possível. — A voz de Elissa permanecia firme, mesmo que ela se sentisse falhar em muitos sentidos. — Eu disse que eles não esperariam tanto.

— Matar uma pessoa por hora! — Tyla não mediu a altura da voz. Berrou e se ergueu como uma gata ameaçada. — Mas quem? A maior parte dos sobreviventes está aqui dentro.

Seth foi curioso o suficiente para ler a carta sobre o ombro de Tyla, os outros da sala também tentaram fazer o mesmo.

— Desconfio que capturaram os Trágicos que estavam acampando nos arredores da cidade — explicou Seth. — Certamente imaginam que é gente daqui ou estão se baseando em alguma solidariedade humana que desconheço.

Elissa ignorou o quase insulto.

— De qualquer forma, a promessa de levantar o cerco se eu me entregar é bem atraente. Vamos aproveitar e colocar o plano em prática. A não ser, é claro, que algum de vocês me apresente outra ideia. Estou aberta a alternativas. — Elissa parou e encarou cada um dos presentes. O silêncio prosseguiu por tempo suficiente para as pessoas começarem a se mexer desconfortáveis em seus lugares. — Certo, dentro do que propus, alguém se recusa a participar? — Novamente esperou. Demorou mais tempo aguardando por Ravi e Camron. Os dois acabaram concordando com movimentos secos de cabeça. — Ótimo! Peço que organizem seus grupos, vejam quem têm forças para lutar e defender a cidade. Elissa fez um sinal para Rosauro, que encabeçou a saída da sala. Kandra parou na frente dela.

— Vou com você, bebê.

— Nem pensar, Kandra.

O rapaz não se abalou. Nem mudou de ideia.

— Ele não vai reconhecer minha carinha, não se preocupe. Estarei com minha maquiagem "sou divina e poderosa" — completou.

Elissa deu um suspiro. Tinha um ódio frio por Solano. Bem diferente do que Kandra externava.

— Não posso garantir sua segurança — resistiu ela.

— Não quero que garanta minha segurança, Elissa! Sou grandinho — assegurou determinado, a raiva borbulhava sob os cílios postiços. — A escolha é minha e vou com você. Não vou atrapalhar, eu juro! Até ajudo.

Ele lhe deu uma piscadela e saiu pela porta antes que Elissa pudesse argumentar mais. Quando a porta fechou, restavam apenas Tyla e Seth com ela.

— É a hora em que vocês dois me dirão para eu não fazer isso?

Seth permaneceu quieto.

— Eu irei com você — disse Tyla como se fosse óbvio. — Nem tente argumentar contra. É perda de tempo.

Ela colocou o braço sobre os ombros de Elissa e as duas encararam Seth.

— Parece que quando se está entre loucos, devemos nos comportar como se fossemos um deles — disse ele, num tom cansado.

— Nós não temos nada a perder, Seth — afirmou Elissa, erguendo o queixo num gesto que não deixava dúvida de sua determinação.

— Eu sim, Elissa. — A fala saiu triste, ainda mais cansada que a anterior. — Desde que você apareceu, eu só tenho a perder.

Ele caminhou até as duas, deu um beijo na testa de Elissa e outro na face de uma atônita Tyla. Depois, avisou que aguardaria suas "ordens" junto ao salão e saiu fechando a porta atrás de si.

— Mulher... — Tyla deu um longo assobio. — Se um dia você não quiser mais esse cara, avise-me. Vou me candidatar a dar uns pegas nele.

22

Tinha ainda que falar com Teodora. Respirou fundo. De repente, a vida que Seth lhe oferecera ficara subitamente atraente. Quem não gostaria de uma existência tranquila? Deveria aceitar. Para ficar perfeito, só precisaria remover a parte de seu cérebro que pensava. Não seria difícil. Já conhecera um bocado de gente que vivia assim. E muito bem, certamente.

Demorou a deixar a sala em que pedira para ficar sozinha por algum tempo. Ficou andando a esmo pelo local, contou seus passos, ajeitou as botas como quem ajeita o próprio caminhar. Acabou parando em frente a um espelho que havia numa das paredes.

Relação estranha algumas pessoas têm com os espelhos, pensou. Uns contemplam a si mesmos, outros ajustam a aparência para seus olhos meticulosos, e há os que a ajustavam para os olhos dos outros. Elissa riu secamente. Como se os olhares alheios nos vissem como nos vemos no espelho... Ela, por exemplo, quase nunca se reconhecia no espelho. Olhava agora para aquela mulher de calças, botas, camisa, colete de couro reforçado, cabelos curtos, com a mesma a mesma estranheza com que anos atrás mirara a noiva diáfana em seu vestido azul feito pela madrinha Cândida, que ela sequer sabia se ainda estava viva ou não.

Não era somente pelo que ela via, mas o que não era possível enxergar. Quando fora noiva de Larius, era uma menina boba, mas sabia que o vestido, a festa e todo resto tinham mais a ver com sua família e com o próprio noivo do que com ela mesma. Sentira-se confortável na época em que curava as pessoas, mas não conseguia se ligar a nada, tudo lhe parecia superficial e distante. Em nenhuma das ocasiões, porém, ela questionara se era aquilo mesmo que queria ou deveria estar fazendo.

Agora, tudo era intenso, forte, e ela se questionava a cada passo. O que afinal estava fazendo? Havia um jeito de olhar nos próprios olhos através do espelho e concordar consigo mesma?

Mexeu com os dedos em garra a pele da testa como se isso pudesse ajustar o que havia lá dentro. Quanto mais pensava, mais acreditava que, talvez, não pensar fosse uma benção. Talvez, estar vivo fosse mais fácil se houvesse algumas horas de esquecimento, de mente livre, dispersa, ligada em um riso desmemoriado.

Saiu para o corredor, mas não conseguiu chegar até a irmã. Várias pessoas chamavam por seu nome com urgência assim que chegou ao pé da escada. Elissa se obrigou a correr até o salão e atravessá-lo.

Próximo às portas grandes, na entrada principal do *Vende-se Sexo!*, Okasan se adiantou e lhe entregou um papel. Era outra mensagem de Solano, era fácil reconhecer o selo da república fechando com cera vermelha a folha enrolada, grossa e amarelada. Elissa quebrou a cera. Não era mais uma ameaça. Era uma informação.

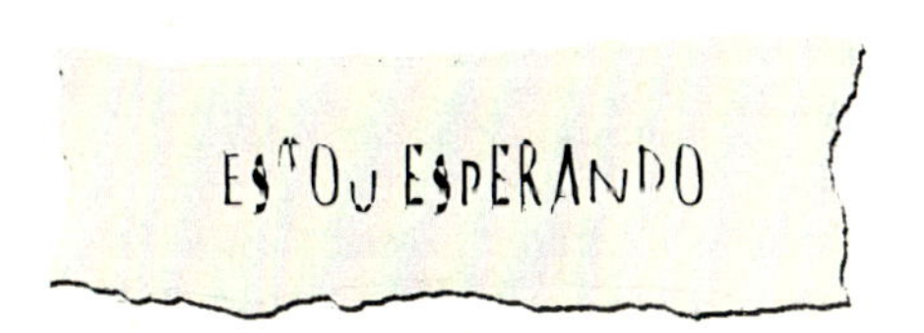
ESTOU ESPERANDO

A ameaça propriamente falando vinha num pacote de papel pardo, amarrado com barbantes, que Okasan segurava com as duas mãos e uma expressão assustada. Elissa o pegou nas mãos. O peso e a textura interna eram suficientes para seus sentidos ficarem em alerta. Abriu-o e encontrou um braço humano bastante machucado, as pontas dos dedos escuras, as unhas arrebentadas. Numa atitude consciente, Elissa se recusou a pensar sobre a quem poderia pertencer.

Uma série de gritos e reações de raiva e dor se espalharam pelo salão assim que as pessoas foram tomando conhecimento do que se tratava. Não, Solano não estava apelando para nenhum sentido de solidariedade humana *desconhecida*, como interpretara Seth. Seu apelo era ao medo, ao pânico, apenas isso. Elissa respirou enquanto voltava a enrolar o papel cuidadosamente no braço decepado.

Um estouro chamou a atenção de todos para o lado de fora. Foram três tiros de canhão em sequência. Elissa correu em direção à porta da frente e abriu uma fresta logo após a terceira explosão. O choque não deixou que ninguém a impedisse de escancarar as duas folhas de ferro, que cerravam a entrada do bordel. Os que a seguiram, assim como ela, puderam assistir à última saraivada de pedaços de gente caindo sobre a cidade.

Solano matara mais que um na primeira hora, era óbvio pelo cenário que se podia ver dali. No entanto, seria ingenuidade acreditar que sua ameaça anterior não fora mais que força de expressão. Um a cada hora? Desde quando Solano se apegara a esse tipo de regra?

O que se seguiu foi uma onda de pavor e caos. Os gritos se elevaram dentro do grande salão como se fossem parte de um gigante trôpego, que logo bateu com a cabeça no teto. Muitos entraram em desespero e as poucas crianças ali começaram a chorar mesmo sem ter visto nada. Adultos enlouquecidos pareciam motivo suficiente. O pandemônio tinha mil e uma facetas. Havia os que queriam sair atirando para revidar sem planejar nada; os que berravam contra todas as crenças que os haviam abandonado; os que queriam que Elissa se entregasse logo; os que queriam que ela liderasse uma ação furiosa; e os que estavam completamente perdidos e apenas choravam e gritavam.

Não havia como a calma retornar com todos falando ao mesmo tempo, com todos exigindo ser ouvidos. Tyla deu um berro agudo que se ergueu acima do vozerio.

— Ainda sou a dona dessa joça! — berrou, puxando a arma da cintura. — Querem contestar isso? Matem-me! — Não se fez silêncio, mas as pessoas recuaram no seu descontrole, ao menos o suficiente para poderem ouvi-la. — Temos um plano e iremos seguir com ele! Quem quiser participar, tenho certeza que Ravi e Camron terão grande prazer em explicar o que faremos. Caso alguém discorde, está livre para sair daqui e se apresentar ao acampamento dos milicianos e do exército. Solano parece estar esperando, como puderam ver. Fui clara? Alguém? — Ela deu uma pausa rápida. — É, eu achei que não teria ninguém. Vem, Elissa, temos detalhes a acertar!

Ela colocou a mão grande sobre o pescoço de Elissa e, instantes depois, estavam na cozinha com Kandra.

— Sairemos pela porta dos fundos e contornaremos pelas colinas próximas às montanhas para chegar ao acampamento — instruiu Tyla. — Kandra e eu seremos responsáveis por entregá-la.

Elissa observou que Kandra havia usado o tempo após a reunião para se maquiar pesadamente, como se estivesse indo para uma grande festa. Não economizara em nada. O batom cheirava tão vermelho quanto a cor parecia. Ele também mudara algumas roupas, optando por peças escuras e brilhantes. A camisa de seda tinha mangas largas, com quantidades imensas de tecido, as calças eram justíssimas, amarradas com fitas passadas em ilhoses ao longo de toda a perna. Sobre o conjunto, ele colocara um espartilho escuro, com bordados e tiras de couro marrom se destacando. O cabelo denso estava molhado de gel.

— Isso tudo é necessário? — perguntou Tyla, avaliando o visual.

— É — desafiou ele.

Tyla respirou fundo, mas não contestou. Elissa se lembrou das várias histórias sobre a morte da esposa de Harin Solano que circulavam por Alva Drão. De doença, de tristeza, maus tratos e até suicídio por veneno ou enforcamento. Ninguém nunca soube ao certo. Kandra deveria saber, era a mãe dele, afinal. Por conta disso, preferiu ficar quieta também.

— Certo. — A voz de Tyla estava tensa. — Vamos fazer o seguinte...

Teodora apareceu na porta da cozinha, interrompendo a fala de Tyla. Ela se aproximou desajeitada o suficiente para Elissa deduzir que ela havia sido inteirada do plano por Tyla. Abraçou Elissa rapidamente e desejou boa sorte. Depois, fez o mesmo com os outros dois. Demorando-se mais com Tyla, com quem trocou algumas palavras aos sussurros e entregou um pacote com um audível "como conversamos". Depois, saiu apressada dizendo precisar retornar ao laboratório.

— Ela está sofrendo — garantiu Tyla assim que Teodora sumiu pela porta de vai e vem, como se quisesse fornecer um consolo afetivo para Elissa.

— Não precisa se esforçar, Tyla — disse Elissa. — A irmã é minha, conheço bem.

— Mesmo? — Tyla abriu o pacote e mostrou um par de algemas com um meio sorriso. — Ela fez para você, meu bem. Vamos conduzi-la *prontinha* para a prisão.

— Teodora fez essas algemas?

— *Adaptou* — acentuou Tyla. — Trabalhou nisso nas últimas horas.

— Não queremos que eles usem as algemas deles, não é mesmo? — debochou Kandra.

— Eu tinha pensado em cordas — falou Elissa num tom incerto.

— Isso será melhor — garantiu Tyla colocando as algemas em Elissa. — A propósito, tem uma menininha no laboratório com Teodora.

Elissa endireitou a coluna.

— Menininha?

— Sim, uma garotinha negra de rostinho redondo e um sorriso grande. Você a conhece? — Tyla ouvira sobre Aleia e devia ter colado os pontos. Elissa abriu a boca num misto de pasmo e urgência, mas Tyla impediu que ela se manifestasse e a segurou para que não saísse correndo dali. — Não temos tempo para isso agora, meu bem.

Um novo tiro de canhão reforçou suas palavras. Enquanto Tyla e Kandra organizavam as armas aparentes — que seriam tomadas quando fossem revistados — e as que ficariam escondidas, Elissa fez a si mesma mil perguntas sobre a presença de Aleia. O que ela fazia com Teodora? Imaginou se Seth saberia da presença dela, e mais, se tinha ciência de que ela estava no laboratório. Mal completara o pensamento e um incômodo físico rodou em torno da boca do seu estômago. E sabia que não era por Aleia.

Consultou a porta da cozinha. Porém, ela não se abriu como imaginava, nem Seth passou por ela para se despedir. Melhor assim. Tinha apenas que confiar que ele estaria onde haviam combinado e que ele cumpriria sua palavra. Despedidas entre os dois poderiam gerar coisas estranhas. Ou talvez abalasse a convicção de Elissa em seu plano.

A caminhada até o acampamento levou cerca de meia hora. Os três carregavam uma faixa de tecido amarelo, cor da República, amarrada em um mastro curto. Identificavam assim que iam em paz, conforme o exigido. Nada impedia que os soldados os alvejassem antes de chegarem ao acampamento. Contudo, Elissa apostava na vontade de Solano em tripudiar e matá-la de perto, com as próprias mãos, e não a distância.

De onde estavam, era possível dar uma boa olhada nos escombros de Alephas. Difícil imaginá-la se reerguendo. Normalmente, o lugar não era muito melhor que um lixão árido e sem atrativos. Semidestruído lembrava uma cidade fantasma em cores ocre e vermelho.

A tarde estava em sua segunda metade e o sol ia para trás da cordilheira encoberto por nuvens modorrentas. A maior parte delas era formada mais por poeira do que por qualquer tipo de vapor. Entretanto, com o sol encoberto, o calor era suportável, o que já era uma benção.

Todos haviam achado o plano de Elissa ousado e difícil. Ninguém, porém, lhe perguntara se ela tinha certeza sobre ele. Não tinha. Abominaria tudo aquilo em qualquer outra situação de sua vida e agiria eticamente como fora ensinada por seus pais. No lugar disso, constatava que nunca alcançaria o alto ideal que tinha para si mesma. Teria de se conformar em ser a pessoa que fazia o tipo de escolha que estava fazendo.

A uma determinada distância da caminhada, conseguiu distinguir Seth no telhado do bordel. Ele estava de cócoras, observando, olhando para o lugar onde ela agora caminhava. Por isso mesmo preferiu não fixar os olhos nele. Nas ruas da cidade, as sombras iam ganhando movimento e posição.

[Mensagem de telégrafo recebida pelo Palácio do Governo em Amaranta.]

elissa till acaba de chegar ao acampamento pt seus comandados a trouxeram algemada pt comandante solano levou todos para sua barraca pt as ordens são para mantermos a vigilância sobre os reféns pt sem mais pt

Elissa estava de joelhos. Ainda algemada. Sua boca sangrava e um hematoma crescia do lado do rosto num vergão progressivamente vermelho. Levara também alguns chutes no estômago enquanto estivera deitada. Caíra após os socos no rosto. Solano deu ordem para que a pusessem de joelhos e ela buscou recuperar o fôlego.

Eram quatro soldados, além do Capitão Yugnov e do próprio Harin Solano, dentro da barraca de campanha reservada ao Comandante das Milícias. Um deles segurava Tyla, cuja indocilidade era controlada com uma navalha de encontro a sua garganta. Um miliciano apontava uma arma para Kandra, mas o rapaz não parecia ter mais do que indignação seca, sem forças para interferir.

Solano mexia no cinto das calças agora.

— Vamos ver o que a curandeira educadinha de Alva Drão aprendeu com as putas de Alephas. — Tyla saltou no lugar. — Não se preocupe, cafetina, suas *meninas* todas terão uma clientela bem exigente para atender nos próximos dias.

Acabara de desabotoar a braguilha e mexer no membro para tirá-lo para fora, quando a terra começou a tremer. Ele olhou rapidamente para os dois soldados com as mãos livres e eles saíram para ver o que acontecia. O Capitão Yugnov os seguiu e parou erguendo a abertura do tecido que dava para o lado de fora. Sua boca abriu e os olhos arregalaram.

— Santa Pátria! — murmurou.

Harin Solano começou a fechar as calças, impressionado com o tom do militar, mas não foi longe. Um espadim estava à altura de sua garganta, colado a ela. Elissa estava em pé, sem algemas e posicionada com a arma. A algema fora testada pelos milicianos, mas nenhum deles encontrou o pequeno mecanismo que as fez cair, liberando Elissa para pegar o espadim que levava escondido às costas, sob o casaco. Ela cuspiu o pedaço de um dente quebrado, mas parecia mais inteira do que entrara.

Kandra derrubou a arma do miliciano distraído pelo movimento de Elissa com um chute. E lhe deu um tiro na cabeça com a pequena pistola que trouxera camuflada em sua camisa espalhafatosa. Como previra, o soldado que o revistou não mexeu muito nos babados de sua roupa. O segundo tiro foi na coluna do Capitão Yugnov. Kandra o puxou pelas pernas para dentro da barraca.

Os movimentos de Tyla foram ao mesmo tempo dos de Elissa e Kandra. Ela chegou a levar um pequeno corte da faca do miliciano, mas ele não teve tempo de puxar sua arma de fogo. O estilete que ficara escondido junto a uma das barbatanas de seu espartilho atravessou o homem de fora a fora e o fez perder o equilíbrio. Ela lhe cortou a garganta quando ele caiu próximo aos seus pés.

Lá de fora vinham sons de vento forte, zunindo e uivando por entre os espaços, passos atropelados, tiros, berros. Um tigre rugia acima de tudo. A batalha estava correndo violenta. Solano olhava a porta num misto de curiosidade e espera.

— Ninguém entrará aqui — informou Elissa com a voz levemente ofegante —, se é isso que está esperando.

— Acha que militares e milicianos treinados não virão em busca de seus comandantes, caso não apareçam? Mesmo que estejam sob ataque? — rosnou Solano.

— Ah, eles viriam — confirmou Elissa. — Tenho certeza de que *se pudessem*, eles viriam.

Tyla apontou a arma do soldado morto para a cabeça de Solano e abriu parte da lona da entrada. Um violento redemoinho de terra cercava a barraca formando um muro em movimento. O queixo de Solano caiu.

— Devia ter apresentado suas armas desde o início, Till — contemporizou o chefe das milícias com a voz mais mansa. — Acho que ambos ganharíamos mais com uma negociação. Ainda podemos fazer isso, não acha? Vai perder muita gente sua nisso aí — afirmou apontando com o queixo. Recuou imediatamente, o espadim não se movera.

— Eu vou negociar, Solano — confirmou Elissa. — Claro que vou, meu objetivo, afinal, é a paz para o país. Mas não vou negociar com você. Não tenho paciência para você. Aliás, é uma pena que a curandeira educadinha de Alva Drão não esteja mais por aqui. As putas felizmente aprendem a não ter a menor paciência com criaturas como você. Kandra — ela chamou, baixando o espadim.

O rapaz de aproximou gingando as pernas até ficar bem de frente com o outro homem. Tinham a mesma altura, os ombros largos, o porte; mesmo que Kandra fosse mais magro, as semelhanças, assim, lado a lado, eram evidentes. No mais, eram diferentes em tudo. O rapaz piscou os longos cílios postiços.

— Sentiu minha falta, pai?

O homem mal o olhou. Parecia mais preocupado com a presença de Elissa e Tyla. Por elas terem ouvido Kandra o chamar daquela maneira. A cor saiu do seu rosto e ele começou a respirar como um animal enfurecido, pronto para atacar. Kandra não esperou muito. Desferiu um chute violento no meio das pernas dele e o homem vergou o corpo e depois caiu de joelhos, com as mãos protegendo a área machucada. O rapaz enfiou as mãos entre os cabelos grisalhos e o obrigou a olhar para ele, de frente. O pavor no olhar de Solano era genuíno.

— Agora sim. Reconhecimento. — Ele cuspiu o rosto do homem e aguardou que este voltasse a olhar para ele. — A minha cara vai se a última que você vai ver, desgraçado! Quero que leve a lembrança dela para o inferno! — Na sequência, ele enfiou um punhal longo na garganta de Solano e o retirou vendo o sangue esguichar para todos os lados. — Morre, porco! — Solano caiu aos seus pés.

Elissa se aproximou, mas o rapaz segurou seu braço, com os olhos fixos no chão, não perdendo nenhum estremecimento do homem à sua frente.

— Kandra — a voz de Tyla era um pedido. Ele demorou um pouco a atender.

— Certo. É a sua vez, querida — disse enxugando as lágrimas que vieram.

Ele se afastou e Elissa ergueu o espadim.

Via Agência Amaranta Meridional

O reinado de terror de Elissa Faina Till parece ter encontrado seu derradeiro ocaso no dia de ontem. Numa ação ousada e secreta, o governo da Tríplice República, apoiado pelas tropas leais da capital Amaranta, investiu contra o covil da famigerada bandoleira. Foram meses de investigação e preparação para que a ação fosse rápida e bem-sucedida. Elissa Till seduziu parte dos revoltosos do Partido Independentista e, com isso, aprofundou a guerra civil com ações terroristas por todo o sul da República.

Com a colaboração de membros arrependidos da própria quadrilha de Elissa Till, o Comandante de Milícias, Harin Solano, e o Coronel Manfredo Yugnov, do Exército Republicano, descobriram que Till estava acoitada em um prostíbulo na insurreta cidade de Alephas, conhecido antro de marginais, deserdados e subversivos de toda espécie. De acordo com o Ministro Governador de Amaranta, Larius Drey, via telégrafo: a ação foi cuidadosamente planejada para que os civis tivessem suas vidas e bens resguardados. "Afinal", afirmou o Ministro (atualmente em campanha de reeleição na capital Memória do Mar), "o povo já tem sido por demais sacrificado pelos desertos e a seca, além da violência gratuita gerada por essa rebelião".

A ação teve início há quatro dias, quando uma força conjunta do Exército e das Milícias atacou seu esconderijo, dando, antes, tempo suficiente para que Elissa Till se entregasse, poupando vidas. Sem resposta, os comandantes deram ordens para a invasão da cidade e ataque frontal ao bordel conhecido pelo despudorado nome de Vende-se Sexo!, de propriedade da cafetina Atília Antônia.

Nas primeiras horas depois da ação militar, as notícias chegaram desencontradas à capital. Os criminosos contra-atacaram com bombas de efeito desconhecido, provavelmente traficadas do estrangeiro. Dois navios aerostáticos armados para guerra foram derrubados e um terceiro, avariado. Várias vidas de soldados e civis foram perdidas e os comandantes estimam em mais de uma centena o número de mortos. O recuo foi inevitável do ponto de vista tático e para a segurança da operação. Foi ordenado, com a anuência do Ministro Governador, via telégrafo, o sítio à cidade até a rendição da líder criminosa. Ao mesmo tempo, se deu novo prazo para que esta se entregasse pacificamente, para o bem de todos os seus acólitos, a quem foi garantido julgamento justo e tratamento humanitário.

As informações recebidas pela agência de notícias Amaranta Meridional afirmam que Elissa Till concordou em se entregar com a única condição de ter sua vida preservada para o julgamento em Amaranta. Contudo, logo após sua entrada na barraca do comando militar, uma tempestade de areia foi usada pelos revoltosos para desferir um ataque selvagem às forças do governo. Não sabemos quantas vítimas foram feitas neste segundo embate, visto que os militares haviam deposto as armas para demonstrar sua boa vontade com a cidade. Acredita-se na morte dos comandantes e da própria Elissa Till por conta do ataque e do clima atmosférico desfavorável que se instalou na região.

O Ministro Governador de Amaranta garante que tão logo o governo tenha mais informações sobre os acontecimentos no Sul, estas serão repassadas à população da Tríplice República. Por enquanto, a região mais meridional do país segue isolada. O tráfego de trens foi suspenso, bem como as linhas telegráficas, reservadas exclusivamente para o uso militar. As estradas estão sendo vigiadas por milicianos. Dois batalhões de infantaria e artilharia, bem como um grupo de navios aerostáticos de guerra, estão se deslocando de Sazna Tue, principal centro militar do país, para o sul.

"Trazer a paz de volta é nosso principal objetivo. Uma guerra fratricida é o pior que pode acontecer a qualquer país", declarou a porta-voz do Governo, senhora Damiana Ferrazo, que recebeu jornalistas no Palácio do Governo, em Amaranta. "O apoio que muitos têm dado a essa mulher é criminoso e uma afronta à união que constituiu nossa nação. Desde há muito, nossa luta tem sido por unificar e eliminar as diferenças existentes, em nome de um país uno e íntegro", afirmou a senhora Ferrazo, que é também esposa do Ministro Governador e bisneta do Comendador Mirno Ferrazo, um dos fundadores da Tríplice República.

Questionada sobre as acusações de que o governo tem reagido com força desproporcional às ações dos revoltosos, a senhora Ferrazo se opôs com os números de mortos e ataques à propriedade. Sobre o descontrole das milícias e acusações de tortura, estupro e assassínio até mesmo de crianças, a porta-voz garante que fazem parte de uma campanha orquestrada pelos Independentistas para conquistar a opinião pública, apresentando fatos distorcidos.

Sobre a captura ou possível morte de Elissa Till e seu grupo, a porta-voz foi enfática em garantir que, se vivos, todos terão julgamento justo e tratamento humanitário. Contudo, afirmou que o governo não pode permitir que as práticas de bandoleiros se generalizem pelo país, por isso se pretende que as penalidades sejam exemplares para todos os revoltosos.

23

O sinal combinado era um tiro para o alto feito com um sinalizador luminoso que Tyla recuperou dos soldados que a tinham revistado. Estava jogado a um canto, junto com as armas que haviam sido tiradas deles. O sinal seria um aviso para que Seth, do alto do teto do bordel, parasse o redemoinho de terra e vento que isolava a barraca onde estavam. Tyla esperou impaciente que Elissa lhe dissesse para agir. Seu nariz parecia preferir o pó asfixiante, que rodava do lado de fora, ao cheiro de sangue fresco que agora se acomodava em sua garganta.

O comando da amiga, entretanto, demorou. Tudo corria como planejado, mas a verdade é que Elissa não imaginava chegar tão longe. E, se chegasse, acreditava que estaria trêmula, que mal conseguiria conter o frêmito na boca do estômago. No entanto, naquele instante, estava pasma com sua calma e a frieza de seus gestos. Fez todos os movimentos com uma precisão impressionante. De alguma forma, parecia que realmente sabia o que estava fazendo.

Enquanto se movia sobre o cadáver de Harin Solano, Elissa teve o cuidado de não olhar por muito tempo para o misto de regozijo e sofrimento no rosto de Kandra. Ele lhe parecia muito jovem naquele momento, e o ódio não lhe caía tão bem quanto as roupas espalhafatosas. Procurou, igualmente, ignorar o asco de Tyla. Acabaria se projetando nele e pensando na pergunta que não deveria repetir a si mesma de forma alguma: afinal, que diabos estava fazendo?

Acabado o trabalho com Solano, Elissa se apoderou do que havia de suprimentos na barraca e acondicionou em uma mochila de couro que encontrou. Amarrou tudo às costas para deixar os braços livres.

— Avise Seth! — disse para Tyla, mas completou antes que a amiga se mexesse. — Tão logo o vendaval cesse, corram. É importante que você volte para Alephas, Tyla. O bordel não pode cair. Se minhas previsões estiverem certas, as batalhas irão se concentrar em torno da cidade. Nesse momento, a República deve estar enviando reforços, mesmo sem saber o que está acontecendo. Por outro lado, imagino que todos os insurgentes que tenham condições estejam a caminho. As batalhas irão prosseguir e aumentar. Vocês dois são importantes demais, portanto, não corram o risco de morrer sem voltar para o bordel, entenderam?

Kandra concordou, mas Tyla começou a negar com a cabeça.

— Que parte do seu plano é essa que não estou sabendo? Você volta conosco. É a prova de que somos fortes e de que eles terão de negociar.

— Eles vão negociar, mas não aqui.

— Para tudo! — Tyla colocou as mãos na cintura furiosa. — Explique-se, Elissa!

— Eu não volto com vocês, Tyla, vou para Memória do Mar. Larius Drey precisa ficar desacreditado por completo, é ele que está sustentando boa parte dessa guerra usando as milícias contra os rebeldes, sem abrir nenhum tipo de negociação. Se eu for esperar por ele, estarei lhe dando poder. Chega! Precisamos desautorizá-lo — disse batendo levemente na segunda sacola que pendurara a suas costas.

— Sozinha? O que acha que conseguirá?

— Quem disse que irei sozinha? Não se assanhe, Tyla. Já disse que você é importante aqui.

— Seth vai com você, certo? — havia quase alívio na voz dela.

— De jeito nenhum. Ele é nossa arma e me prometeu que nos ajudaria na guerra. Não! Seth fica. É minha única segurança de que vocês permanecerão vivos.

Tyla estava incrédula e tão perto de alucinar que Kandra interveio.

— Você não explicou nada disso para a gente quando falou do seu plano — arriscou o rapaz.

— Não. Eu não expliquei — disse Elissa com firmeza.

— E diz isso assim! — rosnou Tyla avançando na direção dela. — Sem justificativas?

— Exatamente: sem justificativas! — afirmou Elissa cruzando os braços na frente do corpo. — Foi você que disse que eu tinha de tomar decisões pelos outros, não foi?

Tyla ficou olhando para os lados como quem não sabe para onde ir ou o que dizer, mas, por fim, capitulou baixando os ombros.

— Tem certeza sobre o que pretende fazer?

— Não — respondeu Elissa com a mesma firmeza. — É uma tentativa.

— Posso saber como pretende chegar à Memória do Mar? — questionou Tyla. — Quem vai ajudá-la nessa empreitada maluca?

— Vou procurar as Fraires Inventoras — disse observando o rosto cético da amiga. — Está na hora de se comprometerem com o nosso destino. Não é mais momento para neutralidade. As Fraires têm mais tecnologia do que demonstram e vou convencê-las a lutarem ao nosso lado.

— E você acha que consegue? — A dúvida estava no rosto de Tyla e Kandra.

Elissa ergueu os ombros.

— Há duas coisas que faço bem, Tyla. Curar e convencer pessoas. Darei um jeito.

Tyla mexeu a cabeça, sem saber se o movimento concordava ou discordava. Não havia o que dizer, afinal, ela incitara Elissa a tomar a frente de todas aquelas decisões. Seu papel deveria ser apoiá-la.

— Não há chance de me levar com você? — perguntou sem esperança.

— Quem vai proteger Teodora? Quem, em toda a Alephas, é tão respeitada quanto você? A quem irão seguir se eu não estiver aqui?

Tyla deu um suspiro e avançou na direção de Elissa. Tomou primeiro as mãos dela entre as suas, depois pegou seu rosto e a fitou por um longo instante. Não havia lágrimas e Elissa agradeceu por isso. As duas se abraçaram.

— Certo — disse Tyla afastando o rosto, mas sem soltá-la. — Vamos... — ela buscou as palavras — bem, vamos! O que se há de fazer?

Deu alguns passos lentos para longe de Elissa e depois caminhou para a porta da barraca. Kandra deu um forte abraço em Elissa e a seguiu.

— Algum recado? — perguntou Tyla empunhando o sinalizador.

— Diga a Teodora que não pare a pesquisa.

— Mais algum? — havia alguma malícia na pergunta.

Elissa puxou o ar e percebeu que algo ali doía. Era uma ideia incômoda, mas perfeitamente possível. Uma ideia de *nunca mais.* Nunca mais ver Tyla ou Teodora. Nunca mais ver sua família. E Seth. Nunca mais estar com ele. Respirou fundo de novo.

— Peça a ele que não se vá sem saber de mim. — A voz saiu num suspiro e ela achou que o barulho que vinha do lado de fora havia encoberto suas palavras.

Contudo, Tyla sorriu.

— Não acho que ele iria, de qualquer maneira. A não ser que fosse para ir atrás de você, é claro. Bem, se ele ficar, quem sabe não consigo tirar uma casquinha? — completou piscando um dos olhos.

— Ui! Se é franqueado, eu também quero — interrompeu Kandra fazendo as duas rirem.

— Certo, terminou o intervalo. — Elissa ia mandar que corressem, mas uma ideia nova a fez pedir que esperassem alguns segundos.

Não precisou olhar muito para achar as garrafas de aguardente comumente carregadas pelos comandantes militares. Usadas como relaxamento, encorajamento ou prêmio, defendidas como forma de garantir a saúde, mas, acima de tudo, um privilégio dos chefes e seus favoritos. Elissa não teve dúvidas em começar a quebrar as garrafas usando o espadim ou os pés. Kandra e Tyla, ao perceberem sua intenção, se somaram a ela, abrindo as que se recusavam a quebrar e entornando seu conteúdo sobre os cadáveres, móveis de madeira e paredes de lona.

— Excelente — comemorou Elissa. — Hora de lutar para ficarmos vivos. Vai, Tyla!

O braço de Tyla mal saiu da barraca e ela deu o tiro. Não foram mais que segundos antes que o redemoinho caísse ao chão e o barulho de vento que isolava a batalha do lado de fora acabasse. Antes mesmo de saírem, os gritos, tiros e ribombar de espadas lhes deram a sensação de que o verdadeiro redemoinho nao havia se extinguido. Elissa atirou com a pistola em direçao à mesa encharcada de álcool e a faísca fez o resto. As labaredas se espalharam rápido enquanto os três mergulhavam no combate, um após o outro, e perdiam-se de vista em segundos.

A terra não estava firme. Ela oscilava sob seus pés, mas Elissa não conseguia identificar exatamente o motivo. Ou seriam muitos motivos? Os movimentos comandados por Seth. As explosões que ela não podia identificar de onde vinham. Os corpos que tombavam a cada instante, esvaindo-se de vida num peso de toneladas.

Tinha a sensação de estar num túnel com uma sucessão de imagens rápidas. A diferença é que precisava se defender das imagens. Não havia espaço para pensar, apenas reagir. Sua cabeça esvaziou e ela passou a registrar somente a quantidade alucinante de movimentos. A terra, as pessoas, as espadas, os tiros. Pontos de ardência pelo corpo indicavam que ela estava se ferindo. As criaturas navegavam em sua direção, sem que ela pudesse precisar se eram soldados, milicianos, homens ou mulheres. Atacavam-na, ela se defendia. Tentavam matá-la, ela lutava para permanecer viva. Se precisasse, feria e matava para seguir adiante.

Elissa costumava planejar suas ações para que não houvesse mortes ou apenas o mínimo necessário. Pessoalmente, acreditava que era preciso estar com muita raiva para não carregar culpa e, fora Harin Solano, Elissa não sabia se tinha ódio suficiente para não se sentir culpada.

Numa batalha como aquela, porém, não era preciso contar com o ódio. As pessoas não chegavam a ter rosto ou cheiro ou voz. Eram obstáculos, não gente. De mais a mais, algo no fundo dela achava que os que morriam rápido tinham mais sorte do que os que ficavam vivos. O que tirava sua culpa agora era o fato de que não acreditava mais na vida. Num planeta condenado, deve-se ter pena é dos sobreviventes.

Tinha clareza aonde tinha de ir. O ponto próximo à cordilheira em que costumavam esconder os cavalos. Esperava que as milícias e o exército não o tivessem descoberto. Duvidava. Estava do outro lado da primeira cadeia montanhosa e era acessível apenas através do túnel de uma mina abandonada. Elissa sabia que os soldados não teriam ido tão longe. Se ela própria conseguisse atravessar a batalha, que era um muro móvel e letal, ainda teria muito de andar.

Algo a atingiu pelas costas e a derrubou. Demorou algum tempo perguntando a si mesma se fora ferida ou não. Fingiu-se de morta aos que passavam por ali. Alguém a chutou e ela não se mexeu. A pessoa que lhe deu o chute foi atacada. Elissa se levantou e correu sem olhar para trás.

Um barulho vindo do alto a informou que os reforços do exército estavam chegando. Mais navios aerostáticos de guerra. Alephas e o campo de batalha seriam bombardeados com canhões e bombas incendiárias. Tinha certeza de que a Tríplice República sacrificaria seus soldados se com isso pudesse apagar a cidade do mapa.

Estava quase fora da zona de conflito e as pedras começaram a chover sobre os navios que não paravam de atacar. Dois deles foram derrubados e atingiram o solo, causando estragos entre os combatentes. As tentativas de se aproximar da cidade eram barradas pela terra viva que se erguia do chão engolfando os navios em ondas de areia e pó.

Elissa divisou à sua frente a entrada do túnel da mina abandonada. Quando aquele lugar passou a ser usado como esconderijo de armas e cavalos, sua entrada fora disfarçada com pedras para parecer mais uma toca do que um túnel. Um instante antes de afundar pelo buraco, Elissa pôde ver um disparo de canhão atingir o topo do bordel. Parou. Voltou abandonando todos os seus planos traçados. Então, uma pedra mastodôntica cruzou sobre sua cabeça e achatou o navio aerostático responsável pelo tiro como se fosse um inseto. Respirou novamente. Estava vivo. Podia continuar.

Correu pelo túnel enquanto teve forças. A escuridão a envolveu e demorou algum tempo para que seus olhos se acostumassem com a perda da claridade. Caiu alguns tombos, tropeçando em pedras e, por vezes, as falhas na respiração e as dores nas pernas a obrigavam a andar, mas fazia com toda a rapidez que podia. Uma parte de sua mente agradecia o cheiro de terra e minério que limpava seus sentidos do sangue e da pólvora que ficaram para trás. Os sons da batalha também foram se afastando, até que apenas a sua respiração, seu coração batendo e o toque dos seus pés ficassem em seus ouvidos.

Controlar o movimento do próprio corpo lhe deu desculpa suficiente para não navegar em nenhum dos pensamentos e perguntas que vinham à mente. Fixou toda a energia em seu plano, no que faria, aonde iria, em como tentaria acabar com aquela guerra para poder ingressar em outra luta. Não! Gritou consigo mesma. Acabar com a guerra. Negociar. Não pensar no que viria a seguir. Apenas paz para que o fim fosse mais digno. Apenas paz. Ou nada. Pare de pensar!

Começou a lembrar-se sistematicamente de seus livros de curandeira. Sintomas, diagnóstico, prognóstico, intervenção, medicamentos, ervas. Usava o alfabeto como guia. Uma letra depois da outra. Não pensaria em nenhuma pessoa, próxima ou distante. Nenhuma ideia, nenhum futuro. Doença e cura. Doença e cura.

A claridade no fim do longo túnel a fez aumentar a velocidade dos passos. Os olhos levaram um choque de luz e em seguida o cheiro dos animais a avisou que a cavalhada estava segura. Eram cerca de dez, os outros estavam distribuídos em potreiros parecidos, perto de lagos feitos pelo degelo e onde se podia encontrar uns arbustos com os quais os bichos se alimentavam. Antes mesmo de escolher um deles, Elissa correu ao pequeno lago barrento e bebeu o que pôde para poupar a água que havia surrupiado da barraca militar.

Nenhum dos animais havia se incomodado com a sua aproximação, pois a conheciam. Escolheu o que a olhava com mais atenção. Era uma égua gateada, calma e rápida, com olhos inteligentes. Elissa deu um tapinha no lombo dela e procurou na entrada do túnel os arreios que eram deixados ali. Ajeitou-os com rapidez e montou com o corpo reclamando, sabendo que reclamaria ainda mais ao longo da jornada.

Pensou em esperar o anoitecer, mas o caminho que pretendia seguir — sacrificado para ela e para a égua — tinha grandes paredões de rocha em volta. Já andara por ali em outras ocasiões e só seria vista se um navio aerostático sobrevoasse a região. Nesse caso, ela poderia ouvi-lo com antecedência e conseguiria se esconder.

Enquanto andavam, Elissa tirou um lenço que amarrara a um dos pulsos e colocou na cabeça para se proteger do sol forte. Teria de regular a água enquanto estivesse na parte mais quente da cordilheira. À medida que começasse a subir, ficaria mais frio, mas a seca continuaria por um bom pedaço de chão. Os pontos de degelo já não eram tão abundantes. Elissa queria pensar que isso se devia à troca de estações, mas não conseguia mais identificar estação nenhuma. A região de Alephas, por exemplo, somente conhecia duas. O inverno gelado e seco, o verão tórrido e seco.

Seu plano de buscar pelas Fraires Inventoras tinha um objetivo claro. Ela não teria como se aproximar de Amaranta ou de Memória do Mar apenas com seus próprios recursos. Sua opção fora por um dos principais centros de formação da ordem: o Monastério Científico de Yuriana.

A ordem das Fraires Inventoras existia há mil anos, era uma congregação mista, das mais poderosas do mundo. A exigência era a de que homens e mulheres que nela ingressassem deveriam dedicar suas existências à pesquisa e ao ensino. Podiam formar pares — mistos ou de um mesmo sexo —, mas nunca ter filhos, somente alunos e aprendizes. Usavam roupas e tinham aparências idênticas com os cabelos raspados; tomavam nomes que, por vezes, não permitiam descobrir em qual sexo haviam sido identificados ao nascer.

Pelo que Elissa se lembrava, os residentes do monastério haviam retirado seu apoio à Tríplice República ainda antes da guerra civil. No entanto, Yuriana se recusava a interferir no mundo político e usavam sua neutralidade para manter a própria segurança. Não incomodavam e não eram incomodados. Fraire Valesko os chamava de covardes.

Já era quase noite quando ela alcançou o início da subida do altiplano. Pretendia dar descanso à égua na metade do caminho, quando seu corpo não aguentasse mais e precisasse inapelavelmente parar para dormir. Contudo, ela tinha dúvidas de que, se descesse do animal, conseguiria subir novamente. Identificara inúmeros cortes no corpo. Nenhum profundo o suficiente para uma perda de sangue significativa, mas estava bem machucada. A roupa havia se colado aos cortes e precisaria de água para descolá-la sem abri-los novamente. Ao menos dois dos ferimentos precisariam de pontos pelo que pôde avaliar, um grande nas costas e outro rasgando seu braço esquerdo. Sabia que se não pudesse desinfetar e tratar as lesões, em breve não estaria sofrendo apenas com o cansaço e a dor.

Percebeu que estavam chegando às folhagens verdes do altiplano pelo cheiro. Respirou fundo. Acostumara-se ao ar seco e terroso do Sul e toda aquela umidade era capaz de lhe trazer lágrimas aos olhos. A escuridão, iluminada apenas pelo céu estrelado, permitia unicamente intuir o verdor que começava a se estender a sua volta. Era como se encontrasse com sua mãe. Como se fosse criança e estivesse sendo carregada ao colo de alguém amplo e carinhoso. A entrega foi maior do que havia planejado e Elissa perdeu os sentidos antes mesmo de escorregar da sela para o chão.

24

Elissa emergiu numa mistura de dor e claridade. O sol invadia suas pálpebras fechadas, obrigando seus olhos a verem o que tinha à volta. Estava num quarto grande com móveis de aparência bizarra, com duas grandes fileiras de camas se estendendo ao seu lado esquerdo e à sua frente, sob as janelas. Quando começou a se mexer, alguém se aproximou e, com solicitude, a auxiliou colocando travesseiros para que ela sentasse.

— Onde estou?

— Yuriana — foi a resposta de uma vintena de rostos com cabeças raspadas.

Elissa fechou as pálpebras e se permitiu relaxar por alguns segundos. Conseguira. Agora era questão de convencer as Fraires a ajudá-la. Como provavelmente fora alguém do monastério que a resgatara, talvez convencê-las não fosse difícil. Isso se eles não se importassem com quem ela era. Voltou a abrir os olhos para observar o lugar.

Era um dormitório de janelas altas que acompanhavam o imenso pé direito. A claridade intensa entrava filtrada por cortinas em folha, presas em cima e embaixo e que estavam semiabertas. As camas, como em qualquer mosteiro ou colégio das Fraires Inventoras, eram criações originais de seus alunos, daí a aparência extraordinária do quarto coletivo. Algumas camas eram, aparentemente, ilustrações de máquinas imaginadas, outras eram as próprias máquinas. Isso era suficiente para que Elissa avaliasse que estava num quarto coletivo de aprendizes.

Focou nos rostos a sua volta. Todos eram muito jovens e pareciam ansiosos.

— Onde estão os adultos? — perguntou com a voz ainda rouca.

As meninas e meninos que a encaravam pareceram bastante constrangidos com a pergunta e todos os alarmes internos de Elissa soaram ao mesmo tempo.

— Há uma boa explicação para o maior monastério da República estar habitado somente por crianças? — questionou.

Uma aprendiza de uns quinze anos se adiantou. Ela era a que havia ajeitado os travesseiros de Elissa. A forma como seus olhos não a fitavam informou a Elissa que a menina era cega.

— Senhora, cremos que seria melhor que estivesse mais recuperada.

Elissa respirou fundo.

— Vocês sabem quem eu sou? — Seu rosto estampara manchetes de jornais por meses, era difícil que não a tivessem reconhecido. As crianças balançaram as cabeças afirmativamente. — Então vocês sabem que não tenho esse tempo todo. — Mal terminou de dizer a frase e uma aflição sacudiu-lhe o corpo. — Onde estão as minhas coisas? — Olhou para os lados procurando especificamente pela mochila.

— E-eu trouxe tudo — gaguejou um rapaz de olhos redondos e pele azeitonada. — Suas coisas estão guardadas e estamos lavando e costurando as suas roupas.

Elissa conferiu rapidamente a camisola que haviam lhe colocado e cravou os olhos no rapazote.

— Abriram minha mochila?

A cor do menino ficou ligeiramente diferente, um tanto cinzenta, e ele se apressou em negar. Elissa continuou encarando-o sem se alterar. Em resposta, o menino abaixou a cabeça. Eles tinham aberto, era óbvio. Elissa se recostou novamente nos travesseiros.

— Ótimo! Como viram o que tem lá dentro, posso ter certeza de que entenderam que eu não estou brincando e que há de fato uma guerra acontecendo. Espero que não tenham mexido no conteúdo.

— Não! — protestou o menino. — Não, senhora. — O rosto chocado informava a Elissa que ele não mentia agora.

— Certo. Então, comecem. Onde estão os adultos?

Um rapazote alto, sardento e de olhar arrogante deu um passo à frente.

— É a senhora que está chegando. Não acha que tem de ser a primeira a dar explicações?

Elissa o encarou com dureza.

— Minha cidade foi atacada pelo governo sem nenhuma chance de defesa. Estou tentando manter o máximo de pessoas vivas por lá. Vim em busca da ajuda das Fraires Inventoras. Explicações dadas. Agora: onde estão os adultos?

O tom de Elissa fez o garoto voltar em seu passo e olhar para o lado esperando ajuda dos colegas, mas, obviamente, ninguém sabia muito o que fazer. O silêncio dos aprendizes começava a angustiá-la.

— Há algum responsável aqui?

— Não, senhora — disse a menina ao seu lado. — Só temos aprendizes no monastério agora.

Aquilo não podia estar acontecendo. Elissa teve vontade de chorar.

— Que diabos aconteceu aos adultos?

O menino moreno se adiantou.

— Muitos foram embora, senhora Elissa. Foram para as capitais ajudar as pessoas. Outros se juntaram aos guerreiros, a maioria apoiando os independentistas. No entanto, para nos manter a salvo, os nossos Principais continuaram neutros.

— Quem ficou com vocês?

— Fraire Jana, Fraire Lívio e Fraire Adami — respondeu o menino de olhos arrogantes.

— O que aconteceu com elas?

A menina ao seu lado soltou um pequeno lamento antes de responder.

— Elas — titubeou — enlouqueceram.

— Como assim?

— Perderam a razão, senhora Elissa — explicou, como se pedisse desculpas pelo ocorrido. — A pobre Fraire Adami se enforcou. Fraire Lívio começou a falar com os bichos e viver junto deles no galinheiro e no curral. O encontramos numa manhã, caído na horta, achamos que seu coração arrebentou. Já a Fraire Jana ficou dias trancada em seu laboratório, depois disse que iria em busca de ajuda.

Elissa deu um suspiro afundando no travesseiro. Imaginara cenários ruins, mas não algo assim. Isso acabava com boa parte de suas expectativas. Começou a pensar em alternativas e parou no segundo seguinte. Ferida e sem o auxílio com o qual contava, talvez o melhor fosse retornar para Alephas. Teria que construir outra estratégia. Elevou os olhos para a menina cega e tocou sua mão de leve.

— Qual seu nome, garota?

— Felipa, senhora.

— E os de vocês? — questionou aos garotos.

— Eu sou Nadan — informou o menino moreno e apontou para o garoto sardento. — Aquele é o Andres.

— São os mais velhos?

Os três balançaram a cabeça e olharam para uma quarta pessoa. Uma menina alta e tão tensa que um grande vinco em V marcava sua testa. Tinha a pele cor de terra escura e um olhar ainda mais superior que o do menino sardento chamando Andres.

— Qual seu nome?

— Zenira.

— Certo. Espero que nenhuma das outras se sinta desconfortável com isso, mas eu quero conversar com as mais experientes dentre vocês. Peço ao restante que nos dê licença.

Elissa não se espantou quando os jovens aprendizes começaram a sair com uma rapidez que cheirava a alívio. Os quatro que ficaram tinham expressões assustadas, o que também era normal.

Fez um esforço para se sentar um pouco mais e os músculos reclamaram alto. Felipa se apressou a ajudá-la com os travesseiros. Assim que constatou que a porta havia se fechado atrás do último dos aprendizes mais jovens, prosseguiu.

— O que ouviram ou leram ao meu respeito?

Os jovens trocaram olhares e Felipa esfregou as mãos, nervosa. Nadan se inclinou respeitosamente para frente.

— Ouvimos de tudo, senhora Elissa. Uns diziam que a senhora era uma heroína insurgindo-se contra a tirania do governo que só beneficia às grandes corporações do vapor. Outros falaram que a senhora era a mais vil criatura, se vingando porque o Ministro Governador a tinha abandonado no altar.

— O que mais? Louca, bandoleira, prostituta, bruxa, assassina?

— Tudo isso — confirmou Andres.

— Mas lemos os seus panfletos também — apressou-se Felipa. — Aqueles que vinham no jornalzinho de Clécio Tanda.

O nome sacudiu Elissa. Ela não tivera muito tempo para pensar em Clécio, mas ainda não conseguia vê-lo como um traidor. Porém, ele amava Bogol, ela sabia. E Elissa nunca conseguira confiar plenamente naquela moça. Sempre achara que ela tinha um olhar ressentido para Tyla, culpando-a por ter de continuar no bordel sem ter um amante só dela. Agora, porém, temia o que podia ter-lhes acontecido, ao se acoitarem no acampamento de Solano. Se é que tinham ido lá realmente por vontade própria. Provavelmente, os dois estavam agora entre aqueles pedaços de gente que os canhões governistas haviam espalhado por toda Alephas. Não imaginava que Solano houvesse dado qualquer tipo de imunidade ao casal depois de conseguir o que lhe interessava. Talvez nunca viesse a saber o que realmente tinha acontecido.

Voltou sua atenção para os quatro jovens à sua frente.

— Que acharam dos panfletos? — questionou.

— Muito lúcidos — respondeu Nadan. — Muitas das coisas que a senhora escreveu sobre os desertos estavam próximas ao que estudávamos. Nós debatíamos e sempre concluímos que a senhora tinha razão. No entanto, quando questionamos nossos professores, eles nos disseram que já haviam passado as informações científicas para o governo e que tinham a promessa de que eles iriam agir.

— Certo. Posso perguntar o que pensam então a meu respeito? — Elissa não perdeu nenhum dos movimentos deles. Os jovens se expressaram com sinceridade.

— Não sabemos exatamente o que pensar da senhora — disse Andres.

— Mas também não achamos que é má — disse Felipa num tom repressivo para o colega. — Acima de tudo, não confiamos no governo. E a verdade é que não sabemos o que fazer. Estamos sozinhos.

As mãos foram para o rosto secando rapidamente os olhos e Elissa pensou que devia consolar a menina. Em vez disso, fechou suas pálpebras por alguns segundos, isolando os estímulos externos. Precisava pensar com rapidez.

— Falem-me sobre as três Fraires — pediu. — Podem associar algum acontecimento à suas mudanças de comportamento?

Os olhares dos jovens se encontraram novamente.

— Foi a carta — entregou Andres. — Sem dúvida foi a chegada da carta.

— Que carta?

— A carta de Fraire Murata — explicou Nadan se aproximando da cama de Elissa. — Ele viajou há alguns anos, pouco depois que cheguei aqui. Nunca mais tínhamos ouvido falar dele, então a carta chegou via telégrafo.

— Eu era a responsável por copiar os sinais — disse Felipa. — Quando a carta começou a ser transmitida, a Fraire Adami correu e me substituiu. Ela pediu que eu deixasse a sala. Depois disso, as Fraires ficaram estranhas.

Elissa balançou brevemente a cabeça. A quarta Fraire, um tal de Murata, havia descoberto alguma coisa. Provavelmente algo que envolvia a morte iminente do planeta.

— Vocês têm ideia se as Fraires estavam trabalhando em algum tipo de experimento?

— As quatro de que falamos estavam envolvidas com uma máquina — explicou Andres. — Era uma espécie de supermáquina para capturar ondas de rádio.

— Como assim, "supermáquina"?

— A ideia era poder capturar ondas de rádio vindas do espaço interestelar — prosseguiu o rapaz.

Elissa arregalou os olhos.

— As Fraires — disse Felipa — acreditavam que isso nos ajudaria a compreender as profundezas do universo, a provar a existência de civilizações em outros planetas e a viajar pelo espaço.

— Sim, eu me lembro dos debates dos meus professores a respeito. — Lembrava também das palavras de Seth sobre como a Query acreditava que a raça humana devia ser impedida de chegar ao espaço por seu modo predatório de evolução. — Sabem me dizer o quão longe elas foram?

— Conseguiram captar um sinal absurdo — explicou Zenira, falando pela primeira vez e sem deixar de transparecer sua contrariedade. — Vinha do interior de uma montanha imensa situada no Norte. A codificação era desconhecida, nada parecido com o que temos.

A informação intrigou Elissa.

— Foi por isso que Fraire Murata foi para o Norte?

— Sim — disse Nadan. — Ele foi em busca da fonte das ondas de rádio. Até porque, pelo que parecia, as ondas não eram transmitidas para serem capturadas em nosso planeta, se dirigiam para o espaço. A máquina das Fraires capturou essas ondas porque elas ricocheteavam...

— Na Lua — completou Elissa.

Os quatro jovens confirmaram com a cabeça. Elissa não conseguia reprimir a intuição de que as Fraires haviam descoberto algo que envolvia o destino do planeta. Talvez até algo parecido com o que ela sabia.

— Gostaria de ver tudo isso.

O corpo machucado de Elissa a obrigava a claudicar pelos corredores amparada por Felipa. No trajeto até o laboratório das Fraires, ela não prestou atenção à arquitetura ou às ricas pinturas e altos relevos que adornavam as paredes do mosteiro. Apenas enxergava os rostos das crianças. Seus olhos secos, curiosos, apreensivos. As cabeças raspadas nas vestes cinzentas deixavam aqueles olhares mais duros, como perfurações. Nenhum ferimento doía mais que o olhar de crianças abandonadas à própria sorte. Elissa sentiu uma raiva imensurável das Fraires. Nenhum horror, nenhum caos poderia justificar deixar aqueles jovens sozinhos.

Finalmente se libertaram dos corredores por uma grande porta lateral e chegaram ao laboratório, que ficava fora dos prédios principais. Tratava-se de uma construção em pedra e ferro batido, de formato quadrado e pesado. Os ares de fortaleza eram diminuídos pela imensa quantidade de janelas na parte mais alta das paredes, bem como pelas entradas e saídas de ar por filtros que se podia ver no teto em cunha. Ao lado, uma torre igualmente pesada e que terminava num varandão alto, sem cobertura, exceto a que protegia os instrumentos de observação celeste.

Yuriana sempre fora o sonho de Teodora, e Elissa podia entender o porquê. Assim como ela, a irmã havia frequentado o Educandário e dois anos de Escola Superior, porém Úrsula jamais admitiria que uma delas se tornasse uma Fraire. Por outro lado, embora fossem propensas à ciência, nem Elissa nem Teodora eram propensas às coisas da fé. Por conta disso, nunca se cansaram em enfrentar as ideias da mãe. Ainda assim, Teodora imaginava os laboratórios e estudos de Yuriana como um tipo de paraíso.

Atrás do laboratório, a colina descia em direção a uma pequena planície finalizada pelas altas montanhas da cordilheira de Ridochiera, como um muro que atingia o céu. Sobre a planície, estendiam-se construções semelhantes com a mesma forma do laboratório para o qual Elissa fora conduzida, a única diferença era a inexistência de torres. Contou cerca de doze construções, dispostas de forma simétrica e equidistantes.

Zenira colocou o código na fechadura rotativa e a porta destrancou em uma longa sequência de cliques. O interior do laboratório valia o nome de Yuriana como um dos principais espaços de pesquisa científica da Tríplice República. O desconforto vinha do fato de estar deserto, as luzes apagadas, a poeira se acumulando e rodando em espirais pelas fímbrias de luz solar que adentravam das janelas próximas ao teto. Nadan e Andres abriram dois amplos painéis que permitiram à luz do dia iluminar o coração da sala.

Um conjunto de três grandes bancadas ocupava a parte central, posicionadas em forma de U. Na parede para a qual essas bancadas se voltavam ficavam três grandes quadros — cobertos de restos de equações — em cavaletes móveis. Junto às paredes se depositavam armários que iam até a altura da cintura, encimados por bancadas repletas de objetos: livros, tubos de ensaio, vidros, aparelhos ópticos. Na parede sem janelas, estava disposto um armário fechado que roçava o teto.

Na parte extrema da sala havia uma abertura grande que dava para o pé da torre. Os jovens informaram que ali estava a supermáquina para capturar ondas de rádio e se apressaram em abrir as portas de vidro que isolavam o local. Era uma sala de tamanho bem menor que a anterior, circular e com uma escada que acompanhava as paredes em direção ao teto altíssimo. Felipa, que continuava amparando Elissa, a ajudou a entrar e sentar.

— Como consegue se mover por tudo sem o auxílio de uma vara para verificar a distância dos objetos? — Elissa questionou à menina.

— Estou aqui há muitos anos — respondeu Felipa —, meu corpo já decorou cada movimento que preciso fazer nesse lugar.

— E as pessoas? A presença delas não interfere?

— Percebo a presença das pessoas pela respiração e pelo cheiro. Não é difícil. Só é outro jeito.

Elissa deu um aperto carinhoso no braço da garota. Uma única menina podia ser tão mais interessante que as máquinas e construções de uma civilização inteira. Podia ter tanto a ensinar, tanto a ser, porém a escuridão que a aguardava era a mesma que recebera um pulha como Harin Solano. Elissa sacudiu a cabeça espantando o pensamento e puxou o ar com força.

— Quero ouvir a mensagem que foi captada — solicitou.

Nadan se adiantou, mexendo na mesa do rádio. Ele ligou a máquina erguendo pequenos interruptores e depois apertou um botão amarelo que colocou duas rodas de fitas de gravação a girarem. Logo o som apareceu. Era grosseiro, arranhado. As pequenas pausas permitiam identificar que ali havia palavras. A gravação contínua, porém, permitiu que, em alguns minutos, ela se desse por conta de que eram poucas palavras repetidas numa sequência não muito longa.

— Gostaria de ler os relatórios e a tradução — disse com uma voz tranquila. — Por favor?

Zenira seguiu até um armário com fechadura de cofre. Após abri-lo, passou uma pilha alta de papéis para Andres, que a alcançou para Elissa. Sobre a mesa, Nadan auxiliou a separar o que havia ali. Pesquisas sobre o clima, sobre o solo, anotações pessoais, cartas e, por fim, as comunicações trocadas com Fraire Murata. A tradução das palavras captadas pelo rádio estava repetida no alto de algumas das páginas, como se tivesse sido escrita muitas vezes para que seu significado ficasse claro a quem escrevia.

NÃO SE APROXIME. ESTE É UM PLANETA CONDENADO.

Pelo que Fraire Murata investigara, a mensagem tinha de 10 a 12 mil anos. Um aviso do passado? Elissa deixou os papéis que segurava caírem sobre a mesa. Ou seria o futuro que se desenhava na pilha de relatórios que os pesquisadores de Yuriana haviam reunido nas últimas décadas? Elissa segurou a vontade de gritar. Entendia as Fraires, conseguia até compreender sua fuga desesperada em direção à morte. Ao fim de tudo, a louca, como sempre, era ela. Os loucos são mais difíceis de serem vencidos. Eles se agarram a coisas que não existem, mesmo quando estão sendo esmagados por elas.

— Qual o conhecimento que vocês têm desses papéis?

— Trabalhamos junto com as Fraires em alguns deles — respondeu Andres.

Elissa havia olhado as comunicações de Fraire Murata, mas resolveu passar os olhos sobre os relatórios de clima e solo. As pesquisas das Fraires Inventoras de Yuriana não diferiam muito das conclusões de Teodora sobre areia — embora, obviamente, estivessem melhor documentadas — e havia alguns estudos bem conexos com os de sua irmã sobre os vermes. O que diferia e causava pavor era o que Teodora nunca tinha feito de forma sistemática. Um prognóstico do que aconteceria. Uma sequência para o fim da vida no planeta.

Demorou uma hora ou mais para que Elissa percebesse que se tratava de um conjunto heterogêneo de pesquisas o que tinha em mãos. Fraire Jana e Fraire Murata trabalhavam com a máquina de captação de ondas de rádio. Pareciam, nos diários de pesquisa mais antigos, estarem pouco focadas nas mudanças climáticas do planeta. Fraire Lívio e Fraire Adami — o homem morto pelo estresse e a suicida — investigavam o que estava acontecendo com a invasão de areia, o ressecamento, as tempestades de poeira, a morte lenta e irreversível das terras férteis.

Num dado momento, eles tentaram convencer os outros de que a máquina de rádio poderia ser usada para emitir um pedido de ajuda. Todos, aparentemente, partilhavam da crença em salvadores vindos do espaço cósmico. Elissa teve vontade de rir ao pensar na Query e em Seth.

A parte mais complicada de toda a documentação estava nas comunicações com Fraire Murata. O que ele encontrara numa caverna no Norte era algo extraordinário. Sob camadas de rocha, no interior de uma montanha, uma imensa gruta revestida de aço guardava os restos da humanidade que antecedera a história que Elissa e seus contemporâneos conheciam. Ele mandara poucas descrições, mas conseguira as chaves para que se traduzisse a mensagem.

Pelas contas de Elissa, a mensagem era da época em que a Query havia decidido dar mais uma chance à humanidade. O período ao qual Seth se referira ao lhe contar que viera ao planeta para auxiliar no encerramento do Abismo e permitir que os poucos sobreviventes recomeçassem a civilização. As pessoas que gravaram a mensagem, porém, haviam perdido qualquer esperança.

Ainda assim, a preocupação em lançar um aviso ao espaço parecia estranha a Elissa. Protegiam o que do quê? Que tipo de consciência cósmica os fizera ter tal ideia? Ou será que fora somente uma exteriorização do desespero? Um epitáfio lançado a esmo por uma raça que semeara a própria morte? Não, a humanidade não era apenas predadora como Seth a definia. Era uma raça suicida.

A tarde avançou sem que Elissa percebesse. Notou apenas quando Andres e Nadan, a pedido de Felipa, trouxeram comida e que, depois, em rodízio, eles se ausentavam e retornavam. Nenhum deles ousava interrompê-la. A noite chegou e, finalmente, Elissa largou os relatórios e ficou olhando para o nada por um longo tempo.

— Senhora Elissa — chamou Felipa —, por favor, seria muito proveitoso se, agora, pudesse descansar. Ainda está bastante fraca. Não gostaria de se deitar por um pouco?

Elissa pegou as mãos da menina.

— Muito obrigada, Felipa. Eu vou descansar — fez uma pequena pausa — aqui.

Horas mais tarde, estava finalmente sozinha. Havia relido quase todo o material das Fraires e ouvido uma centena de vezes a ruidosa gravação enviada do passado. Finalmente, conseguiu se forçar a sair dali e resolveu subir até o alto da torre do laboratório. Precisava do ar fresco.

A cobertura da torre ia apenas até a metade, deixando o céu límpido e as estrelas perfurando a noite de horizonte a horizonte. Elissa perdera o fascínio por aquele espetáculo. Sua sentença viera de algum lugar naquelas distâncias. A sentença de que ela nunca seria uma doce velhinha cheia de sobrinhos, fazendo curas e sendo chamada de bruxa apenas pelas costas.

Escorou o corpo na amurada e deixou os olhos vagarem pela escuridão que tomava conta do que estava sob o céu. Não ficou pensando no futuro ou no passado. Achou a escuridão reconfortante. Era como estar escondida.

A madeira do chão estalou levemente.

— Estava me perguntando quando iria aparecer — disse em voz alta.

25

— Desculpe-me — respondeu Aleia. — Estive ocupada.

Um buraco se abriu nas entranhas de Elissa enquanto ela se virava para encarar a menina.

— Traz notícias de Alephas para mim? — inquiriu ansiosa.

Aleia inclinou a cabeça para o lado e lhe deu um sorriso.

— A cidade sobreviveu. — Elissa soltou o ar com força ao ouvir isso. Mal podia descrever o alívio. — Os governistas recuaram e vieram reforços de tropas rebeldes do Norte. Tyla está planejando invadir Amaranta.

A cor saiu do rosto de Elissa enquanto observava Aleia se aproximar num caminhado dançado, depois erguer o corpo e sentar na amurada, balançando as perninhas.

— E você me diz isso assim? — Tyla invadir Amaranta? Estava em choque. Não era nada daquilo que tinha planejado. Era para manterem posição, se erguerem como baluarte e resistir. Não atacar.

— Como eu deveria dizer? — estranhou a garota, quase rindo.

Queria muito ver Aleia como uma aliada, mas a menina nunca parecia corresponder ou se importar com o que ela esperava ou queria. Além disso, acreditava que a desconfiança de Seth a respeito da Semeadora a havia contaminado. Aleia lhe parecia alguém com quem se ter muito cuidado. Muito mais cuidado do que ela tinha com Seth, em quem, aliás, ela confiava bem mais. Ele, ao menos, nunca a enganara. Elissa contou devagar até dez.

— Fale-me dessa ideia maluca da Tyla. Não! Fale-me de como estão todos. Quem se feriu? Teodora conseguiu alguma coisa no laboratório? Era você que estava com ela lá, não era? — metralhou as perguntas sem pena. Sabia que no fim Aleia só as responderia quando e como quisesse.

— Você me acusa como se eu estivesse me escondendo — queixou-se a menina.

Elissa pensou numa enorme quantidade de comentários e palavrões, mas controlou-se. Resolveu seguir o tópico que Aleia sinalizou.

— Ao menos ajudou Teo a conseguir alguma coisa? Um caminho para cura do planeta?

— Fiz o possível — respondeu a garotinha com seriedade. — Mas tivemos de parar nossas "atividades" por um tempo.

Um arrepio percorreu Elissa. A temperatura mais fria do alto da torre não era a responsável.

— O que aconteceu?

— Ora, Elissa, é obvio que muitas pessoas ficaram feridas com a batalha e, sem você por lá, precisamos ajudar. Além disso, Teodora ficou muito envolvida com a história do braço novo do Seth e...

— O quê?

Aleia deu um suspiro como se Elissa é que fosse lenta em acompanhá-la. Não que Elissa não estivesse se sentindo exatamente assim. Lenta demais.

— Seth perdeu o braço mecânico na batalha. Ora, não faça essa cara, ele está vivo e Teodora está fazendo um novo mecanismo para ele. Aliás, acho que fará até melhor que o anterior. Sua irmã é tão talentosa...

— Aleia!

A menina parou. Esticou a mão para fazer um carinho em seu rosto.

— Estão todos bem, Elissa. Tyla e Teodora não têm nenhum arranhão. E Seth perdeu somente o braço mecânico e vai andar sem o acessório por algum tempo. Mas está bem. Eu garanto.

— Não confio em você.

Ela mexeu a cabecinha de um lado para o outro.

— Faz muito bem. — Estava sendo impressionantemente sincera.

Elissa voltou a escorar o corpo na amurada. Estivera enterrando sua preocupação com aqueles que deixara em Alephas e agora tinha mais do que nunca a sensação de ter feito tudo errado e optado pelas piores escolhas possíveis. Seu plano mirabolante era uma piada. E agora mais essa: o que imaginava Tyla tentando invadir Amaranta? Com quantas pessoas ela contava para tentar um disparate desses?

E Seth? Ele poderia ter morrido — fosse lá o que isso significasse para uma criatura que ocupava o corpo de outra — por ter concordado em ajudá-la. O fato é que as pessoas que mais lhe importavam naquele momento estavam se arriscando numa luta que ela as havia feito abraçar. Enquanto isso, ridiculamente, Elissa tentava juntar forças inexistentes para confrontar o todo-poderoso Larius Drey, para que ele concordasse em estancar a sangria da guerra. Olhou a distância até o chão e imaginou que todos ganhariam se ela pulasse dali naquele instante.

— Onipotência é um defeito feio — comentou Aleia como se estivesse falando consigo mesma.

— Não é um defeito. É um poder — reagiu Elissa respirando fundo.

— É um defeito, acredite! Ter real poder sobre tudo e todos é ridículo, tira a graça de qualquer coisa se você já sabe o que vai acontecer. Então, eu não creio que seja um poder que deva existir. Em lugar nenhum. Mas, veja a tolice, imaginar que se tem o poder de alterar as decisões dos outros retira qualquer poder que tenhamos sobre nós mesmos. Acabamos fazendo coisas idiotas, pois achamos que nossa vontade é a mais importante. Você se acha tão importante assim, Elissa?

A sensação de ter a mente devassada a encheu de raiva.

— De que diabos você está falando?

A pergunta saiu agressiva e a postura do corpo foi a de crescer para cima da menina.

— Nada não — completou Aleia com um sorriso que irritou Elissa ainda mais. Já não conseguia vê-la como criança.

— Quer falar de poder? Vamos falar de poder, Aleia. Se é tão poderosa quanto diz *e* Seth afirma que é, por que simplesmente não nos dá uma saída?

— Crê realmente que eu poderia ter uma cura para o seu planeta? Não, minha querida, eu sinto muito. — Seu tom era um tanto enfadado.

— Se tivesse, nos daria? — Elissa não conseguiu evitar a ansiedade da pergunta.

A menina olhou para cima, como se algo tivesse chamado sua atenção no céu.

— Acho que não — disse pensativa. — Além de estar com as mãos atadas pela Query, não é assim que deve funcionar.

— E como deveria funcionar? — Elissa alterou a voz até quase gritar.

— De outro jeito — Aleia retorquiu com simplicidade.

— Me deixe imaginar, funciona do jeito em que Seth se apaixona por mim e resolve poupar o meu planeta — ironizou.

— Seth a ama, Elissa. Entenda isso. — Ela mantinha o tom entediado de quem explica muitas vezes a mesma coisa. — Acredito sinceramente, a essa altura, que, se pudesse, ele salvaria o planeta se você pedisse. Salvaria por você e pelas pessoas que você o fez conhecer.

— Então — Elissa engoliu a bola em sua garganta — ele também não pode.

Aleia piscou lentamente antes de responder. Quase sorrindo.

— Não.

— Ninguém pode? — O desespero estava sufocando Elissa. — Estamos realmente condenados. Sem qualquer chance. É isso?

Aleia a olhou sem expressão. Era uma pessoa velha que encarava Elissa por detrás daqueles olhos de criança.

— Por que tudo isso, então? — perguntou Elissa cansada. — Por que me procurou? Por que continua à minha volta me instigando a seguir em frente?

Aleia deu um longo suspiro. Nada parecia tirar-lhe a calma e isso enervava até o interlocutor mais paciente, o que em absoluto era o caso de Elissa.

— Sabe, Elissa, o universo se faz com dois movimentos. Um que une e outro que separa — as mãozinhas iam acompanhando o que ela falava com gestos. — A vida é a mais brilhante criação dessa força universal de agregação e desagregação. A vida se renova pelo desejo de retornar a essa ligação primitiva que faz com que toda a vida seja uma mesma, única e singular coisa. É a força que está em cada semente que quer retornar a terra que germinou sua mãe. É o impulso de cada criança que cresce sem jamais esquecer o ventre e o colo que a moldou como humano. É a fome e a ânsia que preenchem a distância entre os amantes que o tempo e o espaço afastam.

Elissa negou levemente com a cabeça e um sorriso sarcástico.

— Ah, que lindo, você fala de amor.

Aleia não se alterou com o tom dela. Continuou sorrindo e balançando as perninhas de encontro ao muro alto da torre.

— É o nome que se dá. Poucos compreendem.

Elissa cruzou os braços em frente ao corpo. Não sabia bem se a postura era um desafio ou a necessidade de se conter fisicamente.

— E você fez com que Seth e eu nos encontrássemos para sabermos mais do amor? Ora, como você é magnânima, Aleia.

— Não encontrou apenas o Seth — retrucou a menina. — Desde que a conheci, Elissa, com toda a sua disposição em olhar de forma indiferente para cada criatura, você somente tem amado mais e mais. Até mesmo a sua própria família. Talvez, por isso, esteja bem próxima de entender o que isso significa.

— Inacreditável! — descontrolou-se Elissa, contendo-se com mais força.

— O que é inacreditável? — perguntou Aleia erguendo os ombros.

— Eu ter de ouvir você falando de romance. E eu querendo terminar uma guerra e curar um planeta. Sinceramente, sendo você quase uma divindade, acho que nossos papéis estão trocados.

A garota pulou da murada, colocou as mãos na cintura e a encarou, parecendo subitamente alta e adulta.

— Você fala como se o que proponho fosse fácil. Amar não é um encontro, Elissa. Não é algo que está lá, num lugar dourado, disponível para você. Entenda quando digo: não funciona dessa maneira! Amar é perplexidade e desafio. Foi um desafio amar Tyla, é um desafio amar Seth, e um maior ainda amar a humanidade. É um desafio imensurável amar a si mesma sem ficar se desculpando por não atingir o alto patamar moral da criatura idealizada que você nunca vai ser! Erros, defeitos, violência, tudo isso neles, na humanidade a qual pertence — disse apontando para distâncias — e em você! — Ela sorriu apontando para Elissa como se estivesse diante de algum tipo de maravilha e isso abrandou sua voz. — Amar, minha querida, carrega muitos "apesar de". Ainda assim, amar é a coisa mais poderosa que existe e não é uma sina, Elissa. É uma escolha. Uma escolha só sua. Basta que diga "sim".

Elissa não se deixou levar pelo retorno ao jeito doce e infantil. De fato, sua vontade era a de continuar resistindo a cada uma das palavras dela.

— Eu não busco amor, Aleia. Nunca busquei. Sempre fui surpreendida por esse sentimento. E, na maior parte do tempo, o acho absurdo. No momento, tudo o que quero é paz e cura. Amor não é o caso aqui.

O rosto de Aleia voltou a fechar a expressão. Tinha algo de assustador com os olhos verdes e ancestrais brilhando na escuridão.

— E qual acha que é a reposta para a sua busca? Poder? Estou lhe apresentando um dos grandes, minha querida, acredite. E aceite! Depois que se ama uma vez, não há como desaprender, Elissa. Quanto mais intenso, mais forte é a cicatriz. E há cicatrizes que pulsam eternamente. O amor se manifesta de várias formas nesse universo. Seu planeta criou uma maneira de amar que é bela e única. Mesmo que não se possa salvá-lo, essa forma de amor não pode morrer. Entenda isso. É bonita demais.

Elissa ficou quieta encarando Aleia, tentando ver através dela, para além de seus olhos de velha. E enquanto fazia isso, investigava o que sentia. Começava a perceber que as pessoas que amara e perdera haviam lhe causado buracos, espaços vazios na geografia dos afetos. Esquecendo que o mundo estava aos pedaços, perceber as pessoas pela sensação do "nunca mais" era um quase desespero. Nunca mais seu pai, ou Vinício ou Simoa. Nunca mais.

Então, e se um dia fosse nunca mais Seth? Ou Tyla? Ou ambos? Ou se viesse a perder Teodora? Miranda, Ino ou sua mãe? Ou Caldre ou os amigos que fizera no bordel? A dor estaria ali até mesmo se perdesse algumas das crianças daquele mosteiro. Sobreviveria às perdas? Provavelmente. Mas o que era estar vivo, afinal?

Lá estava a onipotência novamente e, dessa vez, as lágrimas saíram sem seu comando. Era tão mais fácil a época em que se importava menos. Em que apenas se deixava levar pelas coisas à sua volta. Estava imersa no tal amor de que falava Aleia. Explodindo como um vulcão porque aquilo tudo era como uma ferida aberta. E seria eternamente.

O rosto de Aleia transparecia prazer como se lesse os seus pensamentos. O que ela provavelmente fazia. Foi então que um raio atingiu Elissa. Uma epifania única.

— Espere — murmurou baixinho e então encarou Aleia, com uma suspeita terrível. — Seria capaz de me responder uma pergunta sem mentir?

— O que quer saber de tão sério assim? — brincou a menina.

— Qual a posição de Seth na Query?

Aleia ergueu as sobrancelhas escuras, que quase sumiram sob os cachinhos que caíam sobre a sua testa.

— Humm, depois da morte do seu planeta? — O tom continuou leve, como uma canção infantil. — Ora, acho que ele chegará regente. O primeiro abaixo dos anciões.

Elissa fechou as mãos. Sentia no rosto o entendimento e a perplexidade. E algo incandescente e borbulhante que ia subindo por suas veias.

— Ele estava certo, então — insistiu Elissa —, na caverna, antes de irmos para o Abismo? Não tem nada a ver comigo, não é? Tem a ver com ele! Se ele amar o que morrerá na Terra...

— Pensará duas vezes antes de aceitar o decreto da morte de outro planeta — completou Aleia com tranquilidade.

Elissa negou com a cabeça. O repúdio a atingia fisicamente como uma náusea.

— Tudo isso foi apenas para manipulá-lo?

A velha já não se escondia mais sob a criança.

— Apenas? Elissa, não tem nada de "apenas". Será muito mais fácil lidar com as decisões absurdas da Query se alguém lá dentro souber exatamente o que se perde com um extermínio como esse. Seth não "apenas" aprendeu a forma de amar do seu planeta, como está lutando a sua guerra porque você pediu. Tem ideia do quanto isso é maravilhoso? Do quanto todos poderemos ganhar quebrando a lógica fria e sem afetos que gere a Query? Eu precisava dar um jeito para que aprendessem.

Um frio de morte ia congelando Elissa, indo do ventre para os braços. E havia também o ódio.

— E que nos danemos por um bem maior, não é? — Elissa cobriu o rosto com as mãos e esfregou com força, como quem acorda de um sono entorpecido. — É claro. Cristalino! Se eu fracassar, a dor dele será maior e você o terá ainda mais nas mãos.

— Elissa, não é bem assim — contemporizou Aleia, parecendo dessa vez perceber algum perigo.

— Gostaria muito que você não estivesse num corpo de criança.

— Escute...

— Aí eu poderia bater em você sem qualquer remorso. Saia da minha frente! Saia agora ou esqueço meu tamanho e o seu e vou surrá-la! Saia!

Ela berrou e avançou para cima de Aleia. A garota se desvaneceu, como se o vento a tivesse soprado inteira.

As mãos de Elissa se grudaram na amurada com vontade de quebrá-la. Demorou um pouco para que ela percebesse que estava fazendo mais força para não se jogar dali de cima. Finalmente, seu corpo amoleceu e se desmanchou até o chão. Não tinha mais força alguma, vontade alguma. Deixou o vácuo ir avançando sobre os seus pensamentos. Era isso ou o colapso.

Voltou a pensar em como tudo estaria resolvido se ela estivesse morta. Ora, o mundo acaba todos os dias. Acaba para os milhares que simplesmente morrem. Não há mais necessidade de se preocupar com o que virá. Se há guerra, se haverá um cataclismo que liquidará com a água ou a fertilidade da terra, que importância tem isso quando se está morto? Nenhuma preocupação assombra, nenhuma dor. Morrer seria tão fácil. Tão simples.

Elissa se deixou ficar onde estava. A cabeça vazia. Um pensamento fixo: morrer ali resolveria tudo. A guerra acabava. O mundo chegava ao fim. Morrer era o melhor que poderia acontecer a qualquer um.

*

Teimosamente, o dia apareceu no horizonte. A luz do sol foi apagando o brilho pálido da lua e os pássaros da aurora — cada vez mais raros — cantaram alto como se nada em tudo aquilo lhes dissesse respeito. A vida sem consciência da vida. Era uma frase de Fraire Valesko nas tardes de domingo, após o almoço, sentado com seu pai e sua mãe sob as árvores do pátio. Elissa, por vezes, se questionava sobre a veracidade daquele enunciado.

— Não, minha querida, só a consciência pode criar ou se importar com o que acontece ou acontecerá. Nenhum outro animal, além do humano, pode salvar os outros.

Também era o único com poder de condenar a si mesmo e todos os outros.

Elissa tinha a cabeça ainda encostada às pedras do chão da torre e a percepção da luz matinal a deixara em dúvida se dormira ou não. Seus ouvidos ficaram buscando a tristeza no canto dos pássaros, no vento, no amanhecer do novo dia. Perguntava-se o que sabiam as outras coisas vivas do fim tão próximo. Seus olhos rentes ao chão buscaram por formigas. Estariam elas pressentindo que aquele verão duraria para sempre? Que se alongaria até que as sementes hirtas não germinassem mais? Que um dia não haveria mais nenhuma folha para colher?

Entretanto, não acabaria de uma vez, com um estrondo, uma explosão. Não. Seria lento. Sacrificado. Um apagar em lamentos e murmúrios. A primeira coisa a morrer seria a ideia de humanidade. Não os humanos em si, mas as altas expectativas que todos tinham sobre si mesmos. Isso estava claro em Alephas, na cidade coberta por pedaços de gente estraçalhada por canhões. Não haveria tempo para serem melhores. Nunca seriam melhores que isso.

Ergueu-se do chão com dificuldade. As inúmeras dores que assolavam o corpo já lhe eram bem conhecidas. Foi respirando cada uma delas até ficar em pé. Da torre conseguia ver quase todo o altiplano. A parte que ia até a cordilheira e a que se estendia aos promontórios escarpados em direção ao resto do continente. O sol deitava uma luz branca e amarela como uma espécie de véu sobre as coisas e a vegetação cada vez menos verde.

Os olhos de Elissa foram do longe ao ponto mais perto em que o chão chegava até ela, na base da torre. Media o tempo e o espaço. Alguns científicos afirmavam que era a mesma coisa, mas nem sempre. Tinha certeza de que, por vezes, a distância percorrida, com a mente e o coração, é muito maior que o tempo. Outras vezes, o tempo é que não era suficiente para se viajar toda a distância desejada ou necessitada. E o tempo e a distância podiam ser ambos o abismo, e nós seus viajantes, andarilhos sem pernas ou olhos. Não há sequer necessidade de nos jogarmos nele. É o abismo que nos envolve.

As Fraires de sua época de escola ensinavam a acreditar que a ordem Cósmica possuía um plano que levava ao Bom Fim. Sim, o plano existia, no entanto, ele era somente o próprio abismo.

Elissa ergueu os olhos para o céu. Como odiava o céu agora! Mas o que poderia fazer contra ele? Só tinha duas escolhas possíveis: o desespero ou a resistência. Era isso, escolher e seguir em frente. E, talvez, em meio a todo o horror do desmantelamento da vida conhecida, as escolhas pudessem ser como epidemias. Não era assim nas épocas de paz? Quando alguém ia numa dada direção com certeza e determinação, se tornava bem fácil que um grande número de pessoas o seguisse.

Seth a contestaria. Diria que resistência é sofrimento. Mas e o que era o desespero, então? A questão não era a morte, afinal. Todos morreríamos de uma forma ou outra. Mas o que consolaria mais e teria mais significados enquanto restasse vida?

Elissa percebeu que chorava. Não sentia ter força para qualquer resistência, mas o desespero também já a consumira tantas vezes e ela continuava ali. De onde poderia tirar forças para tanto?

— Senhora Elissa? — A voz de Felipa era um pouco ofegante vinda da porta que levava às escadas. — O que faz aqui? — Ela estava um tanto afogueada e parecia cheia de um entusiasmo contagiante. — Espero que não esteja desistindo de nada, pois temos coisas maravilhosas para mostrar para a senhora.

Elissa se aproximou dela e viu que a menina mal podia conter o sorriso. Fosse o que fosse, resistência era a resposta. E ali, em Felipa e nos outros, é que estava a força que Elissa precisava. Sem pensar muito, seus braços envolveram a garota e as duas trocaram um abraço apertado. Separam-se interrompidas por um pigarrear baixo. Nadan estava parado junto às escadas.

— Bom dia, senhora Elissa. Eu tive uma ideia e acho que conseguimos colocá-la em prática. — Ele também parecia ter subido por mal conter o entusiasmo.

No momento seguinte, os três desciam as escadas em direção ao laboratório. Havia outra realidade lá. A sala da grande máquina de ondas de rádio estava cheia de vozes. Andres operava a mesa e filtrava ativamente os níveis de recepção, colhendo informações que se espalhavam por todas as rádios da Tríplice República. Pela porta aberta, Elissa pôde ver que o laboratório estava cheio de aprendizes. A altura de Zenira a destacava, mas também a sua atitude. Ela dava ordens e coordenava os mais jovens. Parecia firme e ocupada, em nada lembrando a garota arredia do dia anterior. Ela correu até Elissa quando a viu.

— Bom dia! — cumprimentou com uma animação que Elissa estranhou. — Vamos deixar tudo operativo em dois dias no máximo, eu garanto.

— Tudo o que, menina?

— Captamos mensagens das rádios da capital — informou Nadan.

— Os exércitos rebeldes estão invadindo Amaranta. A cidade está sob cerco e há revoltas de apoio lá dentro. Não se sabe o quanto o governo poderá resistir — prosseguiu Andres agitado e feliz. — Provavelmente não muito.

Elissa segurou o encosto de uma cadeira para não cair.

— Quem lidera os rebeldes? — perguntou.

— Falam no comandante Rosauro — disse Nadan. — Numa mulher chamada Tyla, na senhora e... — o menino pareceu incerto, como se não acreditasse muito no que iria falar — num tigre monstruoso com uma pata de metal.

— Em mim? — Elissa ainda não sabia como digerir toda a informação.

— O povo de Amaranta está clamando pela senhora — justificou Andres. — Pelo que pudemos ouvir, a adesão à causa independentista está ocorrendo por sua causa.

Elissa negou com a cabeça.

— Não sou independentista. Só quero o fim da guerra.

— Eu acho que — Felipa ergueu a voz —, em algum nível, as pessoas entendem isso. Que a senhora é o símbolo da resistência e não da guerra.

— Por isso, iremos levá-la para Amaranta — garantiu Zenira. — Não tem ideia de quantos dirigíveis temos aqui, senhora Elissa. Faremos do céu um mar e vamos navegar com a senhora. Seremos o seu exército!

— Zenira, Nadan, Felipa, Andres, por favor! Vocês — a voz de Elissa falhou — são apenas crianças.

— Exato — garantiu Nadan com seriedade. — Por isso, eles terão de nos ouvir.

26

— *A guerra está em todo lugar, Elissa.* — A voz de Tyla lhe chegava longe via rádio. — *Todos estão lutando. Não há mais civis e soldados. As pessoas querem suas vidas de volta.*

A amiga justificava a decisão de avançar até Amaranta e tomar a cidade.

— *Estão do nosso lado, meu bem.* — A voz dela vibrava de entusiasmo. — *Nunca imaginei algo assim, os republicanos recuam todos os dias. Venha logo!*

Elissa encarou as crianças a sua volta. Elas haviam conseguido a transmissão e ouviram todos os relatos da Capitã Atília, como a estavam chamando, com sorrisos nos lábios.

— Muitos morrerão — Elissa rebateu a fala da amiga com firmeza.

— *Que seja!* — berrou Tyla do outro lado do rádio e as crianças fizeram eco num grito de guerra.

Elissa assentiu com a cabeça e voltou a aproximar a boca do microfone do rádio.

— Estou indo. Desligo.

*

Os habitantes das regiões onduladas, que se seguiam ao altiplano em direção ao leste, viram o horizonte se erguer naquela manhã. Era como se uma parte da montanha houvesse se desprendido e começasse a navegar nos céus. Alguns acreditaram ser uma tempestade e até pensaram em saudar a chuva. Outros imaginaram o pó e a areia se erguendo, mais uma vez, para engolir outra cidade ou povoado. A massa escura, porém, era compacta, densa e se movia em direção à Amaranta.

Os primeiros a contar disseram que havia mais de cem naus aerostáticas deslizando pelos céus. Próximo a Mirabília, o número quintuplicara. As escolas de Fraires Inventoras, povoadas por alunos abandonados ou quase isso, haviam sido contatadas por rádio e agora elevavam ao ar uma frota sem precedentes. Não eram os canhões a maior força daqueles aeróstatos escolares, mas sua presença. As pessoas de terra olhavam para cima e viam os rostos jovens e determinados e não sabiam como definir o que acontecia.

O exército da Tríplice República começou a se mover quando as naus atingiram a metade do caminho para Amaranta. Não foi um movimento simples, pois os militares estavam envolvidos em tantos conflitos que quase não tinham a quem deslocar para uma nova batalha nos céus. Era preciso convocar a força extrema. Ao Norte, Sazna Tue, a cidadela militar da Tríplice República, afiou o pouco que ainda tinha para tentar garantir a permanência do governo, mas já sem tantas certezas.

Em todo o território, essa armada insuspeita que se erguia aos céus era uma novidade pavorosa. Seu tamanho impressionante, suas armas desconhecidas, a liderança da inimiga da República, Elissa Till, e sua terrível tripulação infantil. Não haveria problema em abatê-los, diziam os comandantes militares, exceto pelo fato de que os corpos que despencariam do alto eram os dos filhos dos cidadãos. Como conter os cidadãos depois de fazer chover sobre eles os pedaços de suas crianças?

Enquanto o governo preparava sua reação, Amaranta caiu nas mãos dos rebeldes.

No litoral Norte, a capital Ondarei estava sob cerco, espremida entre os altos promontórios acima do mar e uma coligação guerreira do Partido Independentista com uma população exausta de desmandos. Ondarei esperava auxílio de Sazna Tue, mas a ajuda não viria.

Em Memória do Mar, os três Ministros Governadores armavam um contra-ataque. Enquanto tivessem a fidelidade de Sazna Tue, sabiam que a derrota não viria. Uma centena de batalhões marchava para o sul e o governo Unionista não cederia facilmente.

❃

A nau capitânia em que Elissa estava aportou sobre o Palácio do Governo em Amaranta. Uma afronta à Tríplice República mesmo depois de sua capital do Sul ter sido tomada. Tyla subiu a bordo batendo palmas.

— Quando eu acho que arrasei, a curandeira aparece com uma frota navegando pelos céus. Difícil competir, não é, amor?

Elissa se jogou nos braços dela rindo. Era tão bom vê-la inteira. Ficou agarrada ao calor da amiga por um longo tempo. Depois, começou a inventariar os machucados e cortes. Tyla a sacudiu.

— Estou bem, mulher! Fique tranquila. Poderia avançar para tomar Memória do Mar agora mesmo.

A frase se interrompeu ao olhar a expressão de Elissa. Ela encostou a testa na da amiga.

— Sua mãe foi trazida para cá e está vindo te ver. Dê um tempinho para ela, sim?

Úrsula entrou no barco ajudada por Caldre e Ino. Estava tão envelhecida que Elissa mal soube como reagir. As roupas frouxas e enlutadas apertaram ainda mais seu coração. Abraçou-a com força.

— Estou bem, mãe. Está tudo bem.

As duas choravam, mas Úrsula não parecia ter forças para lhe fazer qualquer pergunta. Elissa queria explicar tantas coisas, mas a incompreensão nos olhos de sua mãe ia muito além dela, se estendia ao mundo inteiro. Não havia como ser diferente. Doeria para sempre nas duas, mas não era mais possível cruzar tamanha distância.

Miranda estava logo atrás.

— Beije sua irmã — ordenou Úrsula.

As duas se abraçaram, mas a caçula não escondeu a raiva que sentia. Ela ainda achava que Elissa era a causa de todos os problemas da família. Ino, porém, a olhava com admiração e lhe apresentou um menino grande, com os olhos vivos do pai, tão assombrado diante da tia que mal conseguiu abraçá-

-la. Uma miniatura incompleta de Vinício, com um sorriso e uma tristeza que lembravam Simoa.

Elissa nunca pensou que seria tão difícil conversar com sua própria família. Tinha tanto a dizer. Chegou até mesmo a tentar, mas as palavras não saíam. Caldre se aproximou, interrompendo uma de suas tentativas, para abraçá-la.

— Bem-vinda, comandante.

— Sem postos, Caldre — pediu.

— É fato, minha amiga.

Um pouco atrás do grupo que a cercou, Teodora tinha uma face ao mesmo tempo satisfeita e preocupada. Elissa mal podia esperar para interpelá-la. Ao lado dela, numa proximidade tranquila, Seth a observava. Finalmente, Elissa rompeu o círculo a sua volta e caminhou resoluta até os dois. Deu um abraço na irmã.

— Depois — respondeu Teodora ao seu olhar inquisidor. — Conversamos depois.

— Muita coisa? Alguma esperança?

— De-pois!

Não havia como insistir. Então, Elissa resolveu que tentaria outro assunto difícil. Tomou a mão de Seth e o levou consigo para a sala de comando do navio. Assim que ela fechou a porta para o convés, Seth questionou com uma expressão estranha e divertida.

— Crianças?

— Sou refém — defendeu-se Elissa com o mesmo humor. — Belo braço.

Ele ergueu o novo antebraço, cujas linhas eram mais elegantes que as do anterior.

— Sua irmã é um gênio. — O elogio era absoluto, porém a nova prótese ainda parecia lhe pesar um pouco, menos adaptada que a antiga.

Elissa se encostou à mesa de madeira coberta de mapas e um aparelho de rádio e o encarou com seriedade.

— Precisamos conversar, Seth — começou com a voz firme —, sobre Aleia.

— O que há para conversar sobre Aleia? — Seth comentou sem interesse e se aproximando dela. — Para mim é óbvio. Ela venceu. Venceu desde o início.

— Você não sabe o que...

Ele sorria.

— O que acha que eu não sei, Elissa? — O homem fez um sinal de quem se desculpa. — Não estou desfazendo de sua inteligência, por favor. Simplesmente conheço Aleia. Sei do que ela é capaz e raramente me deixei enganar pelas formas que ela gosta de assumir. O que, aliás, diz um bocado sobre ela e o jeito com que manipula todos à sua volta. Nossos embates são muito antigos, Elissa, e — os ombros dele caíram — tenho de admitir: dessa vez, ela conseguiu. Venceu tão completamente que seria ridículo ficar negando.

Elissa mexeu com a cabeça, indignada. Toda aquela ideia mexia demais com sua necessidade de resistir.

— Ela nos transformou em peças de tabuleiro!

— Exatamente. — Ele tinha uma calma irritante ao dizer aquilo. — É uma especialidade dela.

— Você devia estar furioso! — Elissa avançou para ele, colocando as mãos em seus ombros e o sacudindo.

Seth riu alto.

— Eu sei! E, no entanto, estou feliz.

— Feliz? — Elissa achou que o homem, a entidade, fosse o que fosse, havia perdido completamente a razão. — Com o quê? Por quê?

Seth colocou as mãos em sua cintura e a aproximou, colando-se a ela.

— Porque você, mais uma vez, atravessou um mar de pessoas para vir na minha direção. Porque, dessa vez, eram pessoas que realmente importavam a você. Porque está aqui, sozinha comigo, em vez de aproveitar as poucas horas que tem com a sua família. Estou feliz porque a desgraçada da Aleia venceu e eu nem estou preocupado se ela estava certa ou não.

O corpo de Elissa começou umas três reações diferentes, mas ela abortou todas no meio. É claro que Aleia conseguira. Não somente com ele, mas com ela também. Seu coração batia forte e perdia compassos sem que ela conseguisse definir exatamente o quê. Seth afastou o cabelo dela do rosto com a mão verdadeira.

— Elissa, eu sei que...

Ela colocou um dedo sobre os lábios dele.

— Eu também te amo, Seth. — Sabia que ele precisava (e merecia) ouvir aquilo em voz alta e Elissa precisava dizer. — Mas isso não muda o que vem a seguir.

Ele deu um sorriso largo e ainda mais feliz.

— Não, claro que não. Aí está a genialidade da pequena bruxa. — A voz dele era baixa e rouca. — E, como os corpos humanos são cheios de vontades, creio que eu gostaria de mais um beijo antes de ir.

Seth a beijou antes que ela reagisse à frase. Elissa se entregou a essa sensação por um longo momento. Beijar desesperadamente alguém que ela amava muito. Amava demais. Alguém cuja a presença e o menor dos sorrisos a faziam feliz. Nesse instante, se ele tivesse refeito a oferta da primeira noite, ela aceitaria sem pestanejar. Queria tanto estar com ele, ficar com ele. Queria que fosse para sempre. Meio tonta, a frase "antes de ir" rondou seu cérebro.

— Ir? Aonde? — perguntou por entre lábios dele.

Seth prolongou os beijos por mais tempo. Parecia ler o que ela sentia. A vontade infinita de esquecer de todas as coisas. Então, ele finalmente respondeu.

— Norte.

A palavra e a direção sacudiram Elissa. Um aperto na boca do estômago a fez empurrar os ombros dele, afastando o rosto para encará-lo.

— Norte? O que vai fazer no Norte?

— Cumprir a minha promessa. — Ele se deixou afastar, mas manteve o braço mecânico em sua cintura e, com a mão verdadeira, pegou uma das mãos dela e carinhosamente beijou a ponta dos dedos. — Você me pediu que a ajudasse com sua guerra. É o que farei. Só terá uma real chance se os batalhões de Sazna Tue jamais chegarem à Memória do Mar. O próprio Alto Conselho dirá aos Ministros Governadores que terão de negociar. Então, vou impedir que cheguem à cidade. Ora, Elissa, não franza a testa assim. Sabe que eu posso.

— Não estou duvidando do que pode, Seth — disse se afastando completamente para poder pensar direito. — Apenas, essa é a *minha* guerra. Sinto como se o estivesse manipulando, tal qual Aleia. Eu não quero isso.

Ele deu de ombros e fez uma pequena careta ao nome de Aleia. Depois, voltou a enlaçá-la pela cintura, não deixando que ela se afastasse dele.

— Bem, o corpo que estou usando é nativo deste mundo, então podemos considerar que é minha guerra também. Por mais de um motivo. Além disso — a voz dele tinha um tom que ela não pode definir —, o que quer que aconteça, será mais fácil sem uma guerra.

Elissa negou levemente com a cabeça. Algo ali não fazia sentido. Eles se amavam, estavam ligados, no entanto, esperança não era algo que partilhas sem. As palavras dele a deixaram perplexa, como se estivesse se deparando com um outro Seth. Um que ela não conhecia.

— O que mudou? Você dizia que minha luta dava uma esperança ilusória para as pessoas, que nada era capaz de mudar o futuro. Que eu deveria simplesmente deixar que as pessoas escolhessem a forma mais rápida de morrer.

Os olhos amarelados dele parecerem um tanto arrependidos.

— Minha raça não é uma trágica e perversa destruidora de mundos, Elissa. A morte não nos incomoda por certo. Ela é parte de uma transformação e é a única presença certa na existência, meu amor. — Ele deslizou a mão por uma mecha do seu cabelo. — Porém, não há necessidade de ser feita em sofrimento. Ter convivido com você, com Tyla e Teodora, com todas aquelas pessoas em Alephas, me deu uma noção exata de que há mortes e mortes. Você está certa, a próxima transformação será muito melhor se vivida com dignidade e paz.

— Estamos falando de extinção, Seth. Logo, nem toda a transformação é boa.

— Também está longe de ser fundamentalmente ruim. Mas a escolha não é minha, Elissa. É sua. Da sua gente. O que farão com o que ainda têm?

Bateram à porta. Tyla colocou o rosto emoldurado pelos cabelos cheios para o lado de dentro.

— Desculpem, meus amores. Normalmente meu trabalho é facilitar a vida de quem está a fim, mas Elissa, tem um monte de Fraires Inventoras arrependidas chegando ao Palácio e querendo falar com você. Ao que parece, o trabalho delas é justamente o contrário do meu — resmungou dando de ombros.

Seth riu, mas Elissa fechou a cara. Ela se dirigiu para a porta. Resolveria o que fosse e depois eles prosseguiriam aquela conversa. Queria dar vazão a sua raiva das Fraires primeiro, afinal, estava liderando um bando de crianças por conta do abandono e dos destemperos da Ordem em que, no passado, ela confiara. Seth, porém a segurou.

— Elissa...

— Eu já volto.

— Não. — Sua negação era suave. — Tudo agora é urgente, menos o que temos aqui.

Elissa foi até ele e o beijou. Colocou toda intensidade que pôde para que seus lábios nos dele falassem por ela.

— Eu. Já. Volto.

Seth sorriu e ela pôde, pela primeira vez, pensar em como o sorriso dele era realmente bonito e quente. O sol não estava apenas no calor da pele ou dos olhos.

— Não se preocupe. Eu não pretendo ir a lugar algum.

No convés do navio, o grupo de Fraires que a aguardava precisou ouvir um bocado antes que Elissa concordasse com sua permanência ali.

Horas depois de a frota chegar — e ter seu tamanho aumentado por cada dirigível ou dispositivo aéreo disponível (por adesão voluntária, roubo ou requisição) —, ela se ergueu novamente. Toda a preparação absorveu Elissa e ela não conseguiu retornar à conversa interrompida. Seth não ficou à espera dela também. Ele se apresentou ao convés e saiu organizando partes da frota com a mesma desenvoltura e habilidade de Rosauro ou Tyla. E todos o ouviam sem pestanejar.

Como Elissa, ele sabia que, se esperassem muito, dariam tempo para a República se recuperar. Combatentes independentistas e voluntários se juntaram às naus que carregavam os alunos, mas não houve qualquer negociação com as crianças. Elas simplesmente não iam descer e deixar que os adultos assumissem a partir dali. Pelo contrário, as naus eram delas e os recém-chegados, apenas tripulantes, deviam obedecê-las.

Seth, Tyla e Teodora acompanharam Elissa na nau capitânia. Rosauro assumira o governo de Amaranta e se dedicaria a organizar as tropas vitoriosas do Sul. Os filhos do comandante independentista resolveram, por sua vontade, acompanhar Elissa indo em outros navios e sendo recebidos como heróis. O pai não conseguiu se opor. Bastava olhar para as tripulações daqueles navios para saber que era um novo tempo, com outro tipo de crianças.

Caldre manteve seu posto de protetor da família Till, muito embora ele e Ino demonstrassem querer participar daquela última batalha. No entanto, o ressentimento de Miranda impedia o marido de se unir ao exército da irmã. Já Caldre se sentia no dever moral de se manter ao lado de sua amiga Úrsula, cuja fragilidade não ficaria menor durante as lutas que se seguiriam.

Quando estavam ainda sobrevoando Amaranta, Seth disse que iria seguir para o Norte mais rápido em sua outra forma. Ele se despediu de Teodora e Tyla com um carinho que impressionou Elissa. Depois, pegou-a pela mão e a levou para perto da amurada do navio aerostático e os dois viram a população da cidade se amontoando para ver a frota passar. Não demorou para que algumas pessoas começassem a chamar pelo nome dela e saudá-la como uma espécie de salvadora. Imediatamente Elissa quis recuar, mas Seth a segurou com firmeza.

— Fique! É importante.

— Para o quê? — Ela estava desconfortável enquanto ele a fazia acenar.

— Pensei que queria terminar a guerra e dar início a uma nova época.

O comentário irritou Elissa.

— Que nova época? — inquiriu entre os dentes.

— Não tenho poder para recuperar seu planeta, Elissa. Já lhe disse isso. O que ocorre agora é fruto do passado de sua gente. No entanto, eu posso sim ajudar com a vinda de uma nova época. Afinal, essa é uma parte do meu trabalho.

— Como? — Ela estava confusa.

— Era o que eu queria lhe dizer lá dentro. Vou continuar aqui. Com você. Juntos, daremos um jeito. Você vai! Tenho certeza. É a curandeira, lembra?

Seth riu de sua expressão chocada e lhe deu um beijo longo. As pessoas lá embaixo bateram palmas, então, ele pulou a amurada do navio, indo aterrissar no meio da multidão. Quando tocou o solo, o fez com patas de tigre. Ao susto, se seguiu uma ovação e as pessoas gritavam que o tigre da lenda não viera devorar o mundo, mas os tiranos. No entusiasmo popular, o nome de Elissa foi gritado mais forte.

Ninguém conseguiria governar àquelas pessoas, praticamente todo o Sul da Tríplice República, sem ter o apoio ou acordos com Elissa. Era a isso que Seth se referia fazendo com que todos colassem o mito do tigre a ela. Ela era a mulher que possuía o tigre, que comandava seu poder. Elissa entendia isso enquanto o via se afastar em uma velocidade cada vez maior.

— Deviam fazer homens desses às dúzias e vender por atacado no mercado — comentou Tyla passando o braço sobre os ombros dela.

— Ele é um alienígena — comentou Elissa num tom de desânimo que estava longe de sentir, mas que fazia parte do humor das duas. — Não há como fazer desses por aqui. E aí, tirou sua casquinha no tempo que estive fora?

— Tudo o que pude, benzinho. Ajuda bastante ele não conhecer muito as regras de etiqueta do nosso planeta, confunde quase tudo com boas maneiras.

Elissa riu e Tyla gargalhou alto.

— Ok, estou brincando, ele ficou mais próximo da Teodora. Horas e horas juntinhos com a desculpa do braço novo.

O tom surpreendeu Elissa e ela encarou a amiga.

— Isso parece ciúmes.

Tyla ficou séria.

— Ficaria incomodada?

Seth não era a questão, Elissa sabia. Tyla sempre deixara claro que preferia outras mulheres.

— Você e Teodora? — perguntou surpresa e Tyla confirmou com a cabeça. — Não me incomodaria, é claro. Apenas, sinceramente, nunca achei que ela fosse do tipo que se interessasse, digo, por qualquer pessoa. Teo é o avesso de qualquer coisa que lembre romance.

— Mesmo? — debochou Tyla. — Comigo ela é bem entusiasmada.

As duas estavam rindo de novo.

— Ok, eu assumo: é culpa da família — assegurou Elissa —, estávamos apresentando ela às pessoas erradas.

Demoraram um pouco para notar que Teodora estava por ali, observando-as. Num primeiro momento, Elissa achou que a irmã se incomodara com os comentários delas. Contudo, o ar de tédio dizia o contrário. Teodora não faria comentários pessoais com a irmã enquanto, no seu ponto de vista, tivessem assuntos mais importantes para tratar. Era o jeito de ela ver o mundo e Elissa não tinha qualquer pretensão de mudá-la.

Continuou abraçada com Tyla.

— Alguma novidade? — perguntou no mesmo tom que faria se estivesse colocando a cabeça para dentro da porta do laboratório.

— Sim. Quer a boa ou a má? — Teo respondeu se aproximando mais das duas. Estava com os braços cruzados e uma profunda ruga na testa.

— Dê na ordem em que as notícias façam sentido — retrucou Elissa erguendo os ombros.

— Certo. Uma garotinha andou aparecendo no meu laboratório. — A frase ficou entre a pergunta e a afirmação.

Elissa respirou fundo. Pensar em Aleia era um incômodo difícil de digerir.

— Sei disso.

— Sabe o que ela é? — Os cachos rebeldes de Teodora, presos de maneira displicente ao coque, voaram sobre seu rosto quando ela se inclinou na direção de Elissa.

— Sei. E você?

A irmã mexeu a cabeça.

— Não tenho ideia. Só não era uma garotinha, disso eu tenho certeza. Apareceu por lá dizendo que era sua amiga e me ajudaria, cheia de ideias e um conhecimento absurdo.

Elissa mordeu os lábios antes de perguntar.

— Ela ajudou?

— Um pouco. Ajudou-me a fazer a alga-mãe trabalhar. Aí está a boa notícia. Seu namorado, seu homem, seu tigre ou eu sei lá como você o chama, nos deu a chance de restaurar a biosfera do planeta ao trazer aquela amostra.

Elissa mal sabia o que responder. Sentiu as pernas fraquejarem e levou a mão ao peito achando que o coração saltaria. Ele fizera isso! Elas agora tinham uma resposta possível aos desertos! Poderiam resolver tudo! De quebra, Elissa ganhava mais alguma coisa para barganhar pelo fim da guerra. Era extraordinário!

— Elissa! — chamou Teodora com raiva. — Quer voltar a pensar como a cientista que um dia você foi e não como um soldado apaixonado? Tempo, Elissa! Tempo! A alga pode reconstruir a biosfera? Pode, pode sim. Mas estamos falando numa faixa de tempo que não nos compete.

Os ombros de Elissa se desmantelaram. Essa era a má notícia.

— O que quer dizer com isso, Teo? — Tyla olhava de uma para outra sem entender.

— Ela quer dizer que será o tempo de uma nova evolução ou quase isso — explicou Elissa.

— Talvez nem tanto. Mutações ao longo do caminho podem, sei lá se dá para usar a palavra "ajudar". Mas não há como saber aonde a coisa vai chegar e, principalmente, quando. Talvez, num tempo absurdamente longo, se consiga até mesmo colonizar o Abismo e as formas de vida que estão por lá. Mas antes aquelas formas de vida e os desertos dominarão o planeta. E isso, infelizmente, será num tempo bem menor.

— Quanto tempo?

— Uma ou duas gerações humanas — respondeu a irmã. — Talvez mais, com sorte. Ou azar, dependendo do ponto de vista.

Elissa virou de costas para as duas apenas para olhar Amaranta, que agora se afastava por sob elas e da qual ainda se podia ouvir os cantos esperançosos da população.

— Isso não muda nada do que tenho para fazer — disse, por fim. Conseguia ver o lampejo de esperança de segundos atrás mergulhando no escuro. — Nem do que você tem para fazer, Teo. Se há como tornar essa alga mais ativa, é o que deve ser feito. É para isso que temos a ciência. E, ao que parece, é para isso que temos você e aquele monte de Fraires científicas para ajudá-la.

Teodora balançou a cabeça concordando. A praticidade das duas irmãs não foi encarada da mesma forma por Tyla, cuja voz se ergueu revoltada.

— Eu acreditava que tínhamos uma chance ao final de tudo.

Teodora pegou a mão de Tyla, como que para consolá-la, e as três ficaram com os olhos perdidos nas distâncias por sobre as quais o navio aerostático navegava.

— Vale a pena continuar, então? — tornou Tyla quase para si mesma.

— O que mudaria se tivéssemos uma doença terminal ou sofrêssemos um acidente ou fôssemos assassinadas amanhã? E se soubéssemos disso hoje e fosse inevitável? Vivemos a vida inteira assim, minha amiga. Andando em frente mesmo sabendo o final da história. — Elissa sacudiu os ombros. — Chame essa merda toda de fé.

— Fé em que, Elissa? — Teodora havia inclinado a cabeça desalentada sobre o ombro de Tyla.

Elissa olhou as duas ali abraçadas. Duas das mulheres mais extraordinárias que já conhecera. Com toda a sua rivalidade com Teodora, com toda a ambiguidade de seu relacionamento com Tyla desde o início. Elas eram fantásticas e Elissa sabia o quanto se sentia bem apenas em tê-las por perto, se sentia bem por amá-las tanto. Abraçou as duas.

— Fé de que isso não vai ser em vão.

lissa subiu até a mais alta torre de vigia do navio aerostático para poder avistar Memória do Mar ao longe. Não fosse a guerra, talvez os habitantes da cidade demorassem mais a dar importância ao avanço das areias. Naquele planalto de terras amareladas e árvores cinzentas era difícil não acreditar que os desertos eram a única realidade. A cidade sobrevivia de seus mananciais subterrâneos de água a assim seria até o ciclo das chuvas parar completamente. Até os vermes chegarem.

Quando a textura da grande capital apareceu no horizonte, Elissa novamente sentiu seu "grande" plano se esvair como se tentasse segurar o ar, ou o tempo. Como não ironizar a si mesma diante da imensa Memória do Mar? Confrontaria a cidade de que forma? Em breve, ela ergueria suas máquinas da morte ao ar e seria uma carnificina de ambos os lados.

Elissa tinha quase certeza de que Memória do Mar havia de querer mais guerra. E que o outro lado não pararia de resistir. É possível que a jovem tripulação dos navios aerostáticos levasse os líderes da Tríplice República a pensarem duas vezes antes de atirarem. Ou, quem sabe, não. Afinal, o "inimigo" não tem crianças.

Pensou nas notícias de Teodora. E as palavras de Seth rondaram sua cabeça. É a curandeira, lembra? E o que fazia uma curandeira? Aplicava remédios. Alguns criados por ela, outros não, a sabedoria estava na dosagem, no cuidado, na forma do tratamento. No tempo em que tudo isso era dispensado ao doente. A alga-mãe era o remédio. Poderia avaliar a dosagem, a forma de tratamento. O que faltava era o tempo. A humanidade consumira esse tempo, de novo e de novo. E fazia guerras desperdiçando mais e mais.

Se ao menos fosse possível acelerar o crescimento da alga-mãe? Seria possível que a biosfera se reconstituísse num tempo menor e...

Eu carrego o Tempo no bolso.

Talvez. O estômago dela apertou.

Fechou os olhos e focou seu pensamento em Aleia. Nunca a chamara antes. A menina sempre aparecera por conta própria, nos seus termos. No entanto, não era motivo para não tentar. Afinal, Aleia afirmava que sempre a estava observando.

— Aleia — chamou em voz baixa. Seguiram-se segundos sem resposta e Elissa inspirou para gritar.

— Isso é novidade — Aleia estava sentada no chão da cesta de observação e a olhava de baixo com o rostinho cheio de malícia. — Achei que não queria mais falar comigo.

Elissa deu um suspiro de alívio ao vê-la. Porém, não a via mais como uma criança e estava pronta para pressioná-la para conseguir o que queria.

— Preciso fazer uma pergunta — cruzou os braços em frente ao corpo. — Nossa sobrevivência atrapalha muito seus planos?

A menina pareceu chocada.

— É claro que não!

Elissa balançou a cabeça.

— Foi o que imaginei. Afinal, ajudou Teodora. E agora que Seth decidiu ficar.

— Ele o quê?

A mulher sorriu, sabia que isso não estava nos planos da menina. Contudo, se Aleia realmente quisesse Seth como aliado em algum futuro, teria de ser mais que uma presença irritante. E Elissa não hesitaria em usar todas as cartas que tinha para isso.

— Chegou a hora da minha contrapartida, Aleia.

— Como assim? — Ainda em choque, a menina estreitou os olhos inclinando a cabeça desconfiada.

— Você me usou e manipulou. Quero uma compensação.

Algo como medo passou pelo fundo dos olhos de Aleia e ela deu um sorriso sem graça.

— Que tipo de compensação? Já fiz mais do que poderia sem estar me insurgindo contra a Query.

— Fez? Está falando do quê? De sua ajuda a Teodora? Ora, nós duas sabemos que ela acabaria conseguindo sozinha ou com ajuda das Fraires, mais dia menos dia. Você não foi fundamental. — Aleia lhe lançou um olhar muito adulto de vaidade ferida. — Mas não se preocupe — prosseguiu Elissa. — O que eu quero de você também é algo que poderemos conseguir. Afinal, como me disse, meus antepassados já possuíram essa tecnologia. Só que eu preciso disso agora, para ter uma vantagem a mais para negociar com a República.

— Do que está falando, Elissa?

— Eu quero tempo, Aleia. Quero o Tempo que você carrega no bolso. Com o qual você fez germinar as sementes de musgo lá no alto da cordilheira.

Aleia franziu o rosto e Elissa estendeu-lhe a mão espalmada. A menina sacudiu a cabeça com veemência.

— Eu não posso, Elissa!

— Pode! Você fez o que quis até agora. Colocou todas as coisas nos seus termos. Seja aqui ou lá de onde você vem. Não invente regras agora, Aleia, e não me venha com não pode. Vai me dar o Tempo!

Aleia colocou a mão no bolso do vestidinho. Estava jogando. Ainda estava jogando. Elissa podia ver.

— Isso só serve para coisas pequenas — argumentou ela.

Elissa dobrou os joelhos, ficando com os olhos na altura dos da menina.

— Não importa. É o suficiente por agora.

— O poder disso não é infinito, Elissa. Logo se esgotará.

— Vai me negar, Aleia? Terá coragem de negar o que estou pedindo depois de tudo? Não estou lhe pedindo nenhuma salvação. Nem que invente agora alguma espécie de mágica vinda do nada. Estou pedindo Tempo. Apenas o suficiente para que o planeta tenha paz e possa fazer o melhor possível com o que nos resta.

Elissa voltou a estender a mão na direção da menina. As duas sustentaram o olhar uma na outra por longos segundos. Finalmente, Aleia tirou a mão do bolso com o estranho objeto esférico que parecia conter um corredor dentro de si, um pequeno túnel que levava ao mínimo e ao infinito. Ela colocou o objeto na mão de Elissa com um suspiro.

— Provavelmente não conseguirá usá-lo.

— Claro que vou. Você irá me ensinar, agora — respondeu Elissa se erguendo e analisando o objeto. — Não quero encontrar os ministros-governadores apresentando apenas armas. Preciso de um pouco de esperança. Esse tem de ser o meu principal poder.

— Acha que eles darão mais ouvidos a isso do que ao fato de que você tem ao seu lado um tigre monstruoso e que pode usá-lo contra a República?

— Você sempre disse que me conhecia, Aleia. Estou surpresa que não compreenda. Quero mais do que vencer a guerra.

Aleia suspirou.

— Você quer algum futuro. É claro. Mesmo incerto. — Ela estava contrariada, porém, a malícia não saíra de seu olhar. — Sempre a curandeira. — Aleia fez uma pausa. Sua cabecinha maquinando com a atenção fixa em Elissa. — Talvez, no atual estágio dos conhecimentos, nem as fraires, nem mesmo sua irmã possam replicá-lo — comentou.

Elissa virou o objeto várias vezes na mão antes de responder.

— Isso é comigo. Você conseguiu o que queria até aqui, Aleia. Agora é a minha vez. — Voltou a dobrar os joelhos para ficar na altura da menina. — Como devo usá-lo?

Pouco depois, do convés, ouviu a voz de Zenira gritar que estavam adentrando nos arrabaldes da cidade. Um urro se ergueu da tripulação. Logo, aquilo se espalhou e os outros barcos acompanharam como uma onda de som e fúria. Elissa respirou fundo. Olhou ao longe e percebeu que a frota invasora não estava apenas vindo do Sul, mas de todos os pontos e cercava Memória do Mar como se a cidade fosse uma ilha. Não precisou olhar duas vezes para saber que Aleia já havia partido. Jogou o corpo em direção ao convés, descendo pelo cordame rapidamente.

— Onde está a frota deles? — perguntou sem fôlego ao chegar junto aos outros.

— Não se ergueram ainda — respondeu Nadan. — Mas talvez não tenham mais muita coisa por aqui.

— Isso é estranho. Eles não deixariam a capital desprotegida. Alguma notícia das tropas vindas de Sazna Tue?

O rapaz tinha um ar satisfeito.

— Os barcos que vêm daquela região avisaram pelo rádio que houve uma batalha enorme nas proximidades da Floresta Calissa e que as tropas foram praticamente soterradas por uma tempestade de areia. E, pelo que pude apurar, a frota de Memória do Mar que foi dar suporte ao exército de Sazna Tue também pereceu. Apenas um ou dois barcos aerostáticos escaparam.

Elissa sentiu o corpo apertar na altura do estômago.

— O deserto invadiu a floresta? — A pergunta veio de Teodora que estava ali por perto.

— O que resta da floresta é pouco — respondeu Felipa. — A maior parte da região foi desmatada. Não há muito impedimento para os desertos avançarem e...

— Depois, Felipa — cortou Elissa colocando a mão sobre a própria barriga para segurar a ansiedade. — Nadan, o que os barcos vindos do Norte informam? Precisamos nos preocupar com as tropas de Sazna Tue?

— Não, senhora — respondeu o garoto sorrindo. — Eles nunca chegarão. O tigre deu um jeito neles.

Houve uma pequena festa entre os que ouviram isso, mas Elissa não se deixou contagiar, algo vivo parecia se contorcer dentro dela. Não havia espaço para comemorações. Aquelas crianças haviam saído direto da escola para uma batalha, o que podiam saber?

— O governo de Memória do Mar já foi informado sobre isso?

— Com toda a certeza — garantiu Zenira, postada logo atrás de Nadan.

Elissa lançou um olhar à cidade ainda inerte. Aquilo não estava certo. Havia algo ali. Alguma coisa que ela não alcançava. Eles não tinham os exércitos, nem a frota, mas ainda tinham máquinas da morte. Por que não as erguiam contra eles? Por que permitiam que chegassem tão perto?

— Nadan, peça para Andres abrir um canal e tentar se comunicar com o Palácio do Governo de Memória do Mar. Diga-lhes que não queremos uma batalha, que nosso desejo é negociar o fim da guerra. Use o meu nome.

Ela mal tinha acabado de falar e Nadan de assentir, quando Andres irrompeu da cabine onde operava o sistema de rádio entre as naus. O garoto saiu correndo afogueado chamando por Elissa.

— Eles querem negociar! — berrou. — Pediram para negociar! Os Ministros — o rapaz parou puxando fôlego — enviaram uma mensagem solicitando que a Comandante Elissa desça ao Palácio do Governo. Disseram que não abrirão fogo se apenas a nau em que ela estiver entrar no perímetro da cidade. As outras devem...

— Esperar fora dos limites, longe dos prédios, como sinal de boa vontade — completou Elissa, a partir dos protocolos de guerra conhecidos. — É justo.

— Justo uma pinoia — interviu Tyla. — Querem você sozinha no meio dos lobos. Não mesmo!

— Tyla, é um jeito...

— Um jeito de a terem como refém. Nem pensar!

— Concordo com a Tyla — somou Teodora. — Por que nós é que temos de demonstrar boa vontade? Eles estão cercados. Eles estão sem um exército. Eles estão sem alternativas. Eles que subam aqui e negociem. Eles têm as máquinas da morte, mas nós temos o tigre e tenho certeza de que, depois ter vencido as tropas, ele está vindo direto para cá. Não era essa a sua primeira ideia?

— Teodora, não é hora de você pirar a minha cabeça acreditando que também é capaz de pensar estratégias de guerra.

— E eu por acaso estou aqui de enfeite? Irmãzinha, você já foi mais esperta. Olhe para os lados! Nós temos a vantagem sobre eles!

Tyla concordou enfática.

— É a nossa chance, Elissa! Se eles vieram até você, demonstramos para todos quem é a maior força do país hoje! Você é a líder, todos reconhecem isso. Deixe claro que, de agora em diante, eles não poderão fazer nada sem você, sem consultá-la. Podemos acabar com essa guerra!

Elissa encarou as duas como se elas falassem de um outro lugar e não daquele em que estavam. Olhou em torno e puxou pelo braço um aprendiz que estava por ali e que devia ter uns nove anos, talvez menos. O menino magro se assustou, mas logo pareceu encantado em estar perto da Senhora Elissa Till.

— Vantagem? Chamam isso de vantagem? Quantos temos assim? Dessa idade? Pouco mais velhos, alguns mais jovens. É com isso que vocês querem que eu negocie?

Teodora retrocedeu um passo, ajustando os óculos, e Elissa prosseguiu.

— E se eles disserem não? E se lançarem as máquinas da morte para um combate nos céus? O que acham que devo escolher? A possibilidade de acabar com a guerra poupando vidas ou a possibilidade de uma batalha que eu não sei o fim e cheia de crianças mortas?!

O menino se encolheu e Elissa o soltou se sentindo culpada. Tyla cruzou os braços, enquanto o garoto corria dali.

— Há pouco me disse que já estamos todos mortos.

— Estamos! Agora vá e diga isso olhando nos olhos deles! — berrou Elissa encarando Tyla apontando para as crianças que as cercavam.

— Nenhum deles está aqui sem saber onde se meteu, Elissa! — Tyla tornou entre os dentes.

— Mesmo? Que noção têm essas crianças? Elas confiam em nós! Somos as adultas aqui. Até o fim, temos de protegê-las! Temos de agir no melhor para elas!

Tyla riu sem humor e negou com a cabeça.

— Eu gosto muito desse mundo que só existe na sua cabeça, Elissa. Ele parece um paraíso de pessoas grandes cuidando das pequenas e lutando por elas. É tão lindo que gostaria de ter vivido nele — ironizou. — Na idade desse pequeno que você segurou, eu já tinha sido abusada e espancada dentro de casa. Dois anos mais velha, matei o primeiro homem. Um ano depois, vendia sexo para conseguir sobreviver. Guerra é guerra e é a vida toda para a maioria das pessoas! Sua prateleira de boneca é para muito poucos.

Elissa tensionou o que pôde o abdome para prender e controlar a sensação ruim que se agitava dentro dela.

— Que seja! Farei por eles o que não fizeram por você. Andres, diga que eu irei até o Palácio do Governo negociar. E passe um rádio às outras naus dizendo que aguardem fora do perímetro da cidade.

Tyla deu um bufo furioso e saiu de perto dela.

— Está sendo burra — afirmou Teodora antes de seguir Tyla.

Elissa virou o rosto para ignorar a irmã e percebeu que Andres não havia se mexido.

— O que foi? Por que ainda está aqui?

— Há mais uma coisa. Um recado especial para a senhora, do Ministro Governador de Amaranta. Ele mandou dizer que não precisa temer, pois ele empenha a própria palavra de que estará completamente segura.

— Rá! — Debochou Tyla escorada à amurada da nau. — Tá aí algo realmente tranquilizante. Temos a palavra de Larius Drey. Podemos confiar nela, não é mesmo, Elissa?

Andres continuou em frente à Elissa como se aguardasse ela mudar de ideia ou algo assim.

— Vá de uma vez, menino! E alguém traga a minha mochila! E um rádio! — Ela se virou para a irmã. — Preciso de uma amostra da alga-mãe.

— Para o quê?

— Para caso eu precise fazer uma demonstração — anunciou sem dar detalhes.

Em minutos, a nau de Elissa deslizava sobre os prédios dourados de Memória do Mar. O sol claro projetava a sombra do navio pelas ruas e o espelhava nas imensas janelas de vidro. Os reflexos que vinham destas atrapalhavam a visão das distâncias e obrigavam a tripulação a olhar somente para baixo, observando a população nas ruas.

Ao ver os moradores, Elissa imaginou que eles xingariam, berrariam, demonstrariam seu ódio à ameaça que a frota representava. No entanto, não viu isso. Só encontrou silêncio e medo.

O Palácio do Governo em Memória do Mar não lembrava em nada o de Amaranta. Era todo branco e dourado, cercado por um jardim de fontes de água. Não se erguia em andares, mas numa construção horizontal de dois pavimentos. Os frontões em vidro fosco não mostravam o interior, em compensação, espelhavam os encaixes dourados das ameias que faziam toda a borda do edifício, para cima e para baixo.

A nau de Elissa parou de flutuar em frente a ele. Lá embaixo, uma escolta a esperava. O homem que a comandava gritou que se tratava de segurança para ela, e Elissa se propôs a descer pela escada de cordas. Tyla se postou ao seu lado.

— Não vou desistir — avisou.

— Eu sei — respondeu Tyla. — Vou com você.

Elissa deu um pulo.

— Nem pensar. Preciso que fique. Comandará em meu lugar se algo...

— Cala a boca. Desde quando eu te obedeço? — disse a outra.

— Não está sendo racional, Tyla. Olhe...

— Nenhuma de nós está, benzinho. Desce logo.

Elas ficaram se encarando por um instante e Elissa cruzou os braços.

— Certo, então me diga quem ficará à frente das coisas por aqui?

— Eu — afirmou Teodora surgindo logo atrás de Tyla.

Elissa abriu a boca para argumentar e desistiu.

— Tem ideia do que fazer se der merda, Teo?

— Alguma coisa — comentou a irmã com displicência. —Tenho uns livros sobre isso.

Tyla riu. Obviamente as duas esperavam que, com isso, Elissa desistisse e fizesse as coisas do jeito delas. Elissa deu de ombros.

— Que seja! Vamos.

Ela começou a descer a escada de corda. Tyla deu um beijo em Teo e Elissa percebeu que a irmã a agarrou por mais alguns segundos, sem que nenhuma das duas dissesse nada. Depois, Tyla seguiu Elissa.

Se elas esperavam qualquer tipo de brutalidade por parte dos soldados, o que Tyla demonstrou claramente ao tocar o chão mostrando estar armada até os dentes, esta não veio. Não lhe pediram que entregasse nenhuma mísera faquinha e trataram as duas com grande consideração e respeito.

— Isso a acalma? — Tyla sussurrou para Elissa.

— Nem um pouco.

— Ótimo.

As fontes em torno do palácio criavam uma ilha de frescor ante o sol escaldante e a umidade que entrava pelo nariz dava uma sensação boa de limpeza. Elissa estaria irritada com o desperdício arrogante de água potável não fosse o desconforto que continuava a sentir na boca do estômago e que se tornava maior a cada minuto. Aquele silêncio, aquela boa vontade dos guardas, aquele povo quieto. Nada parecia estar de acordo com a situação que viviam. Tyla provavelmente tinha razão. Era uma armadilha.

Respirou fundo. Independentemente do que viesse a lhe acontecer, sua esperança era de que a guerra findasse. Imaginava que até mesmo a República, em toda a sua arrogância, se saísse vencedora do conflito, não poderia se furtar a fazer algo para preservar as pessoas enquanto o planeta morria. Sentiu os respingos das fontes como uma boa dose de água fria em suas suposições. Estavam jogando água fora, enquanto o planeta morria de sede. Um gosto ruim se espalhou pela boca de Elissa. A República não faria nada a não ser em seu próprio benefício e daqueles que a controlavam.

Portas adentro, havia uma sucessão de salões arejados e a escolta de quatro soldados as acompanhou até o segundo andar em direção à sala do Ministro Governador. Elissa não prestou atenção ao lugar em seus detalhes. Sabia o que havia ali. Corredores brancos e ventilados, obras de arte, detalhes refinados de arquitetura. Estava cega para tudo aquilo. Tentava articular o que diria, o que exigiria, o que conseguiria pedir, porém sua mente estava tão em branco quanto o chão que ela mirava ao longe. Muitas pessoas estavam nos corredores. Paradas, vendo-as passar. Um misto de ressentimento e curiosidade vinha ao encontro delas como uma presença física. Tyla apertou com força suas armas e ergueu o queixo. Elissa simplesmente encarou de volta e a maioria desviou seu olhar.

Finalmente chegaram a uma porta branca, larga, com um grande trinco de aço polido. Um dos soldados abriu-a revelando uma sala ampla tomada por imensas janelas, que revelavam águas dançantes. Elissa e Tyla entraram observadas pelos quadros dos antigos ministros. Suas botas empoeiradas afundando nos tapetes altos que pareciam reagir com tremor à areia e à sujeira despejadas sobre seus fios azuis-escuros. A sala não tinha cortinas, mas, de alguma forma, isso não diminuía seu ar ostentatório.

Dentro do salão, aguardavam-nas os três líderes da Tríplice República. Cada um à frente de uma imensa mesa de madeira laqueada em um branco imaculado. Larius era a criatura semelhante a uma ave de rapina à sua esquerda. Ao centro, o Ministro Governador de Memória do Mar, Cosé Jacopo, um homem muito alto e que perdera peso absurdamente num tempo recorde, como informavam as carnes flácidas na papada e as roupas largas. O nariz redondo parecia uma piada no rosto descarnado e era, obviamente, o mais velho dos três.

A Ministra Governadora de Ondarei devia ser uns quinze anos mais velha que Larius. O conjunto de saia e casaqueto verde-escuros estava impecável, logo, ela não parecia ser do tipo que se abalava fácil. Observava Elissa com cansaço e dúvida, mas tinha uma atenção aos movimentos das recém-chegadas que era bastante incômoda.

Os soldados se retiraram e fecharam as portas.

— Senhora Elissa Till — adiantou-se o Cosé Jacopo estendendo a mão e se apresentando. — Devo dizer que a imaginava um tanto diferente.

Elissa estendeu a mão, mas não respondeu. O que diria?

— Já conhece, certamente, o Ministro Governador de Amaranta, não é?

Larius a cumprimentou com a cabeça; parecia temer se aproximar ou fazer qualquer movimento na direção dela. Elissa preferiu assim. O mandaria para o inferno se ele viesse com a mesma conversa sobre "os bons tempos" e "nossa bela história" que ele lhe aplicara quando fora procurá-lo em Amaranta.

— Eu sou Donazze Ágo — disse a Ministra Governadora de Ondarei avançando sem esperar ser apresentada. As duas apertaram as mãos. — A reunião será somente entre nós. Um acordo de cúpula, pode-se dizer. Nos apresentará a jovem que a acompanha?

— Atília Antônia — falou Tyla alto e bom som, estendendo a mão também. Donazze Ágo a cumprimentou com o mesmo cuidado que dedicou a Elissa.

— Ah, claro, uma das comandantes da invasão de Amaranta.

— Sim — respondeu Tyla com um sorriso brilhante —, e uma das sobreviventes do que seus exércitos fizeram com a população de Alephas. Guisado de gente, lembra-se?

A mulher retrocedeu apertando os lábios.

— Fui contra aquela ação.

— Bom saber — comentou Elissa. — Mas você a ordenou, não foi, Larius?

O homem ajustou a coluna. Tinha perdido peso também, mas não estava com o tom conciliador do último encontro. Olhava-a de frente como inimiga declarada.

— Houve excessos — disse pausadamente. — De ambos os lados.

— Sem dúvida. Quer ver o nosso excesso? — Elissa abriu a mochila e, segurando pelos cabelos, tirou dela a cabeça semi-embalsamada de Harin Solano que ela arrastara desde Alephas. Os três Ministros Governadores tiveram reações físicas de asco.

Ela caminhou na direção de Larius.

— Fiz questão de trazê-la para você. Afinal, foi você que soltou esses animais em cima da gente, não foi, Larius? Foi você que deu ordens para varrer

Alephas do mapa. Pois bem, eu trouxe uma parte do que houve lá porque os pedaços dos cidadãos de Alephas não couberam na minha mochila.

Levou alguns instantes para Larius se recuperar.

— Parece que isso se tornou típico em você, Elissa: transformar uma vingança pessoal em um ato político. Todos sabem de seu ódio ao Comandante Solano. Como sabem do seu ódio a mim.

— A você? Ora, Larius, não me diga que convenceu seus coleguinhas aqui de que entrei numa revolução apenas porque rompeu nosso noivado? Basta olhar o verme que se tornou para saber que isso é inverossímil.

Elissa jogou a cabeça de Solano aos pés de Larius, que deu um passo para trás erguendo as mãos. Ela se voltou para os outros Ministros.

— Entrei nessa guerra porque fui empurrada para ela. Fui perseguida, minha família foi ameaçada e já estava com a cabeça a prêmio quando comecei a lutar contra os desmandos dessa República. Espero que o senhor e a senhora não sejam crentes em contos de fadas românticos. Não há nenhum a ser contado aqui. Vamos negociar a paz ou não?

Os outros dois ministros decidiram numa troca de olhares sobre quem falaria primeiro.

— Vamos negociar sim, senhora Elissa — afirmou Cosé Jacopo.

— Nossos termos são — disse Donazze Ágo —: rendição total das forças independentistas, entrega das capitais de Amaranta e Ondarei aos seus legítimos governantes, deposição das armas em toda a Tríplice República e posterior extinção do Partido Independentista. Poderemos dar anistia aos líderes e seus comandados, se todos concordarem em retornar à cidadania e colaborarem na reconstrução do país. Não haverá mais escaramuças e assinaremos uma paz honrosa para todos. Em troca, garantimos ouvi-la no que se refere às questões ambientais.

Elissa piscou várias vezes se perguntando se ouvira corretamente.

— Trata-se de uma brincadeira, Ministra? Só pode ser. Vocês três não têm condições de fazer tais exigências. Estão em menor número, sitiados nessa cidade, perderam duas capitais e os reforços que viriam de Sazna Tue foram destroçados. Possuem ainda algumas máquinas da morte, mas o que poderão fazer com elas além de matar mais alguns cidadãos antes de serem abatidas? Acreditam que desci aqui por medo? Vim com um único propósito: salvar vidas. Este também deveria ser o propósito dos senhores.

— Salvaremos vidas, senhora Elissa, se concordar com nossas exigências — assegurou Donazze Ágo muito segura.

— Eu acho que a senhora não compreendeu o que eu disse. Quem define os termos da negociação de paz somos nós! Vejam, eu tenho um rádio — disse sacando o objeto da mochila — e um determinado tempo para estar aqui. Se eu não voltar nos minutos demarcados, as naus aerostáticas que cercam Memória do Mar abrirão fogo contra a cidade, estando eu viva ou morta. É realmente o que desejam, Ministros?

— Não a queremos morta, senhora Elissa. Precisamos que esteja viva. É a garantia de que não se tornará uma mártir — afirmou Cosé Jacopo. Seu tom de voz cada vez mais incomodava Elissa. — E não haverá bombardeamento de Memória do Mar. A senhora usará o rádio para dizer que aceita nossos termos.

— Convença-me — ironizou Elissa, trocando um olhar de alerta com Tyla.

— Suas forças só conseguiram avançar porque se acreditou que em Alephas se desenvolveu uma arma sem igual. Uma arma capaz de controlar as areias do deserto.

Um punho de ferro esmagou as entranhas de Elissa.

— A notícia dessa arma — Larius prosseguiu a fala de Jacopo — se espalhou pelo país. Muitos viram nela o realizar de profecias e mitos antigos. O tigre da areia. A própria ideia de que tal arma existia e estava sob o controle dos revoltosos deu força aos levantes. Foi assim que Ondarei ficou sob sítio. Depois, sua amiga aqui mostrou ao país que a tal arma não era somente uma notícia, mas uma realidade. Amaranta e, logo em seguida, Ondarei caíram. Essa arma é que foi enviada para acabar com as forças militares e soterrar Sazna Tue, não foi, Elissa? Ainda conta com essa "arma" para nos ameaçar?

Tyla aproximou o corpo do de Elissa.

— Eu... — era um balbucio tosco enquanto ela buscava o que dizer. Eles haviam descoberto sobre Seth? Será que o haviam capturado? Será que...?

As portas atrás delas se abriram e os mesmos quatro soldados que haviam feito a escolta das duas atiraram ao chão uma imensa pele de tigre, meio dourado, meio branco. Estava ensanguentada. Um deles jogou em direção aos pés delas uma pata de ferro. Elissa ouviu um grito, mas não conseguia saber de onde vinha. Os soldados se adiantaram e agarraram Tyla cujas pernas saltavam para cima enquanto ela berrava de ódio. Um deles colocou uma faca no pescoço dela, porém Elissa olhava a tudo congelada. Havia falas na sala, mas ela não conseguia entender o que diziam. Tudo que percebia era o espaço dentro dela, frio, eviscerado, trêmulo.

Por fim, identificou a voz de Larius junto ao seu ouvido.

— Tivemos de esfolá-lo, pois não sabíamos o que havia dentro. Máquina? Carne? Encontramos carne. Não é uma pena que um poder tão fabuloso estivesse a seu serviço e não do país? Eu realmente lamentei que não fosse uma máquina.

28

O punho de Elissa virou direto no queixo de Larius, jogando o Ministro violentamente para trás. Ela teria partido para cima dele se um dos soldados não saltasse em sua direção tentando agarrá-la. Assim que o homem colocou as mãos em seus ombros, ela se abaixou e lhe passou uma rasteira com uma das pernas. O soldado, pego de surpresa, caiu e Elissa, virando-se rápido, deu com o cotovelo em seu diafragma. O soco foi para desacordá-lo de vez.

A sala estava cheia de vozes e de barulho, mas havia algo nos ouvidos de Elissa que bloqueava o som. Era como se ela estivesse dentro de um aquário ou algo que a separasse de todo o resto do universo, e ainda assim, estava tudo ali.

Um dos soldados que manietava Tyla apertou uma faca contra o pescoço dela e berrou que a sangraria ali mesmo se Elissa não parasse. Ela parou. Seus braços caíram ao longo do corpo. Sua respiração saía longa e tensa como a de um animal enjaulado logo após a captura. Por fim, ela se deixou cair. Ficou ali, de joelhos. Eram muitas coisas e sua cabeça se recusava a pensar. Ouviu Larius dizer "deixem--na, ela sabe que perdeu". E o que havia na sala parou em torno dela como se as coisas se congelassem do lado de fora daquele espaço apertado em que sua alma se encontrava.

Larius tinha razão. Havia perdido. Mas perdera o que mesmo?

Olhou Tyla com uma faca na garganta e pediu desculpas. Ela agora seria refém para que os Ministros pudessem usar Elissa. Todos seriam reféns. Não apenas os que lhe eram próximos, mas todas as pessoas. Porque tinham lutado ao seu lado e ela perdera.

Sequer poderia buscar a melhor fuga possível. Morrer era sempre a parte fácil e isso a consolava toda vez que ela perdia alguém. Odioso era ter de ficar ali. Ficar viva em meio a todo o horror. Esticou as mãos tocando a pele do tigre, que nunca seria fria ou dura, e a puxou para si. Seus dedos escorregaram das partes pegajosas onde o sangue escorrera para os fios ainda soltos e macios, afundando-se onde ela ainda estava limpa e seca. Queria ao menos conseguir chorar, mas era como se os desertos tivessem avançado para dentro dela e não havia uma gota de água sequer.

Percebeu que os Ministros estavam ditando exigências, falando sem parar e informando-a do que ela iria fazer a seguir. Informando-a das ordens que teria de cumprir pelo seu bem, pelo bem dos outros.

Elissa não conseguia escutá-los. Continuava a deslizar suas mãos sobre a pele do tigre. Conhecia-a. Suas mãos tinham a memória do seu calor quando tudo era frio. Olhou novamente para Tyla e a ouviu gritar de muito longe que a culpa não era dela, que ela não devia se sentir culpada. Voltou a deslizar as mãos no pelo grosso, afundando os dedos, agarrando o couro, rosnando como um bicho. Claro que era culpada. Por que daria outro nome para o que estava sentindo, senão culpa?

Uma sucessão de vozes começou a sussurrar em sua mente. Aleia. Seth. As conversas que tivera com os dois.

Não é sempre que eu me deparo com um humano como você. Nem num momento como este, quando uma vida se quebra e dá origem a outra, completamente diferente e inesperada.

Aleia sorria como se a tal outra vida que havia surgido tivesse sido boa. Elissa percebeu que a pele do tigre estava cheia de areia. Apertou os pelos com força, enquanto aquele movimento de apreensão dentro dela se tornava uma presença. Uma força.

Eu posso, sim, ajudar com a vinda de uma nova época.

A qual época Seth se referia? Que época poderia haver? A única chance que tinham era uma alga minúscula cuja força só se manifestaria em milhares de eras à frente da sua. Provavelmente não haveria tempo para uma nova época.

Acho que do jeito que ela a ama, se você tivesse perdido o braço, ela o faria crescer novamente e ainda justificaria isso dizendo que mutações fazem parte da evolução.

Seu corpo começou a reagir, como se alguém ateasse fogo dentro dela. Elissa levou a mão ao bolso amplo das calças e tirou de lá o aparelho que lhe fora dado por Aleia e o frasco com uma amostra da alga-mãe. Algo tremeu em suas entranhas e ela se sentiu cega, com um único propósito. Era como se soubesse exatamente o que fazer, sem nenhum planejamento prévio, a não ser aquele que ficara no seu subconsciente. As vozes dos ministros, dos soldados e de Tyla se calaram quando ela se ergueu.

A estrutura da vida é muito próxima, Elissa. As semelhanças são maiores que as diferenças. Você não consegue imaginar o quanto é próxima daquele musgo em que esteve deitada. Mesmo com olhos humanos, eu consigo ver essas estruturas, sua organização e as mudanças necessárias para ter outra forma, se for preciso.

Seth explicara e ela pensara entender. Não havia entendido. Até agora. Piscou os olhos e, de alguma forma, parecia ver e sentir o que ele lhe dissera. Parecia imensamente simples naquele instante. Não conseguia ver as estruturas da vida, mas conseguia decompô-las com clareza, sem esforço.

As palavras de Seth e o timbre metálico e quente de sua voz ressoaram nela.

Quero saber até onde sua história irá, o que vai lhe acontecer.

Eu não vou a lugar nenhum.

Algo lhe dizia que ele não mudara de ideia. Estava ali, dividindo com ela a possibilidade de ver as coisas pelo seu ponto de vista. Ele não deixara de acreditar que o planeta precisava passar por uma morte. Era a morte que engendrava a vida e não haveria uma sem a outra em sua forma de pensar. Elissa agora compreendia isso. Porém, se tudo morre, tudo também pode renascer. E quem sabe de que forma será?

Os soldados ainda lutavam para controlar Tyla. Os Ministros a olhavam com superioridade. Elissa encarou Larius e deu um passo em sua direção. Esticou a mão com o frasco que continha a alga-mãe.

— Você venceu, Larius.

O homem olhou desconfiado para a súbita serenidade dela.

— O que é isso?

— A salvação.

Ela voltou a lhe oferecer o frasco. Manteve uma expressão triste e subserviente até ele pegar o vidro em sua mão. Larius o observou e depois abriu. Olhou dentro. Cheirou.

— Como isso pode ser a salvação?

— É uma vegetação de cepa pura. Sem nenhuma contaminação. Pode recolonizar o planeta — explicou paciente.

Afinal, a ciência fora sua escolha quando recriara a sua vida. A ciência ainda era a sua escolha. Era o seu superpoder.

Então, Larius fez o que Elissa esperava. Tocou no interior do frasco e dele retirou o dedo manchado de verde.

Donazze Ágo chegou mais perto.

— O que isso pode fazer?

— Vou demonstrar — disse Elissa com calma. Ela pegou o acelerador de partículas que havia exigido de Aleia e apontou para o dedo verde de Larius.

Logo, a cor verde começou a crescer cobrindo a palma da mão do Ministro-governador de Amaranta, estofando-a como uma luva musgosa. Larius sorriu para os colegas e o três respiraram esperança por alguns instantes, mas o verde continuou a crescer e, em segundos, tomou o pulso e começou a subir pelo braço.

— Já demonstrou seu ponto — disse ele ainda confiante. — Pode parar.

Mas Elissa não parou. Nunca fora sua intenção parar após ter começado. A alga também não parou. E, enquanto a forma verde crescia, ela podia sentir sua raiva diminuir, na mesma exata proporção. Porém, a alga ainda teria de crescer muito, pois sua raiva era imensa.

Quando Larius terminou a frase, a alga já subira por seu braço inteiro, por dentro e por fora de sua roupa, e ele começou a gritar em pânico, mas ninguém sabia o que fazer. Elissa observava a rapidez da colonização do corpo de Larius com um interesse científico. Será que aquilo poderia se estender por outros tecidos além da pele? Ela aumentou friamente a potência do acelerador enquanto o verde ia tomando conta de Larius, descendo pelo corpo em direção ao chão e se estendendo pelo pescoço e depois o rosto.

Em algum lugar dentro dela, suas altas expectativas sobre si mesma berravam tanto quanto Larius. Mas a parte dela que estava no controle dizia que ela ainda era uma boa pessoa, ou voltaria a ser. Mas depois. Só depois.

Foi fácil o verde entrar pela boca do homem, pois ele não parava de gritar e todas as suas tentativas de arrancar de si a invasora verde não funcionavam. Ele se dobrou e, ao tentar alcançar Elissa, caiu de joelhos e começou a sufocar. O vidro com a amostra rolou pelo chão e o verde começou a se espalhar pelo tapete, subindo pelos pés das mesas.

Os outros ministros gritavam, mas só conseguiam recuar, enquanto a alga avançava furiosamente. Os três soldados ainda em pé estavam tão perplexos que haviam largado Tyla e permaneciam como que congelados no lugar, sem ousar ir na direção de Elissa ou tentar auxiliar o Ministro.

Não levou muito tempo. O rosto verde de Larius esticou a língua verde para fora da boca. Suas mãos em garra ficaram tentando arrancar de si a massa esponjosa e invasora, o que, de qualquer forma, era inútil, pois já não se podia diferenciar o que era homem e o que era planta. Os dedos endurecidos dele se crestaram em torno do pescoço e Larius tombou de bordo no chão, sem gritar ou se mover mais. Elissa perdeu o interesse quando o Ministro parou de respirar.

Com calma, ela finalmente mexeu no aparelho e desacelerou o crescimento da alga. Então, virou-se em direção aos três guardas. Eles estavam apavorados.

— Se eu fosse vocês — disse Elissa sem abalo —, correria daqui.

E eles correram. Deixaram as portas abertas na saída, mas Elissa não temeu que buscassem reforços. Ela fez um sinal com a cabeça para Tyla, agora livre. A amiga entendeu. Pegou o rádio que estava na mochila caída no chão e mandou um aviso para que todas as naus insurgentes avançassem sobre a capital.

Elissa mexeu o Tempo, como Aleia o nomeara, de uma mão para outra enquanto se aproximava dos outros Ministros. Eles recuaram.

— Não pedirei desculpas por minha demonstração — comentou como se falasse com o cadáver —, acho que se pode dizer que dessa vez foi pessoal. Então, parece que vocês se equivocaram quanto à arma que possuímos. O que nós temos é um conhecimento que vocês desprezam, que vocês rejeitam para manter seu poder. Bem, agora acho temos todas as cartas na mesa, certo? Não temos mais o tigre. O que é uma pena para vocês, pois, com ele aqui, talvez eu pudesse ser mais.... Qual é mesmo a palavra? Hum, razoável, eu diria. E sabem, no momento, a última coisa em que penso é ser razoável. Eu tenho a vida e a morte, e ambas estão nas minhas mãos. Eu posso curar o mundo ou quebrar esse aparelhinho — ela ergueu a mão com o objeto de Aleia — e me tornar a besta do fim dos tempos. Então, o que vai ser?

A sala caiu em silêncio. A alga continuava se alastrando de forma lenta e inexorável. Usava o corpo morto de Larius como fonte de energia e nem precisava mais do acelerador para continuar a crescer. Os outros dois Ministros pareciam horrorizados demais até para falar. Mesmo Tyla parecia um tanto em choque.

Finalmente Donazze Ágo se manifestou.

— Já basta, senhora Elissa! Por favor! — pediu.

O vento seco que entrava pelas janelas parecia se umedecer ao passar pelo corpo totalmente verde de Larius Drey.

— Sendo assim, são os nossos termos que definirão a paz? — Elissa perguntou num tom cerimonioso.

Cosé Jacopo estava ofegante. Ele tirou o casaco e afrouxou o lenço em torno do pescoço. Depois, sentou em sua própria cadeira. Não tinha forças. Estava vencido e parecia ter envelhecido uma década nos últimos minutos. Sua voz saiu difícil.

— Vai se estabelecer como uma ditadora, senhora Elissa?

Ela apenas desviou dele sem mudar a expressão e encarou Donazze Ágo. A Ministra tremia muito, mas finalmente conseguiu dizer.

— Sim. Seus termos. Aceitamos.

Elissa sorriu para os dois e desligou o acelerador. Pensou que, com os mananciais subterrâneos, talvez Memória do Mar fosse o melhor lugar para começar a espalhar a alga-mãe. Mesmo com o mundo silenciando a sua volta, algo indefinível havia se espalhado em torno de Elissa. Era uma força estranha, que dava aos outros a impressão de que ela poderia se elevar do chão, se quisesse; atingir três metros de altura, se quisesse.

— Ótimo. Enviarei os negociadores.

A Ministra tirou um lenço de um bolso dissimulado em sua saia escura e secou a testa. Parecia confusa com a fala de Elissa.

— Negociadores?

— Sim — confirmou Elissa com a voz calma e perigosa —, os jovens que estão nas naus. Eles dirão como será o futuro do país. E vocês aceitarão tudo!

Tyla ficava olhando da amiga para os Ministros. A ministra contemplou a porta buscando ajuda de alguma coisa que não apareceu. Por fim, conseguiu balbuciar:

— Não receberemos ordens de crianças!

Elissa respirou fundo.

— Senhora Donazze Ágo, tenha em mente uma coisa: os filhotes são o único motivo pelo qual ainda estamos aqui. O governo da República é deles agora.

Elissa maneou a cabeça em tom de despedida. Virou-se e pegou a pata mecânica do tigre. Sentiu seu peso por um instante e a jogou para Tyla. A amiga abraçou o artefato, mas ainda a olhava como se não a conhecesse. Elissa também não se conhecia mais. Passou a mão na pele do tigre e cobriu-se com ela, sem pensar no sangue que ainda parecia úmido, sem pensar em nada, na verdade. Depois seguiu em direção à porta, Tyla ao seu lado.

As duas caminharam para fora do palácio, passando pelos corredores por onde se erguia um lento alvoroço, espalhado pelos guardas apavorados e pela presença das naus invasoras que, agora, escureciam os céus. Elas esperavam que, a qualquer momento, alguém as barrasse, mas ninguém pareceu ter coragem ou tempo para fazê-lo. Ninguém parecia pensar nas máquinas da morte, já que contra-atacar tinha cheiro de morte certa.

As portas do palácio se abriram para uma cidade que se rendia e das janelas da sala dos Ministros governadores era possível ver algo verde se espalhando lentamente. Elissa avistou seu navio aerostático ainda estacionado no alto, diante do palácio. A tripulação no convés olhava a tudo num misto de espanto e vitória, porém, à vista da pele do tigre, pareciam feridos na capacidade de comemorar. Elissa caminhava sem se deter na direção do navio.

Finalmente, a mão de Tyla pesou sobre seu ombro, fazendo-a parar.

— Elissa, espera. — A amiga se virou para encará-la. — Como? Como fez aquilo?

Elissa moveu a cabeça antes de falar com sinceridade.

— Um pouco de ciência. Um pouco de loucura. Talvez, alguma magia. Isso importa? A guerra acabou. É só.

Tyla parecia não se conformar com a frieza dela. Segurou seu ombro com força e a sacudiu.

— Elissa, fale comigo direito.

— Seth nos deu a alga, mas eu não sei se ele sabia exatamente o que poderíamos fazer com ela. Aleia nos mostrou o que fazer, de um jeito que a Query não poderia saber do envolvimento dela. E eu a fiz me dar isso — Elissa mostrou o artefato. — Talvez possamos ter o tempo que Teodora crê que precisamos. Quem sabe, poderemos mesmo curar o planeta. Se acharmos que vale a pena.

A amiga franziu o rosto.

— Eu não estou entendendo, Elissa.

— Durante todo esse tempo, eu quis curar o planeta, não foi? Mas você viu aqueles ministros? Viu o que eu fiz com Larius? Não somos bons, Tyla. Nenhum de nós é. Isso não a faz pensar? Enquanto formos nós, essa humanidade, que mandarmos por aqui, será que merecemos viver mesmo? Sim, temos coisas boas, mas o resto é sempre e sempre pior.

— Sua fé falhar me apavora — Tyla também parecia com medo agora. — O que vai fazer?

Elissa respirou fundo.

— A alga-mãe nos deu uma chance, Tyla. Mas ela não exclui a morte ou uma *seleção*. Talvez seja um erro tentar acelerar as coisas. Talvez o melhor a fazer seja deixar a alga-mãe resgatar a Terra no tempo de uma evolução e morrermos com dignidade.

Era óbvio que Tyla mantinha uma crença cega em Elissa, como se em algum momento ela fosse retirar um coelho da cartola e resolver tudo. Sua decepção era imensa.

— E qual é a nossa outra chance?

— Amar. — Elissa riu com amargura. — Acreditar na humanidade. Aleia contava com isso. Odiosa, não?

Tyla obviamente não compreendia a conversa interna que se passava na cabeça de Elissa. Como explicar? Como dizer a ela tudo que lhe parecia tão óbvio. Tão simples e claro quanto pensar.

— Aleia acha que o maior poder de cura é inspirar uma nova humanidade. Modificarmos nossa índole destrutiva enquanto o planeta se recupera. — Elissa fixou o olhar no rosto atônito de sua amiga. — Será que conseguimos fazer isso, Tyla? Conseguimos nos reinventar como outra humanidade? Com tanto ódio entre nós?

Tyla piscou rapidamente.

— Outra humanidade?

— Eu lutei tanto pela cura, não é? Agora, eu a tenho nas mãos e vejo que não é o bastante. Curar o planeta e não curar o que somos? Parece inócuo. Só vale a pena ter o planeta vivo se tiver gente melhor sobre ele.

Os ombros dela caíram e ela parou de fazer esforço para se manter ereta. A dor imensa ia dobrando-a. Tyla a sustentou. Abraçou-a com força até as lágrimas virem.

— Acabou, Elissa. A guerra acabou. Foi para isso que viemos aqui. Chora. Você precisa chorar agora. — Elas ficaram abraçadas por um longo tempo, então, Tyla se afastou um pouco e ergueu o rosto da amiga. — O que vamos fazer depois é, bem, o que sempre fizemos, não é?

A cumplicidade de Tyla fazia com que as coisas fossem tão simples. Ou quase isso. Elissa balançou a cabeça concordando com ela. Seria o de sempre.

— Fazer escolhas. Lutar com tudo o que tivermos. Sobreviver — disse em voz alta.

— Isso tudo — concordou a amiga.

Epílogo

Nos seus sonhos, todas as noites, um tigre rugia. Elissa acordava num sobressalto, a respiração ofegante. Depois, voltava a deitar na escuridão mergulhada no silêncio. Não eram pesadelos, mas um tipo de recordação. Lembranças de quem era e por que escolhera resistir naquele mundo.

Memória do Mar fora ocupada e a Tríplice República estava agora nas mãos de seus mais jovens governantes. Eles tinham pousado as naus em torno e no centro da capital e usado sua recém-conquistada força para impor os termos do que deveria ser a reconstrução do país.

A consciência daqueles jovens sobre a crise natural esbarrou mil vezes nas percepções dos mais velhos sobre política e poder. E se os antigos detentores do governo acabaram por ceder, não foi por conta dos apelos ao bem comum, mas por medo. Medo de jamais reconquistarem seu espaço. Medo daquela arma com o nome e a voz de Elissa Till.

De guerrilheira vil, Elissa se via agora na posição de conselheira e potencial ameaça aos que se opusessem à chamada

República das Crianças. Sua voz era ouvida nas rádios defendendo as iniciativas dos jovens e a necessidade de organizarem comunidades menores, com o máximo de autossuficiência, tendo todos os esforços direcionados à sobrevivência em condições climáticas cada vez piores. Por mais que a possibilidade de cura se espalhasse de forma lenta, o acelerador demoraria muito ainda para ser replicado.

O impacto inicial de suas exortações foi positivo. Todos queriam ouvi-la e tinham no falecido governo alguém para odiar e culpar. O alto nível de esperança levou as pessoas a se engajarem na reconstrução do país. Além disso, as orientações do novo governo pediam para que todos se empenhassem em buscar alternativas para o novo tipo de existência que se avizinhava. Os jovens líderes inspiravam uma renovada crença de que seria possível vencer os desertos com uma nova organização.

Elissa, porém, tinha uma percepção diferente. Sabia que a esperança se quebraria em breve. O governo anterior estava longe de ser o único culpado e, mesmo com os maiores cientistas da nação estudando a alga-mãe com base nas pesquisas de Teodora Till, as respostas demorariam. Os esforços direcionados a organizar a sobrevivência em novos padrões não seriam eficientes ou rápidos o suficiente para salvar a maioria.

O futuro seria de pobreza e morte, e logo todos perceberiam isso. Felipa, porém, a proibiu de afirmar tais coisas, fosse por rádio ou por escrito. À frente da nova coalizão governante, Felipa achava que a verdade quebraria a vontade das pessoas e não as ajudaria a lutar pela sobrevivência do planeta. Era preciso manter a esperança.

Por conta disso, as falas de Elissa como exortação popular foram rareando. Passou-se a editar falas antigas, pois era preciso que sua presença se mantivesse forte no país recém-pacificado. Entretanto, Elissa já não pretendia ficar por ali, nunca tivera a intenção de assumir um lugar público.

Desapareceu dos olhos das pessoas comuns e de seus aliados pouco mais de um mês após a grande vitória. Sua família, em Amaranta, garantia que ela estava viva e bem junto da irmã Teodora, mas que não estava com eles. Os rebeldes de Alephas, agora cognominada *A Valorosa*, também garantiam, por intermédio do Comandante Kandra, que ela e a comandante Tyla não haviam retornado para lá.

Elissa não se surpreendeu quando Tyla quis acompanhá-la, mas ficou um tanto impressionada com o fato de Teodora se juntar a elas. A irmã havia abandonado sua nova posição de notoriedade e reconhecimento científico e Elissa não deixou de perguntar o porquê:

— Três motivos: — disse a outra enquanto juntava suas caixas para colocá-las no pequeno dirigível que as levaria para oeste — Tyla, continuar pesquisando com você e o fato de ser sua irmã. Sim, isso também conta apesar de sua expressão cética.

O lugar para onde se dirigiram ficava ao noroeste, acima da antiga Floresta de Calissa. Tratava-se de uma região sagrada para os guardiões dos Mestres do Destino e onde as três ficariam seguras. Elissa, porém, não pretendia ficar ali por muito tempo, queria voltar ao Sul. Aquela seria uma estação de passagem, como pretendia que fossem outras ao longo dos anos seguintes. Queria andar pelo continente, ajudar o que pudesse, sem ser governo, sem ser senhora de nada.

Contudo, ela precisava de um tempo para refazer a si mesma antes da nova missão: encontrar meios para que uma humanidade melhor pudesse vir, um dia, a existir. Quando pensava nisso, Elissa se dava conta de que continuava com a mesma loucura de que Seth a acusava. Provavelmente, seria louca assim por toda a sua vida.

A morada era uma casa de pedra simples, encravada entre o gelo e a encosta. Isso lhes garantia água, mas não comida além daquela que haviam levado. Tyla se incumbira de viajar até o povoado mais próximo para conseguir os alimentos que faltassem, mas Teodora acabou fazendo uma pequena horta experimental com o auxílio da alga-mãe. O resultado ajudava a matar a fome de esperança também.

Foi nos meses que esteve ali que Elissa fez as pazes com as estrelas do céu. Nas noites claras, após Tyla e Teodora se recolherem, ela se enrolava na pele do tigre e sentava no lado de fora da casa, organizando seus pensamentos como podia. Naquela noite específica, o céu estava tão povoado de estrelas que parecia ser maior do que era normalmente.

— Pode aparecer — disse após ouvir um barulho vindo de trás da casa.

A sombra de uma menina se esgueirou lentamente. Elissa não pôde ver seus olhos, nem precisava.

— Ainda me odeia? — perguntou Aleia num tom ferido.

— Eu não sei... Acho que não. Ao fim de tudo, foi você que nos deu essa nova chance.

— Eu? — Um sorriso brilhou na escuridão. — Não. Foi Seth.

Elissa ficou em silêncio e as palavras de Aleia pareceram se perder no espaço imenso que as envolvia. Os passos da criança se aproximaram até que ela chegasse ao lado da mulher.

— Mães podem ser pouco éticas no favor de seus filhos — admitiu ela.

Elissa não sabia se concordava ou discordava. Para concordar, teria de encarar Aleia como mãe da humanidade e isso a incomodava. Deixou o silêncio invadir a conversa.

— Você decidiu o que fazer? — perguntou Aleia.

— Sobre o quê? As pesquisas? Elas prosseguem. E estão se expandindo.

— Falo de ajudar a criar uma nova humanidade com o que experienciou. Não percebeu o que pode guiar, Elissa?

— Uma nova humanidade. Partindo de mim? De minha liderança? — Ela balançou a cabeça. — É possível? E se eu não quiser?

O silêncio de Aleia durou um pouco, então, ela colocou a mão pequena e quente sobre o ombro de Elissa.

— Continuarei a ter fé em você. Independentemente do que você resolver, achará uma maneira de ajudar. Eu *sei* que você não vai se dar por vencida nunca.

Elissa apertou mais a pele do tigre junto ao corpo.

— Acha que é possível? Uma única mulher?

— Eu plantei a vida nesse planeta com uma única semente — respondeu Aleia como se aquilo fosse a coisa mais clara dentre todas.

Elissa soltou um suspiro que encheu o ar de ceticismo.

— Ensinar as pessoas a responderem à morte com amor?

— É o que todas as espécies fazem, minha querida. E tudo o que se tem além disso são as possibilidades infinitas que temos entre o nascer e o morrer. Essas possibilidades vão muito além do que posso ver. Talvez até do que Seth podia imaginar quando resolveu partilhar uma chave para a sobrevivência do planeta.

O coração de Elissa despencou alguns centímetros.

— Ele imagina? — perguntou com medo da resposta.

O vento da cordilheira passou mais forte por elas por alguns instantes.

— Seth? — A voz de Aleia soou vitoriosa. — Ele imagina o suficiente para lutar por seu planeta todos os dias na Query.

A respiração de Elissa ficou mais fácil. Ela olhou para o as estrelas, sabendo-o em algum lugar que não podia ver, mas lá.

— E você, Aleia? Consegue imaginar o que virá?

A menina passou os bracinhos em torno do pescoço de Elissa, deu-lhe um beijo na bochecha e sussurrou um segundo antes de se desvanecer.

— Imaginar? Minha querida, eu tenho planos.

Agradecimentos

O ponto final de um livro não está no teclado, mas em quando você recebe os arquivos de sua obra diagramados e tem na tela do seu computador a versão escolhida para a capa. De fato, o caminho mais longo que qualquer obra não está entre a escrita da primeira e da última palavra, mas no que vem depois. O descanso do texto, as leituras, as releituras, todo o trabalho de revisão e ajustes. E é aí que você percebe que, por melhor que seja a sua ideia, por melhor que a tenha escrito, o produto final só existe por conta de um coletivo de pessoas que teve paciência de ler o que você escreveu. Essas gentes incríveis não só deram seu tempo para um livro cru, cheio de erros de digitação e narrativa, como tiveram o imenso amor – seja à literatura, ao que vislumbravam de potencial na história e até a autora – de corrigir, sugerir, debater, meter a colher, vibrar e torcer para que esse trabalho tivesse a forma que você leitora ou leitor tem em mãos.

Por isso, agora é a hora de correr para o abraço dessa galera que, desde 2013 – é o que contam os meus backups – se envolve com *Viajantes do Abismo*. Assim, tal qual um arauto, faço saber a quantos aqui chegarem que esta obra não seria possível sem as leituras iniciais de Lívia Cavalheiro (que também fez a primeira correção de Língua Portuguesa), Luiza Lemos, Evelis Santos e Camila Fernandes (que ensaiou preparação de texto, fez esboço em desenho das personagens e estará para sempre junto ao texto na capa linda que o livro ganhou). Depois, foi a vez do olhar super atento da Alba Marchesine Milena, ainda antes de ser minha agente na Increasy Consultoria Literária e por amor. Aí vieram as leituras da Angelita Martins, da Ligya Machado e da Isabel Plácido (com as impressões devidamente gravadas em uma dezena de vídeos de whatsapp). Então, a Increasy atacou de novo, agora com as sugestões bem colocadas da Guta Bauer, que assumiu junto com a Alba o meu agenciamento. Eu sequer tenho palavras para agradecer a esse time de mulheres superpoderosas que não pouparam tempo para me auxiliar no que fosse possível, numa época em que tempo é nossa mercadoria mais escassa.

Por fim, mais duas pessoas merecem meus agradecimentos e de uma forma muito especial.

Artur Vechi, meu editor e amigo. Ele não só aceitou publicar *Viajantes do Abismo* num período ruim para o mercado de livros. Artur atuou na obra, deu-me seu olhar conhecedor e a melhorou. Velocidade e densidade foram o "dedo do editor" aqui. E eu não poderia estar mais contente e grata por essa "intervenção".

E, Luís Augusto, o meu Guto. Meu escritor. Meu leitor. Meu melhor amigo. Meu companheiro de tudo e de sempre. Não só conversando e pensando sobre este livro e sobre outros, ele contribuiu. Ele leu e corrigiu; cuidou de filho, das gatas, de mim. Nunca me deixou desistir ou abandonar o projeto. Minha escrita tem seu incentivo e sua culpa.

Já o Miguel e as filhas felinas, Felícia e Hermione, se não me ajudaram diretamente, foram minha paz e carinho nessa longa jornada.

Eu não poderia ter escolhido melhores parceiros para viajar pelos tempos em que vivemos.

Bônus

Atenção!

O que vem a seguir deve ser pensado como o pós-créditos de um filme. Depois de muita música e infinitos letreiros, uma cena curta, um bônus, um fan-service. Assim, você pode fechar o livro agora, como levantaria da poltrona do cinema, tendo a certeza de que acabou e ir cuidar da sua vida, ou da pilha de livros ao lado, ou simplesmente dar uma volta num local verde e digerir o que acabou de ler.

Os dias eram longos e, nas pequenas ilhas verdes, úmidos. O calor desaparecia durante a noite, pois as areias, que dominavam a maior parte da paisagem, não seguravam a temperatura abrasadora depois que o sol se punha.

Vinício fechou a escola, preocupando-se mais com o vento do que com a entrada pouco provável de alguma pessoa. A riqueza da pequena aldeia em que vivia estava nas estufas e celeiros, mas poucos se disporiam a roubá-los. Quando algum estranho ali chegava — aos pés do Ridochiera, a tão poucos quilômetros do próprio Abismo, situado do outro lado da cordilheira —, vinha em busca de conhecimento, de ferramentas para a sobrevivência no planeta inóspito e resistente.

Também havia os que vinham por elas. Suas tias: Teodora e Atília. Teo e Tyla. Vê-las, ouvi-las, mesmo com o mal humor de Teo, mesmo com as pausas cada vez maiores nas falas de Tyla. As pessoas vinham. Mesmo que fosse apenas para olhar para elas, para suas rugas, para suas mãos. Sessenta anos depois da guerra, tudo o que as pessoas tinham sobre o passado do mundo em que viviam — e que tão rapidamente se transformava — eram histórias. E aquelas mulheres. Elas eram como uma espécie de monumento a todos que se recusavam a morrer e a desistir.

Vinício guardou as chaves da escola no bolso e pegou com as duas mãos o pacote em que colocara as verduras recém-colhidas da horta. Saiu caminhando pelo centro do pequeno agrupamento de casas. As pessoas estavam retornando de seus afazeres e o cumprimentavam a cada passo que dava. Não se lembrava exatamente quando havia se tornado o líder da comunidade, mas era isso o que ele era e, como dizia seu pai de criação, as pessoas precisavam de alguém que as organizasse e não as deixasse cair em desespero. E esse era um talento que ele, sem dúvida, aprendera a usar bem.

Pensou com carinho em Ino. Ele fora um bom pai, apesar de estar sempre à sombra de Miranda. Sua mãe de criação fora uma constante fonte de amor e entraves. Morreu ainda furiosa com ele, como vivera a maior parte da vida desde que ele sobrevivera às epidemias que haviam assolado o planeta logo após a guerra. Vinício chegara à adolescência recusando e se insurgindo contra a superproteção dela e isso fora uma das fontes da guerra permanente que se estabeleceu entre os dois.

Porém, conhecendo sua mãe, ele sabia que nada podia fazer contra a fúria dela. A raiva a mantinha viva. E, para Miranda, era melhor conviver com isso do que com as inúmeras verdades que ela havia negado a vida inteira. Raiva e teimosia eram as únicas vacinas que ela tinha contra as mudanças que continuamente se recusava a aceitar.

No centro da aldeia, Vinício parou e ergueu os olhos. A estátua de Elissa estava ali há quase um ano, mas ele ainda não gostava dela. A comunidade havia insistido e ele fora voto vencido, até mesmo por Teo e Tyla. Para elas, Elissa era uma história que as pessoas precisavam continuar contando, mesmo que essa história fosse sendo remodelada, ocultando os medos, as hesitações, os erros cometidos.

Vinício não gostava disso. Retirava de Elissa as coisas que ele mais amava: sua teimosia, sua louca capacidade de prosseguir sempre, suas dúvidas. Aquela estátua não representava a mulher que ele amara. Era uma afronta a ela.

Baixou a cabeça contrariado e continuou atravessando a praça até chegar à soleira da porta de Teo e Tyla. Entrou sem bater pela porta sem tranca. Não era costume usar trancas nas casas do povoado, era como se, depois de décadas de violência, as pessoas simplesmente não quisessem mais alimentar o medo. Por outro lado, Vinício imaginava que uma criatura teria de ter muita coragem para enfrentar Tyla e Teodora, mesmo aos 90 anos.

— Vini, é você? — A voz de Tyla vinha da cozinha.

— Sim, tia. Trouxe uns legumes e verduras para vocês — falou avançando pela casa até encontrá-la. Largou a sacola de tecido à mesa e lhe deu um beijo no rosto. — Como passaram o dia?

— Como duas velhas, ora! Reclamando, gemendo e lembrando. — Ela lhe deu um tapinha de advertência no ombro e sorriu. — E você, meu querido?

— Também estou velho, Tyla. Só me falta tempo para reclamar e gemer — comentou rindo. — Deixo o primeiro para a noite e o segundo para as manhãs. Impressionante como as juntas doem pela manhã. Já das lembranças, não temos como nos livrar, não é mesmo?

Tyla sorriu triste.

— E a escola?

— Tudo certo. Acho que finalmente teremos condições de construir o novo umidificador que a classe de projetos criou. Creio que conseguiremos melhorar bastante a qualidade do ar.

— Que ótimo. — O entusiasmo de Tyla tinha notas de cansaço. — A Teo vai gostar.

— Onde ela está? — perguntou Vinício começando a esvaziar a sacola e colocando as verduras e legumes sobre a mesa.

Tyla suspirou.

— Quis ir ao cemitério. É aniversário de morte da sua avó.

Ele franziu o cenho.

— Ora, que novidade é essa? Teo nunca deu atenção para isso.

Tyla puxou uma cadeira ao lado da mesa e se sentou.

— Coisas da idade. Ela diz que tem mais parentes lá do que aqui. Se quer saber, acho que ela só não se muda para lá de vez por pura teimosia. Sempre disse que sobreviveria a mim e a Elissa.

Vinício riu do comentário sobre a "mudança para o cemitério" e Tyla observou seu rosto.

— Sabe que ainda me impressiono?

— Com o quê?

— Você ter ficado após ela partir. Já são quase três anos.

O rosto dele assumiu uma expressão carregada. Preferia não ter mais essa conversa com as tias.

— Ainda há muito a ser feito — limitou-se a dizer.

— Eu sei. Estou agradecendo.

O homem fez um gesto de desdém, mas pegou a mão de Tyla e beijou-a. Os dois esperaram por Teo, que chegou falando sozinha sobre alguma coisa que eles não compreenderam e ela não explicou.

Vinício fez uma sopa e os três jantaram juntos, como em quase todas as noites. Depois, ele lavou a louça, as fez tomar os remédios e partiu assim que as duas se recolheram para descansar. Havia apressado a hora da partida quando elas começaram a contar histórias do passado.

"Hoje não", pensou enquanto fechava a porta da casa delas e se encaminhava para a sua. Deu uma volta maior para evitar o centro da aldeia e a malfadada estátua. A casa em que vivera com Elissa estava escura e silenciosa, como ele esperava. Porém, tão logo abriu a porta, soube que ela não estava vazia como deveria.

— Demorou — comentou uma voz jovem e impaciente.

A menina de rosto redondo mal podia ser percebida na sala escura que se comunicava diretamente com a cozinha. Apenas o sorriso muito branco chegava até Vinício. Ele respirou pesadamente.

— Desista, Aleia — fechou a porta da frente da casa e pendurou a chave da escola em um prego semienfiado na parede.

— Não sou eu, você sabe — defendeu-se a menina. — São eles. Não veem mais motivos para você ficar aqui.

— Os motivos só dizem respeito a mim — ele respondeu seco enquanto tirava o casaco e o pendurava junto à porta.

A menina se aproximou dele até a luz da Lua, que entrava pelo vidro da janela, incidir sobre ela.

— Seus motivos acabaram há três anos. — A doçura no tom não disfarçava a reprimenda.

Vinício cruzou os braços em frente ao corpo e mexeu a cabeça com desgosto.

— Você está sendo rasteira, Aleia. Eu a julgava mais capaz.

— Hei! Eu já disse que não sou eu. Eu entendo — defendeu-se a menina.

Vinício a ignorou. Acendeu um candeeiro e começou a organizar o material para suas aulas do dia seguinte.

— Se...

— Meu nome é Vinício.

— Seu nome não é nem um, nem outro — tornou ela com raiva. A teimosia dele a estava exasperando.

O homem também perdeu a paciência.

— O que você quer, Aleia?

— Sua ajuda com a Query — ela falou num tom mais alto. — Se continuar aqui...

— Continuarei aqui — ele afirmou voltando a empilhar os livros que levaria para a escola no dia seguinte.

— Sem ela? Por quê?

Vinício relaxou os ombros e sorriu.

— Parece que agora quem precisa aprender sobre amor é você, Aleia.

— Vamos perder o planeta!

— Não, não vamos — ele falou voltando a colocar a atenção em suas coisas.

— Como pode afirmar isso? — A menina colocou as duas mãos na cintura.

Vinício deu as tarefas por terminadas e tirou o candeeiro do gancho do teto para levá-lo para o quarto.

— Simples — respondeu. — Eu não irei embora enquanto não terminar o trabalho de Elissa. E não há nada que a Query ou você possa fazer a esse respeito.

— Isso é loucura! — exasperou-se Aleia jogando os braços para cima.

O homem sorriu.

— Pensei que isso já estava estabelecido desde o dia em que o sobrinho dela morreu e eu voltei no corpo dele.

✽

Nikelen Witter
AUTORA

AVEC
EDITORA